欧美流行音乐著名巨星

A PICTORIAL GUIDE TO THE BEST EUROPEAN AND AMERICAN STARS OF POPULAR MUSIC

图典

下 卷

爵士乐 · 摇滚乐
JAZZ MUSIC · ROCK&ROLL

主编：陈兴荣

人民音乐出版社

主　　编：陈兴荣

撰　　稿：刘新芝　王久辛
　　　　　荣晨晨　亚　子
　　　　　罗　浩　方　兵
　　　　　陈　沫　韩富芳
　　　　　高　军　张安平
　　　　　白　翎　卢　怡
　　　　　陈培元　陈有所

英文翻译：陈学东　王　京
日文翻译：朱晓薇

总 策 划：陈兴荣

版式设计：许　华

责任编辑：陈胜海

制　　作：现代艺术工作室

下 卷 PART II

爵 士 乐 (JAZZ MUSIC)

金·奥利佛
（King Oliver） ···································· （384）

基德·奥赖
（Kid Ory） ····································· （386）

杰利·罗尔·莫顿
（Jelly Roll Morton） ······························ （388）

贝茜·史密斯
（Bessie Smith） ································· （390）

西德尼·贝彻
（Sidney Bechet） ································ （392）

弗莱切·汉德森
（Fletcher Henderson） ···························· （394）

埃林顿公爵
（Duke Ellington） ······························· （396）

路易斯·阿姆斯特朗
（Louis Armstrong） ····························· （400）

吉米·兰斯福德
（Jimmie Lunceford） ···························· （404）

厄尔·海恩斯
（Earl Hines） ………………………………………………… （406）

比克斯·贝德贝克
（Bix Beiderbecke） ……………………………………… （408）

科尔曼·霍金斯
（Coleman Hawkins） …………………………………… （410）

范茨·沃勒
（Fats Waller） ……………………………………………… （412）

格伦·米勒
（Glenn Miller） …………………………………………… （414）

吉米·道尔西
（Jimmy Dorsey） ………………………………………… （418）

贝西伯爵
（Count Basie） …………………………………………… （420）

汤米·道尔西
（Tommy Dorsey） ………………………………………… （422）

杰克·蒂加登
（Jack Teagarden） ……………………………………… （424）

埃迪·科顿
（Eddie Condon） ………………………………………… （426）

本尼·卡特
（Benny Carter） …………………………………………… （428）

卡伯·卡罗维
（Cab Calloway） ································· （430）

斯蒂凡·格拉佩里
（Stephane Grappelli） ····················· （432）

路易斯·乔丹
（Louis Jordan） ······························· （434）

基尼·克鲁帕
（Gene Krupa） ································· （436）

奇克·韦伯
（Chick Webb） ································· （438）

莱奥纳尔·汉普顿
（Lionel Hampton） ························· （440）

本尼·古德曼
（Benny Goodman） ························· （442）

莱斯特·杨
（Lester Young） ····························· （444）

阿特·塔图姆
（Art Tatum） ·································· （448）

阿蒂·肖
（Artie Shaw） ································· （450）

罗伊·埃尔德里奇
（Roy Eldridge） ····························· （452）

吉尔·伊文思
(Gil Evas) ·············· (454)

伍迪·赫尔曼
(Woody Herman) ·············· (456)

比莉·荷莉戴
(Billie Holiday) ·············· (458)

弗兰克·西纳特拉
(Frank Sinatra) ·············· (460)

迪兹·吉莱斯皮
(Dizzy Gillespie) ·············· (466)

特洛尼斯·蒙克
(Thelonious Monk) ·············· (468)

埃拉·菲兹杰拉德
(Ella Fitzgerald) ·············· (470)

纳特·金·科尔
(Nat King Cole) ·············· (472)

阿特·布雷基
(Art Blakey) ·············· (474)

查理·帕克
(Charlie Parker) ·············· (476)

戴夫·布鲁贝克
(Dave Brubeck) ·············· (480)

查尔斯·明各斯
（Charles Mingus） ·· (482)

蒙格·桑塔马利亚
（Mongo Santamaria） ····································· (484)

马克斯·罗奇
（Max Roach） ·· (486)

沙拉·沃恩
（Sarah Vaughan） ··· (488)

蒂娜·华盛顿
（Dinah Washington） ······································ (490)

奥斯卡·彼得森
（Oscar Peterson） ··· (492)

冈瑟·舒勒
（Gunther Schuller） ······································· (494)

迈尔斯·戴维斯
（Miles Davis） ··· (496)

约翰·科特兰
（John Coltrane） ·· (498)

盖瑞·穆里根
（Gerry Mulligan） ··· (502)

斯坦·盖茨
（Stan Getz） ·· (506)

埃尔文·琼斯
(Elvin Jones) ·· (508)

卡努博·阿德雷
(Cannonball Adderley) ··························· (510)

霍里斯·席尔瓦
(Horace Silver) ······································ (512)

塞西尔·泰勒
(Cecil Taylor) ······································· (514)

比尔·伊文思
(Bill Evans) ·· (516)

奥耐特·科尔曼
(Ornette Coleman) ······························· (518)

尼娜·西蒙尼
(Nina Simone) ······································ (520)

韦恩·肖特
(Wayne Shorter) ··································· (524)

拉萨恩·罗兰·科尔克
(Rahsaan Roland Kirk) ·························· (526)

赫尔比·汉考克
(Herbie Hancock) ································· (528)

奇克·考瑞阿
(Chick Corea) ······································ (530)

埃迪·丹尼尔斯
（Eddie Daniels） ·· （532）

杰克·德约尼特
（Jack DeJohnette） ·· （534）

让·路克·庞蒂
（Jean Luc Ponty） ·· （536）

乔治·本森
（George Benson） ·· （538）

基斯·加雷特
（Keith Jarret） ·· （540）

温顿·马萨利斯
（Wynton Marsalis） ·· （542）

摇 滚 乐 (ROCK & ROLL)

恰克·贝里
（Chuck Berry） ·· （546）

阿托纳·多米诺
（Antoine Domino） ·· （548）

艾尔维斯·普莱斯利
（Elvis Presley） ··· （550）

杰瑞·李·莱维斯
（Jerry Lee Lewis） ·· （558）

洛易·奥比逊
（Roy Orbison） ·· （560）

布迪·霍利
（Buddy Holly） ·· （562）

内尔·西达卡
（Neil Sedaka） ·· （564）

菲尔·斯伯科特
（Phil Spector） ·· （566）

吉米·汉瑞克斯
（Jimi Hendrix） ·· （568）

詹尼斯·乔普林
(Janis Joplin) ·· (572)

戴安娜·罗斯
(Diana Ross) ·· (574)

罗德·斯迪沃特
(Rod Stewart) ··· (576)

艾瑞克·克莱普顿
(Eric Clapton) ··· (578)

内尔·杨
(Neil Young) ·· (580)

艾尔顿·约翰
(Elton John) ·· (582)

托米·詹姆斯
(Tommy James) ·· (584)

乔尔·比利
(Joel Billy) ··· (586)

布鲁斯·斯普英斯蒂恩
(Bruce Springsteen) ·· (588)

彼得·加布里尔乐队
(Peter Gabriel) ·· (590)

劳珀·辛迪
(Lauper Cynci) ·· (592)

安提·亚当
（Anti Adam） ··· （594）

迪昂和贝尔蒙特乐队
（Dion And The Belmonts） ································· （596）

西门和加发科尔
（Simon And Garfunkel） ··································· （598）

赛热利斯乐队
（The Shirelles） ·· （600）

披头士乐队
（The Beatles） ··· （602）

普林斯
（Prince） ··· （612）

迈克尔·杰克逊
（Michael Jackson） ·· （616）

麦当娜
（Madonna） ·· （622）

四季乐队
（The Four Seasons） ·· （626）

克里顿斯净水复苏乐队
（Creedence Clearwater Revival） ························· （630）

亚当斯·布莱恩
（Adams Bryan） ·· （632）

至高无上演唱组
（Supremes） ·· （634）

滚石乐队
（The Rolling Stones） ··························· （638）

海滩男孩乐队
（The Beach Boys） ····························· （642）

恩　雅
（Enya） ··· （646）

彼得、保罗和玛丽
（Peter，Paul & Mary） ························ （648）

正直兄弟二重唱小组
（The Righteous Brothers） ··················· （650）

奇幻乐队
（The Kinks） ····································· （652）

乔治·迈克尔
（George Michael） ····························· （658）

小家伙乐队
（The Young Rascals） ························· （662）

戴维德·鲍威
（David Bowie） ·································· （664）

平克·弗洛伊德乐队
（Pink Floyd） ···································· （670）

蒙吉斯乐队
(The Monkees) ·· (674)

杰弗逊飞机乐队
(Jefferson Airplane) ······························ (676)

门乐队
(The Doors) ······································ (678)

斯莱和斯通家庭乐队
(Sly And The Family Stone) ···················· (682)

奶酪乐队
(Cream) ·· (684)

詹尼特·杰克逊
(Janet Jackson) ·································· (688)

克罗斯比,斯蒂尔斯和纳什乐队
(Crosby, Stills And Nash) ······················ (690)

弗利乌德·迈克
(Fleetwood Mac) ································ (692)

血、汗和泪乐队
(Blood, Sweat And Tears) ······················ (698)

莱德·泽普林
(Led Zeppelin) ·································· (700)

杰斯诺·托尔乐队
(Jethro Tuil) ····································· (710)

耶仕乐队
（Yes）···（712）

阿尔曼兄弟乐队
（The Allman Brothers）·······································（714）

塞琳·迪翁
（Celine Dion）···（718）

超级游民乐队
（Supertramp）···（720）

卡彭特兄妹
（Carpenters）···（722）

罗克西音乐乐队
（Roxy Music）···（724）

老鹰乐队
（The Eagles）···（726）

阿巴乐队
（Abba）··（728）

范·海伦乐队
（Van Halen）···（730）

U2 乐队
（U2）··（734）

碰撞乐队
（The Clash）···（738）

戴夫·莱帕德乐队
（Def Llppard）···（740）

狼乐队
（Los Lobos）···（742）

警察乐队
（The Police）···（744）

人类联盟乐队
（The Human League）···（748）

特殊乐队
（The Specials）···（750）

热姆乐队
（R. E. M）···（752）

杜兰·杜兰乐队
（Duran Duran）···（754）

简单头脑乐队
（Simple Minds）···（758）

斯潘多芭蕾乐队
（Spandau Ballet）···（760）

韵律操乐队
（Eurythmics）···（762）

惠特尼·休斯敦
（Whitney Houston）···（764）

新兴城市老鼠乐队
（Boomtown Rats） ·· （768）

野孩子乐队
（Beastie Boys） ·· （770）

金属乐队
（Metallica） ·· （772）

宠物店男孩乐队
（Pet Shop Boys） ·· （774）

小鬼乐队
（The Pixies） ·· （776）

涅槃乐队
（Nirvana） ·· （778）

神童乐队
（The Prodigy） ·· （780）

山羊皮乐队
（Suede） ·· （782）

石庙向导乐队
（Stone Temple Pilots） ·· （784）

小红莓乐队
（The Cranberries） ·· （786）

接招乐队
（Take That） ·· （788）

附录三 （歌曲）

太年轻
(Too Young) ··· (790)

雨中欢笑
(Laughter In The Rain) ······································ (791)

意乱情迷
(Another Somebody Done Somebody Wrong Song) ··········· (792)

今夜恰似那夜
(Tonight's The Night) ······································· (794)

让你的爱情流动
(Let Your Love Flow) ······································· (796)

热　线
(Hot Line) ··· (798)

你照亮我的生命
(You Light Up My Life) ······································ (800)

我心属于自己
(My Heart Belongs To Me) ·································· (802)

振翅飞翔
(Gonna Fly Now) ··· (804)

情　感
(Emotions) ·· (806)

团　圆
(Reunited) ·· (808)

诉 不 尽
(More Than I Can Say) ·· (810)

因为我爱你
(Because I Love You) ·· (812)

手 牵 手
(Hand In Hand) ·· (814)

父 亲 形 象
(Father Figure) ·· (816)

用音乐穿越空间

让歌声唱出新曲......

爵 士 乐

JAZZ MUSIC

主要演奏乐器：短号
主要音乐风格：古典新奥尔良爵士乐
绰　　　号：国王

金·奥利佛
（King Oliver）

1885 ~ 1938

国王

　　1885 年 5 月 8 日生于美国路易斯安那州的新奥尔良，原名乔·奥利佛。奥利佛初涉乐坛时，演奏的乐器是长号，1905 年转而演奏短号并定期与新奥尔良不同的爵士乐队合作演出。此后，演奏技巧日臻成熟，著名的长号演奏家基德·奥赖因此而送给他"国王"的绰号。1919 年，奥利佛离开新奥尔良来到芝加哥，加盟梦境舞厅比尔·约翰逊的乐队。1920 年，已成长为一位独立的乐队指挥。此后，奥利佛曾到加利福尼亚闯荡过，因在那里没有取得成功而重返芝加哥，定期与克里奥尔爵士乐团在林肯公园演出，奥利佛卓越的指挥才华受到了人们的热烈欢迎，1923 年，这支乐队的录音水准远远超出了先前的任何一支乐队。在乐曲《铲斗布鲁斯》中，奥利佛精彩的分解和弦独奏，至今仍让人们记忆犹新。1924 年，克里奥尔乐队因乐手相继离去而解散，奥利佛又与钢琴家杰利·罗尔·莫顿合作录制了两张二重奏唱片。1925年，奥利佛接手戴夫·佩顿的乐队后，将乐队命名为迪克斯爱乐乐团。随后在这个乐团录制的著名唱片《抓住它》中，奥利佛又有一段精彩的短号独奏。1927 年，奥利佛搬到纽约，他此时演奏的作品已显得有些跟不上时代的节奏。1929 年，在《太迟》一曲中，奥利佛尽管以英雄般的形象露面，人们也只是礼节性地向他祝贺；同年，当钢琴家路易·拉塞尔从他手中接管了迪克斯爱乐乐团后，奥利佛从此失去了最后的阵地，成为一个没有固定工作的艺人。尽管他 1931 年之后的录音都是热门舞曲的典范，但还是很快就被人们所遗忘。1938 年 4 月 8 日，奥利佛在佐治亚州的萨几纳去世，年仅 52 岁。

最 流 行 专 辑

《路易斯·阿姆斯特朗／金·奥利佛》
Louis Armstrong／King Oliver （1923～1924 年）
《佳期》
Ok Sessions （1923～1926 年）
《糖足舞》
Sugar Foot Stomp （1926～1928 年）
《金·奥利佛》
King Oliver （1926～1928 年）

《金·奥利佛》
King Oliver （1928～1930 年）
《金·奥利佛》
King Oliver （1929～1930 年）
《纽约录音》
New York Sessions （1929～1930 年）
《金·奥利佛》
King Oliver （1930～1931 年）

口嚼花椒的"国王"

　　金·奥利佛幼年时酷爱吃糖，有时在课堂上也常常偷偷地吃，为此没少被老师批评。长大以后仍然秉性难移的他终于受到了惩罚。1927 年，正当奥利佛的事业遇到困阻时，他的牙仿佛也成了自己的敌人，每当他吹奏短号时，讨厌的牙便伸出了魔爪，疼得他简直无法正常吹奏。但生性执拗的奥利佛毕竟是一位吹奏短号的天才"国王"，为了克服痛疼，每次上台前他总是抓一把花椒放在嘴里大口大口地咀嚼，花椒麻得他满眼是泪，但只要报幕员报完演出曲目后，他便迅速用毛巾擦去脸上的泪，从容地上台演奏。好友们看着他走上舞台的背影，都深深地被感动了。

主要演奏乐器：长号

主要音乐风格：迪克西兰爵士乐

基德·奥赖

（Kid Ory）

——————————

1886～1973

迪克西兰爵士乐的代表

1886 年 12 月 25 日生于美国路易斯安那州的拉普良斯，原名爱德华·奥赖。奥赖年轻时演奏过班卓琴，后转而演奏长号。1911 年，曾在新奥尔良领导了一支乐队。成员包括：马特·卡瑞、金·奥利佛、路易斯·阿姆斯特朗、约翰尼·道兹和西德尼·贝彻等多位后来的演奏大师。1919 年，奥赖离开新奥尔良来到洛杉矶，1922 年首次与一支黑人爵士乐队合作录制了两首乐曲《奥赖的克里奥尔人长号》和《社会布鲁斯》。1925 年，在爵士乐中心芝加哥，奥赖定期和著名的短号演奏家金·奥利佛一起演奏并录制了许多经典唱片。20 年代，奥赖是公认的新奥尔良杰出的长号演奏家，这一时期他演奏的长号乐曲《穆斯卡特漫步》后成为一首经典名曲。30 年代，摇摆乐占据了爵士乐的舞台，奥赖找不到适于自己的位置，便放弃了音乐，和兄弟一起办了一家养鸡场。1942 年，56 岁的奥赖又重新回到爵士乐坛，先在巴尼·毕加德乐队中担任乐手，后很快就组建起一支自己的乐队。随着他的出现，早已销声匿迹的迪克西兰爵士乐很快引起人们的关注和喜爱。1946 年，奥赖在影片《新奥尔良》中首次登上银幕，与阿姆斯特朗一起成功地塑造了爵士乐手的形象。此后，他还参加过电影《本尼·古德曼的故事》的拍摄。1966 年，已进入 80 高龄的奥赖宣布退休，他离开了美洲大陆，来到太平洋的夏威夷度过人生的最后岁月。1973 年 1 月 23 日，奥赖在夏威夷州的火奴鲁鲁去世，享年 87 岁。

最 流 行 专 辑

《基德·奥赖》
Kid Ory （1944 ~ 1945 年）
《这孩子是最了不起的》
This Kid's the Greatest （1953 ~ 1956 年）
《新奥尔良之声》（第 9 集）
Sounds of New Orleans, Vol.9 （1954 年）
《基德·奥顿的克里奥尔爵士乐队》
Kid Ory's Creole Jazz Band （1954 年）

《克里奥尔爵士乐队》
Creole Jazz Band （1954 年）
《传奇的基德》
Legendary Kid （1955 年）
《精曲!》
Favorites! （1956 年）

亲爱的鸡呀

　　基德·奥赖和兄弟自从在郊外开办了一家养鸡场后，一直没有忘记心爱的长号。每天清晨，只要一听到鸡鸣，他便一跃而起，拎着长号来到户外，和鸡一起奏鸣。这时，天边刚刚现出鱼肚白，太阳还在地平线下慢慢地向上移动……奥赖望着东方闪闪烁烁泛出的曙光，听着此起彼伏的鸡鸣，心灵受到了极大的震憾，奥赖觉得这天赖的合奏与美妙的音乐有着不可言喻的亲和感，于是，当他再次吹奏起长号时，便有了与鸡鸣和曙光极为和谐的韵律美。他说："太妙了! 大自然! 太妙了! 我亲爱的鸡呀!"

主要演奏乐器： 钢琴
演出相关工作： 作曲、指挥
主要音乐风格： 古典新奥尔良爵士乐

杰利·罗尔·莫顿
（Jelly Roll Morton）

1890～1941

爵士博士

1890年10月20日生于美国路易斯安那州的新奥尔良，原名费迪南德·约瑟夫·勒莫。莫顿10岁开始演奏钢琴，到1914年已走遍美国南方各地，1915年已成为从拉格泰姆爵士乐过渡到早期爵士乐的重要人物。1917～1922年，莫顿一直在洛杉矶演奏，后来移居芝加哥。1923～1924年，在莫顿钢琴独奏的录音中，已充分显示出独特的音乐风格。1926～1927年，莫顿的"红热辣椒面"乐队为维克多唱片公司录制了一批精彩的三重奏乐曲，另外两位合作者是鲍比·道兹和约翰尼·道兹。此期间，他还创作出《脚夫王布鲁斯》、《祖父的咒语》、《爵士博士》、《杰利·罗尔先生》、《珍珠》、《获胜的男孩布鲁斯》、《狂人布鲁斯》、《糖的代用品》等许多经典作品。1928年，爵士乐的中心由芝加哥转移到纽约，莫顿也面临着重新选择自己的位置。凭借昔日的声望，他与维克多唱片公司的录音合约一直持续到30年代。经济大萧条时期，莫顿的事业逐渐走下坡路。具有讽刺意味的是，这一时期他为摇摆乐创作的《脚夫王跺脚舞曲》，竟然成为当时最流行的乐曲之一。1938年，记者阿兰·洛马斯在酒吧里找到已经穷困潦倒的莫顿并及时采访了他，莫顿娓娓动听的自述为后人留下了一份宝贵的录音资料。在这份录音中，当他讲述到在新奥尔良的那段时光时，还弹起了钢琴并维妙维肖地模仿了当时的演奏风格，给人们带来了一份美好的回忆。1934年，莫顿来到纽约，尽管他信心十足地领导几支乐队开了几场音乐会，但知音甚少。1940年，境况不佳的莫顿前往洛杉矶，希望在西海岸重振旗鼓。然而，此时他已身心枯竭。1941年7月10日，莫顿在加利福尼亚州洛杉矶去世，年仅50岁。

早说了几年的话

　　杰利·罗尔·莫顿穷困潦倒之后，仍然改不了爱吹牛的毛病，他好像是一位自大狂，从来都是以自我为中心，不把别人当回事。有一次在酒吧，他向人们夸耀说："你们都来看看，都来看看吧，我的手指就像我的大脑一样灵活，这简直就是我的大脑，活蹦乱跳的大脑。"围观的人听了很不以为然地对他说："那么，能不能让你活蹦乱跳的大脑休息一会儿呢?要知道，我们实在忍受不了了!"莫顿顿时愣在了那儿，弹琴的手也停止了，过了好一会儿才说："要知道，我刚才弹奏的乐曲，十年后肯定会红遍全球。""别吹了!"围观的人说。然而，十年后莫顿便声名鹊起，遗憾的是，此时这位爱吹牛的音乐家已经不在人世了。事实告诉人们，莫顿说的大话其实并不是大话，只不过是他早说了几年而已。

最 流 行 专 辑

《钢琴独奏》
The Piano Solos （1923～1924 年）
《杰利·罗尔·莫顿》
Jelly Roll Morton （1923～1926 年）
《杰利·罗尔·莫顿》
Jelly Roll Morton （1926～1928 年）
《杰利·罗尔·莫顿世纪纪念一维克多唱片公司录音全集》
Jelly Roll Morton Centennial: His Complete
Victor Recording （1926～1939 年）
《杰利·罗尔·莫顿》
Jelly Roll Morton （1928～1929 年）
《堪萨斯爵士舞:国会图书馆录音》（第 1 集）
Kansas City Stomp: The Library
of Congress Recordings, Vol.1 （1938 年）
《阿那缪尔舞曲》
Anamule Dance （1938 年）
《珍珠》
The Pearls （1938 年）
《12 个男孩布鲁斯》
With 12 Boy Blues （1938 年）
《新奥尔良回忆＋2》
New Orleans Memories Plus Two （1939～1940 年）

演出相关工作：歌手
主要音乐风格：布鲁斯音乐、古典爵士乐
绰　　　　号：布鲁斯皇后

贝茜·史密斯
（Bessie Smith）

1894～1937

布鲁斯皇后

　　1894 年 4 月 15 日生于美国田纳西州的查塔努加。1920 年，史密斯首次在新泽西州的大西洋城独立演出。3 年后，她来到纽约与哥伦比亚唱片公司签约录音，不久就推出了自己的首张专辑《消沉的布鲁斯》。1925 年 5 月 25 日，哥伦比亚唱片公司采用电声技术为她录制的专辑《黄狗布鲁斯》，在当时是一次录音技术的革新。唱片发行后，史密斯很快成为全美最走红的歌手，许多爵士乐队都纷纷邀请她录音、演出。1925～1927 年，史密斯在"帐篷"里主演《哈莱姆·弗劳里克斯》获得巨大成功。1928 年，她主演的《密西西比的日子》再次引起轰动。1929 年，史密斯参加了电影《圣路易斯的布鲁斯》的拍摄，但这部影片没给她带来什么好运，其后录制的专辑《当你垮掉之后没有人知道你》则预示了她惨淡岁月的开始。1931 年，史密斯与合作多年的哥伦比亚唱片公司解除了合约。1934 年，史密斯录制了自己的最后一张专辑。1935 年，史密斯参加过阿波罗歌舞厅的演出，还在另一场《百老汇上空的明星》的演出中担任了比莉·荷莉戴的候补角色。她那富于情感的声音，让人们找回了忘怀已久的感觉，当她演唱结束时，全场欢声雷动。不久，史密斯又首次在卡内基音乐厅参加了约翰·哈蒙德的《从圣歌到摇摆乐》的演出，并再次尝到了成功的喜悦。然而，不幸也随后在她身上降临。1937 年，史密斯在南方的密西西比遭遇车祸，据说她的伤势并非致命，只因她是黑人而没有受到公正对待和及时治疗。1937 年 9 月 26 日，史密斯在密西西比州克拉克去世，年仅 41 岁。

最 流 行 专 辑

《贝茜·史密斯／录音全集》(第 1 集)
Bessie Smith／The Complete Recording
  Vol. 1 （1923～1924 年）
《录音全集》(第 2 集)
The Complete Recording Vol. 2 （1924～1925 年）

《录音全集》(第 3 集)
The Complete Recording Vol. 3 （1925～1928 年）
《录音全集》(第 4 集)
The Complete Recording vol. 4 （1928～1931 年）
《录音全集》(第 5 集)
Complete Recording Vol. 5(1925～1933 年)

温暖人心的歌

    贝茜·史密斯认识雷尼的时候,并不知道雷尼曾经生活在底层,最初只是喜欢她唱歌,甚至觉得她的歌声特别真切,真切得至纯至洁,让人如沐圣水。于是便很投入地崇拜她,自觉地作了她的学生。随着相交甚久,雷尼才告知了史密斯自己的身世:生于贫民窟,讨过饭,日子过得非常艰辛。雷尼的一段话让史密斯终生难忘。她说:"我 30 岁前认识的两个男人令我没齿难忘,一位大约五十多岁,据这个人说自从退休后,就再也没有人搭理他了,连电话也没响过,他太孤独了;另一位 18 岁,这个男孩儿失恋了,他说他难受得几乎活不下去,接着就哭了起来。"他们对我说,我演唱的歌使他们得到了安慰。雷尼接着说:"我的苦难童年使我能够理解他们,他们都是需要温暖的人。虽然我生活得很艰难,也同样需要温暖。但我知道我的歌就是温暖的、爱人的。"史密斯从雷尼的这席话里,领悟到了人生的真谛,因此她演唱的歌,才那么真切动人。

1897 年 5 月 14 日生于美国路易斯安那州的新奥尔良。贝彻幼年时就表现出非凡的音乐天赋，还在新奥尔良学习单簧管期间，就开始与当地顶尖的乐队合作演出。1919 年，贝彻加盟威尔·马里奥思·库克的管弦乐团并随团访问欧洲，获得了著名指挥家昂塞尔梅的高度赞赏。1923 年，他与钢琴家克拉伦斯·威廉斯合作录制了自己的首张唱片。在其后的两年中，又与路易斯·阿姆斯特朗录制了许多令人难以忘怀的乐曲。然而，贝彻并没有在美国继续发展自己的事业，他再次来到欧洲，在各国访问演出。生性好动的贝彻在欧洲招惹了一连串的麻烦而先后被英国和法国政府驱逐出境。30 年代，贝彻曾与诺布·希西勒合作过，又与新奥尔良"脚炉"乐队举办过一次非常精彩的演奏会。1938 年，贝彻演奏的《夏日》给人们带来了一个惊喜并成为热门乐曲，在其后的 3 年中还录制了许多经典乐曲并参加了埃迪·科顿在纽约音乐厅的演出。1945 年，贝彻试图组建一支自己的乐队，由于未能挑选到合适的伙伴而使计划成为泡影。此后，他希望办一所音乐学校，又以名不副实而告终（仅有鲍勃·威尔伯成为他惟一知名的学生）。1949 年，贝彻应邀参加了在巴黎举办的萨勒·普莱耶爵士节，在远离家乡的异邦，贝彻被视为一位有才华的爵士音乐家而受到人们的尊重，这使他心中平添了许多感慨并决心在巴黎定居。在在此后的 10 年里，贝彻有过许多精彩的音乐会和录音，曾不止一次地返回美国演出。1959 年 5 月 14 日，贝彻在法国巴黎被癌症夺去了生命，年仅 62 岁。

主要演奏乐器：单簧管、高音萨克斯管
主要音乐风格：新奥尔良爵士乐、迪克、西兰爵士乐
绰　　　号：教皇

西德尼·贝彻
（Sidney Bechet）

1897 ~ 1959

爵士教皇

可爱的"狂妄"

　　对于天才的演奏家西德尼·贝彻，用寻常的话来指责他是不公正的。他的狂妄往往与天才的想象联在一起，也正是依靠了这种狂妄的想象，才使他的创造力得以实现。贝彻不仅想象，而且还将自己的想象告诉大家，他说："法国人早晚有一天会像崇拜大作家雨果那样崇拜我。"他直言不讳，狂妄至极，然而他无法被人否认的天赋，在欧洲那片崇尚艺术的天地，终于被人们认可，并获得了如他自己所预言的那样——法国不仅有雨果神殿，而且还为贝彻树起了雕像。对此，本应谦虚并向人们致谢的贝彻不仅不以为然，还变本加厉地说："是啊！是啊！这才像一个文明国家，对待天才的态度。"贝彻是那么自负，那么志得意满。然而，据他的朋友说："贝彻其实是一个很脆弱的人，否则他就不会把自己的成功老挂在嘴上。"这话颇有点一语中的的味道。

最 流 行 专 辑

《主要录音：维克多录制节目》
Master Takes：Victor Sessions （1932～1943 年）
《蓝色音符录音全集》
Complete Blue Note Recording （1939～1953 年）

弗莱切·汉德森

（Fletcher Henderson）

1897 ~ 1952

爵士乐坛的伯乐

主要演奏乐器：钢琴
演奏相关工作：指挥、编曲
主要音乐风格：古典爵士乐、摇摆乐

1897 年 12 月 18 日生于美国佐治亚州的卡斯伯特。1920 年，汉德森刚到纽约时，曾从事过佩斯·汉迪公司的歌曲示范员、组织乐队演出、担任布鲁斯歌手的伴奏等项工作，从 1921 年起才开始作为指挥录制唱片。1924 年 1 月，汉德森组建了一支自己的大乐队，并大胆地启用了富于创新的编曲而使乐队迅速成为同行中的佼佼者。同年，由于路易斯·阿姆斯特朗的加盟以及唐·雷德曼为乐队创作了更多的摇摆风格的乐曲，汉德森的管弦乐队在艺术成就上压倒了一切竞争对手并录制了许多经典唱片。30 年代早期，汉德森逐渐成长为一位重要的编曲家。然而，经济大萧条给乐队带来了一连串的失败并最终导致乐队解散。1934 年，汉德森为本尼·古德曼的大乐队创作了《脚夫王跺脚舞曲》、《有时我快乐》、《南方营地聚会》等热门乐曲。1936 年，他再次组建了一支自己的乐队，很快就推出了流行曲《克里斯托弗·哥伦布》。1939 年，他又不得已解散了这支大乐队而重新为古德曼乐队编曲。40 年代，汉德森一直为生计奔忙。1950 年，他和拉克伊·汤普森一起组建了一支出色的六人乐队，就在他准备重整旗鼓之时，一次中风结束了他的演艺生涯。1952 年 12 月 29 日，汉德森在纽约州纽约市去世，年仅 55 岁。

被人嘲笑过的音乐家

　　弗莱切·汉德森虽为黑人，然而却是一位智商极高的人，从他获得过化学和数学学位就能够得出这样的结论。但是，社会对黑人的不公正与种族歧视，又使汉德森在万般无奈的情况下选择了音乐。最初的奋斗是令人同情的，他在佩斯·汉迪公司当歌曲示范员时，就经历了比歧视与不公正更遭的厄运。开始，汉德森由于没有受过专门的音乐训练，连起码的音乐常识也不懂，虽然有那么高的学位，仍然经常被人嘲笑与讥诮。一次，他在演示中早了半拍，谁知听唱的人都有很高的音乐修养，于是引来了哄堂大笑，羞得汉德森满脸通红。或许正是这种被人耻笑的尴尬促使他默默地下了决心——一定要补上音乐这一课。后来的故事大家就都知道了，经过勤奋与刻苦的努力，汉德森终于成了名震世界爵士乐坛的人物。

最 流 行 专 辑

《挫折研究／古典爵士词书》
A Study in Frustration／
Thesaurus of Classic Jazz （1923～1938 年）
《弗莱切·汉德森》
Fletcher Henderson （1925～1926 年）
《弗莱切·汉德森》
Fletcher Henderson （1926～1927 年）
《弗莱切·汉德森》
Fletcher Henderson （1927 年）
《弗莱切·汉德森》
Fletcher Henderson （1934～1937 年）

主要演奏乐器：钢琴
演出相关工作：作曲、编曲、指挥
主要音乐风格：无法归类
绰　　　　号：公爵

埃林顿公爵
（Duke Ellington）

1899～1974

最伟大的爵士乐作曲家

1899 年 4 月 29 日生于美国哥伦比亚特区的华盛顿，原名爱德华·肯尼迪·埃林顿。埃林顿 7 岁开始学习钢琴，18 岁时，利用首次在华盛顿特区举办个人音乐会的机会，非常明智地在电话号码簿的黄页上刊登了最大幅的广告将自己介绍给观众。1933 年，一支由来自华盛顿特区的青年音乐家组成的"华盛顿人"乐队在纽约成立，埃林顿被推选为指挥。在他的领导下，乐队很快在好莱坞俱乐部谋得了第一份工作并逐步建立起了"丛林音乐"的风格。1926 年 11 月 29 日，埃林顿早期创作的乐曲《东圣路易斯再见》和《伯明翰曳步舞曲》首演获得成功，从此奠定了"华盛顿人"乐队在爵士乐坛的地位。1927 年，乐队再次录制了《东圣路易斯再见》的新版本，并首演了《黑色和棕褐色幻想曲》和《克里奥尔情话》等乐曲。1929 年，埃林顿首次饰演影片《黑色和棕褐色》的男主角，他出色的表演给观众留下极为深刻的印象。1931 年，埃林顿率团在全美巡回演出，1933 年和 1939 年的两次欧洲之行又为乐队赢得了国际声誉。1935 年，埃林顿创作了《快速怀旧》、《黎明特快》、《靛蓝色的情绪》、《节奏中的摇摆》、《多愁善感的情绪》、《沙漠商队》、《吻的前奏》等经典作品。1940～1942 年，"华盛顿人"乐队是评论家公认为最杰出的乐队。这期间，埃林顿又有一大批佳作问世。1943 年，埃林顿首次在卡内基音乐厅演奏了他创作的《黑色、棕色和米黄色》、《香水套曲》、《遥远南方套曲》、《利比里亚套曲》，以及改编吉米·福斯特创作的《快乐地来到幸运之乡》(后来更名为《午夜列车》)等著名的乐曲。50 年代初，他又创作了最后一首热门流行乐曲《撒丁娃娃》。60 年代，埃林顿转向宗教音乐创作，同时还创作了具有现代气息的《远东套曲》。1974 年 5 月 24 日，埃林顿因癌症病逝于纽约州纽约市，享年 75 岁。

牙刷的故事

　　埃林顿功成名就之后，仍然非常执著，除了演出外，他几乎天天都在录音棚里。一天清晨，录音棚的管理人员发现调音台上有一把牙刷，以为是废旧的，便随手扔了。待埃林顿起来漱口时，却怎么也找不到自己的牙刷。管理人员问他找什么，埃林顿说："找牙刷。"管理人员说："真对不起，我以为是报废牙刷呢，给扔掉了。"埃林顿急得连声说："这怎么办？这怎么办？"管理人员问："什么怎么办？"埃林顿说："没有牙刷我怎么漱口，怎么工作呢？"管理人员说："漱口有那么重要？一天不漱都不行吗？"埃林顿这时严肃了，他说："先生，我必须漱口刷牙！我不习惯带着口臭录音，要知道音乐是最纯最纯的艺术，哪怕是一丝口臭也不能沾染它，这对于艺术家来说，等于是犯罪。"说完他便快步走出录音棚，管理人员知道，埃林顿肯定是去买牙刷了。

最 流 行 专 辑

《早期埃林顿》
Early Ellington （1926～1931 年）
《公爵作品集》(1～5 卷)
The Works of Duke, Vols. 1～5 （1927～1930 年）
《公爵作品集》(6～10 卷)
Works of Duke, Vols. 6～10 （1930 年）
《公爵作品集》(11～15 卷)
Works of Duke, Vols. 11～15 （1940～1941 年）
《公爵作品集》(16～20 卷)
The Works of Duke, Vols. 16～20 （1941～1945 年）
《公爵作品集》(21～24 卷)
The Works of Duke, Vols. 21～24 （1945～1953 年）
《住宅区》
Uptown （1951～1952 年）
《埃林顿公爵在国会大厦唱片公司的录音全集》
The Complete Capitol Recordings of Duke Ellington
（1953～1955 年）
《伯爵初遇公爵》
First Time! Count Meets Duke （1961 年）
《埃林顿公爵和约翰·科尔特雷》
Duke Ellington and John Coltrane （1962 年）
《他母亲叫他比尔》
His Mother Call Him Bill （1967 年）
《70 岁生日音乐会》
Seventieth Birthday Concert （1969 年）

埃林顿在排练或演出时,对音乐的要求
即使到了晚年仍然一丝不苟。

埃林顿年轻时已十分幽默、风趣。

1901 年 8 月 4 日生于路易斯安那州新奥尔良市的黑人居住区。从小就喜欢唱歌,但没有机会正规地学习声乐。少年时,曾被送进"流浪儿之家",在此期间学会了演奏短号。离开"流浪儿之家"后,曾在新奥尔良各式各样的爵士乐队、铜管乐队中演奏,并在当时最著名的爵士乐演奏家金·奥利佛的关心、帮助下,逐渐成长为一名优秀的短号演奏家。1918 年,当奥利佛离开新奥尔良时,阿姆斯特朗接替他在乐队中的位置。4 年后,奥利佛邀请阿姆斯特朗前往芝加哥担任由他领导的克里奥尔人爵士乐队的第二短号手。1925 ~ 1926 年,羽翼丰满的路易斯·阿姆斯特朗重返芝加哥开创自己的事业,著名的《热门五和七》系列录音就是这一时期的佳作。1927 年,阿姆斯特朗从短号演奏转向音色相近的小号演奏,他在《短号炒杂碎》一曲中的演奏风格和技法远远走在同时代的前列。并在《马铃薯脑袋》一曲中,以结构严谨、感人肺腑的独奏,确立了作为 20 年代最优秀的小号独奏家的地位。作为歌手,阿姆斯特朗在《神经过敏》一曲中,第一次展示出自己独特的歌喉和超群的歌唱技巧,他的拟声唱法由此开始风行一时。歌曲《除爱以外我能给你一切》就是由于阿姆斯特朗的演唱才成为经典流行歌曲。1928 年,阿姆斯特朗在录音棚中组建起一支全新的乐队,这就是著名的"热门五重奏"。乐曲《西区布鲁斯》、《气象鸟》、《圣詹姆斯的虚弱》以及《港湾街布鲁斯》等,都是乐队这一时期的经典作品。30 年代,阿姆斯特朗以其精湛的演奏技巧、高度的敬业精神而在爵士乐坛享有盛名。40 年代初期,阿姆斯特朗的事业达到了鼎盛时期。40 年代中期,阿姆斯特朗解散了乐队,组建起著名的"全明星"乐队,不间断的演出使他应接不暇。1971 年 7 月 6 日,阿姆斯特朗逝世。没有一位爵士乐音乐家能够像他一样家喻户晓和深受世界各国人民的喜爱。

路易斯·阿姆斯特朗
(Louis Armstrong)

1901 ~ 1971

最著名的爵士音乐家

少管所里的号声

　　世界上的天才差不多都受到过不同程度的委屈与误解，有的甚至令人难以忍受。路易斯·阿姆斯特朗因"非法持有枪支"被送进少年管教所——"流浪儿之家"后，面对的将是长达两年的失去自由的日日夜夜。在少管所里，他发现墙角有一把短号，于是便静了下来，那时他连最起码的音乐知识也没有，更别说演奏了。同室的一位小伙伴从此开始了对他的音乐启蒙，很快，他的进步超过了教自己的小老师。小老师不甘落后，每天都更加勤奋的练习，而阿姆斯特朗则越来越没有机会吹奏短号了，怎么办？聪明的阿姆斯特朗终于想出了办法，他利用小老师午休时间练习；不吹出声，只练习指法。有时晚上小老师睡觉了，而阿姆斯特朗却仍然在练习小号。有谁知道，年仅 10 岁的路易斯·阿姆斯特朗对音乐就是这么酷爱和执著，也正是在这里奠定了坚实的音乐基础，待他走出少管所时，已经是一位出色的短号手了。

主要演奏乐器：短号、小号
演出相关工作：歌手、指挥
主要音乐风格：新奥尔良爵士乐、摇摆乐、
　　　　　　　迪克西兰爵士乐
绰　　　　号：话匣子

最 流 行 专 辑

《路易斯·阿姆斯特朗和金·奥利弗》

Louis Armstrong and King Oliver （1923～1924 年）

《热门五》(第 1 集)

Hot Fives Vol. 1 （1925～1926 年）

《热门五和七》(第 2 集)

Hot Fives and Seven, Vol. 2 （1926～1927 年）

《热门五和七》(第 3 集)

Hot Fives and Seven, Vol. 3 （1927～1928 年）

《阿姆斯特朗选集》(第 4 集)

The Louis Armstrong Collection, Vol. 4 （1928 年）

《萨其莫在交响音乐会》(第 1 集)

Satchmo at Symphony Hall, Vol. 1 （1947 年）

《阿姆斯特朗和公爵埃林顿》

Louis Armstrong and Duke Ellington （1961 年）

阿姆斯特朗的
笑声里仿佛流淌着
美妙的音乐。

吉米·兰斯福德
（Jimmie Lunceford）

1902 ~ 1947

最平凡的大师

演出相关工作：指挥
主要音乐风格：摇摆乐

1902 年 6 月 6 日生于美国密西西比州的富尔顿。小时候，兰斯福德受过多种乐器的训练。1927 年，兰斯福德在孟菲斯折曼阿萨高中担任音乐教师时，组建了一支名为"奇克肖音乐切分者"的学生乐团，在布法罗和克利夫兰等北方城市巡回演出；同年和 1930 年，乐团先后录制了两首歌曲，不久便更名为"兰斯福德管弦乐团"。1933 年，乐团录制

的两首歌曲由于各种原因，直到 10 年后才正式发行。1934 年，这支默默无闻的乐团在纽约著名的棉花俱乐部的演出给观众留下了深刻的印象，因此而与维克多唱片公司签约录音。此后，乐团还定期为迪卡唱片公司录音并推出许多热门乐曲，其中包括：《节奏是我们的工作》、《四或者五次》、《斯万斯河》、《我的蓝天》、《她不甜蜜吗》、《只为舞蹈者》、《城市布鲁斯》等。1939 年，乐团出现了危机，因兰斯福德付给乐队成员的报酬太少，主要的乐手相继离去。1940 年，尽管他用长笛演奏的《丽莎》非常出色，但乐团还是没有形成自己的演奏风格。1942 年，最后一位主要的演奏家威利·史密斯也离开了乐团，从此，乐团开始走下坡路，再也未能达到鼎盛时期的水平。正当兰斯福德准备重整旗鼓时，一件意外的事使他永远地离开了爵士乐舞台。1947 年 7 月 12 日，兰斯福德在俄勒冈州海滨去世，年仅 45 岁。

最 流 行 专 辑

《吉米·兰斯福德》
Jimmie Lunceford （1927～1934 年）
《舞之蹈之》
Stomp It off （1934 年）
《21934 卷》
Vol. 21934 （1934 年）

自习课上的歌唱

　　吉米·兰斯福德不愧是一位天才的音乐教师，他特别善于诱导学生的音乐天赋，无论是在课堂上还是在户外，只要他发现谁有一点音乐的灵感，就及时启发并反复地表扬。一次，一位学生在自习时不由自主地一边做作业一边哼唱着一首儿歌，兰斯福德非且没有打断他的哼唱，还一起随着那位学生轻轻地哼了起来，其他的同学发现了，他便用手势告诉同学们——一起唱吧，唱吧，于是教室里的同学开始由几个人随着他唱而发展到全班都唱了起来。兰斯福德抓住这个机会对同学们说："轻松、愉快，想唱歌；和谐、自由，想唱歌。歌是我们心灵的彩带，谁唱得最好，谁就挥舞的最美。"兰斯福德的循循善诱成就了他的事业，他后来成立的乐团，其成员都是他的学生。

厄尔·海恩斯
(Earl Hines)

1903 ～ 1983

现代爵士乐第一人

主要演奏乐器：钢琴
演出相关工作：指挥、作曲
主要音乐风格：古典爵士乐、摇摆乐

　　1903 年 12 月 28 日生于美国宾夕法尼亚州的杜斯奎恩。海恩斯在爵士乐发展的早期就已经小有名气，在转向钢琴演奏之前，他一直演奏小号。1922 年，海恩斯第一次与德普的乐队录制唱片。1923 年，他来到芝加哥与萨米·斯图尔特和厄克斯泰因·塔特的范多姆剧院管弦乐团一起合作演出。1926 年，与路易斯·阿姆斯特朗相识并成为朋友，在阿姆斯特朗的大乐队中曾一度出现过他的身影。1928 年，海恩斯首次录制了一张《十首钢琴独奏曲专辑》，其中《星期一约会》、《三人的布鲁斯》和《57 种》早已成为经典名曲。此外，他与阿姆斯特朗的热门五重奏乐队录制了永恒的精品《西区布鲁斯》、《焰火》、《盆地街布鲁斯》等。在《焰火》一曲中，海恩斯的钢琴与路易斯·阿姆斯特朗的小号的配合几乎达到了出神入化的境地；同年 12 月 28 日，在芝加哥大看台剧院，海恩斯还亲自指挥了自己的第一支大乐队的首演。其后 20 年，他一直领导着这支大乐队。他们的精彩表演深受乐迷的喜爱和欢迎。1948 ～ 1950 年，海恩斯解散了自己经营、培养了近 20 年的这支大乐队，加盟老朋友路易斯·阿姆斯特朗的"全明星"乐队，担任第二小提琴手。1951 年，海恩斯在旧金山重新组建了一支"迪克西兰"乐队，他又回到钢琴旁边，找回渐渐淡忘了的成功的感觉。人们说，对于 50 年代古典爵士乐的复兴，海恩斯功不可没。1964 年，海恩斯在纽约小剧院演出的 3 场音乐会，让纽约评论界感到震惊，人们发现了 61 岁的海恩斯仍然充满活力和创造力，他的这次复出一直持续到他音乐生涯的尽头。此后，海恩斯和他的四重奏组经常在世界各地巡回演出。1983 年 4 月 22 日，海恩斯在加利福尼亚州奥克兰去世，享年 80 岁。

最 流 行 专 辑

《厄尔 · 海恩斯》
Earl Hines （1937～1939 年）
《不可忽略的厄尔 · 海恩斯》(第 18 集)
Indispensable Earl Hines, Vol. 18L2 （1939～1940 年）
《钢琴人》
Piano Man （1939～1942 年）
《布鲁斯三和弦》
Blues in Thirds （1965 年）
《录音精华》
Quintessential Recording Session （1970 年）
《名作》
Tour de Force （1972 年）
《精华续集》
Quintessential Continued （1973 年）
《厄尔 · 海恩斯在新学校》
Earl Hines at the New School （1973 年）
《不能忘却》
Unforgettable （1993 年）

25 岁生日

厄尔 · 海恩斯 25 岁生日那天，在美国芝加哥的大看台剧院指挥着自己的大乐队进行首演，演出空前成功。人们对年轻的指挥家充满了敬佩，鲜花、赞美和掌声都向他飞来，其中有一位比他大十几岁的同行走上前来向他祝贺："祝贺你！厄尔 · 海恩斯，我 25 岁时，还只是乐队的实习演奏员，真羡慕你呀！"厄尔 · 海恩斯非常真诚地对他说："谢谢你！但我要告诉你，我今年已经 50 岁啦，因为我在指挥乐队演奏时，已完全进入了 50 年以上的生命历程，今天的成功足以证明了这一点。"那人听后说："哦——有道理，有道理。"

比克斯·贝德贝克
（Bix Beiderbecke）

1903 ~ 1931

早逝的奇才

主要演奏乐器：短号
主要音乐风格：古典爵士乐

1903 年 5 月 10 日生于美国依阿华州的达文波特市。贝德贝克大约在 3 岁时就能在钢琴上凭借听觉的记忆弹奏出曲调来，并且在幼年时几乎是靠自学掌握了短号的演奏方法。1921 年，贝德贝克被父母送到弗罗斯特湖军事学院学习，他们期望军校严格的训练能改变儿子不切实际的幻想。然而，贝德贝克为了学习、交流爵士乐，不惜逃课、逃学，最终因缺课太多而被勒令退学，这反而成全了他成为专职爵士乐音乐家的愿望。1923 年，贝德贝克成为了"沃尔夫林斯"乐队的明星短号手，一年后与乐队录制了一些经典的乐曲。1924 年下半年，贝德贝克离开"沃尔夫林斯"乐队，加盟简·古德凯特的管弦乐队，但最终因不识谱而丢掉了饭碗。1925 年，贝德贝克利用业余时间苦下功夫学习识谱。1927 年，他再次加盟辞退他的简·古德凯特的管弦乐队，并录制了根据德彪西的音乐而产生创作灵感的钢琴名曲《在雾中》，同时还与乐队一起录制了不少经典名曲。后来，他签约受雇于保罗·惠特曼的管弦乐队，贝德贝克自己最满意的独奏是在乔治·格什温的《F 大调协奏曲》中竭尽才思的表演。与惠特曼在一起，贝德贝克的独奏极其神奇，配器非常有特点，他创作的热门歌曲《甜蜜的苏》就是一个最好的例证。1929 年，酗酒的恶习已渐渐侵蚀了贝德贝克的音乐灵性，到 1930 年，他录制的一些唱片已非常令乐迷失望。1931 年 8 月 6 日，贝德贝克在纽约州纽约市因酗酒过量去世，年仅 28 岁。

最 流 行 专 辑

《芝加哥短号》
And the Chicago Cornets （1924～1925 年）
《歌唱布鲁斯》(第 1 集)
Bix Beiderbecke,Vo1. 1：the Blues （1927 年）
《在爵士乐队舞会上》(第 2 集)
At the Jazz Band Ball,Vo1. 2 （1927～1928 年）
《不可缺少》
The Indispensible （1924～1930 年）
《比克斯现场录音》
Bix Lives （1927～1930 年）

不识谱的"演奏家"

比克斯·贝德贝克在成为专业演奏员时还不会识谱，开始，他总是靠自己的天赋和耳熟能详之后，再进行演奏。说起来，贝德贝克开始的处境有点像中国的一句成语——滥竽充数。很快，乐队指挥就发现了贝德贝克是个不识谱的"演奏家"，一次排练时，指挥把他叫起来，并拿来一份新的乐谱让他演奏，贝德贝克这下傻了眼，只好承认了不识谱的实情。指挥没有嘲笑他，只是很客气地对他说了一句话："噢噢! 原来是这样! 你明天可以在家睡懒觉了!"贝德贝克知道指挥这句话的意思。从此便告别了乐团，用了整整一年的功夫学习识谱，天赋和勤奋成全了他，使他很快赶上并超过了同龄人。

科尔曼·霍金斯
（Coleman Hawkins）

1904 ~ 1969

萨克斯之王

主要演奏乐器：次中音萨克斯管
主要音乐风格：古典爵士乐、摇摆乐、
　　　　　　　　波普爵士乐
绰　　　　　号：扁豆

霍金斯的境界

　　1969 年，科尔曼·霍金斯已经 65
岁了，尽管他的身体每况愈下，但他对萨
克斯仍然倾心相爱。许多朋友都记得霍
金斯抱着他的萨克斯喃喃自语"老伙计！
老伙计"地叫着。一位十分崇拜他的青年
走到他身边对他说："老伯，我知道你过
去很辉煌，但你现在老了，也该歇歇了。
你如果真的不愿歇，那么就教我演奏吧？
我替您去赢得荣誉！"老霍金斯抬起眼看
了青年一眼，慢吞吞地说："那当然好了，
只是，只是我老觉得我能演奏，每时每刻
都觉得自己就要上台演奏了，或许是今
晚，或许过一会儿。"这位青年后来在霍
金斯逝世后对人说："他就是萨克斯，萨
克斯就是他，没有人能达到他的境界。"

1904 年 11 月 21 日生于美国密苏里州的圣约瑟夫。霍金斯 5 岁开始学习钢琴,7 岁改学大提琴,9 岁改学次中音萨克斯管,12 岁开始职业演奏生涯——受著名的布鲁斯女歌手玛眯·史密斯雇佣,在堪萨斯城的剧院舞池中演出。1923 年 6 月,霍金斯离开史密斯来到纽约,曾与威尔布·斯威特曼的乐队合作过一段时间。1923 年 8 月,首次与著名的弗莱切·汉德森乐队合作录制唱片,在这支乐队中,霍金斯找到了自己的位置。1924 年 1 月,汉德森重建自己的大型管弦乐队时,特邀霍金斯演奏次中音萨克斯管。随着汉德森大乐队的成功,霍金斯的名字也传遍了整个爵士乐坛。1924 年,霍金斯被公认为是最好的次中音萨克斯管演奏家。1925 年,霍金斯在乐曲《蜂拥的人群》中的独奏,对于后来的次中音萨克斯管的演奏者影响极大。1937 年,他与许多著名的音乐家合作录制了非常成功的经典乐曲《疯狂节奏》和《杜鹃玫瑰》等。1939 年,霍金斯在几次现场即兴演奏会上证明了自己在爵士乐坛不可动摇的地位;同年录制的专辑《灵与肉》是他最杰出的一张唱片。40 年代,霍金斯录制了许多经典唱片,其中包括四重奏《我爱的男人》和无伴奏萨克斯管独奏《毕加索》。1946 ~ 1950 年,霍金斯几次访问欧洲,多次与著名的爵士爱乐乐团一道演出。1957 年,霍金斯加盟罗伊·埃尔德里奇的五重奏乐队,乐队在著名的纽波特爵士节上的演出引起了不小的轰动。此后,他还与雷德·艾伦的"迪克西兰"爵士乐队、埃德里斯·苏里曼和 J. J. 约翰逊的波普乐队、埃林顿公爵的乐队都有过合作,并与索尼·罗林斯合作创作了一些波萨诺瓦风格的唱片。到 1965 年,霍金斯的健康已每况愈下。1969 年初,尽管他在与爵士爱乐乐团的合作演出中表现得非常出色,但这是他在自己人生最后三年半中唯一一次令人惊奇的表现。同年 5 月 19 日,霍金斯在纽约州纽约市去世,享年 65 岁。

最 流 行 专 辑

《在欧洲》
In Europe （1934 ~ 1939 年）
《灵与肉》
Body and Soul （1939 年）
《古典男高音:莱斯特·杨与科尔曼·霍金斯》
Classic Tenors:Lester Young &
Coleman Hawkins （1943 年）
《科尔曼·霍金斯主奏》
Coleman Hawkins on Keynote （1944 年）
《彩虹雾》
Rainbow Mist （1944 年）
《好莱坞崩溃》
Hollywood Stampede （1945 ~ 1947 年）

范茨·沃勒
(Fats Waller)

1904 ~ 1943

胖子

范茨·沃勒的幽默

一次，范茨·沃勒接受邀请，准备前往一个州去演出。出发前他又故技重演，提出必须有包厢，否则就不去。来人向他解释："沃勒先生，你知道我们那里包厢很少，而且等级森严，仅有的几个包厢只有州长以上的人才能享用……"来人的话未说完，沃勒就发了脾气，只是他更喜欢幽默，他说："那你的意思是我的地位还没有你们那个高大而富有的州长的地位高吗？哦，对不起，我只为比我地位低的人演出，那是我的使命，告辞了。"说罢便扬长而去。后来有人劝他，他却振振有词："这个头不能开，开了，我们还叫什么艺术家？"说完他又一笑，补充说："其实，那天我约了姑娘，要是去了，不就失约了吗？"

最 流 行 专 辑

《钢琴杰作》（第 1 集）
Piano Masterworks, Vol. 1 （1922～1929 年）
《范茨·沃勒和他的伙伴们》
Fats Waller and His Buddies （1927～1929 年）
《钢琴杰作》（第 2 集）
Piano Masterworks, Vol. 2 （1929～1943 年）

主要演奏乐器：管风琴
演出相关工作：歌手、作曲
主要音乐风格：古典爵士乐、摇摆乐、
　　　　　　　　跨越弹奏法

1904 年 5 月 21 日生于美国纽约州的纽约市，原名托乌斯·怀特·沃勒。沃勒极赋音乐天赋，上小学时开始学习钢琴，15 岁时已成为林肯剧院的专职管风琴演奏员。1920 年，沃勒住在钢琴家拉塞尔·布鲁克的家里，成为一位献身于宗教音乐的管风琴师。同时，还随当时最著名的钢琴家詹姆斯·P. 约翰逊继续学习深造。1922 年，沃勒为奥克唱片公司录制了首张钢琴独奏专辑，乐曲《肌肉强健布鲁斯》和《伯明翰布鲁斯》都是他这一时期演奏的杰作。此后，沃勒还在纽约朱利亚音乐学院随里奥波德·高德温斯基学习钢琴、随卡尔·伯姆学习作曲。1923 年，沃勒与克拉伦斯·威廉斯的乐队合作演出；同年，他创作的歌曲《野猫布鲁斯》、《抱紧我》由威廉斯的蓝色五重奏乐队和西德尼·贝彻演唱录成唱片出版、发行。1926 年，沃勒与维克多唱片公司录制了自己创作的管风琴作品《圣路易斯布鲁斯》和《勒诺大街布鲁斯》。1927 年，他又与著名的指挥家弗莱切·汉德森的大乐队合作录制了自己创作的《惠特曼踩脚舞曲》、《偷苹果》以及《宝贝疯狂的较量》等乐曲。1929 年，沃勒还录制了弦乐独奏曲《一大把钥匙》、《不一般的第三者》、《笨拙的摸索》以及《瓦伦蒂诺踩脚舞曲》。1928 年，他与拉扎夫一起为黑人百老汇剧《穿梭》创作了大量的音乐。同年，沃勒首次在著名的卡内基音乐厅演出并在约翰逊创作的《亚马克劳》一曲中以其精彩的钢琴演奏令人至今难以忘怀。1929 年，他创作了经典歌曲《装煤》和《热巧克力》。30 年代初，沃勒参加了影片《为爱高呼万岁》的演出，1935 年参加了影片《貔貅之王》的演出。1938～1939 年，沃勒在欧洲访问期间，为英国主人之声唱片公司录制了管风琴独奏专辑。此后，他曾与抒情歌手小乔治·马里奥思多次合作演出了舞台剧《早点上床》，还参加了电影《暴风雨》的拍摄。他创作的歌曲《我是不是做错了》也成为歌手争相演唱的名曲。1943 年 12 月 15 日，总是摆脱不了毒品和酒精困扰的沃勒，最终因此染上重病，在密苏里州堪萨斯市去世，年仅 39 岁。

格伦·米勒
（Glenn Miller）

1904 ~ 1944

爵士乐英雄

　　1904 年 3 月 1 日生于美国依阿华州的克拉林达,在爵士乐十分流行的科罗拉多长大。米勒曾上过大学,因喜欢爵士乐而中途退学。1926 年,他加盟本·伯拉克的乐队,担任作曲和演奏长号。1928 年,米勒与雷德·尼克劳斯、史密斯·巴洛道尔两兄弟一起工作,他编配的乐曲准确地把握了时代的脉搏,因此极受听众的喜爱和欢迎;同年,在他的帮助下,雷·诺布尔组建了著名的美国管弦乐队。1935 年,米勒在自己的首场音乐会上,亲自指挥这支乐队演奏了自己的作品。1938 年,米勒与蓝音唱片公司签约录音。1939 年夏天,这家公司为他出版、发行了由他创作的《月光小夜曲》、《日出小夜曲》、《褐色的小壶》等乐曲后迅速走红,米勒也从默默无闻的创作员而成为全美家喻户晓的明星,他每到一处都受到了热烈的欢迎。1939 ~ 1942 年,乐队又先后推出了一批热门乐曲,包括:《最后》、《心情舒畅》、《通向星星的楼梯》、《宾夕法尼亚 6 号至 5000 号》、《燕尾服的开衩》、《一串珍珠》、《别坐在苹果树下》、《美国巡警》、《忧伤的小夜曲》、《自动唱机周末之夜》等。随着二战的升级,米勒毅然报名参军,并在军队中组织了一支至今为止仍是最出色的爵士乐队,这就是著名的空军乐队。1944 年,空军乐队把伦敦作为演出基地开始定期为部队演出,他们录制的唱片《圣路易斯布鲁斯进行曲》是乐迷们争相收藏的精品。1944 年 12 月,米勒乘坐飞机前往欧洲新近收复的城镇演出时,飞机在英吉利海峡被击落而不幸丧生,年仅 40 岁。

主要演奏乐器：长号
演出相关工作：指挥
主要音乐风格：摇摆乐

爱国音乐家

　　1943 年，正是二战最为激烈之时，格伦·米勒报名参军的消息不胫而走，许多人都劝说他要坚守自己在爵士乐坛上的地位，有的甚至指出他就要大红大紫的征兆来挽留他。格伦·米勒说："我就要飞上蓝天了，你们等着我在蓝天为你们演奏胜利的长号吧。"米勒意气风发地穿上了美国空军的军服，在军队中，他组织了一支著名的空军爵士乐队，定期为部队演出，影响很大。据他的战友们后来在他遇难后回忆说："那天他上飞机前一小时，还在为军乐队排练，听到出航的命令后，他对我们说，长号一会儿就回来，谁知此去却是永远的离别，我们都很怀念他。"可以说米勒首先是一名爱国者，而后才是音乐家。

最流行专辑

《格伦·米勒全集》(1～13集)
Complete Glenn Miller, Vols. 1 – 13 （1938～1942年）
《春天如愿》
Spirit is Willing （1938～1942年）
《通俗录音》
The Popular Recordings （1938～1942年）
《传奇演艺者》
Legendary Performer （1939～1942年）
《格伦米勒少校和空军乐队》
Major Glenn Miller & the Army Air Force Band （1943～1944年）

专心作曲和参加乐队排练的格伦·米勒。

吉米·道尔西
（Jimmy Dorsey）

1904 ~ 1957

乐坛双子座 I

主要演奏乐器：单簧管、中音萨克斯管
主要音乐风格：摇摆乐

　　1904 年 2 月 29 日生于美国宾夕法尼亚州的杉南多尔。吉米·道尔西是汤米·道尔西的哥哥，最早演奏小号，20 年代崛起于爵士乐坛。后来加盟弟弟汤米·道尔西的"新颖六重奏"乐队，曾与斯克兰顿"女妖"乐队、加利福尼亚"游荡者"乐队、著名的雷德·尼科尔斯的"五便士"等乐队合作过，因其担任了重要的角色而给听众留下了深刻的印象。此后，吉米·道尔西成为一位非常活跃的录音室音乐家，曾与许多著名的乐队一起合作录音，其中包括：弗兰基·特鲁姆、简思·戈德凯特以及保罗·惠特曼等人的乐队，并从 1928 年起成为著名的"道尔西兄弟"乐队的领导人之一。1934 年，他又组建了一支大乐队，但这支乐队并不成功，一年后就解散了。乐队解散后，吉米·道尔西吸收了乐队中的核心成员重新组建了一支乐队继续演出，这支精减后的乐队后来由于有歌手鲍伯·厄贝尔和海伦·奥康纳的加盟而成为摇摆乐时代著名的乐队之一。40 年代后期，新出现的波普爵士乐给吉米·道尔西的乐队带来巨大冲击，1953 年乐队宣告解散。吉米·道尔西重新加盟弟弟汤米·道尔西的新的"道尔西兄弟"乐队，主要演奏舞曲。1956 年，汤米·道尔西去世后，吉米·道尔西接管了乐队，并推出了一首引起巨大轰动的热门曲《如此罕见》。然而，不幸的是，1957 年 6 月 12 日，吉米·道尔西在纽约州纽约市被癌症夺去了生命，年仅 53 岁。

最 流 行 专 辑

《对比》
Contrasts （1936～1943 年）
《音乐漫步》
Music Ramble （1950 年）
《未收集的吉米·道尔西和他的乐队》(第 5 集)
The Uncollected Jimmy Dorsey &
His Orchestra，Vol. 5 （1950 年）

1904 年 8 月21 日生于美国新泽西州的雷德克，原名威廉·伯爵。贝西少年时随范茨·沃勒学习管风琴，很快就以一位进步神速的钢琴手的形象出现在爵士乐坛。1927 年，贝西在堪萨斯城加盟沃尔特·佩奇的"蓝魔鬼"乐队。1928 年，在钢琴家本尼·莫顿的帮助下，贝西成为堪萨斯城管弦乐队的主要钢琴手。1929～1932 年，俩人合作录制了许多唱片。1935 年，莫顿英年早逝，贝西组建了自己的乐队，最初取名为"旋律的男爵"乐队。乐队以堪萨斯城的雷诺俱乐部为根据地，首演非常成功，观众对这支充满活力的乐队赞不绝口。1936 年，哥伦比亚唱片公司的制作人约翰·哈蒙德在汽车收录机里听了他们的节目后留下了深刻的印象。于是，他赶到堪萨斯城，希望能与贝西签约。然而，由于他过分热情赞扬贝西的文章提醒了迪卡唱片公司，这家公司抢先与贝西签了录音合约。1937 年末，贝西的乐队开始走红。此时，乐队阵容强大，拥有次中音萨克斯管莱斯特·杨、小号手巴克·克莱顿和哈里·埃迪生、长号手迪基·威尔斯、歌手吉米·鲁申等音乐名流。乐队演奏的《一点钟跳跃》成为那个时代的代表乐曲，组曲《树林边》中的《跳跃》则成为爵士乐的经典名曲。40 年代，由于音乐的变化以及乐队经营管理欠佳，贝西不得不在 1949 年解散了自己的大乐队。此后，贝西开始领导一支七重奏乐队。1952 年，他又组建了一支名为"新约"的乐队，乐队排除种种不利条件，很快走红并录制了经典乐曲《四月的巴黎》。60 年代，乐队经历了多次失败，贝西仍然坚持自己的风格，从未停止过演出。但是，这一时期的一些商业性录音效果很差。70 年代，贝西与制作人纽曼·格兰兹的帕布罗唱片公司重新签约，录音效果和质量已有明显好转。80 年代，贝西的健康状况越来越差，乐队继续在泰德·琼斯的领导下，成为爵士乐坛一支历史悠久的大乐队。1984 年 4 月 26 日，贝西在加利福尼亚州的好莱坞去世，享年 80 岁。

贝西伯爵
（Count Basie）

1904～1984

永远正确的伯爵

主要演奏乐器：钢琴
演出相关工作：指挥
主要音乐风格：摇摆乐
绰   号：伯爵

最流行专辑

《迪卡唱片公司录音全集》
The Complete Decca Recordings （1937～1939 年）
《四月的巴黎》
April in Paris （1952～1956 年）
《贝西伯爵摇摆乐》(乔·威廉斯演唱)
Count Basie Swings,
Joe Williams Sings （1955 年）
《贝西伯爵在纽波特》
Count Basie at Newport （1957 年）
《贝西与祖特》
Basie and Zoot （1975 年）

忠实的观众

  早在贝西还未成名之前，他已是管风琴师范茨·沃勒的一个崇拜者。在林肯剧院，每天沃勒都能看见坐在前排的贝西。有一天，沃勒看见贝西早早地就坐在了前排，他对身边的女朋友说："这个小伙子被我迷住了。"那位漂亮的姑娘不信地说："何以见得呢? 他与其说是在看你，倒不如说是在看我吧，要知道同性相斥。"沃勒和他的女朋友来到了贝西的身边，贝西非常崇敬地站了起来："您好! 沃勒先生，我是特意来看您演奏的，一天不看就很难受!""是吗?"那位姑娘故意卖弄风骚，谁知贝西根本没有接她的话，而是非常诚恳地望着沃勒。沃勒说："我就是从他那对渴望的眼睛里，看到了一位未来的天才才决定收他为徒的。"

421

汤米·道尔西
(Tommy Dorsey)

1905 ~ 1956

乐坛双子座 II

主要演奏乐器：长号
主要音乐风格：摇摆乐

　　1905 年 11 月 19 日生于美国宾西法尼亚州的杉南多尔。汤米·道尔西初涉爵士乐坛时，演奏的乐器是长号，他曾经和哥哥吉米·道尔西一起为几支乐队效过力。1935 年，他组建并领导了自己的乐队，把从惠特曼那里学到的不同风格的作品巧妙地结合贯穿在乐队演奏的曲目中，经过一段时间的探索和艰苦奋斗，乐队建立起了自己的声誉。40 年代初，乐队曾经雇佣过编曲塞·奥利佛、鼓手巴迪·里奇、歌手弗兰克·西纳特拉和以约·斯塔弗特。1942 年，乐队中又增加了著名的阿蒂·肖乐队的弦乐声部。随着二战及摇摆乐时代的结束，1946 年，汤米·道尔西解散了乐队。1947 年，他和哥哥吉米·道尔西参加了影片《神奇的道尔西兄弟》的拍摄，并重新组建了自己的乐队，他竭尽全力使自己的乐队不受日益兴盛起来的波普爵士乐的影响。1953 年，他说服哥哥加盟自己的乐队，并将乐队重新命名为"道尔西兄弟"乐队，这支乐队演奏的舞蹈音乐充满了怀旧情绪。1956 年 11 月 26 日，汤米·道尔西在康涅狄格州格林威治去世，年仅 51 岁。

最 流 行 专 辑

《小号与长号》(第 1 集)
Trumpets and Trombones,Vol. 1 (1927~1929 年)
《是的,当然》
Yes,Indeed (1939~1945 年)
《音乐声不绝》
Music Goes Round and Round (1935~1947 年)

为半拍而争吵的亲兄弟

　　有着乐坛双子座美称的吉米·道尔西和汤米·道尔西两兄弟,在乐坛上常常是出双入对,形影不离。然而,由于对音乐共同的酷爱,又使他们常常吵得不可开交,以至于在兄弟俩逝世多年后,朋友们忆起他们的争吵仍然历历在目。一次,为了一个半拍的演奏,两人又吵了起来,时值深夜,又没有人劝架,似乎谁也不服谁。无法,只好将乐队的人都找来,由他们两人各自演奏,让大家来评判。从睡梦中被叫醒的队员,对半拍之差一时难以准确地分辨。这时,兄弟俩又开始了争吵,吵闹声越来越大,怎么办呢? 兄弟俩仍然各不相让,还是吉米想出了一个办法,他说:"这样吧,咱们抓阄,半拍是我,一拍是你。"在大家的"公正"监督下,他们才这样决出了输赢,结束了争论。

杰克·蒂加登
(Jack Teagarden)

1905 ~ 1964

🎷

T 先生

主要演奏乐器：长号、歌手
演出相关工作：指挥
主要音乐风格：迪克西兰爵士乐、
摇摆乐
绰　　　号：T 先生、茶叶

1905 年 8 月 29 日生于美国得克萨斯州的维尔诺。原名威尔登·里奥·蒂加登。蒂加登 5 岁开始随母亲海伦（著名的拉格泰姆爵士乐钢琴家）学习钢琴，后转学低音萨克斯管，10 岁开始演奏长号。此后，曾参加过美国西南部各式各样的州乐队演出。1928 年，蒂加登随凯利来到爵士乐的中心纽约。一次，他和本·波洛克大胆的演奏轰动了当时的纽约爵士乐坛，从此被人称为 T 先生。随后，蒂加登与当时许多乐队都有过合作，他与格伦·米勒指挥的乐队合作演奏的录音《低地街布鲁斯》和《比勒街布鲁斯》，已成为这两首名曲的经典版本。1933 年，蒂加登与保罗·惠特曼签订了一份为期 5 年的合约，这份合约影响了他日后的发展，并最终导致他未能成为鲍伯·克罗斯比乐队的指挥。1939 年，蒂加登组建了一支自己的大乐队，尽管这支乐队也曾有过一些闪光的时刻，但因乐队中没有一位著名演奏家，编曲缺乏个性等原因，乐队于 1946 年不得不解散。1940 年，蒂加登成功地参与了影片《布鲁斯的诞生》的演出。1947 ~ 1951 年，蒂加登一直是路易斯·阿姆斯特朗"全明星"乐队的成员，他们演奏的《摇椅》至今仍是脍炙人口的经典之作。1952 年，蒂加登离开"全明星"乐队，担任一支七重奏乐队的指挥，这支乐队主要演奏经典的迪克西兰爵士乐。1957 年，乐队在欧洲访问演出时，曾有著名的钢琴家厄尔·海恩斯助阵。1958 ~ 1959 年，蒂加登率团访问了远东。1961 年，他与老朋友埃迪·科顿合作在电视台演出以及录了最后一次音。1963 年，在加拿大蒙特利尔爵士节上，蒂加登与弟弟查理、妹妹诺玛以及母亲联袂献艺，他们四人配合默契、感人至深的演出让人羡慕。1964 年 1 月 15 日，蒂加登因心脏病突发在路易斯安那州新奥尔良去世，年仅 59 岁。

最 流 行 专 辑

《布鲁斯长号之王》
King of the Blues Trombone （1928～1940年）
《不可缺少的》
The Indispensible （1928～1957年）
《那是个严肃的事》
That's a Serious Thing （1928～1957年）
《杰克·蒂加登和他的全明星》
Jack Teagarden and His All Stars （1958年）

真诚相助

　　杰克·蒂加登是一位特别爱交朋友的人。据说，当年克罗斯比穷困潦倒之际，杰克·蒂加登知道后非常着急，毫不犹豫地将自己所有的钱拿出来资助克罗斯比，但还是杯水车薪，于事无补。于是，杰克·蒂加登不得不找到自己的弟弟借钱，以供克罗斯比应急。克罗斯比说："天呀，借了这么多钱，我什么时候才能还清啊！"杰克·蒂加登对他说："你放心大胆地用，钱一分也不用还。"真诚永远是真诚，真诚永远不会流入沙漠。后来，当杰克·蒂加登面临破产之时，克罗斯比又帮助了杰克·蒂加登。事实说明，患难之交，纯洁的友谊无比珍贵。

1905 年 1 月 16 日生于美国印第安那州的古德兰德，原名阿尔伯特·埃德温·科顿。科顿 17 岁时加盟霍里斯·皮维的"爵士强盗"乐队，在乐队中演奏班卓琴。20 年代初期，他是著名的"奥斯丁高中帮"乐队的成员。1927 年，他离开"奥斯丁高中帮"乐队，与早期的爵士乐指挥雷德·麦堪奇共同组建了著名的"芝加哥人"乐队，参加过一些演奏会后，开始转向吉他演奏。1929 年，科顿来到纽约，与雷德·尼科尔斯的"五便士"乐队和雷德·麦堪奇的"蓝色打击者"乐队一道工作并录制了多张经典唱片。1936~1937 年，科顿又与乔·马萨拉共同领导了一支乐队。经济大萧条时代，科顿的音乐进入了低潮期，这种状况一直持续到 1937 年。1938 年，科顿为新创建的舰队司令唱片公司录制的唱片走红而成为爵士乐坛的名人。1937~1944 年，在尼克俱乐部，科顿因乐队中吸收了不同肤色的音乐家同台演出而在爵士乐坛树立起崇高的声望。30 年代后期，科顿一直活跃在爵士舞台上并不断创作出许多优秀作品。1944~1945 年，他曾连续几星期在城市音乐厅举办音乐会，这些音乐会不但录制了唱片，而且还通过电波向全美各地进行了转播，听众第一次发现了科顿惊人的音乐才能、妙语连珠的口才以及敏锐的洞察力。50 年代，科顿为哥伦比亚唱片公司录音和先后出版了 3 本书。此后，曾先后和一大批古典音乐家合作演出或录音，但爵士乐仍然是科顿的音乐中不可缺少的一个重要的组成部分。1973 年 8 月 4 日，科顿在纽约州纽约市去世，享年 68 岁。

埃迪·科顿
（Eddie Condon）

1905 ~ 1973

古典爵士吉他大师

主要演奏乐器：吉他
演出相关工作：指挥
主 要 风 格：迪克西兰爵士乐

酒与弹奏

　　一次，埃迪·科顿喝醉了酒，便拎起吉他上台给好朋友们弹奏，一口气竟弹奏了五六首乐曲，而且都非常非常的精彩，大家一次又一次地为他鼓掌。终于，他停止了演奏，身子摇摇晃晃，台下的人问科顿："你喝了那么多酒，怎么还演奏得这么好？"科顿眼睛一下子亮了，说道："谢谢！您说对了，要知道酒对于我，就相当于上帝对于我一样，上帝说赐予科顿智慧，于是科顿就智慧百倍，上帝说让科顿演奏无与伦比，于是科顿就无与伦比了，酒，万岁！"说完，他便从身边又拿起一瓶酒，一口气喝完了，并再次弹奏了五六首乐曲。据当时在场的人回忆说："他的弹奏简直非一般人所能及。"

最 流 行 专 辑

《舰队司令的岁月》
The Commodore Years （1938 年）
《市政厅实况》
Live at Town Hall （1944 年）
《市政厅音乐会》(1 ~ 9 集)
Town Hall Concerts, Vol. 1 ~ 9 （1944 ~ 1945 年）
《CBS 埃迪·科顿全明星全集》
The Complete CBS Eddie Condon All Stars （1953 ~ 1962 年）

本尼·卡特
（Benny Carter）

1907 ~

全才爵士音乐家

主要演奏乐器：中音萨克斯管、小号
演出相关工作：编曲、作曲、指挥
主要音乐风格：摇摆乐
绰　　　号：国王

　　1907 年 8 月 8 日生于美国纽约州的纽约市。1927 年，卡特与查理·约翰逊的"天堂"乐队录制了自己的首张专辑。1928 年，卡特指挥当时最著名的大乐队在阿卡蒂亚舞厅首演大获成功并深受观众的喜爱。1930 ~ 1931 年，卡特一直与弗莱切·汉德森的乐队合作演出。同时，还短时期接管过风靡一时的麦金尼的"摘棉花者"乐队。30 年代初，卡特逐渐成为与约翰尼·霍奇斯齐名的中音萨克斯管演奏家，他在编曲和作曲方面的造诣也可以从当时的热门流行曲《我心中的布鲁斯》和其后的《当光线不足的时候》中窥豹一斑。1935 年，卡特应英国乐队指挥亨利·霍尔邀请，赴英国著名的 BBC 广播管弦乐团担任作曲，爵士乐由此在英国传播开来，卡特的名字也随之家喻户晓，此外，他还在欧洲各国录制了大量的名曲，其中乐曲《布鲁斯华尔兹》是爵士乐历史上最早的爵士华尔兹。1938 年，卡特返回美国，重新组建了一支大乐队。这是一支传统形式的大乐队，商业色彩很浓，重视流行性超过了艺术性。1941 年，乐队以失败告终并解散。此后，卡特又组建了一支以自己为核心的七重奏乐队。1943 年，卡特选择了洛杉矶作为永久的居留地，专心为电影厂担任配乐。1944 ~ 1946 年，卡特试图重现昔日的辉煌，又组建了一支大乐队。成员包括：迈尔斯·戴维斯、J. J. 约翰逊和马克斯·罗奇等爵士乐大师，乐队后来面临种种困难而不得不解散。此后，卡特继续从事电影音乐的创作，录制自己擅长演奏的中音萨克斯管。60 年代中期，卡特忙于日常事务，很少有机会演奏中音萨克斯管，直到 70 年代初才再次复出，在世界舞台上演奏中音萨克斯管。

最 流 行 专 辑

《我的全部》
All of Me （1934～1959 年）
《进一步定义》
Further Definitions （1961 年）

不是误会

　　本尼·卡特到了 BBC 乐团后不久，他的名字便在英国家喻户晓了，原因是他制作的乐曲特别受欢迎。一次，卡特在大街上听到一对夫妇的对话。丈夫说："赶快回家，卡特的乐曲快播放了。"妻子说："还有牛油没有买呢，怎么办？"丈夫说："那也不能误了欣赏卡特的乐曲呀！"于是他们便匆匆朝自己的家里走去。卡特跑上前说："二位留步，能不能告诉我你们的住址。"妻子问："为什么？"卡特说："我一点也不喜欢卡特的曲子，所以可以代您们购买牛油。"丈夫说："对不起，我们全家都不愿与不喜欢卡特乐曲的人交往。"说罢夫妇挽着手走了。

卡伯·卡罗维
（Cab Calloway）

1907 ~

爵士舞星

演出相关工作：指挥
主要音乐风格：摇摆乐

1907 年 12 月 25 日生于美国纽约州的罗切斯特。卡罗维童年在北方的巴尔的摩度过，曾上过一段时间的法学院，因喜欢上爵士乐而毅然退学，专心从事演唱和舞蹈。卡罗维曾领导过一支名为"亚拉巴马人"的乐队，但由于乐队伴奏水平较低，一直未能引起评论家的注意。此后，他又与一支非常出色的"密苏里人"乐队合作。1929 年，他与这支乐队参加了世俗讽刺剧《热巧克力》的演出，评论界给予了高度的评价，专家们认为他是一颗冉冉升起的爵士乐新星。1931 年，卡罗维主演的音乐剧《漫步者米尼》在观众中反响强烈，他在纽约棉花俱乐部的定期演出成为爵士乐的一个热点，卡罗维因此而迅速成为知名的黑人表演艺术家。此后，擅长表演的卡罗维开始尝试在银幕上展示自己的才华，在多部电影中他都有精彩的演出，包括 1943 年的影片《暴风雨》。在《漫步者米尼》之后，卡罗维又推出了一大批出色的唱片。包括：《试着演奏锣》、《见习水手》、《漫步者米尼的结婚日》、《你呀，嘿——呵》、《嘿——呵，神奇的人》、《帕格尼尼先生》和《米尼摇摆曲》等，卡罗维的乐队也成为了当时爵士乐坛最受欢迎的乐队之一。1942 年，他录制的专辑《午夜布鲁斯》，在艺术和商业上都取得了巨大的成功。二战结束后，摇摆乐和大乐队已被新出现的波普爵士乐所取代，此时的卡罗维因不适应略显前卫的音乐，在 1948 年不得不解散了自己著名的管弦乐队。尽管他还拥有另一支以自己的名字命名的"卡罗维摇摆者"乐队，演出仍然在继续，但已很难再现昔日的辉煌。

最 流 行 专 辑

《卡伯·卡罗维》
Cab Calloway （1930～1931 年）

我要罢学！

　　自从卡伯·卡罗维迷上了爵士乐之后，就一直琢磨着怎样才能逃离法学院，不去学那些令人感到枯燥乏味的法律。运气终于降临，那是他疯狂地连续旷了 5 天课之后，便拿定主意：一定要告诉老师，我讨厌上法律课。那天，当他昂首阔步地走进学院办公室，接待他的是一位看上去比他大不了几岁的小老师，当他刚刚报出自己的名字之后，那人像早就认识他一样，说："哦，对对，你来的正好，我正准备找你呢？"说着便拿出一张表格让他填写。卡罗维立时感到受宠若惊，以为学院要给他发奖学金呢，谁知那表格竟是劝其退学的登记表。尽管卡罗维已经决定退学，但毕竟不是自己先提出来的，于是他说："我不退学，我要罢学！"那位老师彬彬有礼地微笑着对他轻轻地说："一样，一样。"此后，卡罗维在爵士乐坛从未退缩过。

斯蒂凡·格拉佩里
(Stephane Grappelli)

1908 ~

摇摆爵士乐小提琴家

主要演奏乐器：小提琴
主要音乐风格：摇摆乐

　　1908年1月26日生于法国巴黎。格拉佩里靠自己的探索和实践掌握了小提琴和钢琴的演奏技法。1924～1928年期间，他进入著名的巴黎音乐学院深造，接受正统的古典音乐的熏陶和影响，同时还在电影院为无声电影伴奏或在舞厅演奏。1933年，他遇到吉他演奏家蒂亚戈·雷恩哈特后，才真正开始了在爵士乐领域的探索。他们一同在巴黎当时最有影响的俱乐部里找到了工作，组成了有1把小提琴，3把吉他和1把贝司的五重奏乐队。从1933～1939年期间，他与这支乐队演出并录制了许多轰动性的作品。二战爆发后，雷恩哈特返回了自己的祖国，格拉佩里仍然留在乐队里继续演奏。此后，格拉佩里在伦敦又找到了新的合作伙伴、年轻的钢琴家乔治·希瑞恩，他们在重新组建的新乐队里一直工作到二战结束。1946年，格拉佩里和雷恩哈特再次合作录制了许多唱片。50～60年代，格拉佩里在欧洲各地的俱乐部里演出，他精彩绝伦的演奏深受乐迷的喜爱和欢迎，当时能与他相媲美的只有埃林顿公爵和乔·维努蒂。格拉佩里尽管在欧洲已是家喻户晓的著名演奏家，但在美国人们对他却知之甚少。70年代，他开始了定期的全球巡回演出，有更多的机会与世界著名的音乐家合作，其中包括戴维·格里斯曼、厄尔·海恩斯、比尔·科尔曼、拉里·科瑞尔、奥斯卡·彼得森、简·路·庞蒂和麦考伊·泰纳等人。从1970年起，他录制的音乐范围十分广泛并保持了旺盛的创作精力。80年代后期，格拉佩里虽已年过八旬，尽管早期的录音都已成为经典版本，但他仍然在爵士乐的领域中辛勤耕耘，人们期待着他有更好的佳绩。

最 流 行 专 辑

《斯蒂凡·格拉佩里》

Stephane Grappelli （1935～1940 年）

《与巴尼·卡塞尔合作》

Meets Barney Kessel （1969 年）

《维努佩里布鲁斯》

Venupelli Blues （1969 年）

《巴黎大道》

Parisian Thoroughfare （1973 年）

《伦敦现场》

Live in London （1973 年）

《斯蒂凡·格拉佩里／比尔·科尔曼》

Stephane Grappelli／ Bill Coleman （1973 年）

《重逢，乔治·谢尔林》

The Reunion，with George Shearing （1976 年）

《年轻的江果》

Young Django （1979 年）

《斯蒂凡·格拉佩里和戴维·格里斯曼》

Stephane Grappelli and David Grisman （1979 年）

音乐就是我的防空洞

　　斯蒂凡·格拉佩里是一位纯粹的艺术家，即使爆发了第二次世界大战，那震惊世界的大事也未能将他从艺术的狂想中拉回现实。他的伙伴蒂亚戈·雷恩哈特坐不住了，没过几天，便离开英国回到了法国。失去合作伙伴的痛苦对于格拉佩里来说实在是难以忍受，然而他忍受住了。在这段时间里，他把对战争的仇恨升华为创作的冲动，几乎每天都在琴房拉琴或在琴房创作。一次，一位朋友跑来告诉他德国鬼子疯了，要来轰炸伦敦，听到警报声后要尽快躲到防空洞里去，谁知格拉佩里却说：“音乐就是我的防空洞，也是我的墓穴，让他们来轰炸好了。”后来，伦敦果然遭到了纳粹的空袭，格拉佩里果然哪儿也没去。雷恩哈特说：“虽然他没回国，但我知道他不怕死，但他害怕离开艺术。”

1908 年 7 月 8 日生于美国阿肯色州的布林克利。乔丹的父亲是著名的"兔子脚"滑稽说唱团的团长，他教会乔丹吹奏中音萨克斯管。乔丹很小的时候就跟随父亲在全美各地巡回演出，之后又在几支不知名的乐队中工作过。奇克·韦伯的乐队是乔丹参加的第一支最著名的乐队。其后，他在范茨·沃勒和凯瑟尔·马歇尔的乐队中一直扮演次要的角色。1939 年，乔丹组建起"泰姆帕尼"五人乐队。在这支以自己为主要核心的乐队中，他成为真正的明星，乐队连续推出了一系列热门乐曲，包括：《火车布吉武基舞曲》、《周末炸鱼》、《卡尔多尼亚》、《我将搬到郊区去》、《除了我们的孩子之外，这里没有别人》、《五个叫莫伊的家伙》、《你是或者你将不是我的爱人》等。此外，乔丹的形象还出现在多部影片之中，其中《跟着男孩们》是一部制作投入较大的影片，他当年拍摄的许多优秀影片都被收进陈年佳酿爵士经典公司出品的专题录像带中，人们从中可以一睹他昔日的风采。乔丹曾与路易斯·阿姆斯特朗、埃拉·菲兹杰拉德和平·克罗斯比共同举办过音乐会，这些音乐会的实况录音，是乐迷们争相收藏的精品。1951 年，乔丹解散了自己的乐队，此后就再也未能重现昔日的辉煌。随着摇滚乐的兴起，乔丹发现自己已成为一位过时的明星，几乎被追逐时髦的乐迷们忘记了。此期间他与迪卡唱片公司解除了合约，仅为阿拉丁唱片公司录制了二十几首歌曲。1975 年 2 月 4 日，乔丹在加利福尼亚州洛杉矶去世，享年 67 岁。

主要演奏乐器：中音萨克斯管
演出相关工作：指挥
主要音乐风格：摇摆乐、早期节奏和布鲁斯

路易斯·乔丹
（Louis Jordan）

1908 ~ 1975

天才的演奏家

最 流 行 专 辑

《让好时光流动:迪卡唱片公司录音全集 》
Let The Good Times Roll: The Complete
Decca Recordings （1938～1954 年）
《路易斯·乔丹佳作集》
The Best of Louis Jordan （1939 年）
《路易斯·乔丹》
Louis Jordan （1940～1941 年）
《我信仰音乐》
I Believe in Music （1973 年）

地下室里的孩子

　　路易斯·乔丹早年随父亲一起过着流浪艺人的生活，那时他什么活都干，总是没日没夜地为说唱团忙碌而无暇顾及其它，为了能挤出点时间学习吹奏中音萨克斯管，他甚至与所有的小朋友断绝了来往。一次，父亲从外面回来，看到许多小孩在玩橄榄球，父亲看得入了迷，裂着嘴乐。然而很快他就发现没有乔丹，"这孩子哪去了？为什么不来玩？"于是父亲开始寻找自己的儿子，但找遍了说唱团的每个角落就是不见乔丹。这下父亲急了，扯着嗓子喊他，乔丹从舞台的地下室走了出来，手里拎着中音萨克斯管，说："我在地下室练习吹奏，有事吗？""你为什么不去玩橄榄球？""我觉得这个更好玩。"说着，乔丹将中音萨克斯管抬了抬。父亲后来对朋友说："那天我才发现，我们家真的要出音乐大师了。"

基尼·克鲁帕
（Gene Krupa）

1909～1973

激情鼓手

主要演奏乐器：爵士鼓
演出相关工作：指挥
主要音乐风格：摇摆乐、迪克西兰爵士乐

　　1909 年 1 月 15 日生于美国伊利诺伊州的芝加哥。克鲁帕是一位幸运的音乐家，首张专辑就取得了成功。1927 年，在与麦堪奇·科顿的"芝加哥人"乐队合作的音乐会上，他精彩地演奏了全套的爵士鼓而深受观众的喜爱和好评。1934 年，克鲁帕加盟本尼·古德曼的乐队。1937 年，他演奏的爵士鼓套曲《唱、唱、唱》是一次历史性的突破，将一个爵士鼓手从配角跃升为乐队中的明星。1938 年，他又在著名的卡内基音乐厅的音乐会上抢尽风头而引起古德曼的不满，最终导致离开古德曼的乐队自立门户。在新组建的乐队中，他吸收了许多出色的音乐家，这支乐队演奏的《爵士鼓布基伍基舞曲》是一首流行曲。1941～1942 年，乐队又演奏了《让我离开市中心》、《在你走之后》、《摇椅》等几首非常成功的乐曲。1943 年，克鲁帕与当时最走红的汤米·道尔西的乐队进行过短期合作，1944 年，又重新组建了自己的大乐队并与次中音萨克斯管演奏家查尔斯·凡杜拉和钢琴家泰迪·拿破仑推出过一首三重奏热门曲《黑眼睛》。1951 年，克鲁帕解散了自己的大乐队后，经常参加三重奏或四重奏的演出，曾与著名的爵士管弦乐团一道巡回演出、与科兹·科尔开办过鼓手学校、与本尼·古德曼合作过几次。从 60 年代起，克鲁帕的健康状况每况愈下，一直处于半退休的状态。1973 年 10 月 16 日，克鲁帕在纽约州约克斯去世，享年 62 岁。

被陷害的鼓手

　　1943 年，当地警察从基尼·克鲁帕的乐队里搜出了海洛因，这事如同今天人们传言某某作家嫖娼一样令人唾弃。克鲁帕的名声降到了最低点。然而克鲁帕毕竟是克鲁帕，他心里明白陷害他的人是一种什么样的心理在作怪，这反过来也证明了他的艺术才华。在监禁中他每天都在墙壁上练习鼓谱，百分之百地投入，尽最大可能地将痛苦忘却。律师看到这一情景后对他说："克鲁帕，你应该尽快同警方合作，早点离开这个鬼地方。"克鲁帕说："我从来不知道毒品为何物，但我知道比毒品更坏的是人的恶劣的嫉妒心，我要用更加有力的鼓声，将这种恶劣的心态击碎。"克鲁帕终于获释，同情他的人在弄明白真象后对他更加热爱，崇拜他的人也更多了。

最 流 行 专 辑

《基尼·克鲁帕》　　　　　　　　《非中心区》
Gene Krupa （1935～1938 年）　　Uptown （1941～1942 年）

主要演奏乐器：爵士鼓
演出相关工作：指挥
主要音乐风格：摇摆乐

奇克·韦伯
（Chick Webb）

1909 ~ 1939

天才鼓手

　　1909 年 2 月 1 日生于美国马里兰州，原名威廉·亨利·韦伯。韦伯早期的经历充满了艰辛。1924 年，年仅 15 岁的韦伯只身来到纽约，经过努力两年后才组建起一支自己的乐队。1927 年，韦伯录制了自己的首张专辑，但未能引起人们的注意。30 年代初期，韦伯在一系列音乐会中显示出超凡的音乐才能。他凭借自己的实力，战胜了一个个同行，奠定了自己在爵士乐坛的地位，以此开始定期为萨伏伊唱片公司录音。这期间，与韦伯的乐队定期合作录制唱片的著名演奏家有：小号手塔夫特·乔丹和鲍比·斯塔特、长号手桑迪·威廉斯、次中音萨克斯管手埃尔默·威廉斯和泰迪·麦克雷、长笛手怀曼·卡沃尔以及著名的作曲家埃德加·桑普森 (桑普森曾为乐队创作过《萨伏伊踩脚舞曲》、《如果美梦成真》、《蓝色的路》等名曲) 等。1935 年，乐队吸收了著名的爵士乐女歌手埃拉·菲兹杰拉德。菲兹杰拉德的加盟成为乐队吸引听众的重要因素，她那甜美的歌唱与乐队富于情感的演奏完美地融合在一

起，使乐队的水平又上了一个新的台阶。1938 年，韦伯在即将迎来巨大的成功之际，不幸染上了重病。1939 年 6 月 16 日，韦伯在马里兰州巴尔的摩去世，年仅 30 岁。他去世后，数以万计的乐迷表示了深切的哀悼，韦伯的名字永远留在了乐迷的心里。

最 流 行 专 辑

《内心空间》
Inner Space （1966 年）
《现在他唱，现在他泣》
Now He Sings, Now He Sobs （1968 年）
《生如鸿毛》
Life as a Feather （1972 年）
《我的西班牙之心》
My Spanish Heart （1976 年）

街头带回的台柱子

　　在安葬奇克·韦伯的那天，数以万计的人前来为他送行。一位少妇哭泣着说：
"天呀，听不到韦伯的鼓声，我会无法生活下去的。"另一位小伙子说："是啊！他的鼓
声不仅使女人听了有充实感，而且使男人听了精神也为之振奋。他死了，这怎么了
得！"一直追求韦伯的少女克拉拉说："他不要我，他说他要把所有的爱都献给他的爵
士鼓。"的确，韦伯生前不近女色，但他对声音极其敏感。一次，一位街头女艺人在演
唱，被韦伯发现后并将她带回了自己的乐队，而这个人，后来竟成了乐队的台柱子。

主要演奏乐器：颤音琴、爵士鼓、钢琴
演出相关工作：鼓手
主要音乐风格：摇摆乐
绰　　　　号：汉普

莱奥纳尔·汉普顿
（Lionel Hampton）

1909 ~

富于激情的颤音琴大师

　　1909 年 4 月 12 日生于美国路易斯安那州。汉普顿初涉乐坛时，在芝加哥的"防卫者报童"乐队担任鼓手，后曾与西海岸的几支乐队都有过合作。1929 年，汉普顿与保罗·霍华的"高水准的小夜曲弹奏者"乐队合作录制了首张专辑后加盟了莱斯·西特的乐队。1936 年，他认识了摇摆乐之王——本尼·古德曼，古德曼对汉普顿的演奏给予了高度的赞扬，并向爵士乐迷介绍这位天才的爵士鼓手和邀请他参加自己的乐队演出、录音。1937 年，汉普顿开始作为指挥为维克多唱片公司录制唱片，这家公司推出的 6 张 LP 版，是乐迷们争相收藏的经典名片。1940 年，汉普顿离开古德曼的乐队，组建了一支自己的大乐队。1941 年，乐队推出了一首取得巨大成功的名曲《飞回家》。1944 年，乐队的演奏深受波普爵士乐的影响。1953 年，汉普顿率领乐队访问了巴黎。此后，清冷的演出和微薄的收入使乐队的生存变得十分困难，乐队最终因财务方面的问题而解散。50 年代，汉普顿从未停止过自己的演出和录音，他的合作者经常是一些明星乐队，其中包括与古德曼的再度合作、与奥斯卡·彼得森三重奏的合作、与斯坦·盖茨、巴迪·德弗兰克的合作以及与阿特·塔图姆、巴迪·里奇合作的三重奏。从 1950 年起，汉普顿经常演奏他最为得意的《汉普顿的布基伍基》、《嘿 - 芭芭拉波普》和《飞回家》等乐曲。1956 年，汉普顿参加了影片《本尼·古德曼的故事》的拍摄。晚年的汉普顿尽管因中风和高龄对演出造成了极大的困难，但他仍然坚持谱曲，是一位永葆艺术青春的爵士乐大师。

最 流 行 专 辑

《莱奥纳尔·汉普顿全集》
The Complete Lionel Hampton
（1937～1941 年）
《午夜太阳》
Midnight Sun （1946～1947 年）
《汉普顿和盖茨》
Hamp and Getz （1955 年）
《根》
Roots （1985 年）

你以为这样不妥吗？

　　莱奥纳尔·汉普顿加入古德曼的乐队之后，表现出了极其认真与谦虚的品质，他把古德曼所演奏过的全部乐谱都找来细读，并反复练习，这引起了古德曼的注意并赢得了好感。一位也在追随古德曼的乐师发现了汉普顿的勤奋，便对他说："你是为讨好古德曼老师吗？"汉普顿回答说："讨好是我认真研习古德曼老师全部用意中很小很小的一部分，我的大部分用意是从细微之处体悟出大师的精神，从而获得某种灵感，最终实现超越大师的目的。你以为这样不妥吗？"那位乐师被汉普顿问得张口结舌说不出话来。

本尼·古德曼
（Benny Goodman）

1909 ~ 1986

摇摆乐之王

主要演奏乐器：单簧管
演出相关工作：指挥
主要音乐风格：摇摆乐
绰　　　号：摇摆乐之王

　　1909 年 5 月 30 日生于美国伊利诺斯州的芝加哥。古德曼 11 岁随弗兰茨·舒普学习演奏单簧管，12 岁首次在公众面前模仿泰德·刘易斯风格的演奏而引起人们的关注。1923 年，他已是音乐家联盟的成员。1925 年 8 月，年仅 16 岁的古德曼加入了本·波拉克的管弦乐队并成为波拉克乐队的独奏乐手，1926 年 12 月，克德曼和波拉克一道录制了首张唱片。1928 年，19 岁的古德曼终于有机会领衔录音，录制了两首歌曲和一首三重奏。1929 年，古德曼离开波拉克的乐队，加盟雷德·尼科尔斯的"五便士"乐队。1929 ~ 1933 年，录制了难以胜数的乐曲。在乐队中，古德曼同时演奏中音萨克斯管、上低音萨克斯管和小号等 3 件乐器。但是，他演奏这些乐器的成就最终也未能超过他演奏的单簧管。1934 年，古德曼组建起一支自己的管弦乐队，并开始为哥伦比亚唱片公司录制唱片。在著名的广播系列节目"让我们跳舞吧"中，乐队演奏的商标式的旋律《让我们跳舞吧》成为这个节目的开始曲。1935年5月，这支乐队为维克多唱片公司录制的乐曲《脚夫王顿足舞曲》和《我有时快乐》红极一时。1938年1月16日，乐队在卡内基音乐厅精彩绝伦的演出引起了轰动，古德曼也因为演唱了基尼·克鲁帕创作的歌曲《唱、唱、唱》而成为明星。1946年，古德曼因波普爵士乐的兴起不得不解散乐队。1948年，他又组织了一支七人乐队。1949年，乐队演奏了由奇克·奥法里尔编配的一些乐曲。1950年，古德曼精减了乐队的阵容，参与了许多影片的拍摄。1973～1977年，古德曼停止了录音。80年代初，他又显示出对演出的强烈兴趣，并与洛恩·舒恩伯格再次组建了一支大乐队，这支乐队曾在电视节目中频频露面。1986年6月13日，古德曼在纽约州纽约市去世，享年75岁。

成功者的心态

　　1935年下半年，本尼·古德曼的成功一个接着一个，然而此时的古德曼却异常地冷静。每当谢幕之后，观众仍在热烈地鼓掌，此时古德曼却独自一人站在台下的某个角落里喃喃自语："下一步怎么办？"用今天的话说，就是："我拿什么奉献给你——我的上帝！"从此他更加深入地研究摇摆乐与人和时代生活的关系，正是他的这种始终冷静的心态和锲而不舍对艺术的执著追求而使自己的乐队后来成了全世界最著名的乐队。

最流行专辑

《摇摆的诞生》
The Birth of Swing （1935～1936年）
《播出1937～1938》
On the Air 1937～1938 （1937～1938年）
《本尼·古德曼卡内基爵士音乐会》
Benny Goodman Carnergie Hall Jazz Concert （1938年）
《有羽毛的查理·克里斯蒂安》
Feathurirng Charlie Christian （1939～1941年）

1909 年 8 月 27 日生于美国密西西比州伍德维尔的一个音乐之家。杨最早接触到的乐器是小提琴，然后是小号和爵士鼓，大约 13 岁时开始学习中音萨克斯管。1927 年，他转入阿特·布隆森的"波斯尼亚人"乐队，演奏次中音萨克斯管。此后，曾先后加入过沃尔特·佩奇的"蓝色魔鬼"乐队、埃迪·巴里菲尔德的乐队、本尼·莫顿的乐队和金·奥利佛的乐队。1934 年，杨在贝西伯爵的乐队中因出色的演奏开始引起人们的关注。没多久他就另寻高就，在弗莱切·汉德森的乐队中取代霍金斯演奏次中音萨克斯管，杨悠闲的演奏风格被乐队其他成员认为难当重任而不得不离开乐队。1936～1939 年，杨重返贝西伯爵乐队，这是他音乐生涯中最辉煌的时期。他与比莉·荷莉戴以及泰迪·威尔森共同参加的小型爵士音乐会是爵士史上的重要事件。1940 年，杨离开贝西伯爵的乐队，回到自由音乐家的行列，经常出现在一些即兴演奏会上。此后，他与兄弟李·杨曾在洛杉矶共同指挥了一支特色并不鲜明的乐队。1943 年，他第 3 次加盟贝西伯爵的乐队，与乐队的合作仅仅持续了 9 个月。1944 年，杨应征入伍。40 年代中后期，杨退役后，诺曼·格兰兹给予他丰厚的报酬，让他与著名的管弦乐团巡回演出，这期间，他为阿拉丁唱片公司录制了精彩绝伦的唱片，这家公司 1956 年出版的专辑《爵士巨人》，显示了杨鼎盛时期的音乐特征。1957 年，在纽波特爵士音乐节上，杨与老朋友贝西伯爵的再度合作是两位大师的最后聚会；同年，在爵士之声电视节目中，杨的演奏还是那么引人瞩目。1959 年初，杨在巴黎巡回演出时病倒了，返回家时，他因狂饮不止而于同年 3 月 15 日在纽约州纽约市去世，年仅 50 岁。

莱斯特·杨
（Lester Young）

1909～1959

总统

主要演奏乐器：次中音萨克斯管、单簧管
主要音乐风格：摇摆乐
绰　　　号：总统

爱爵士乐

    据说莱斯特·杨在去世那天一共喝了9瓶啤酒，一直没有清醒，在恍恍惚惚、昏昏沉沉中他一直在念叨着一个又一个老朋友的名字，仿佛每念叨一个人的名字就能减少一点痛苦一般，最后他念叨起了科尔曼·霍金斯和约翰·科特兰，咽气的时候又念到了自己，他是这样说的："莱斯特·杨……爱喝酒……爱女人……爱……爱……"他身边的外人替他说："爱爵士乐"。他只点了半下头，便咽气了。

最 流 行 专 辑

《莱斯特·杨和查理·克里斯蒂安》
Lester Young and Charlie Christian （1939~1940 年）
《历史的佩雷兹》
Historical Prez （1940~1944 年）
《阿拉丁唱片公司录音全集》
The Complete Aladdin Sessions （1942~1948 年）
《全部由莱斯特·杨在主奏》
The Complete Lester Young on Keynote （1943~1944 年）
《莱斯特摇摆乐》
Lester Swings （1945~1951 年）
《新闻发布会》
Prez Conferences （1946~1958 年）
《与奥斯卡·彼得森三重奏》
With the Oscar Peterson Trio （1952 年）
《与普雷兹、蒂和奥斯卡》
Pres and Teddy and Oscar （1952~1956 年）
《与普雷兹和斯威茨》
Prez and Sweets （1955~1956 年）
《爵士巨人,56》
The Jazz Giants,56 （1956 年）
《莱斯特·杨在华盛顿,1956》(1~4 集)
Lester Young in Washington, D. C, 1956, Vol. 1~4 （1956 年）

晚年时期的莱斯特·杨。

莱斯特·杨和队友正在专注地演奏。

阿特·塔图姆

（Art Tatum）

1909 ~ 1956

盲人钢琴大师

主要演奏乐器：钢琴
主要音乐风格：摇摆乐

1909 年 10 月 13 日生于美国俄亥俄州的托莱多，在出生时几乎就双目失明。可以想象，一个有天生残疾的黑人，需要付出比常人多几倍的辛苦，才能在音乐上有所成就。塔图姆童年时在家乡的托莱多音乐学校中接受较为正规的钢琴训练，著名的钢琴家范茨·沃勒对他的影响最大。20 年代中期，塔图姆才开始作为一位职业音乐家在托莱多演奏。1929～1930 年，他在广播节目中充分展示了自己精湛的钢琴技巧。大约在 1932 年，塔图姆与歌手阿德莱德·霍尔一起来到纽约，并与霍尔一起录制了自己的首张专辑。1933 年，他举办了独奏音乐会，向世人展示了自己超凡的音乐才华，演奏曲目包括《老虎拉格泰姆》。30 年代，塔图姆在美、英各地巡回演奏并为迪卡唱片公司录制唱片。40 年代，他曾经领导过一支非常流行的三重奏小组，成员包括泰尼·格莱穆斯和贝司手斯莱姆·斯图尔特。塔图姆高超的钢琴技巧，使得同时代的竞争者们相形见绌，他演绎的乐曲《昨天》、《开始比津舞》和《幽默曲》极富情感和个性。塔图姆虽然不是作曲家，但一些老曲调经他演绎后都能增添新意。40 年代后期，他经常为国会大厦唱片公司录制唱片。1944 年，塔图姆首次在纽约著名的大都会歌剧院演出。1947 年，他在影片《不可思议的道尔西》中饰演一位乐队指挥，指挥演奏了气氛热烈的布鲁斯音乐。塔图姆在人生的最后几年里，一直为诺曼·格兰兹创办的唱片公司效力。1956 年 11 月 5 日，塔图姆因病在加利福尼亚州洛杉矶去世，年仅 47 岁。

用心识谱

一次，一位钢琴新秀来向阿特·塔图姆请教，当他弹完了一首自己改编的乐曲后问塔图姆："有什么问题吗？"塔图姆故意说："你把这么著名的曲子弹得一团糟。"说着，便坐到钢琴旁弹了起来，音乐如行云流水般清晰了起来，尽管他演奏的旋律没有改变，但那巧妙的组合已使原来的乐曲焕然一新了。只听塔图姆边弹边说："是这样，是这样才对。"新秀说："你又没看我的谱子，怎么能弹得这么好呢？"塔图姆说："我是用心看的。"

最 流 行 专 辑

《钢琴从这儿开始》
Piano Starts Here （1933～1949 年）
《阿特·塔图姆》
Art Tatum （1932～1934 年）
《古典钢琴独奏曲》
Classic Piano Solos （1934～1939 年）
《国会大厦唱片公司录音全集》（第 1 卷）
The Complete Capitol Recordings, Vol. 1 （1949～1952 年）
《巴勃罗亚杰作全集》
The Complete Pablo Group Master Pieces （1954～1956 年）

阿蒂·肖
（Artie Shaw）

1910 ~

大乐队时代的象征

主要演奏乐器：单簧管
演出相关工作：指挥
主要音乐风格：摇摆乐

　　1910 年 5 月 23 日生于美国康涅狄格州的纽黑文市，原名亚瑟·雅各布·阿肖斯基。肖初涉乐坛时，曾先后在几支不知名的乐队中演奏单簧管和中音萨克斯管。1925 年，他加盟约翰尼·卡瓦拉罗的舞曲乐队。1927 ~ 1929 年，他先是克利夫兰的奥斯汀·威利乐队的成员，后又加盟欧文·阿罗森的"指挥官"乐队。此后，在与人称"狮子"的威利·史密斯的即兴演奏会后才逐渐被人们所认识。到 1931 年，肖已经是一位繁忙的录音室音乐家了。1934 年，他退出音乐界，决心做一名作家。没过多久又返回纽约重操旧业，事实证明这个选择是极为正确的。1936 年 5 月，肖参加了在纽约蒂同剧院全明星音乐会的演出，并按照这次演奏会上的组合形式组建了自己的乐队。尽管后来这支乐队也录制了一些出色的唱片，但却因经费困难不得在 1937 年 7 月宣告解散。肖又选择了一支更为传统的大乐队，他与乐队录制的唱片《开始比津舞》成为了热门的流行曲。此后，著名的歌手比莉·荷莉戴也曾与这支乐队合作录制了一张名为《过去的某个时候》的珍贵唱片。1939 年 11 月，肖突然决定离开乐队。经过两个月的休养，肖的音乐审美发生了改变，他对乐队的配置作出了调整，热门曲《弗兰尼斯》的演出成功，就是这次变动的结果。肖的第 3 支乐队，又是一支最出色的乐队，他与乐队合作录制了让人难以忘怀的作品《星尘》和《单簧管协奏曲》，后来由乐队部分成员组成的小型乐队"格拉梅西"五人乐队也取得了成功，这支乐队推出的专辑《顶峰山脊大道》，销售量超过 100 万张。尽管成功一个接着一个，肖最终还是在 1941 年解散了乐队，并在同年晚些时候组建了一支更大规模的乐队。二战爆发后，乐队中的许多人都应征入伍，肖又组建了一支海军乐队。1944 年 2 月，肖在战斗中受伤，他从前线退役后，音乐风格也演变得非常现代。但是随着摇摆乐时代的结束，1946 年初，肖解散了自己的乐队。1955 年，肖永久性地放弃单簧管的演奏，一心一意编织着自己的作家梦。1983 年，他再次重新组建自己的管弦乐队，并成为乐队的领导者。

最 流 行 专 辑

《阿蒂·肖与节奏乐队》(1~2集)

Artie Shaw and The Rhythmakers，Vol. 1~2 （1937年）

《阿蒂·肖全集》(1~2集)

The Complete Artie Shaw，Vol. 1~2 （1938~1939年）

《开始比津舞》

Begin the Beguine （1838~1941年）

《"格拉梅西"乐队5次录音全集》

The Complete Gramercy Five Sessions （1940~1945年）

《1949》

1949 （1949年）

《最后的录音，第1集：未发表的稀有作品》

The Last Recordings，Vol. 1：Rare and Unreleased （1954年）

写大家都不熟悉的

有过6次婚姻的阿蒂·肖，年轻的时候就想成为作家。遗憾的是因为多种原因未能如愿。到了晚年终于写出了一本自传，上市后颇为走俏，且声名日盛，一时间阿蒂·肖的故事家喻户晓。然而，这本传记中却没有他的音乐经历和婚姻生活的内容，使许多读者十分失望。这时，有好事者便跑来问他。阿蒂·肖回答说："我写的是大家都不熟悉的事，而熟悉了的事，我没必要再写了。"

罗伊·埃尔德里奇
（Roy Eldridge）

1911 ~ 1989

小爵士

主要演奏乐器：小号
主要音乐风格：摇摆乐
绰　　　号：小爵士

1911 年 1 月 30 日生于美国宾夕法尼亚州的匹茨堡市，原名戴维·罗伊·埃尔德里奇。年轻的埃尔德里奇因为在一支名为"夜莺音乐切分者"乐队中用小号模仿科尔曼·霍金斯用次中音萨克斯管独奏的乐曲《牛仔表演》而引起人们的关注。1931 年，埃尔德里奇来到纽约，曾先后参加过埃尔莫·斯诺登的乐队、麦金尼的"摘棉花者"乐队和泰德·希尔的乐队。斯诺登送给了他"小爵士"的绰号。埃尔德里奇在与希尔的乐队合作时，录制了自己的独奏专辑。此后，他加盟著名的弗莱切·汉德森的大乐队。1936 年，埃尔德里奇因演奏热门曲《克里斯托弗·哥伦布》一举成名。1937 年，在芝加哥三次平局俱乐部，他首次与自己的十重奏乐队公演。这一时期，他还兼任乐队指挥，他创作的一些引人瞩目的作品也相继问世，如《起哄者的单足跳》和《瓦巴什跺脚舞曲》等。1939 年，埃尔德里奇率领一支更大规模的乐队在著名的阿卡蒂亚舞厅演奏。1941 ~ 1942 年，他创作本的《摇椅》和《在你走了之后》是这个时期的杰作。同时，他与著名的歌手安尼塔·欧戴合作录制的唱片《让我离开市中心》是乐迷们争相收藏的精品。50 年代，埃尔德里奇一直为诺曼·格兰兹的唱片公司录音。1956 年他经常参加科尔曼·霍金斯五重奏的演出，1957 年又与霍金斯同时在纽约波特爵士节上露面，两位驰骋乐坛几十年的明星同台献艺，为乐迷留下了难以磨灭的记忆。60 年代中后期，埃尔德里奇的身体状况每况愈下，在演奏方面的技艺也开始衰退。1980 年，在一次严重的中风之后，他被迫放下了手中的小号。1989 年 2 月 26 日，埃尔德里奇在纽约州溪流谷去世，享年 78 岁。

在法国我是幸福的

罗伊·埃尔德里奇来到法国之后,立刻就感到了一种惬意,较之在美国的那种压抑与歧视使他几乎喘不过气来,法国是宽松的、公正的,也是令他的创作与演奏突飞猛进的。另一位刚到法国的音乐家听了埃尔德里奇的介绍后问:"何以见得法国就比美国好?"埃尔德里奇从衣兜里掏出3张法国少女的照片给那人看,并说:"她们最初迷恋我的小号,现在迷恋我。在美国,这样的金发女郎会搭理你吗?"那人说:"哦,哦!法国崇尚艺术呀!""正是!在法国,我感到做一个有成就的艺术家是最幸福的事。"

最 流 行 专 辑

《小爵士》
Little Jazz （1935 ~ 1940 年）
《早期》
The Early Years （1935 ~ 1949 年）
《戴尔的墙》
Dale's Wall （1952 ~ 1954 年）
《蒙特》
Montreaux （1977 年）

吉尔·伊文思
(Gil Evas)

_____

1912 ~ 1988

冷爵士乐编曲家

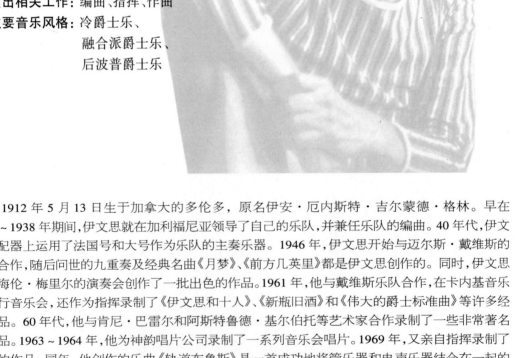

主要演奏乐器：钢琴
演出相关工作：编曲、指挥、作曲
主要音乐风格：冷爵士乐、
　　　　　　融合派爵士乐、
　　　　　　后波普爵士乐

　　1912 年 5 月 13 日生于加拿大的多伦多，原名伊安·厄内斯特·吉尔蒙德·格林。早在 1933 ~ 1938 年期间，伊文思就在加利福尼亚领导了自己的乐队，并兼任乐队的编曲。40 年代，伊文思在配器上运用了法国号和大号作为乐队的主奏乐器。1946 年，伊文思开始与迈尔斯·戴维斯的乐队合作，随后问世的九重奏及经典名曲《月梦》、《前方几英里》都是伊文思创作的。同时，伊文思还为海伦·梅里尔的演奏会创作了一批出色的作品。1961 年，他与戴维斯乐队合作，在卡内基音乐厅举行音乐会，还作为指挥录制了《伊文思和十人》、《新瓶旧酒》和《伟大的爵士标准曲》等许多经典作品。60 年代，他与肯尼·巴雷尔和阿斯特鲁德·基尔伯托等艺术家合作录制了一些非常著名的作品。1963 ~ 1964 年，他为神韵唱片公司录制了一系列音乐会唱片。1969 年，又亲自指挥录制了自己的作品；同年，他创作的乐曲《轨道布鲁斯》是一首成功地将管乐器和电声乐器结合在一起的佳作。70 年代，伊文思与乐队定期每周表演一次大规模的合奏，这一时期出版、发行的大部分唱片，都是他现场演出的实况。从 80 年代开始，伊文思的乐队又录制出一批批十分出色的经典之作。乐队在纽约甜蜜盆地俱乐部每周一次即兴表演，弦乐部分非常精彩。伊文思与李·柯诺兹、史蒂夫·莱西编配、录制的乐曲《编曲者的钢琴》毫无疑问是爵士乐坛中的精品。1988 年 3 月 20 日，伊文思在新墨西哥科那瓦卡去世，享年 76 岁。

最 流 行 专 辑

《太平洋标准时间》
Pacific Standard Time （1958～1959 年）
《伊文思和十人》
Gil Evans and Ten （1961 年）
《新瓶旧酒》
New Bottle, Old Wine （1961 年）
《伟大的爵士标准曲》
Great Jazz Standards （1961 年）
《斯文加利》
Svengali （1973 年）
《吉尔·伊文思的乐队演奏吉米·肯德里克斯》
Gil Evas's Orchestra Plays the Music of Jimi Kendrix （1974 年）

洗 脚 盆 交 响

　　吉尔·伊文思在艺术上总是追求别具一格，同时也这样要求自己的乐队。一次，乐队中的一名演奏员将洗脚盆拎上了舞台，常常在激动中敲响洗脚盆，引来台下一片叫好声。乐队中向来比较守旧的乐手卡尔去找吉尔·伊文思说："约翰在胡闹，把洗脚盆都拎到了台上。"伊文思略为一想说："这有什么不可？你听，那声音和架子鼓的声音刚好形成和谐的交响。"卡尔无言以对，只好耸耸肩，走了。

455

伍迪·赫尔曼
（Woody Herman）

1913 ~ 1987

"人群"中的佼佼者

主要演奏乐器：单簧管、
　　　　　　　　中音萨克斯管、
　　　　　　　　高音萨克斯管
演出相关工作：指挥
主要音乐风格：摇摆乐、
　　　　　　　　波普爵士乐、
　　　　　　　　节奏和布鲁斯音乐

1913 年 5 月 16 日生于美国威斯康星州的密尔沃基。赫尔曼幼年时就曾以一位歌手的身份登台演出，11 岁开始演奏萨克斯管，4 年之后成为一位职业音乐家。在早期的经历中，赫尔曼曾先后与汤姆·格伦、哈里·索斯尼克和盖斯·安厄姆的大乐队合作过。1934 年，他加盟伊斯汉姆·琼斯的管弦乐队，此后，经常与这支乐队一起录音。1936 年，琼斯的管弦乐队解散后，赫尔曼以乐队核心成员为基础建立起一支自己的乐队，并推出了一首最成功的热门乐曲《在伐木者的舞会上》。1943 年，赫尔曼管弦乐队演变为"第一人群"乐队，乐队的演奏风格也明显受到了埃林顿公爵的影响。1945 年，"第一人群"乐队已发展成爵士乐坛最为振奋人心的大乐队，他们演奏的许多乐曲都载入了史册。此后，著名作曲家斯特拉文斯基为乐队创作的《乌木协奏曲》引起不小的轰动。1947 年，赫尔曼又组建了一支名为"第二人群"的新乐队，也就是著名的"四兄弟"乐队。成员包括：次中音萨克斯管斯坦·盖茨、祖特·希姆斯和赫尔比·斯图尔特、上低音萨克斯管希尔格·恰洛夫，他们演奏的《四兄弟》《早秋》等乐曲都极受欢迎，后因乐队陷入经济困境而在 1949 年解散。1950 年，他的"第三人群"乐队应运而生。赫尔曼一直保持了这支乐队的完整性，同时还创建了自己的火星唱片公司。"第三人群"乐队解散之后，赫尔曼第四次组建起自己的"闪电人群"乐队，这支乐队在 1959 年的蒙特利尔爵士节上，成为人们关注的一个热点。1968 年，乐队录制的唱片《点燃我的火焰》标志着波普爵士乐风格的开始。70 年代，赫尔曼乐队曾与奇克·考瑞阿、菲利普·菲利普斯一起合作录音，并在著名的卡内基音乐厅举办过盛大的音乐会。80 年代，赫尔曼的健康状况每况愈下。1987 年 10 月 29 日，赫尔曼在加利福尼亚州洛杉矶去世，享年 74 岁。

最 流 行 专 辑

《游行布鲁斯》
Blues on Parade （1937～1942 年）
《雷鸣群落》
Thundering Herds （1945～1947 年）
《点燃的火焰》
Keeping of the Flame （1948～1949 年）

嘴唇像小号

著名女歌手麦考尔一边吹小号、一边唱歌，其疯狂的劲头和准确而形象的艺术表演颇受爵士乐迷的欢迎，伍迪·赫尔曼的乐队也因此而走红。这使另一位女歌手有点妒意，因为她不会吹小号或其他乐器，因此备受冷落。她跑去找赫尔曼说："麦考尔到处卖弄风情，她在台上简直像……"赫尔曼知道她想说得更难听一点，于是，打断她的话说："嘴唇像小号！难道不对吗？"这位女歌手盯着赫尔曼看了好一会儿，走了。

演出相关工作：歌手

主要音乐风格：摇摆乐

绰　　　　号：戴女士

比莉·荷莉戴
（Billie Holiday）

1915～1959

戴女士

　　1915 年 4 月 7 日生于美国马里兰州的巴尔的摩。荷莉戴的童年生活是在巴尔的摩的黑人贫民窟中度过的，所以从来没有感受到家庭的温暖。荷莉戴青年时首次与本尼·古德曼的乐队录制节目，尽管并不成功，但毕竟是一个良好的开端。1935～1936 年，她因录制了一些最出色的唱片而有资格进入爵士名人录。1937 年，她开始与莱斯特·杨、巴克·克莱顿一起录音，他们 3 人的合作断断续续维持了多年；同年，荷莉戴还与贝西伯爵的大乐队合作录制了 3 首歌曲。1938 年，她与阿特·肖的乐队合作的录音，仅有一首歌曲保留了下来。1939 年，荷莉戴应邀担任了咖啡社团的特色名星，她演唱并录制的歌曲《奇怪的水果》，强烈地表达了她反对种族歧视的立场。1940～1942 年，荷莉戴的独唱成为这支社团乐队演出的特色。1944～1949 年，是荷莉戴事业的鼎盛时期。在此之前，她已经录制了《出色和优美》、《上帝保佑孩子》等歌曲。在与迪卡唱片公司的合作中，她首次录制了最畅销的唱片《情郎》，演唱了《不必解释》、《早安心痛》、《如果我做不关别人的事》、《旁人的眼光》和《狂热的他给我打电话》等歌曲。就在这段黄金时期，她不幸染上了毒品，成为名声欠佳的著名歌星。从 1950 年起，荷莉戴的音乐事业开始走下坡路，嗓音越来越糟、吸食海洛因、酗酒等等。到 1957 年，她又在"爵士之声"电视节目中成功地演唱了歌曲《出色和优美》，后因吸毒和酗酒进了监狱。1959 年 7 月 17 日，荷莉戴在纽约州纽约市的监狱中去世，年仅 44 岁。

最 流 行 专 辑

《比莉·荷莉戴精华》(1~8集)

The Quintessential Billie Holiday,Vol. 1~8 （1933~1940年）

《比莉·荷莉戴,爵士之声》

Billie Holiday:The Voice Of Jazz:The Complete Recordings （1933~1940年）

《迪卡唱片公司录音全集》

The Complete Decca Recordings （1944~1950年）

《神韵唱片公司录音全集》

The Complete Billie Holiday on Verve （1945~1959年）

羡 慕 文 明

　　比莉·荷莉戴成名后,有一段时间她想要的东西应有尽有,但对于一个10岁就被人强暴、父母也早不知在何处的女性来说,又怎能高兴得起来呢?女伴们不了解这些,还很羡慕她,常常围在她身边恭维她。每当这时,她就会指着大街上那些相亲相爱的白人夫妇说:"你们看人家白人,别再说白人瞧不起我们,可我们什么时候像人一样地活过?"女伴说:"那些人恨我们。"荷莉戴说:"可人家相亲相爱,而我们呢?我们黑人首先就没有做到这一点。"荷莉戴之所以能唱出感人至深的歌,是因为她对自身民族的缺陷认识得太深了,故而痛苦愈深。她希望自己充满人性的歌声,能唤醒黑人兄弟姐妹们的人性意识。

1915 年 12 月 12 日生于美国纽约州的豪布肯。西纳特拉出身贫寒，因此没有机会获得良好的教育，16 岁时就中途缀学，以演唱谋生。然而，他天生一付歌唱家的嗓子，早在加盟"霍布肯"四人演唱小组时就引起了人们的关注。1935 年，这个演唱小组参加了一次由广播电台举办的业余歌手大赛获得第一名，赢得了与鲍维斯的乐队合作巡回演出的机会。1937～1939 年，他与这支乐队在新泽西州一家叫做生锈的船舱的餐馆中演唱，并同时参加了在 WNEW 电台的"舞曲天堂"节目中的演唱。1939 年夏天，西纳特拉和詹姆斯的乐队合作录制了一首名为《全部或一无所有》的歌曲，唱片售出 8000 张。1943 年，当哥伦比亚唱片公司再版这张唱片时，这首歌竟然登上了流行歌曲排行榜的榜首。1940 年，西纳特拉加盟吉尔·道尔西的乐队，1940～1943 年，他与乐队合作录制的电影歌曲《我将不再微笑》、《德洛丽丝》、《有这种东西》、《在夜的蓝色中》又相继登上排行榜榜首。1943 年，西纳特拉为哥伦比亚唱片公司录制了自己的首张个人独唱音乐会专辑。在其后的 10 年里，又先后录制了 86 张个人专辑，其中有 33 张进入了排行榜的前 10 名。1946 年，西纳特拉赢得了一项奥斯卡金像奖的特别奖。1954 年，西纳特拉主演了影片《从此到永远》再次赢得奥斯卡金像奖。1954～1961 年，他先后为国会大厦唱片公司录制了 13 张取得巨大经济效益的专辑。60 年代，西纳特拉又录制了由唐·科斯塔和尼尔·海夫蒂作曲的专辑，1966 年演唱了一首热门歌曲《夜晚的陌生人》，1973 年录制的专辑《奥尔的蓝眼睛又和从前一样》又进入了排行榜的前 15 名。1980 年，已经 65 岁的西纳特拉因推出三部曲专辑《过去、现在和未来》而重返排行榜。1984 年，他又录制了新的专辑《洛杉矶是我的女士》。直到 90 年代，西纳特拉仍然坚持巡回演出，1993 年，他与爱尔兰著名的"U2"摇滚乐队合作录制了最后一张专辑，并再次进入了排行榜的前 10 名。这张畅销的流行专辑出自一位年近 80 高龄的老人，不能不令人感到惊讶。

弗兰克·西纳特拉
（Frank Sinatra）

1915 ～

歌手的传奇

最 流 行 专 辑

《弗兰克·西纳特拉的音乐故事》
The Frank Sinatra Story in Music （1944～1946年）
《在凌晨》
In the Wee Small Hours （1954～1955年）
《致摇摆爱好者的歌》
Songs for Swingin' Lovers （1955～1956年）
《你在哪》
Where Are You （1957年）
《来跟我跳舞》
Come Dance with Me （1958年）
《没人关心》
No One Cares （1959年）
《又好又悠》
Nice'n' Easy （1960年）
《西纳特拉六重奏：巴黎现场》
Sinatra as Sextet：Live in Paris （1962年）
《西纳特拉名曲集》
Frank Sinatra's Greatest Hits! （1968年）
《国会大厦唱片公司收藏者系列》
The Capitol Collectors Series （1990年）
《西纳特拉复出：最好的年华》
Sinatra reprise：The Very Good Years （1991年）

是 10 个

一天，在街头晒太阳的三个老人在翻看几张小报，其中一个说："听说这家伙（指弗兰克·西纳特拉）又交了三个女友！"另外两个老人也说："我听说是两个！"这时，已站在他们身边好一会的一位美丽的少女开口问道："一共是几个呀？你们好好算一算！"于是，三个老人拈着胡子算了起来："3＋3＋3＝9，是9个！我的老天爷呀！"少女说："不，是10个。""是9个！"少女又说："你们还没有算我呢！虽然我无缘与天皇巨星认识，但他的歌声实在太迷人、长得也实在太帅！你们三位若能像他那样，想想看，你们不是更令人尊敬吗？"三个老人一听傻了。

成名后的西纳特拉无论走到哪儿都深受乐迷的爱戴和欢迎，这一方面是他优美的歌声使人着迷，另一方面是他朴实、随和的为人让人动心。

西纳特拉的演出广告宣传画。

西纳特拉录音时的专注与热情无人能及。

西纳特拉在排练或演出时
总是非常投入,但排练间隙则显
得十分轻松、随意。

迪兹·吉莱斯皮
（Dizzy Gillespie）

1917～1993

使人"眩晕"的小号手

主要演奏乐器：小号
演出相关工作：指挥、作曲
主要音乐风格：波普爵士乐
绰　　　号：眩晕

1917 年 10 月 21 日生于美国南卡罗来纳州的奇罗市，原名约翰·博克斯·吉莱斯皮。吉莱斯皮幼年时就学会了演奏长号，12 岁转学演奏小号。在摇摆乐大师罗伊·埃尔德里奇的鼓励和影响下，吉莱斯皮在费城加入了弗兰基·菲尔法克斯的乐队。一年后又加盟卡伯·卡罗维的管弦乐队。1939～1941 年，他一直是这支乐队的主要成员，1941～1943 年，吉莱斯皮曾先后在多支乐队中效过力。1942 年，吉莱斯皮加盟海恩斯伯爵的大乐队，这是一支从未录过音的乐队，也是最早尝试演奏波普爵士乐的乐队之一，这时的吉莱斯皮已经建立起了自己的风格，写出了最著名的作品《突尼斯之夜》。1945 年，吉莱斯皮的事业突飞猛进，著名的录音有：《咸花生》、《肖，不用多说了》、《最佳状态》和《温室》等。1946 年，他领导的这支大乐队以失败而告终。但吉莱斯皮并没有心灰意冷，回纽约后，他又重整旗鼓，建立起一支成功的乐队。这一时期是吉莱斯皮最成功的四年，在他演奏的经典乐曲《曼特卡》、《将要发生的事情》里，充分展示出吉莱斯皮超凡的音乐才华和精湛的演奏技巧。50 年代，当风行时尚的爵士乐宣告结束时，吉莱斯皮不得已解散了他具有始创意义的大乐队。1956 年，美国国务院授权吉莱斯皮组建一支大乐队，旨在参加海外巡回演出，宣传美国文化。当 1958 年这支大乐队解散后，他又再次拿起指挥棒指挥小型乐队。在整个 60 年代，吉莱斯皮指挥的小型乐队成了培养优秀青年音乐家的摇篮。在人生的最后岁月，吉莱斯皮还担任了联合国交响乐队的指挥。1992 年，75 岁的吉莱斯皮依然风采不减活跃在爵士乐坛。1993 年 1 月 7 日，吉莱斯皮在新泽西州格林伍德市去世，享年 76 岁。

长寿者说

　　70多岁的迪兹·吉莱斯皮出任联合国交响乐队指挥后，他的声名更加如日中天，恭维他的人也越来越多，谈起他的年龄来，也总是说他像个小伙子，加上西方人忌讳说人年龄大，就更是对他恭维有加。但吉莱斯皮却很冷静，他说："我能长命百岁？当然是不可能的。"一位崇拜者说："但肯定长寿！"迪兹·吉莱斯皮真诚地说："那当然，最少还能再活三千年——"那人一下子瞪大了眼睛，不敢说话了。吉莱斯皮又说："最少还能再活五万年！"那人顿时插了一句："您是否犯病了？""没有！"吉莱斯皮坚定地说："音乐将与日月同辉，与天地同在！"那人一下子乐了起来。

最 流 行 专 辑

《RCA 维克多唱片公司录音全集》
Complete RCA Victor Recordings （1937～1949 年）
《吉莱斯皮与埃尔德里奇》
Dizzy Gillespie with Roy Eldridge （1954 年）
《伯卡斯作品：神韵唱片公司大乐队录音》
Birks Works：Verve Big Band Sessions
（1956～1957 年）
《在纽波特》
At Newport （1957 年）
《从芝加哥吹进来》
Blowing in from Chicago （1957 年）

主要演奏乐器：钢琴
演出相关工作：作曲、指挥
主要音乐风格：波普爵士乐
绰　　　　号：天才钢琴家

特洛尼斯·蒙克
（Thelonious Monk）

1917～1982

天才钢琴家

　　1917 年 10 月 10 日生于美国北卡罗来纳州的洛基山城。蒙克大约五岁时开始学习钢琴，童年在纽约度过，第一份工作是担任传教士的钢琴伴奏。1940～1943 年，蒙克参加海顿剧院的乐队演出后就建立起了自己的演奏风格。1942 年与拉克伊·米兰德一起工作了一段时间，1944 年与科第·威廉斯首次合作录制了《午夜时分》。1945～1946 年，蒙克与所有的音乐家一样经历了一个非常困难的时期。1947～1952 年，蒙克幸运地得到蓝音唱片公司的负责人阿尔弗雷德·里奥的信任和赏识，为他录制了许多唱片。1952～1953 年，蒙克又为显赫唱片公司录音。1954 年，他又在一次巴黎之行中为时尚唱片公司表演独奏并且出现在神韵唱片公司的一次演奏会上。1955 年，他与河岸唱片公司签约，录制了一张埃林顿公爵旋律的唱片。1956 年，他录制的经典唱片《精彩的角落》问世。1957 年，蒙克与零点唱片公司签订了长期录音合约并组建了一支四人乐队，从此声望与日俱增。1959 年与纽约市政厅管弦乐队合作演出，1962 年与哥伦比亚唱片公司签约录音。1963 年，他第二次举行的管弦乐队音乐会比第一次更成功。1971～1972 年，蒙克一直与"爵士巨人"乐队合作演出。1973 年，蒙克因饱受精神的折磨而突然宣布退休，从此告别音乐生涯。蒙克早期的一些经典作品如《午夜时分》、《烈酒不掺水》、《52 大街主题》、《忧郁的蒙克》、《混乱状态》、《现在问我》、《蒙克的梦》、《精彩的角落》等仍然深受乐迷的喜爱和欢迎。他不但是一个演奏、作曲方面的奇才，还为培养爵士乐新秀做出了巨大贡献。1982 年 2 月 17 日，蒙克在新泽西州维豪肯去世，享年 65 岁。

最 流 行 专 辑

《蓝色音符录音全集》
Complete Blue Note Recordings （1947～1957 年）
《黑狮与时尚全集》
Complete Black Lion and Vogue （1954～1971 年）
《河岸唱片公司录音全集》
The Complete Riverside Recordings （1955～1961 年）
《精彩的角落》
Brilliant Corners （1956 年）
《特洛尼斯·蒙克与约翰·康尔尼》
Thelonious Monk with John Coltrane （1957～1958 年）
《发现! 在 5 个点》
Discovery! At the Five Spot （1958 年）
《神秘》
Misterioso （1958 年）
《市政厅蒙克乐队演出实况》
The Thelonious Monk Orchestra at Town Hall （1959 年）
《大乐队与四重奏音乐会》
Big Band and Quartet in Concert （1963 年）

蒙克的曲子像猫叫

　　特洛尼斯·蒙克从进入爵士乐坛开始，就受到娱论界广泛的抨击。要说他没有怀疑过自己，那是连他自己也不会同意的。一次，他刚写完一首乐曲，弹奏了两遍之后，报刊上一句批评的话却开始在他的耳边回荡"蒙克的曲子像猫叫"。"真的吗? 我的曲子真的像猫叫吗?"他自己问自己，后来实在忍不住了，便跑到邻居家借来一只小猫，围着它转呀转，反复在听猫叫。后来，他似乎真的从猫的叫声中获得了灵感，很快又写了一首乐曲，弹给邻居们听，弹奏前他说:"你们听听，猫是不是这样叫的。"乐曲弹完了，邻居们还沉浸在音乐的氛围里，"猫是不是这样叫的?"随着蒙克的寻问，邻居们才缓过神来，七嘴八舌地说:"没有猫叫，哪儿有猫叫呢?"

埃拉·菲兹杰拉德
(Ella Fitzgerald)

1918 ~ 1996

歌坛第一妇人

演出相关工作：歌手
主要音乐风格：波普爵士乐、摇摆乐

  1918 年 4 月 25 日生于美国弗吉尼亚州的纽波特纽斯。菲兹杰拉德的童年生活几乎和比莉·荷莉戴一样不幸和悲惨。1934 年，菲兹杰拉德首次参加了哈莱姆区的一次业余歌手大赛，她模仿康妮·鲍斯维尔的风格演唱了一首《朱迪》而赢得优胜奖。著名演奏家本尼·卡特观看了这次大赛，对她的演唱印象很深，不久就把她引荐给乐队指挥奇克·韦伯，韦伯碍于朋友的面子，允许菲兹杰拉德与乐队一道演出。从 1935 年起，菲兹杰拉德就成了韦伯乐队的主要人物，到 1937 年时，这支乐队一半的录音都是以她演唱的歌曲为主。1938 年，菲兹杰拉德演唱的《A 票，A 票》成为热门歌曲，随后演唱的歌曲《未决定的》同样取得巨大的成功。1939 年，奇克·韦伯去世后，菲兹杰拉德担当起组织乐队的重任，经过深思熟虑，她选择独唱作为自己发展的主要方向，并在 1941 年解散了乐队。1946 年，菲兹杰拉德开始与诺曼·格兰兹的爵士管弦乐队进行定期合作，与波普爵士乐大师迪兹·吉莱斯皮的大乐队一道巡回演出，新的音乐风格为菲兹杰拉德的演唱事业注入了新的活力与内容。1945 ~ 1947 年，她录制的《好女人》、《月亮有多高》和《飞回家》等歌曲成为家喻户晓的名曲。1948 年，她与雷·布朗结婚后，雷·布朗的三人乐队成为她专属的伴奏乐队。1950 年，她与钢琴家艾里斯·拉金的合作促成了后来的《歌曲集》系列的问世。1960 年，是菲兹杰拉德事业的鼎盛时期，她演唱的歌曲《小刀麦克》的现场录音是公认的经典版本。1967 ~ 1970 年，她尝试着用流行歌曲《晴朗的天气》和《我从传闻中知道它》来更新自己的演唱风格。1972 年，在圣莫妮卡市民音乐会上，菲兹杰拉德又以一首《C 调即兴布鲁斯》把音乐会推向高潮。70 年代，菲兹杰拉德的演唱被认为是爵士乐精华的展示。80 年代，由于健康原因，菲兹杰拉德逐渐退出歌坛。1994 年，她正式退休，永远离开了爵士乐舞台。1996 年 8 月，菲兹杰拉德在纽约州纽约市去世，享年 78 岁。

最 流 行 专 辑

《75 寿辰庆祝》
75th Birthday Celebration （1938~1955 年）
《菲兹杰拉德歌曲全集》
The Complete Ella Fitzgerald Songs Books （1956~1964 年）
《菲兹杰拉德在柏林全集》
The Complete Ella in Berlin （1960 年）
《菲兹杰拉德在伦敦》
Ella in London （1974 年）

乐队的朋友

作为一位并不漂亮的黑人少女，埃拉·菲兹杰拉德被本尼·卡特推荐给了奇克·韦伯。韦伯并未看好菲兹杰拉德，只是偶尔让她演出一两场。但聪明的菲兹杰拉德并不在意，平时总泡在乐队里，和大家相处得极为融洽，为了调节生活气氛，菲兹杰拉德还常常与乐队一起唱歌、游玩，久而久之，韦伯发现只要菲兹杰拉德一上场，乐队便来了精神，这是为什么呢? 韦伯问一位年长的乐手，这位长者答道："韦伯，难道你真没发现菲兹杰拉德的声音有多么甜美吗?""那么是我忽视了她?"长者又说："我还以为你发现了她，但故意暂时不用她呢!"没多久，菲兹杰拉德便成了乐队的明星。

主要演奏乐器：钢琴
演出相关工作：歌手
主要音乐风格：摇摆乐、流行乐

纳特·金·科尔
（Nat King Cole）

1919～1965

抒情歌王

    1919 年 3 月 17 日生于美国亚拉巴马州的蒙哥马利，在芝加哥长大。科尔 12 岁就在教堂里演奏管风琴，同时还参加唱诗班唱歌。他的 3 个兄弟埃迪、弗雷德和伊萨克，后来也成了爵士乐音乐家。1936 年，科尔离开了由哥哥埃迪·科尔领导的"纯粹摇摆者"乐队，来到洛杉矶，领导了一支专为时事讽刺剧《曳步前行》配乐的乐队。1937 年，科尔组建了一支自己的三重奏，为调节气氛，科尔在演奏间隙还不时唱一首老歌，结果超出了他的想象，观众需要更多的歌曲，于是他开始重视演唱，直到 1940 年，他们才获得机会为迪卡唱片公司录音。40 年代，科尔录制了数量巨大而且十分精彩的爵士乐唱片，其中包括 1944 年由莱斯特·杨、伊利诺伊·雅克和第一爵士管弦乐团担任特色乐师的音乐会和为国会大厦唱片公司录制的为数众多的唱片选曲。科尔在演唱了非常流行的《自然的男孩》和《圣诞之歌》后，又把主要的精力花在了钢琴演奏上。1949 年，科尔演唱的歌曲《蒙娜丽莎》对波普爵士乐产生了巨大的影响，从此一举成名并进入了著名爵士乐歌星的行列。1950～1960 年期间，科尔的大部分录音都是流行民谣，偶尔也有例外，如 1956 年他录制的唱片《午夜之后》。科尔虽然在演奏方面的才华几乎要被演唱方面的成就所掩盖，但他仍然具有精湛的演奏技巧。1956～1957 年期间，他定期在电视节目中的表演，仍然保持了较高的水平。1965 年 2 月 25 日，科尔在加利福尼亚州圣莫妮卡被肺癌夺去了生命，年仅 46 岁。

最 流 行 专 辑

《早期改编曲全集》
Complete Early Transcriptions （1938～1941 年）
《早期录音，击中杰克》
Hit That Jive Jack：The Early Recordings （1940～1941 年）
《纳特·金·科尔与大师萨克斯》
Nat King Cole Meets The Masters Saxes （1942～1943 年）
《国会大厦唱片公司三重唱录音全集》
Complete Capitol Trio Recordings （1942～1961 年）
《纳特·金·科尔》
Nat King Cole （1943～1964 年）
《爵士遭遇》
Jazz Encounters （1945～1950 年）
《科尔与大乐队》
Big Band Cole （1950～1961 年）

侵　权

抒情歌王纳特·金·科尔的艺术修养十分广博，尤其对美术更是酷爱有加。许多世界著名绘画作品，他都能倒背如流地说出画家的名字。《蒙娜丽莎》虽然是幅画的名字，然而科尔却将它借用过来，作为自己演唱的一首歌名，这首歌不但走红，而且还对波普爵士乐产生了巨大的影响。有人问他："你这不是侵权吗？"他不假思索地答道："是的，蒙娜丽莎夫人对我说，'科尔，你大胆地使用吧，我同意！上帝会赐福于您的'"。

1919 年 10 月 11 日生于美国宾夕法尼亚州的匹兹堡。布雷基从幼年开始学习钢琴，到小学七年级时已成了职业演奏者，并开始指挥自己的乐队演出，但只能演奏 C 调乐曲。后来，布雷基结识了一位名叫希屈柯克的长号手，与他合作组建了一支拥有 14 人的乐队，乐队成立之初，布雷基担任钢琴手，后因不识乐谱而放弃了钢琴演奏改打爵士鼓。他打爵士鼓纯粹是自学成材，奇克·韦伯和西德·凯特莱特的录音是他最好的老师。1942 年，布雷基加盟玛丽·路·威廉姆斯的乐队，1943～1944 年又加盟弗莱切·汉德森的管弦乐队，并在波士顿指挥过一支大乐队。此后，他又加盟了比莉·厄克斯泰因的乐队。1951～1953 年，布雷基一直是巴迪·德弗兰克四人乐队的成员。1955 年，羽翼丰满的布雷基离开这支四人乐队，组织了一支自己的名为"十七信使"的乐队，与他一起录音的 10 个乐手也被他称为"爵士信使"。1956 年，布雷基成为这支乐队的指挥。与此同时，他还与蒙克"现代爵士四重奏"乐队、约翰·科特兰的乐队、以及几位非洲的爵士乐手、拉丁鼓手共同参加了"高森即兴演奏会"，与本尼·高森录制了电影的配乐并与"爵士巨人"乐队一起巡回演出。从 50～90 年代，"爵士信使"乐队基本上是蓝音唱片公司旗下的专属乐队，对这家唱片公司的发展起到巨大的推动作用。1990 年 10 月 16 日，布雷基在纽约州纽约市去世，享年 71 岁。

演出相关工作： 指挥
主要音乐风格： 硬波普爵士乐

阿特·布雷基
（Art Blakey）

1919～1990

爵士信使

最 流 行 专 辑

《阿特·布雷基与"爵士信使"》
Art Blakey and the Jazz Messengers (1958 年)
《阿特·布雷基 1960"爵士信使"蓝色音符录音全集》
The Complete Blue Note Recordings of
 Art Blakeyos 1960 Messengers (1960～1961 年)

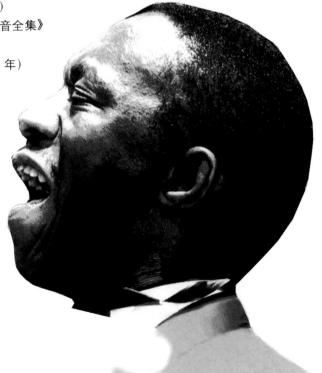

查理·帕克
（Charlie Parker）

1920 ~ 1955

新兵

不错，这是个办法

1939 年查理·帕克来到纽约，在一家夜总会刷盘子，虽然工资很低，但夜总会几乎 24 小时都在放音乐，这使查理·帕克十分高兴。一天，他听音乐听得入了迷，忘了刷盘子。经理喊他，他也没听见，还在一个劲儿地用手在一下一下地合着音乐打拍子。经理有点生气走过来拍了拍他，他这才醒悟过来，连忙说："经理，我正在摸索如何按音乐的节奏刷盘子，那样会又快又好。"说着还做了个刷盘子的动作。经理似有所悟，说道："噢噢，不错、不错，这是个好办法。"

主要演奏乐器：中音萨克斯管
演出相关工作：指挥、作曲
主要音乐风格：波普爵士乐
绰　　　　号：新兵

1920 年 8 月 29 日生于美国堪萨斯州的堪萨斯。帕克是一位极具个性的音乐家，14 岁时中途辍学，一心钻研音乐。1937 年帕克加盟杰·麦克夏的乐队。1940 年，与这支乐队合作录制了首张唱片，其中乐曲《好女士》和《杜鹃玫瑰》里有他精彩的萨克斯管独奏；同年，帕克与迪兹·吉莱斯皮在一次即兴演奏会上相遇，他们一拍即合并成了爵士乐历史上最成功的一对搭档。1945 年，帕克与吉莱斯皮合作录制的《高水平的演奏》、《迪兹的情绪》、《肖，不用多说了》、《咸花生》和《暖房》等专辑，震惊了爵士乐坛。1947 年，帕克率先组织了包括迈尔斯·戴维斯、杜克、乔丹、汤米·鲍特和马克斯·罗奇在内的五重奏，他们合作的非常成功并将波普爵士乐带入了佳境。1947～1951 年，帕克的音乐事业发展到了鼎盛时期。1949 年，帕克转投诺曼·格兰兹的神韵唱片公司，并开始与弦乐队合作录音，以了结自己多年来的凤愿。此后，帕克在作曲上的成就也非常显著，创作出了许多优秀作品，如《人类学》、《鸟类学》、《苹果饼》、《柯柯》以及布鲁斯作品《是时候了》、《帕克的心情》等。1955 年 3 月 12 日，帕克在纽约州纽约市逝世，年仅 35 岁。

最 流 行 专 辑

《比波普的诞生全集》
The Complete "Birth of Bebop" （1940～1945 年）
《查理·帕克故事》(第 1 集)
The Charlie Parker Story, Vol. 1 （1940～1947 年）
《西沃伊录音室全集》
Complete Savoy Studio Sessions （1944～1948 年）
《神韵唱片公司全集》
Complete on Verve （1946～1954 年）
《戴尔录音全集》
Complete Dial Session （1946～1947 年）
《西沃伊岁月，鸟在鸡前》
Bird at the Roost Savoy Years （1948～1949 年）
《查理·帕克与现代爵士之星在卡内基大厅》(1949 年圣诞节)
Charlie Parker & Stars of Modern
Jazz at Carnegie Hall (Christmas 1949) （1949 年）
《麦西大厅爵士》
Jazz at Massey Hall （1953 年）

查理·帕克除了具有精湛的演奏
技巧外,在作曲上的成就也十分惊人。

主要演奏乐器：钢琴
演出相关工作：指挥、作曲
主要音乐风格：冷爵士

戴夫·布鲁贝克
（Dave Brubeck）

1920 ~

冷爵士乐的代表人物

　　1920 年生于美国加利福尼亚州的康科德。布鲁贝克从小就在母亲监督下学习钢琴，接受正统的古典音乐训练。1938 ~ 1942 年，布鲁贝克在太平洋学院学习音乐。二战期间，在巴顿将军指挥的陆军中指挥一支服务乐队，1946 年进入米尔斯学院师从古典作曲家戴留斯·米豪德学习作曲，同时还领导了一支由 10 名乐手组成的乐队演奏爵士乐。1947 年，由范泰西唱片公司出版、发行的这支乐队演奏的唱片，以结构复杂，曲式多样而著称。之后，布鲁贝克又组建了一支由 3 名乐手组成的三重奏小组。1948 ~ 1951 年，他们为范泰西公司录制的乐曲在旧金山地区非常流行，这支三重奏小组后来因布鲁贝克在一次游泳中出了严重的事故而解散。1952 年，布鲁贝克与中音萨克斯演奏家保罗·戴斯蒙德组织了一支四人乐队，在其后的两年时间里，乐队迅速走红，在为范泰西唱片公司录制了一系列唱片之后，布鲁贝克又推出了一批成功的流行曲。1954 年，布鲁贝克成为《时代周刊》的封面人物。1960 年，他与保罗·戴斯蒙德创作的乐曲《拿五个》取得了巨大的成功。此后，布鲁贝克四人乐队保持着良好的状态不断巡回演出，足迹遍及世界各地，直到 1967 年乐队解散为止。1968 年，布鲁贝克组建了新的四人乐队，其中包括特色乐手是盖瑞·穆里根。70 年代，布鲁贝克加盟儿子们组织的"布鲁贝克两代人乐队"，成员包括：键盘手达留斯、电贝司手克里斯和鼓手哥达尼。80 年代，次中音萨克斯管杰瑞·伯贡齐、单簧管比利·史密斯、中音萨克斯管鲍勃·米里泰罗等人都曾为"布鲁贝克两代人乐队"效过力。此期间，布鲁贝克创作的《以你自己甜蜜的方式》、《公爵》和《土耳其蓝色回旋曲》等作品经这支乐队演奏被广泛传播而成为经典名曲。90 年代，布鲁贝克仍然是一棵活跃在爵士乐坛的常青树。

最 流 行 专 辑

《时间签名:一次生活的回顾》

Time Signatures:A Career Retrospective （1946～1991 年）

《爵士乐来到大学》

Jazz Goes to College （1954 年）

《出行时》

Time out （1959 年）

军 乐 的 节 奏

巴顿将军听完了戴夫·布鲁贝克指挥战地服务乐队演奏的音乐后，似乎不太满意，于是他走到布鲁贝克身边。这时，将军的爱犬也飞快地跑过来,蹲立在将军的膝前。巴顿对布鲁贝克说："你们的演奏节奏感太弱了，音乐应该是节奏的艺术!"布鲁贝克答道:"将军，您说得太对了，当我们演奏时，连您的爱犬都在摇头晃脑，节奏能使人振奋!""也能使狗振奋吗?"将军又问，布鲁贝克指了指将军的爱犬，只见它正在频频点头。巴顿无话可说了。

1922 年 4 月 22 日生于美国亚利桑那州的诺盖尔斯一个音乐世家。姐姐们在家里演奏的宗教音乐给明各斯的童年留下了深刻的印象。此后，他开始学习长号和大提琴，后来转学贝司，同时随作曲家劳埃德·里斯学习作曲。1939～1940年，他创作了《怎样的爱》和《短裤腿禁令》。1942年，明各斯加盟本尼·毕加德的乐队。1943 年,明各斯转投路易斯·阿姆斯特朗的乐队，在这支众星云集的乐队里，没有明各斯发挥的空间。1946～1947 年,明各斯又加盟莱奥纳尔·汉普顿的乐队。这期间,由于明各斯对爵士乐以及节奏和布鲁斯音乐的精彩演奏而获得"冯·明各斯男爵"的绰号。50 年代初,明各斯加盟德·纳瓦罗和泰尔·法罗的三人乐队。1953 年,他有了属于自己的首演唱片公司并一直经营到 1955 年，这期间，曾先后录制了多位音乐家的唱片。1955 年,他建立了自己的"爵士乐研讨会"，并把研讨会变成了收集一流作品的"曲目公司"。1956～1959 年,是明各斯录制唱片的高产期,有《爪哇人》、《小丑》、《东海岸》、《城市景色》、《蒂华纳情绪》和《神奇世界》等一批唱片问世,还与哥伦比亚公司合作录制了难以忘怀的《再见,猪肉馅饼帽》和《法布斯寓言》两张专辑。1960 年,明各斯组织了一系列音乐会,意图与纽波特爵士节相抗衡,不幸的是,一系列纷争和积怨拆散了这个组织。1964～1965 年,明各斯又建立了一家以自己的名字命名的唱片公司，后因经营不善而破产,他也因此而退出了演艺界。1969 年,乐迷对首演唱片公司出版的唱片疯狂抢购，使明各斯获得资金重新开始演艺生涯。70 年代初期,明各斯在哥伦比亚唱片公司、亚特兰蒂克唱片公司录制的唱片以及在埃佛里·菲舍尔音乐厅举办的音乐会实况,使人们重新认识了这位昔日明星,并使他获得了著名的古根海姆作曲奖。此后, 明各斯的健康状况越来越差。1977 年, 他创作《卡姆比亚和爵士融合派》时, 已完全丧失运动能力, 几乎是在轮椅上指挥一支小型爵士乐队录制了超级专辑《明各斯运动变化》(一、二)。1979 年 1 月 5 日,明各斯在墨西哥科纳瓦卡去世,年仅 57 岁。

查尔斯·明各斯
（Charles Mingus）

1922～1979

愤怒的男爵

最 流 行 专 辑

《首演录音全集》
The Complete Debut Recordings （1951～1958 年）
《蒂华纳情绪》
New Tijuana Moods （1957 年）
《布鲁斯与根》
Blues and Roots （1959 年）
《明各斯，啊! 嗯!》
Mingus Ah Um （1959 年）
《明各斯在安提比斯》
Mingus at Antibes （1960 年）
《即兴录音全集》
Complete Candid Recordings （1960 年）
《啊——对》
Oh Yeah （1961 年）
《查尔斯·明各斯最伟大的音乐会》
The Greatest Concert of Charles Mingus （1964 年）

"停!"

　　查尔斯·明各斯是一位眼里容不得砂子的指挥，无论是谁，他也不允许轻视音乐，因为他把音乐演奏当作最神圣的工作。一次，查尔斯·明各斯的乐队正在演出，无意间，他发现台下的观众心不在焉，有的甚至在交头接耳，查尔斯·明各斯大喝一声："停!"乐队立即停了下来，台下的观众不知发生了什么事，一下子也都不说话了，台下一片寂静。这时，查尔斯·明各斯手中的指挥棒一挥，音乐再次响起，直到一曲终了，台下再也没有发出一点声响……。

蒙格·桑塔马利亚
（Mongo Santamaria）

1922 ~

拉丁爵士乐大师——

主要演奏乐器：打击乐器
主要音乐风格：拉丁爵士乐

1922 年 4 月 7 日生于古巴的哈瓦那。桑塔马利亚最初演奏的乐器是小提琴。由于这件音色优美的乐器难以表达出他丰富而强烈的感情，于是转打架子鼓，为此而放弃学业并逐步建立起了一定的声望。1948 年，他和表弟阿曼达·普莱扎一起离开古巴。1950 年，他们来到纽约，桑塔马利亚首次与一位著名的拉丁爵士乐音乐家佩雷兹·普拉多合作演出，俩人的合作整整持续了 3 年。同时他还与乔治·希灵一起演奏拉丁爵士乐，1958 年与波波一起加入了蒂加德的乐队。在其后的 3 年中，他还与这支乐队录制了许多出色的唱片。自 1961 年后，桑塔马利亚曾与迪兹·吉莱斯皮和杰克·麦克多夫兄弟都有过合作。这一时期，他的音乐风格趋于多样化和富有浓厚的个人特色，他改编的《西瓜男子》获排行榜十佳单曲。1965 ~ 1970 年，他先后录制了多张唱片，其中乐曲《九重天》进入了流行歌曲排行榜前 40 名。他录制的系列唱片《布加罗》因采用了跨音乐种类的形式而取得了成功，《灵魂之袋》、《石头灵魂》、《演奏节奏强烈的音乐》等都是这一时期的佳作。70 年代，桑塔马利亚先后为瓦亚唱片公司、亚特兰蒂克唱片公司录制了多张融合各派风格的唱片，《从根向上》是一张具有浓郁的古巴黑人音乐风格和特点的唱片。此外，他还作为一位客座明星与法尼亚"全明星"乐队一起在杨基体育馆为观众献艺（加拿大蒙特利尔帕布罗唱片公司为他录制了现场演出的实况），还与迪兹·吉莱斯皮再度合作演出以及参加一部名为《萨尔萨》电影的拍摄。90 年代，桑塔马利亚仍不断有新作问世，他录制的唱片仍然深受广大乐迷的喜爱和青睐。

最 流 行 专 辑

《非洲－根》
Afro－Roots （1958～1959 年）
《黑鹰翱翔》
At the Black Hawk （1962 年）
《皮肤》
Skins （1962～1964 年）
《索伊哟》
Soy Yo （1987 年）
《爵士谷现场》
Live at Jazz Alley （1990 年）

你的名气还不够大吗？

　　爵士乐坛的许多乐手都参加过电影的拍摄，但大多数都是故事片，而蒙格·桑塔马利亚参加拍摄的影片则是纪录片《萨尔萨》，并在片中担任主要人物，"你觉得自己的名气还不够大吗？"有人这样问他。"在我看来，我的名气实在是太大了，从电影商的角度看，我的名气实在是太小了，小得连纪录片都没有拍过！"那人又说："拍完片子，你的名声不就更大了吗？"桑塔马利亚答道："但在传记作家和故事片导演那里，我仍然是无名小卒。""他们还会为你拍电影、拍电视吗？""那当然，前提是我目前还不能给他们足够的钱！否则，他们早就拍摄了！"

马克斯·罗奇
（Max Roach）

1924 ~

最著名的爵士音乐家

　　1924 年 1 月 10 日生于美国北卡罗来纳州的辛迪。罗奇的母亲是一位福音歌手，罗奇 10 岁就在福音乐队中打鼓，并在曼哈顿的音乐学校中受过正规的音乐教育。1942 年，他首次与查理·帕克、迪兹·吉莱斯皮等人在海顿俱乐部一起演奏，曾与本尼·卡特以及埃林顿公爵都有过短时间的合作。1943 年加盟吉莱斯皮的五人乐队，1945 ~ 1953 年在查理·帕克指挥的乐队担任鼓手，1943

年首次与科尔曼·霍金斯合作录音。40 年代后期，罗奇的录音大部分是与迈尔斯·戴维斯和查理·帕克一起完成的。1949 年，罗奇和帕克指挥的乐队一起到巴黎巡回演出并录制了唱片，还参加了 1948 ~ 1950 年的"冷爵士乐的诞生"系列演奏会。50 年代初，罗奇与"爵士"交响乐队一起巡回演出，与著名的霍华德·拉姆塞的"灯塔全明星"乐队一起合作录音。50 年代中期，罗奇指挥了克林福德·布郎的管弦乐队并与这支乐队合作录制了乐曲《研究布朗》和《在盆地街》。1956 年，罗奇参与组建了首演唱片公司。此后，曾经领导过一支有影响的乐队，并为河岸唱片公司和伊姆阿西唱片公司录制了许多著名的唱片。60 年代初，罗奇创作了《当前的自由套曲》、《打击乐甘苦》、《是时候了》、《说，兄弟，说吧！》、《传奇的哈桑》、《生活中的每一种呼声和歌唱》、《会员们，别厌倦》和《无限的鼓》等作品，这些作品均被哥伦比亚唱片公司和推动力唱片公司录制成唱片。70 年代，罗奇创建了一支由 10 名打击乐手组成的乐队,亲自为他们创作了乐曲。同时,他还与许多音乐家合作录音、开始涉足教育,并成为马萨诸塞大学的教授。80~90年代,罗奇坚持从事演奏、指挥工作。他除了领导一支四重奏乐队和"姆布姆"乐队外,仍然继续着自己的教学实践至今。

兄弟,说吧!

马克斯·罗奇创作的歌曲《说,兄弟,说吧!》以其强烈的感染力,鼓舞了人们反对种族歧视。一天在大街上,他被一群白人种族歧视者揪住了衣领,其中一个冲上来说:"就是他,他写的《说,兄弟,说吧!》"结果揪住罗奇领子的家伙听错了,以为是叫罗奇兄弟,让他说点什么呢,连忙将罗奇放了,转过身来对冲上来指控罗奇的家伙说:"说,兄弟,说吧!那位兄弟我已放走了。""为什么?"那人问,答:"你不是叫他兄弟吗?"

最 流 行 专 辑

《自由新组曲》
Freedom Now Suite （1960 年）
《打击乐甘苦》
Percussion Bitter Sweet （1961 年）
《一分二,二合一》
One in Two, Two in One （1979 年）
《致马克斯》
To the Max （1990 ~ 1991 年）

莎拉·沃恩
（Sarah Vaughan）

1924～1990

波普歌后

主要音乐风格：波普爵士乐、标准爵士乐

泣声唱法

　　一次，沃恩应邀为故乡新泽西州纽瓦克的一位暴发户演唱，开始她坚决不去，但这位暴发户动员了所有与沃恩有交往的人来说情，碍于朋友的面子，沃恩无法再推辞。那天，是这位暴发户的生日，点名要沃恩演唱一首祝福歌。这本来是小菜一碟，不费吹灰之力的事。结果，沃恩一上台，便用泣声唱法演唱这首祝福歌，唱得在场的人都悲痛不已。暴发户非常生气，来到沃恩面前说："你怎么能这样演唱，难道觉得我今天还需要悲痛吗？"沃恩微笑着说："乐极生悲嘛！您不觉得您的快乐太多了一点吗？"

1924 年 5 月 27 日生于美国新泽西州的纽瓦克。沃恩幼年时就是教堂唱诗班的成员，12 岁时已成为一位有造诣的管风琴演奏者。1942 年，在著名的"阿波罗之夜业余天才歌手"竞赛中赢得大奖。1943 年 4 月，沃恩加盟厄尔·海恩斯的乐队，担任第二钢琴手和歌手。1944 年，比莉·厄克斯泰因离开海恩斯，组建了一支自己的乐队，12 月，沃恩与这支乐队合作录制了首张专辑《一次又一次》。1945～1948 年，沃恩一直为哥伦比亚唱片公司效力并参与了多张热门唱片的录制。1954～1957 年，沃恩转投麦考瑞唱片公司，此期间录制的流行歌曲取得了巨大的成功，其中包括 1958 年录制的具有轰动效应的歌曲《伤心旋律》。同时，还与伊姆阿西唱片公司合作录制了爵士乐。1960～1967 年，沃恩同时为路莱唱片公司、哥伦比亚唱片公司和麦考瑞唱片公司录音。1968～1970 年，感到身心疲惫的沃恩暂时告别了歌坛，一般的合作已难以引起她的兴趣，她等待新的合作机会。1971 年，在音乐制作领域的重要人物诺曼·格兰兹耐心劝说下，沃恩再次为帕布罗唱片公司录制专辑《重出江湖》。70 年代，诺曼·格兰兹还为沃恩制作了许多演唱会专辑，其中最著名的当数 1979 年录制的《埃林顿公爵歌曲集》。1982 年，沃恩与洛杉矶交响乐团合作录制了格什温作品集。1985 年，沃恩又在基思·里斯·爵士字母唱片公司录制专辑《行星仍然健在，是的，它还活着！》。1990 年 4 月 3 日，沃恩在加利福尼亚州洛杉矶去世，享年 66 岁。

最 流 行 专 辑

《莎拉·沃恩在麦考瑞唱片公司的录音全集》（第 1 集）

Complete Sarah Vaughan on Mercury, Vol. 1（1954～1956 年）

《莎拉·沃恩》

Sarah Vaughan （1954 年）

《在高保真的土地上》

In the Land of Hi－Fi （1955 年）

《在凯利先生家》

At Mister Kelly's （1957 年）

《住在日本》

Live in Japan （1973 年）

1924年8月29日生于美国亚拉巴马州塔斯卡卢萨,原名露丝·李·琼斯。蒂娜·华盛顿是在芝加哥的俱乐部里唱歌和在圣马丁教堂合唱队弹奏钢琴而成长起来的一名爵士歌手。1943～1946年,华盛顿在成为独唱歌手之前一直在汉普顿的乐队中工作,她演唱的一些最为著名的节奏和布鲁斯音乐作品都是由莱奥纳德·菲舍尔创作的。从40年代后期到50年代中期,华盛顿的演唱几乎垄断了整个节奏和布鲁斯音乐的排行榜。与此同时,伊姆阿西和麦考瑞唱片公司还为她录制了许多唱片。从这些风格多样,富于变化的唱片里,至今仍然可以看出她是一位跨越各种音乐形式的超级明星,克林福德·布朗、克拉克·泰里、梅兰德·弗格森、温顿·凯利、乔·扎维努和安德鲁·希尔等爵士乐手都为她伴奏过。华盛顿在录制了《与众不同的日子》这张唱片后,由于演唱的曲目大部分是一些速度较为缓慢的民歌,缺乏活力与特色,特别是她1958年之后出版的唱片,与鼎盛时期相比显得非常落伍和不入流。尽管如此,她才39岁,还处于自己音乐生涯的鼎盛时期,还有机会东山再起。谁也没有想到,这位才华横溢的黑人女歌手竟因为服用了大量的安眠药和喝了太多的酒而于1963年12月4日在密歇根州底特律意外死亡,她的早逝并未缩小她在爵士乐坛的地位和对后来所有的黑人女歌手的影响。

蒂娜·华盛顿

(Dinah Washington)

1924～1963

全才女歌手

录音插曲

蒂娜·华盛顿是一位心地特别善良的人，但又是一位对工作极其认真的人，要是谁无视她的认真，那就有好戏了。一次，说好了下午4点钟录音，录音师过了10分钟还没来。蒂娜·华盛顿不愿再等了，她一走就是5天! 直到制片人找到她并告诉她，已经将录音师解雇了，这才大吃一惊并亲自将录音师找回来。"蒂娜·华盛顿，那天是我不对，"录音师说。"蒂娜·华盛顿，你也有点过分。"制片人说。"是吗?那你为什么不解雇我呢?"蒂娜·华盛顿顽皮地说。

最 流 行 专 辑

《靓妞;R9B 年代》
Slick Chick；R9B Years （1943～1954 年）
《慈祥的妈妈》
Mellow Mama （1945 年）
《蒂娜·华盛顿在麦考瑞唱片公司的录音全集》(1～5 集)
The Complete Dinah Washington on Mercury, Vol. 1～5 （1946～1958 年）
《蒂娜拼盘》
Dinah Jams （1954 年）
《蒂小姐的摇摆》
The Swingin' Miss D （1956 年）

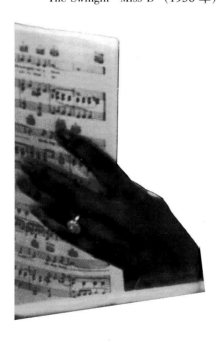

奥斯卡·彼得森
（Oscar Peterson）

1925 ~

波普钢琴家

主要演奏乐器：钢琴
演出相关工作：指挥
主要音乐风格：波普爵士乐、摇摆乐

1925 年 8 月 15 日生于加拿大魁北克省的蒙特利尔。彼得森 6 岁开始学习钢琴，14 岁时在家乡蒙特利尔的一次少年钢琴比赛中获优胜奖，从而引起人们的关注，并在广播节目中有了演奏专栏。40 年代中期，他一直与约翰尼·霍姆斯的乐队一起演奏。1949 年，诺曼·格兰兹邀请他参加了卡内基音乐厅的爵士管弦音乐会。此后，格兰兹成为他的演出经理。50 年代，格兰兹创建了自己的神韵唱片公司，彼得森成为这家公司旗下的主要钢琴家。随后，彼得森还在诺尔甘、克莱夫、麦考瑞以及帕布罗等唱片公司录制了大约 100 张唱片。同时，他还与著名的 JATP 乐队一道巡回演出，并组建了一支自己的三重奏小组。1953 ~ 1958 年，彼得森三重奏小组成为公众最喜爱的乐队之一，这种形式一直影响并延续到 1965 年。1960 年，彼得森与布朗·希格本和菲尔·尼蒙斯在多伦多创建了一所当代高级音乐学校。70 年代，彼得森开始转向独奏并为帕布罗唱片公司录制了大量的独奏专辑。从 70 年代中期开始，他又把一部分精力花在了与管弦乐队的合作上。80 ~ 90 年代，彼得森仍然在世界各地巡回演出，从未离开过音乐舞台。1988 年，基尼·里斯为他写的传记《奥斯卡·彼得森——摇摆的愿望》一书出版、发行，对于喜爱他的众多的乐迷来说，这是一份不可多得的厚礼。

最 流 行 专 辑

《青年奥斯卡·彼德森全集》
The Complete Young Oscar Peterson （1945～1949 年）
《在萨尔迪斯》
At Zardis' （1955 年）
《奥斯卡·彼得森演奏贝西伯爵》
Oscar Peterson Plays Count Basie （1955 年）
《在斯特拉福德·莎士比亚节上》
At the Stratford Shakesperean Festival （1956 年）
《首演音乐会》
At the Concert Debut （1957 年）
《专门为朋友而演唱》
Exclusively for My Friends
《三重奏》
The Trio （1963 年）
《盒子系列》
Box Set （1963～1968 年）
《奥斯卡·彼得森三重奏》
Oscar Peterson Trio One （1964 年）
《我最喜爱的乐器》
My Favorite Instrument （1968 年）
《音轨》
Tracks （1970 年）

还给他们音乐

　　50 年代末，奥斯卡·彼得森与朋友们一起准备创办一所高级音乐学校，但办学的钱从哪里来呢？为此，他们几人分头去找钱，然而常常是两手空空而回。彼得森对朋友们说："那些有钱人，个个都显得很有教养，可就是连最起码的音乐知识也没有。"朋友们说："他们就知道钱！""钱使他们应有尽有。"彼得森说："但愿他们能把钱掏出来，我们把音乐还给他们。"1960 年，学校果然办了起来，彼得森又对朋友们说："现在，我们该把音乐还给那些为我们投资的企业家了！"

主要演奏乐器：法国号
主要音乐风格：拉格泰姆爵士乐、第三流派

冈瑟·舒勒
（Gunther Schuller）

1925 ~

第三流派的代表人物——

　　1925 年 11 月 11 日生于美国纽约州的杰克逊。舒勒早期的音乐生涯，以演奏古典音乐为主。40 年代，曾是著名的美国芭蕾舞剧院和辛辛纳提管弦乐团的法国号演奏员。1945～1959 年，是大都会歌剧院的演奏家。这期间，他还在布兰德的一次专门音乐讲座中，首次使用"第三流派"这一专有名词。与此同时，他为爵士乐合奏、四重奏以及大型乐队创作的作品均被奥耐特·科尔曼、埃里克·多菲和吉尔·伊文思等著名的演奏家录制成唱片。1949～1950 年，舒勒参加了著名的迈尔斯·戴维斯的"冷爵士乐的诞生"系列音乐会的演出，还为哥伦比亚唱片公司和神韵唱片公司录制过唱片。50 年代末和 60 年代初期，"现代爵士乐四重奏"乐队曾录制了他创作的大量作品，其中包括他最著名的代表作《第三流派音乐》。1961 年，他创作的芭蕾舞剧《异种》由著名的芭蕾舞大师乔治·巴兰钦搬上舞台。1959～1961 年，舒勒曾先后两次参加过著名的蒙特利尔爵士节。1963 年，又举办了首次个人爵士乐音乐会。1962～1965 年，舒勒与刘易斯、哈罗德·法布罗共同领导了美国管弦乐团。在刘易斯的帮助下，他创建了勒诺克斯爵士乐学校。60 年代中期，舒勒访问东欧时，曾举办过爵士乐的专题讲座。此后，又组建了新英格兰音乐学院的"拉格泰姆合奏"乐队，并与这支乐队一起录制了一张名为《斯克特·乔普林：红皮书》的热门专辑，这张专辑里的主旋律后来被选为电影《刺激》的主题歌。70 年代，舒勒还创建了几家小型的唱片公司，录制了查尔斯·明各斯、乔治·拉塞尔、约翰尼·卡里西、拉思·布雷克等人的专辑唱片。1980 年，舒勒参与了 GM 唱片公司的创建工作。此后，他出版的两本专著《早期爵士乐》和《摇摆乐时代》，为乐迷们了解爵士乐的发展提供了方便。

最 流 行 专 辑

《爵士乐选段》
Jazz Abstractions （1960 年）
《跳到未来》
Jumpin in the Future （1988 年）

争取理解

冈瑟·舒勒在开
创了第三流派音乐之
后不久，便成了"姥姥
不疼，舅舅不爱"的人
物，即交响乐和流行
乐两派均对他有非
议。孤独是不可避免
的，追求又永远不能
停滞。有人对舒勒说：
"以你现在的水平，创
作什么都没问题，你
何必非要搞个新的流
派呢？"他说"谢谢你
提醒了我。"当天就写
出了一篇题为《我为
什么非要搞第三流
派?》的文章，全面地
阐明了自己的立场、
观点和做法，他说：
"没有任何一项新生
事物的出现不需要人
们的认识与理解，更
何况是只能意会，不
能言传的音乐呢。"

1926 年 5 月 25 日生于伊利诺伊州阿尔顿的一个中产阶级家庭，戴维斯 9 岁开始学习演奏小号。此后，在与埃迪·兰德尔的"蓝魔鬼"乐队一道演出的经历中，无师自通地掌握了小号的演奏技巧。1944 年 9 月，戴维斯进入纽约著名的朱利亚音乐学院，由于学校严格的古典音乐教育难以满足他的兴趣，为此而放弃了学业，跟随科尔曼·霍金斯这位萨克斯管演奏大师进入了神奇的爵士乐世界。1945 年，他经常和查理·帕克一起演奏并在演奏帕克创作的乐曲《是时候了》和《比利重振旗鼓》中开始崭露头角。1948 年，戴维斯组建起一支自己的九人乐队，这支著名乐队的成立，宣告了冷爵士乐时代的开始。1955 年，戴维斯在纽波特爵士节上演出器乐曲《午夜时分》取得巨大成功，并与约翰·科特兰、雷德·嘉兰、保罗·钱伯斯、菲尔·乔·琼斯一起组建了一支经典五重奏乐队。1955 ~ 1956 年，乐队为显赫唱片公司录制了 4 张受欢迎的唱片，直到 1957 年乐队解散时，戴维斯受欢迎的程度从未减弱；同年，他赴法国为电影《走向断头台》录音。1958 年，戴维斯又组建了一支超级六重奏乐队，这支乐队的成员都具有超凡的音乐才华，他们录制的《里程碑》和《布鲁斯的种类》等唱片，是乐迷们争相收藏的精品。1968 ~ 1969 年，戴维斯将摇滚乐、乡村音乐、爵士乐熔于一炉而创作出的乐曲《以沉默的方式》和《女巫的佳酿》，开创了爵士乐的先河。1975 年，戴维斯因为健康状态欠佳突然宣布退休，爵士乐坛更为关注的是他何时能重返乐坛？1981 年，戴维斯率领一支与他 70 年代领导过的十分相似的乐队重新登台演出，激情犹在、灵性犹在。1991 年夏天，戴维斯又演奏了由吉尔·伊文思改编的经典作品；同年 9 月 23 日，在加利福尼亚州圣莫妮卡去世，享年 65 岁。

迈尔斯·戴维斯
（Miles Davis）

1926 ~ 1991

前进中的小号手

主要演奏乐器： 小号
演出相关工作： 指挥、作曲
主要音乐风格： 波普爵士乐、冷爵士乐、硬波普爵士乐、前卫派爵士乐、融合派爵士乐

最 流 行 专 辑

《冷爵士的诞生》
Birth of the Cool （1949～1950 年）
《蓝色音符与国会大厦唱片公司的录音》
Blue Note and Capitol Recordings （1949～1958 年）
《午夜时分》
Round about Midnight （1955 年）
《工作》
Workin' （1956 年）
《蒸》
Steamin' （1956 年）
《烹饪》
Cookin' （1955～1956 年）
《里程碑》
Milestones （1959 年）
《布鲁斯的种类》
Kind of Blue （1959 年）
《尼克尔在现场的全部插曲》
Complete Live at the Plugged Nickel （1965 年）
《以沉默的方式》
In a Silent Way （1968～1969 年）
《女巫的佳酿》
Bitches Brew （1969 年）

穆里根的回忆

　　穆里根在进入迈尔斯·戴维斯乐队之前默默无闻，但这并不影响戴维斯对穆里根才华的认定，每次演出都要隆重介绍他。穆里根回忆说："我进入戴维斯乐队纯属偶然。一天，我在酒吧演奏，他来了，听完了我演奏的全部曲目，临走时让我第二天到他的乐队去上班，并给我双倍的工资，于是，我很快就成了这支乐队的成员。""戴维斯每次演出都介绍我，甚至超过了乐队中的其他知名乐手。"一次演出，戴维斯又隆重介绍了穆里根，乐队中其他知名乐手不高兴了，演出结束后都来指责穆里根，而穆里根则对他们说："你们往台上一站，就光彩照人了，还用介绍吗？"来者被噎得无话可说。

主要演奏乐器：高音萨克斯管、次中音萨克斯管
演出相关工作：指挥、作曲
主要音乐风格：硬波普爵士乐、前卫派爵士乐、自由派爵士乐

约翰·科特兰
（John Coltrane）

1926～1967

巨人的脚步

　　1926 年 9 月 23 日生于美国大西洋沿岸的北卡罗来纳州。1946～1947 年，科特兰曾先后与几支乐队一起演出。1947～1948 年，在与埃迪·文森乐队合作期间，才转向次中音萨克斯管的演奏。1948～1949 年，科特兰加盟迪兹·吉莱斯皮的大乐队，1950～1951 年成为吉莱斯皮六重奏乐队的一员。此后，演奏技艺日臻完善，逐渐成为顶尖的次中音萨克斯管演奏家。1957 年，科特兰因吸食海洛因而被戴维斯解雇。离开戴维斯的乐队后，科特兰永远地戒掉了这个恶习；同年，应邀加盟钢琴家特洛尼斯·蒙克成立的四重奏小组，并首次指挥录制了乐曲《蓝色火车》而赢得评论界的一致好评。1958 年初，科特兰再次加盟戴维斯的乐队，成为爵士乐坛当之无愧的首席次中音萨克斯管演奏家。此外，他还与亚特兰蒂克唱片公司签了录音合同，著名唱片《巨人的脚步》就是在这个时期录制的。1960 年，科特兰还为亚特兰蒂克唱片公司录制了专辑《我之所爱》。1961～1964 年，科特兰利用《印象》、《非洲布鲁斯》等名曲，继续着在演奏方面的长期探索。1965 年，科特兰在乐曲《升天》中，放弃旋律线而转向热情的音块方面的探索，以快速处理种种音块的起伏和变化而完全改变了从前古典唯美的风格。1966 年，科特兰拥有一支自己的五人乐队，在一次赴日本成功的演出后，健康状况开始下降。1967 年 7 月 17日，科特兰在纽约州纽约市去世，年仅 41 岁。

两个太阳

约翰·科特兰的妻子爱丽丝回忆起丈夫生前的勤奋，总是一往情深。为了不影响妻子休息，科特兰常常在更衣室里练习，每天都睡得很晚。一次天亮了，爱丽丝醒来，仍未见到丈夫，便起床来到了更衣室，推开房门，见丈夫正聚精会神地练琴，爱丽丝关切地走到丈夫身旁说："再不休息，身体就累垮了。"科特兰说："我刚才休息过了，现在日出东方，正是练琴的好时机。"然而，他那布满血丝的双眼，却告诉了妻子又是一夜未眠，妻子双泪落襟，说："别练了，你的两只眼睛，红得像两个红太阳。"科特兰接过话，笑着说："那该多好！白天一个，夜晚一个，世界就再也没有黑暗了！"

最 流 行 专 辑

《约翰·科特兰:在声望唱片公司的录音》

John Coltrane : The Prestige Recordings （1956～1958 年）

《蓝色火车》

Blue Train （1957 年）

《重量级冠军:在大西洋唱片公司的录音全集》

Heavyweight Champion :

The Complete Atlantic Recordings （1959～1961 年）

《巨人的脚步》

Giant Steps （1959 年）

《我之所爱》

My Favorite Things （1960 年）

《约翰·科特兰和约翰尼·哈特曼》

John Coltrane and Johnny Hartman （1963 年）

《伯德兰现场》

Live at Birdland （1963 年）

《爱的极致》

A Love Supreme （1964 年）

科特兰精湛的次中音萨克斯管演奏在爵士乐坛早已家喻户晓，
但他平时练习时所付出的艰辛与努力却知者甚少。

主要演奏乐器：上低音萨克斯管、钢琴
演出相关工作：编曲、作曲、指挥
主要音乐风格：冷爵士乐

盖瑞·穆里根
（Gerry Mulligan）

1927～1996

冷爵士乐之魂

　　1927 年 4 月 6 日生于美国纽约州的纽约市。穆里根在学习单簧管和多种萨克斯管之前，就开始学习钢琴。1944 年，曾为约翰尼·华灵顿的广播乐队创作过乐曲。1946 年搬到纽约后，应邀担任了基尼·克鲁帕管弦乐队的编曲，《DJ 跳跃》是他这一时期编配的著名乐曲。1948 年，穆里根加盟克劳迪·索恩希尔的乐队，主要演奏中音萨克斯管，同时还兼任编曲和作曲。他编配的著名作品包括：《神的孩子》、《糟糕的梦》以及 3 首创作乐曲《耶路》、《摇椅》和《维纳斯·德米罗》。1949 年，穆里根为爱略特·劳伦斯的管弦乐队作曲并演奏萨克斯管。1951 年，他开始组建自己的九人乐队并效力于显赫唱片公司。这一时期他改编的《青年》、《摇摆的房子》和《行走的鞋子》等经典名曲，成为以他为首的无钢琴伴奏的四重奏乐队的主要特色。1954 年，他与长号手鲍伯·布鲁克梅耶的合作使乐队再度走红。1958 年，在纽波特爵士音乐节上，穆里根与上低音萨克斯管演奏家哈里·卡内交相辉映演奏了《最好的双抬轿子》,伴奏乐队是著名的埃林顿公爵乐队;同年,穆里根在经典电视节目《爵士之声》中做了精彩的独奏表演,还分别饰演了影片《我想生活》和《地下洞穴》中的角色。1960～1964年,穆里根在功成名就之后,专门为自己领导的"音乐厅爵士乐团"作曲,偶尔客串一下上低音萨克斯管或钢琴。然而,在需要不断创新和发展的爵士乐坛,新的音乐时尚与穆里根的距离越来越大,他不得不解散了乐队。70年代,穆里根曾经在一段时期里演奏高音萨克斯管和领导了一支新的六重奏乐队。90年代,穆里根与著名的"无名四重奏"乐队在全球巡回演出,并指挥过一支名为"冷爵士重生"乐队,这支乐队以演绎迈尔斯·戴维斯的经典作品而著称。1996年1月19日,穆里根在纽约州纽约市去世,享年69岁。

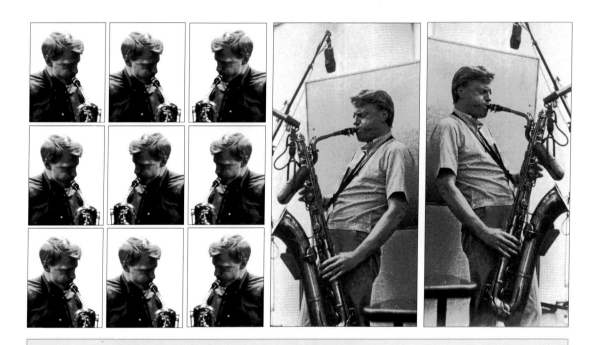

你不认识我吗?

　　1954年盖瑞·穆里根从监狱里出来后,人们已经完全不认识他了,他先后跑了6支乐队、几十个老朋友的家,然而该辉煌的都在辉煌,该倒霉的都已倒霉,谁还会关注这个过去的"明星"呢?他走进了一家理发店,谁知一进门,便被眼前的景像惊呆了,原来房内贴的都是他当年演出的广告,这使他激动万分,连忙问理发师傅,"你认识我吗?""不认识"。他又问:"你猜猜广告中那个人是谁?""是穆里根呀!"穆里根听罢眼睛一亮,说:难道:"你不认识我吗?"理发师傅说:"难道你是穆里根?""正是"。穆里根答道。理发师傅一听,生气了,大声说道:"滚!看你那失魂落魄的熊样子也配说自己是穆里根?"

最流行专辑

《国会大厦唱片公司录制的太平洋爵士乐录音全集》
Pacifics Jazz and Capitol Recording （1952～1953 年）
《有什么要说的》
What Is There to Say （1958～1959 年）
《盖瑞·穆里根和音乐会爵士乐队在先锋村》
Gerry Mulligan and the Concert Jazz Band at the Village Vanguard （1960 年）
《柔和的光和甜美的音乐》
Soft Light and Sweet Music （1986 年）
《冷爵士的重生》
Rebirth of the Cool （1992 年）

穆里根即使在接受记者采访时言行也十分谨慎,这与他演奏上低音萨克管时的狂放不羁正好形成强烈的反差和对比。

主要演奏乐器：次中音萨克斯管
主要音乐风格：冷爵士乐、拉丁爵士乐、
后波普爵士乐

斯坦·盖茨
（Stan Getz）

1927 ~ 1991

最优美的次中音

1927年2月2日生于美国宾夕法尼亚州的费城。二战期间，年仅16岁的盖茨曾先后参加过杰克·蒂加登的乐队、斯坦·肯顿的乐队、吉米·道尔西的乐队以及本尼·古德曼的乐队。直到1946年7月，他才在摇摆乐之王古德曼的乐队中真正作为指挥首次参与乐队的录音。1947 ~ 1949年，盖茨在与伍迪·赫尔曼的乐队合作期间，担任了原始版本《四兄弟》中的独奏，并在民谣《初秋》中以精湛绝伦的演奏引起轰动，从此一举成名。离开伍迪·赫尔曼的乐队后，盖茨也偶尔参与"爵士管弦乐队"的巡回演出。1951年，他组建了一支出色的五人乐队，1958 ~ 1960年与乐队在欧洲巡回演出，1961年返回美国并录制了自己最为满意的唱片《焦点》。1962年2月，盖茨和查理·比亚德合作录制了专辑《爵士桑巴》。1963年，盖茨与众多的拉丁爵士乐手合作录制了最为著名的专辑《盖茨和基尔伯特》。1964年，盖茨与比尔·伊文思合作录音。1965年，与埃迪·索特的乐队为电影《米基》第一集录制了配乐。1967年，盖茨与奇克·考瑞阿录制了古典唱片《甜蜜的雨》。1972年，与管风琴手埃迪·路易斯录制了《朝代》、与奇克·考瑞阿录制了专辑《马维尔船长》。1975年，盖茨与吉米·鲁维斯录制了一套经典唱片《孔雀》，这3张唱片堪称盖茨演艺生涯的巅峰之作。1977年，他组建的四人乐队开始探索新的融合派爵士风格。然而，由于他选错了合作伙伴而导致这一时期探索的失败。此后，盖茨与全美所有著名的唱片公司都有过合作，他不懈地探索和辛勤耕耘，极大地丰富了爵士乐宝库。1991年6月6日，斯坦·盖茨在加利福尼亚州马里布去世，享年64岁。

最 流 行 专 辑

《斯坦·盖茨五重奏与吉米·雷内录音全集》
The Complete Recordings of the Stan Getz Quintet
with Jimmy Raney （1951～1953 年）
《斯坦·盖茨和 J. J. 约翰逊在歌剧院》
Stan Getz and J. J. Johnson
at the Opera House （1957 年）
《焦点》
Focus （1961 年）
《波萨诺娃年代》
The Bossa Nova Years （1962～1964 年）
《盖茨和基尔伯特》
Getz and Gilberto （1963 年）
《马维尔船长》
Captain Marvel （1972 年）
《玛特山现场表演》
Live at Montmartre （1977 年）
《人们的时间》
People Time （1991 年）

他深深地影响了我

　　电台正在进行听众投票，选出最优秀的演奏家，盖茨也夹杂在人群中，手里拿着一张填好的选票。这时有几个人在投票箱前议论着，他凑了上去，听到人们在说："当然是盖茨"，"我也投盖茨，他比任何人都好。"盖茨插话说："不见得吧？""那你投谁？"一位投票者问他，盖茨说："投莱斯特·杨"。那人问："为什么？"盖茨说："因为他深深地影响了我。""你是谁？"盖茨非常谦恭地说："非常感谢您能对我的厚爱，我一定会更加努力！我就是盖茨。"

1927 年 9 月 9 日生于美国密苏里州庞蒂克的一个音乐世家,琼斯的几个哥哥都是演奏爵士乐的高手。1946 年,琼斯应征入伍。1949 年退役后,他来到底特律,从此开始了爵士乐生涯。1955 年,他离开底特律来到纽约,加盟泰迪·查尔斯和巴德·鲍威尔的三重奏乐队,同时还与迈尔斯·戴维斯以及索尼·罗林斯一起录音。在与 J. J. 约翰逊、唐纳德·伯德、泰里·格伦以及哈里·埃迪森的短期合作之后,琼斯成了约翰·科特兰四重奏乐队的主要成员。1965 年,琼斯离开了这支乐队,加盟著名的埃林顿公爵乐队赴欧洲巡回演出。此后,他开始组建并领导自己的乐队,这支乐队到 1990 年已成为著名的"埃尔文·琼斯爵士机器"乐队,一些著名的乐手曾在乐队的发展中为乐队效过力,其中包括:弗兰克·福斯特、乔·法里尔、乔治·科尔曼、佩普尔·亚当斯、戴夫·里布曼、帕特·拉巴巴拉、史蒂夫·格罗斯曼、安德鲁·怀特、拉维·科特兰和索尼·法图恩、小号手尼克劳斯·佩顿、钢琴手道拉·布兰德和威利·佩肯斯、键盘手简·汉默、贝司手理查德·戴维斯、吉米·加里森、威布尔·里托和基尼·佩尔拉等人。其间,琼斯还为许多著名唱片公司录制过唱片,并作为指挥曾先后与亚特兰蒂克、河岸、蓝音等唱片公司都有过合作。目前,琼斯仍然活跃在世界音乐舞台上,继续着对音乐的追求与探索。

埃尔文·琼斯
(Elvin Jones)

1927 ~

前卫鼓手

演出相关工作: 鼓手
主要音乐风格: 前卫派爵士乐、
后波普爵士乐、
硬波普爵士乐

最 流 行 专 辑

《启蒙》
Illumination （1963 年）
《最后的埃尔文·琼斯》
The Ultimate Elvin Jones （1968 年）
《灯塔现场》(1～2 集)
Live at the Lighthouse, Vo 1. 1～2 （1972 年）
《年轻的血液》
Youngblood （1992 年）
《没有特殊的意义》
It Doesn't Mean a Thing （1993 年）

机枪手自白

　　埃尔文·琼斯成为爵士乐坛最出色的鼓手之后，有一位记者采访他时，向他提出了一个非常特别的问题："您为什么在击鼓之时常常将一个鼓音持续很长时间之后，才在细微的变化中过渡到另一种节奏？"琼斯说："你是不是嫌我敲击的这种节奏长了点儿？老实说，要不是考虑大家的接受习惯，那轻微的变化也不是我情愿的，我希望我的鼓声还能持续不断地敲击下去，要知道我在军中服役时，是有名的机枪手，直到今天，只有听到那哒哒哒哒的声音才过瘾。"

卡努博·阿德雷

（Cannonball Adderley）

1928 ~ 1975

灵歌爵士乐大师

主要演奏乐器：中音萨克斯管
演出相关工作：指挥
主要音乐风格：硬波普爵士乐、灵歌爵士乐

　　1928 年 9 月 15 日生于美国佛罗里达州的坦帕。阿德雷在家乡上高中时就担任了学校乐队的指挥，从此开始了音乐生涯。1955 年，他因为一个偶然的机会来到纽约，在著名的波希米亚咖啡厅里与佩蒂·福德的乐队合作演出，阿德雷极富创造力的演奏引起轰动并一举成名，不久萨伏伊唱片公司就与他签约录音。此后，他与演奏单簧管的弟弟奈特组建了一支五人乐队，这支乐队一直维持到 1957 年才解散。乐队解散后，阿德雷与小号演奏家迈尔斯·戴维斯一起加盟了戴维斯著名的"超级六人"乐队，并与这支乐队合作录制了许多经典名曲，包括《里程碑》和《有点儿忧郁》。当一名配角不是爵士音乐家的理想，为追求自我风格的表现、个人感情的宣泄，阿德雷最终还是离开了迈尔斯·戴维斯的乐队，重新和弟弟组建了一支新的五人乐队。1959 年，乐队与钢琴家鲍比·蒂蒙斯录制了一张非常成功的专辑《这个》。1962 ~ 1963 年，由于约瑟夫·拉蒂夫加盟而使乐队成为六人乐队，在与河岸唱片公司结束合约后，乐队转与国会大厦唱片公司签订了新的合约。1964 年，劳埃德退出后，乐队又恢复到从前的五人状态。1966 年，扎维努为乐队创作出了一首极其成功的热门乐曲《快乐! 快乐! 快乐!》，此时阿德雷开始同时演奏中、高音萨克斯管。在阿雷德演艺生涯的最后几年，他又重新演奏了许多昔日的经典名曲。这一时期出版的专辑《凤凰》中许多乐曲都是他早期演奏过的作品。在阿德雷录制的许多唱片中，1958 年 10 月 20 日由始创爵士乐唱片公司出版、发行的专辑《事情在变好》是他与米尔特·杰克逊等全明星黑人爵士音乐家合作演奏的实况录音，非常值得一听。1975 年 8 月 8 日，阿德雷在印第安那州加里去世，年仅 47 岁。

最 流 行 专 辑

《别的事》
Something Else （1958 年）
《事情在变好》
Things Are Getting Better （1958 年）
《卡努博和科特兰》
Cannonball and Coltrane （1959 年）
《阿德雷五重奏在旧金山》
Cannonball Adderley Quintet in San Francisco （1959 年）

"欺负女生是可耻的！"

　　还在上中学时卡努博·阿德雷就担任了学校乐队的指挥，他风度翩翩，举止文雅，女同学像蝴蝶一样围着他转。但阿德雷当时还太小，的确不解风情。一次，他看见一位男生和一位女生在棕榈树下，嘴对着嘴"吹气"，便非常气愤地冲上去，一把将男生拉起来，怒吼道："欺负女生是可耻的！难道你不知道吗？"谁知那女生却站起来说："阿德雷！我记得你是从来不吃醋的呀！"

霍里斯·席尔瓦
（Horace Silver）

1928 ~

硬波普爵士乐的先锋

主要演奏乐器：钢琴
演出相关工作：作曲、指挥
主要音乐风格：硬波普爵士乐、灵歌爵士乐

　　1928 年 9 月 2 日生于美国康涅狄格州的诺瓦克。席尔瓦上中学时开始学习萨克斯管和钢琴并听了大量的布鲁斯音乐和布吉伍基钢琴家们的演奏。1950 年，在一次音乐会上他与著名的钢琴家、爵士乐作曲家斯坦·盖茨同台演出，盖茨对他的音乐才华十分赏识，邀请他与自己一起工作，这对席尔瓦的成长起到了非常重要的作用。同时，盖茨还改编了他创作的《便士》、《波特的幸运》和《Split Kick》等 3 首作品演出，给予席尔瓦极大的帮助和鼓励。1951 年，席尔瓦来到纽约，与科尔曼·霍金斯、莱斯特·杨、奥斯卡·佩特福和阿特·布雷基一起工作。1954 年，席尔瓦与路·唐纳森一起为蓝音唱片公司录音，这是他与蓝音唱片公司长达 30 年合作的一个良好开端。1953 ~ 1955 年，席尔瓦与阿特·布雷基同是著名的"爵士信使"乐队的领导人。这支乐队在 50 ~ 60 年代相当走红，他们演奏和录制的《布道者》、《漫不经心的弹奏》、《修女萨蒂》、《致我父亲的歌》等热门乐曲深受乐迷的喜爱和欢迎，蓝音唱片公司也因此而成了爵士乐坛权威性的公司。60 年代中期，蓝音唱片公司出版的专辑《致我父亲的歌》和《维尔迪思角的布鲁斯》上榜并十分畅销。70 年代，席尔瓦连续推出了一系列理论性的唱片，还创作了被称为《美国思想》的三部曲。70 年代末，席尔瓦离开了效力多年的蓝音唱片公司，组建了自己的"祖母绿"唱片公司并录制了他称之为《隐喻的整体论》的唱片。作为自己分公司的席尔维托唱片公司，他还出版发行了《霍里斯·席尔瓦 1964 年现场音乐会》等专辑。1993 年，哥伦比亚唱片公司首次出版、发行了席尔瓦的专辑《不得不乡村爵士乐》。目前，席尔瓦仍然继续着对音乐的探索和实践，乐迷们期待他有更新、更好的作品问世。

最 流 行 专 辑

《霍里斯·席尔瓦和爵士信使》
Horace Silver and the Jazz Messengers （1954～1955 年）
《平格·波平与霍里斯·席尔瓦五重奏》
Pinger Poppin, with the Horace Silver Quintet （1959 年）
《致我父亲的歌》
Song for My Father （1964 年）

狗 和 席 尔 瓦

对艺术,非痴迷不能成气候,世界上许多音乐家最后的成名,都与入迷入痴分不开。席尔瓦小时候除了听音乐就是养狗,狗是他最忠实的伙伴,除非母亲拿来喂狗的肉食,狗才会暂时离开他一会儿。一天,母亲又拿来了肉食,一遍又一遍地逗狗,但狗却趴在地上听音乐,全然不顾诱惑。母亲生气了,大声地吼道:"这狗东西,怎么和席尔瓦一样?"席尔瓦问:"妈妈! 怎么能说和我一样呢?"母亲说:"都是不听完音乐不吃饭!"

主要演奏乐器：钢琴
演出相关工作：指挥
主要音乐风格：前卫派爵士乐、自由派爵士乐

塞西尔·泰勒
（Cecil Taylor）

1929 ~

走在时间前面的钢琴家

　　1929 年 3 月 15 日生于美国纽约州的纽约市。泰勒 6 岁开始接受严格的钢琴训练，后进入纽约音乐学院、新西兰音乐学院深造。多年严格的古典音乐训练，为泰勒后来的即兴演奏打下了坚实的基础。从学校毕业后，泰勒先与约翰尼·霍奇斯领导的乐队一起工作，后来又加盟佩吉的"热唇"乐队。50 年代中期，泰勒和其他几位青年音乐家组建了一支由他领导的四重奏乐队。在演出中，泰勒从来就不是一个伴奏者，总是以主奏的身份出现。1956 年，乐队在纽约著名的"五点俱乐部"演奏了 6 个星期。1957 年，乐队在纽波特爵士音乐节上表演时，神韵唱片公司录制了他们演出的实况。此后，乐队除少数几次录音外，表演的机会非常少，曾一度出现前途渺茫的危机。1960 年，情况有所好转，乐队由内德林格领衔为坎迪德唱片公司录制唱片。1961 年，泰勒参加了音乐剧《联系》的演出。1962 年，泰勒与乐队基本上是在欧洲度过，当他返回美国后，因自己演奏的音乐非常前卫而难以找到合作伙伴，所以一年都没有演奏。1964 年泰勒成为"爵士乐作曲家协会"的创始人之一，1968 年又在"爵士乐作曲家管弦乐团"录制的一张唱片中担任特色乐手。60 年代中期，泰勒曾经为蓝音唱片公司录制了两张唱片。70 年代，泰勒成为威斯康星大学安蒂奥奇学院、格拉斯伯罗州立学院的客座教授。此外，他还经常去欧洲巡回演出，与自己的小型乐队录制唱片。1979 年，美国总统吉米·卡特请他在白宫演出。直到 90 年代中期，泰勒的钢琴技艺并没有因年龄的增长而有丝毫的减退，但与他长期合作的好朋友吉米·里奥的去世对他是一个沉重打击。目前，泰勒仍然活跃在爵士乐坛，从未停止对音乐的探索。

最 流 行 专 辑

《爵士领先》
Jazz Advance （1955 年）
《塞西安·泰勒即兴录音全集》
Complete Candid Recordings
of Cecil Taylor （1960~1961 年）
《单元结构》
Unit Structures （1966 年）
《征服者》
Conquistador （1966 年）
《杰出的巴黎音乐会》
Great Paris Concert （1969 年）
《沉默的舌头》
Silent Tongues （1974 年）
《黑暗降临到他们头上》
Dark Unto Themselves （1976 年）
《单元》
Unit （1978 年）
《俏皮话太多，别再见了》
One Too Many Salty Swifty
and Not Goodbye （1978 年）
《历史性音乐会》
Historic Concerts （1979 年）
《花园，1~2》
Garden，Pt. 1~2 （1981 年）
《为奥里姆》
For Olim （1986 年）

即 兴 演 奏

　　在一次聚会上，当主持人热情洋溢地介绍塞西尔·泰勒这位即兴演奏大师时，嘉宾中一位不服气的音乐家不礼貌地打断了主持人的话说："即兴，就是随时都可以投入创造性演奏吗?"主持人答："那当然。""那么在汽车上也行吗?"大厅里传来了笑声。泰勒先生竟不客气地接过话说："当然可以"。周围的人一听都傻了眼，以为泰勒说错了话，要知道在这样隆重的聚会上失言是很丢人的。泰勒似乎看出了大家的心思，沉着地大声说："但得先请您将我的钢琴抬到汽车上！"顿时，大厅响起的不是笑声而是热烈的掌声。

比尔·伊文思

（Bill Evans）

1929 ~ 1980

后波普爵士乐钢琴家

最 流 行 专 辑

《河岸唱片公司录音全集》
The Complete Riverside Recordings （1956～1963 年）
《德比的华尔兹》
Waltz for Debby （1958 年）
《暗流》
Undercurrent （1959 年）
《先锋村的周日》
Sunday at the Village Vanguard （1961 年）
《与自己谈话》
Conversations with Myself （1963 年）
《巴黎》
Paris （1965 年）
《比尔·伊文思在市政厅》
Bill Evans at Town Hall （1966 年）
《麦克帕特兰的钢琴爵士与比尔·伊文思》
Marian McPartland's Piano Jazz with Bill Evans （1978 年）
《巴黎音乐会》（第 1 辑）
Paris Concert，Edition One （1979 年）

"他是伊文思！"

比尔·伊文思与
拉法罗是最好的合作
伙伴，自 1959 年合作
以来，由于俩人没有
住在一起，每天不管
多晚，都要你送我我
送你地来回送，共同的志趣结成了深厚的友谊。一天
深夜，他们又互相送了起来，在拉法罗家门前，他们正
没完没了地说着，这时，跑过来一位姑娘，满眼是泪，
冲着拉法罗便叫了起来："好哇，你个没良心的！我在
家里等你，而你却在同别的女人谈情说爱！"比尔·伊
文思故意用女声说："亲爱的，别理她。"拉法罗一看妻
子的模样吓坏了，忙说："他是比尔·伊文思，是比尔
·伊文思呀！"

1929 年 8 月 16 日生于美国新泽西州的普兰菲尔德。比尔·伊文思从小受过良好的钢琴教育，进入美国西南部的路易斯安那大学后，曾与曼德尔·洛和雷德·米切尔一起从事音乐活动。大学毕业后，比尔·伊文思应征入伍。1956 年首次在纽约舞台上与托尼·斯科特一起演出，同年录制了自己的首张唱片《爵士乐新概念》。1957 年，他与乔治·拉塞尔、查理·明各斯的合作，对日后的发展产生了积极的影响。1958 年，比尔·伊文思加盟著名的迈尔斯·戴维斯六重奏乐队，并全身心地投入到与迈尔斯·戴维斯乐队的合作中，《绿中的蓝》和《德比的华尔兹》都是他这一时期演奏的经典乐曲并成为排行榜上的热门曲。评论界曾毫不夸张地说："他对爵士乐发展的贡献在某种程度上就是建立起未来爵士乐钢琴演奏家的标准。"1959 年，比尔·伊文思开始指挥自己的三重奏小组，他们相映成趣的演奏，对后来的音乐家具有极其深远的影响。1962 年，伊文思与查克·伊塞瑞合作录制了一张经典唱片。此后，又为多家唱片公司录制了许多优秀作品，其中为河岸唱片公司，神韵唱片公司，范泰西唱片公司和华纳唱片公司录制的专辑最为著名。1980 年 9 月 15 日，伊文思在纽约州纽约市去世，年仅 59 岁。

主要演奏乐器：钢琴
演出相关工作：指挥
主要音乐风格：后波普爵士乐、冷爵士乐

奥耐特·科尔曼
（Ornette Coleman）

1930 ~

自由的音乐家

主要演奏乐器：小号、小提琴、
中音萨克斯管
乐队演出相关工作：作曲、指挥
主要音乐风格：自由派爵士乐

1930 年 3 月 9 日生于美国得克萨斯州的沃斯堡。科尔曼 14 岁开始在得克萨斯一支节奏和布鲁斯乐队中演奏中音萨克斯管，两年后改吹次中音萨克斯管。50 年代初期，他来到洛杉矶找到一份开电梯的工作，同时还参与许多顶级音乐家的客串演出。1958 年，科尔曼加盟保罗·布雷的五重奏乐队，他们在山顶俱乐部的演出实况被录成了唱片，同时，还为当代唱片公司录制了两张非常有趣的唱片。1959 年，科尔曼进入了勒诺克斯爵士乐学校深造和在纽约的"五点俱乐部"演奏，他创新而又富于变化的演奏吸引了众多乐迷，人们把"天才的骗子"的头衔毫不吝啬地给予他。1950 ~ 1961 年，科尔曼录制了一系列古典音乐的唱片，在一张长达 40 分钟的《自由派爵士乐》的现场实况唱片里，可以听到由多位演奏家组成的双四重奏的精彩演奏，科尔曼的音乐极大地影响了 60 年代其他的即兴演奏者。1962 年，科尔曼决定退出"五点俱乐部"和当代唱片公司，开始从事自由音乐家职业，演奏小号和小提琴。1965 年，他录制了一些精彩的唱片，其中囊括了他演奏过的所有乐器。70 年代初，科尔曼进入自己音乐生涯的第二阶段，他组建了一支双四重奏乐队（包括两位吉他手、两位电贝司手、两位鼓手、两位中音萨克斯管），取名为"黄金时间"乐队。密集、杂、智的合奏是这支乐队的特色，科尔曼称自己的音乐为"哈摩洛迪克斯"（意为：和谐、和音及旋律同等重要）。80 年代，科尔曼不定期地与他最初加盟过的一支四重奏乐队合作演出；至今，仍为神韵唱片公司录音。在科尔曼的音乐生涯中，他一直保持了别具一格的音乐风格，尽管他是一位颇有争议的人物，但毫无疑问也是一位爵士乐坛的巨人。

最 流 行 专 辑

《美是件稀罕事——大西洋唱片公司录音全集》
Beauty Is a Rare Thing：
Complete Atlantic Recordings （1959～1961 年）
《在斯德哥尔摩"黄金圈"》(第 1 集)
At the"Golden Circle"in Stockholm ，Vol. 1 （1965 年）

开电梯的音乐家

奥耐特·科尔曼在洛杉矶找到了一份开电梯的工作，常常因专注于阅读音乐大师的作品而将人错送了楼层，投诉者几乎每个星期都有。一天，负责人找他谈话，科尔曼知道又少不了要挨批评，所以他一走进负责人办公室，便装作极为高兴的样子："啊哟！今晚爵士乐王子要来演出，约翰先生，我替您和夫人准备了两张票！"约翰先生说："是吗？我一定去。"科尔曼问："您还有什么事吗？"答："记住，以后有爵士乐别忘了我！"

尼娜·西蒙尼
(Nina Simone)

1933 ~

爵士乐坛最成功的女歌手

演出相关工作：歌手
主要演奏乐器：钢琴
主要音乐风格：标准爵士乐

　　1933 年 2 月 21 日生于美国北卡罗来纳州特罗奥一个拥有着 8 个孩子的家庭。西蒙尼童年开始学习钢琴，经多年努力才考入著名的纽约朱利亚音乐学院。毕业后，在大西洋城的一家夜总会里唱歌和弹钢琴。50 年代后期，西蒙尼开始为国王唱片公司的分公司录制唱片。1959 年，她录制的乔治·格什温创作的歌曲《我爱你，波吉》进入了流行歌曲排行榜前 20 名。60 年代初期，又为坎迪斯唱片公司录制了 9 张唱片，内容包括具有埃林顿音乐风格的爵士乐、以色列民歌、圣歌及电影插曲。60 年代中期，西蒙尼在短短的 3 年里为菲利浦唱片公司录制了 7 张激动人心和不同寻常的唱片。这期间，她像许多黑人女艺员一样也受到民权运动的影响而专门录制了《海盗简尼》、《我不离开》、《别让我被人误解》、《我对你施了魔法》、《老吉姆·克罗》、《密西西比女神》等许多经典歌曲。60 年代后期和 70 年代初期，西蒙尼与 RCA 唱片公司合作录制了 9 张唱片。60 年代末期，她演唱的歌曲《将没有》和《爱上一个人》曾经两次打入了英国的流行歌曲排行榜。70 年代，西蒙尼的生活进入一个动荡的时期，与丈夫离婚后她遇到了前所未有的经济拮据，经常变化居住地，几乎成为一位流浪艺人。她在离开了合作多年的 RCA 唱片公司之后，仅在 1978 年出版了受到评论家关注的《巴尔的摩》这张专辑。1987 年，渐渐被人们淡忘了的西蒙尼又卷土重来，她为法国香水厘升奈尔牌演唱的广告歌曲《我的宝贝只在乎我》在电视上播出后，很快进入了英国流行音乐排行榜。5 年之后，她又以一首歌曲《单身女人》重新开始了与美国主要唱片公司的合作。1991 年，西蒙尼因传记《我对你施了魔法》的问世而成为人们关心的焦点。

香　水

　　尼娜·西蒙尼与丈夫离婚后，生活十分拮据，为了生活，她不得不做任何可能挣到钱的工作，更令人吃惊的是，她甚至跑遍了全世界。1987 年，已被人们淡忘了的西蒙尼又成了热点，因为她演唱的广告歌曲《我的宝贝只在乎我》再次走红，一位业内人士问："西蒙尼怎么又红了？"另一位答："你还不知道吗？她现在用的是法国香水，法国及整个欧洲都知道！"这话传到了西蒙尼的耳朵里，西蒙尼叹了口气："这些美国佬儿，用着人家香水，嘴还这么臭！"

胜不骄,败不馁,西蒙尼总是用一种较好的心态把握着自己的人生。

最 流 行 专 辑

《尼娜在市政厅》
Nina at the Town Hall （1959 年）
《克尔皮克斯年代的最佳作品》
Best of the Colpix Years （1959～1963 年）
《尼娜在村口》
Nina Simone at the Village Gate （1961 年）
《尼娜在音乐会上》
Nina Simone in Concert （1964 年）
《尼娜演唱布鲁斯》
Nina Simone Sings the Blues （1966～1967 年）

主要演奏乐器：高音萨克斯管、次中音萨克斯管
演出相关工作：作曲
主要音乐风格：融合派爵士乐、后波普爵士乐、硬波普爵士乐

韦恩·肖特
（Wayne Shorter）

1933 ~

爵士摇滚乐的先驱

　　1933 年 8 月 25 日生于美国新泽西州的纽瓦克。肖特 16 岁开始演奏单簧管，后来转攻次中音萨克斯管。50 年代在纽约大学学习音乐，1956 年毕业后，先在一支无名的乐队里演奏，后在霍里斯·席尔瓦的乐队中工作过很短的一段时间。1958 年，肖特从部队退役后，曾加盟梅纳德·弗格森的乐队。1959 ~ 1963 年又加盟阿特·布雷基的"爵士信使"乐队，同时还在"VJ"乐队中首次作为指挥录制节目，与许多一流的音乐家一起合作为蓝音唱片公司录音。1964 年，肖特加盟戴维斯的乐队并与这支乐队合作了 6 年之久，直到 1970 年才离开该乐队。此时，肖特演奏的《超级诺瓦》、《伊斯卡的奥德赛》已带有明显的拉丁音乐和摇滚乐的风格；同年，肖特和扎维努共同创建了"气象预报"乐队，这支乐队一直持续到 1985 年。此期间，肖特除了与乐队演奏之外，还在巴西录制了一张名为《天生舞者》的专辑，这张专辑曾进入了流行音乐排行榜。70 年代后期，肖特与赫尔比·汉考克一起演出，与戴维斯的"VSOP"爵士乐队一起巡演和为哥伦比亚唱片公司录制唱片。1985 年，由于各种原因，他解散了"气象预报"乐队。1986 年又重新组建了一支期望过高的乐队，但乐队出版、发行的专辑《亚特兰蒂斯》和《幻影航海者》销售量令人失望。同年，肖特参加了影片《午夜时分》的拍摄，并与麦克尔·佩特鲁西亚尼、霍尔合作录制了一张名为《三人的力量》的专辑。1988 年，肖特和卡洛斯·桑塔纳共同领导了一支拉丁爵士摇滚乐队；同年，这支乐队为哥伦比亚唱片公司录制的专辑《愉快的旅行》结果却事与愿违，但众多的乐迷还是非常渴望肖特能在 90 年代再次创造新的奇迹。

我决不

　　一位只知其名不识其人的崇拜者问："韦恩·肖特有这么重要吗？"肖特说："他在美国就相当于法官，他说谁行，谁就准行，而且他还特别愿意帮助人。""是吗？请您代我转告肖特一句话——不要自以为是。"肖特说："我决不！看来您真的成不了音乐家，因为您对别人的自信超过了对自己的自信。"那人说："你是谁？"肖特微笑着望着他，一字一句地说："我正是那位自以为是的韦恩·肖特！"

最流行专辑

《布鲁斯零点》
Blues a la Carte （1959 年）
《夜梦者》
Night Dreamer （1964 年）
《居居》
Juju （1964 年）
《不说坏话》
Speak No Evil （1964 年）
《占卜人》
The Soothsayer （1965 年）
《等等》
《Etcetera》 （1965 年）
《亚当的苹果》
Adam's Apple （1966 年）
《席奥弗里尼亚》
Schiophrenia （1967 年）

拉萨恩·罗兰·科尔克
（Rahsaan Roland Kirk）

1936～1977

勇于革新的萨克斯管演奏家

主要演奏乐器： 次中音萨克斯管、
曼泽洛管、单簧管
主要音乐风格： 波普爵士乐、
硬波普爵士乐、
节奏和布鲁斯音乐、
前卫派爵士乐、

1936 年 5 月 15 日生于美国俄亥俄州的哥伦布，原名罗兰·J·科尔克。科尔克两岁时就双目失明，15 岁时已在一支节奏和布鲁斯乐队中工作，从此开始了音乐生涯。1960 年，他从路易斯安那州来到芝加哥，与查理·明各斯的乐队合作赴德国巡回演出，之后又与杰克·麦克多弗兄弟和杰基·拜阿德的乐队合作演出。这一时期，科尔克创作的作品具有哲学和政治方面的涵义，如《自愿的奴隶》、《自然的黑色发明》、《明亮的时刻》等。后来，他开始独立指挥一支自己的乐队，在出版、发行专辑《波动的社会》之前，一直进行着各种音乐风格的尝试。1956 年，科尔克为国王唱片公司录制了第一张自己的专辑后就转为阿尔哥唱片公司录音。60～70 年代，科尔克的唱片主要由阿尔哥唱片公司、学员唱片公司、显赫唱片公司、神韵唱片公司、亚特兰蒂克唱片公司、水星唱片公司以及华纳唱片公司出版、发行。1970 年，为抗议对非裔美国音乐家的歧视以及在广播和电视节目中忽视了黑人音乐，科尔克和李·摩根中断了著名的电视节目《马文·格里芬》的制作而成为全美新闻界不喜欢的人。1975 年，科尔克突然中风，但他又坚持演奏了两年，还创建了感应音乐学校。1977 年 12 月 5 日，科尔克在印第安那州布卢明顿去世，年仅 41 岁。他去世后，水星唱片公司为纪念他对爵士音乐的贡献，出版了他 60 年代初演奏的经典作品《科尔克在水星唱片公司的录音全集》。

最 流 行 专 辑

《科尔克的作品》

Kirk's Work （1961 年）

《罗兰·科尔克录音全集》

Complete Recordings of Roland Kirk （1961～1965 年）

《科尔克选集——你家里有狮子吗》

Does Your House Have Lions：

The Rahsaan Roland Kirk Anthology （1961～1976 年）

《光辉的时刻》

Bright Moments （1973 年）

葬 礼

拉萨恩·罗兰·科尔克不仅是一位杰出的萨克斯管演奏家，同时还是一位谈笑风生的幽默大师，凡是在有他出席的活动中，很多人都被他风趣的笑话逗得开怀大笑。一次他参加一个朋友的葬礼，临行前接到了一个电话，是死者的家属打来的："科尔克先生，听说您要来参加葬礼，我们全家人都很担心，要是葬礼上人们都被您逗乐了，那可怎么办？"科尔克严肃地说："没事儿，约克斯生前就从来没有被我逗笑过。"

1940年4月12日生于美国伊利诺伊州的芝加哥。汉考克7岁开始学习钢琴,11岁时与芝加哥交响乐团合作演奏了莫扎特的钢琴协奏曲而引起轰动。进入海德公园高中后,他在学校里组建了第一支自己的爵士乐队。1960年,汉考克应邀加盟唐纳德·伯德和科尔曼·霍金斯的乐队。一次演出后,他与蓝音唱片公司签了录音合约。1962年,他创作的首张专辑《起飞》面世,其中推出了一首热门乐曲《西瓜男子》。1963年,汉考克加盟迈尔斯·戴维斯的乐队。与此同时,还作为指挥为蓝音唱片公司录制了许多高质量的唱片,从此奠定了自己在爵士乐坛的地位。60年代,汉考克录制的代表性唱片包括:《处女航程》、《海的舞蹈》、《像孩子一样说》和《我有一个梦》等。70年代,他领导了一支名为"六分仪"的乐队。这支乐队将爵士乐、摇滚乐、非洲音乐、印度音乐和电声乐器结合在一起,富于独特的个性与风格。1973年,汉考克解散了"六分仪"乐队后,又组建了一支名为"猎头者"的乐队,乐队录制的唱片《猎头者》非常走红和畅销。80年代,汉考克在自己创作的热门乐曲《迅速上升》中运用了磨擦的技巧并促进了这种技巧在流行音乐中的流行。1987年,他与巴斯特·威廉斯和阿尔·福斯特一起赴欧洲巡回演出,还在美国和日本参加了一系列爵士音乐会。与此同时,汉考克还参加了有线电视节目的演出,并为蓝音、哥伦比亚、华纳等多家唱片公司录制了许许多多的唱片。这些唱片绝大部分的质量至今仍保持较高的水准。目前,汉考克仍活跃在世界音乐舞台上,为攀登音乐的高峰而辛勤耕耘。

赫尔比·汉考克
(Herbie Hancock)

1940 ~

融合派爵士乐大师

主要演奏乐器:钢琴、键盘
演出相关工作:指挥、作曲
主要音乐风格:后波普爵士乐、
融合派爵士乐、波普爵士乐

最 流 行 专 辑

《起飞》
Takin'off （1962 年）
《埃皮里安群岛》
Empyrean Isles （1964 年）
《处女航程》
Maiden Voyage （1965 年）
《像孩子一样说》
Speak Like a Child （1968 年）
《在华纳唱片公司的录音全集》
The Complete Warner Bros. Recordings （1969～1972 年）
《猎头者》
Headhunters （1973 年）
《VSOP 五重奏》
VSOP Quintet （1977 年）
《四重奏》
Quartet （1981 年）

组 织 能 力

　　赫尔比·汉考克是少年天才，这是不用怀疑的，但对于一个 11 岁的孩子来说，他能拥有一支自己组织的乐队，就不能不说是一个奇迹了。对此，许多人猜测了多年，也没有一个准确的答案，直到晚年还有人问他："你少年时为什么能组织起乐队来？"他坦诚地答道："如果在过去，我肯定会说出许多理由，但到了今天，我得老实说——那些高年级的乐手们都不听老师的话，而我听。"

1941 年 6 月 12 日生于美国马里兰州的切尔西。考瑞阿 4 岁时开始学习钢琴,在早期的音乐实践中,曾经先后在多支重要的乐队中工作过。1966 年,考瑞阿首次以指挥的身份录制《为琼的遗骨写的曲调》的唱片。1968 年,他创作的三重奏《现在他唱,现在他哭》成为热门乐曲,同时还与著名的爵士乐女歌手莎拉·沃尔甘合作演出,两人精彩的表演使更多的爵士乐迷认识并接受了考瑞阿精彩绝伦的钢琴演奏。1968 ~ 1970 年,考瑞阿在戴维斯的乐队里担任了重要的电子乐器的演奏,这一时期他演奏的代表作品有:《乞力马扎罗山——列入》、《以沉默的方式》和《迈尔斯在菲利莫尔》等。1971 年,考瑞阿离开戴维斯的乐队,建立起一支注重音响效果的四重奏乐队。这个明星荟萃的四重奏组合在爵士乐圈内也是完美无缺的,但考瑞阿从来不满足已经取得的成功。1971 年,他与斯坦·盖茨再次合作时重又萌发了对拉丁、爵士乐的兴趣。不久,他与一些拉丁风格的音乐家组建了一支专门演奏巴西音乐的"重返永远"乐队。考瑞阿神奇地将这支乐队训练成演奏时髦的融合派爵士乐的乐队。70 年代末期,"重返永远"乐队解散后,考瑞阿保留了乐队名称,与克拉克一道建立起一支规模更大的乐队。在其后的几年里,这支乐队始终如一地保持了注重音响效果的风格以及明显的个人特色。1985 年,考瑞阿又组建起另一支新的融合派爵士乐队,其中贝司手约翰·帕蒂图西和鼓手戴夫·维克尔成了这支乐队最主要的合作者,他们 3 人曾经组建过一个名为"音响效果"的三重奏小组。90 年代后,帕蒂图西为谋求个人的发展而退出乐队,这并没有减弱考瑞阿继续探索电子音乐的信心,目前,他仍然在为爵士乐和电子音乐的结合而努力探索和实践。

主要演奏乐器:键盘、钢琴
演出相关工作:指挥、作曲
主要音乐风格:融合派爵士乐、后波普爵士乐、
　　　　　　　自由派爵士乐

奇克·考瑞阿
（Chick Corea）

―――――――――

1941 ~

电声爵士乐大师

你能弹几首曲子

　　直到今天,奇克・考瑞阿只要一看到弹琴的孩子便兴奋异常,因为他在不到4岁的时候就已经能弹数十首钢琴曲了。一天,他在一位朋友家看到一位只有4岁的小女孩儿在弹钢琴,便高兴地逗孩子说:"你能弹几首曲子呀?"女孩儿说:"能弹八首曲子。"考瑞阿又说:"我像你这么大的时候都能弹一百首了!"小女孩儿不信,大声地说:"你吹牛,我不信!"考瑞阿又耐心地对她说:"那好,我现在给你弹第一百零一首行不行啊?"小女孩儿想了想说:"那好吧。"

最 流 行 专 辑

《内心空间》
Inner Space　(1966 年)
《现在他唱,现在他哭》
Now He Sings, Now He Sobs　(1968 年)
《定期/巴黎 – 音乐会》
Circle/Paris – Concert　(1971 年)
《轻如鸿毛》
Light Like a Feather　(1972 年)
《我的西班牙心》
My Spanish Heart　(1976 年)
《三首四重奏》
Three Quartets　(1981 年)
《旁观者的眼》
Eyes of the Beholder　(1988 年)

埃迪·丹尼尔斯
（Eddie Daniels）

1941 ~

新一代爵士乐单簧管大师

主要演奏乐器：单簧管、
　　　　　　　次中音萨克斯管
主要音乐风格：硬波普爵士乐、
　　　　　　　后波普爵士乐

　　1941 年 10 月 19 日生于美国纽约州的纽约市。1957 年，在纽波特音乐节上，丹尼尔斯首次在马歇尔·布朗的青年乐队中演奏中音萨克斯管，后来又考入纽约著名的朱利亚音乐学院深造。1966 年毕业后，成为"泰德·琼斯——梅尔·刘易斯"管弦乐队的成员，在乐队中演奏次中音萨克斯管达 6 年之久。同年，丹尼尔斯作为指挥录制了自己的首张个人专辑《一等奖》。其中有 3 首作品堪称爵士乐的经典名曲，一首作品为热门流行曲。在此后的 10 年中，丹尼尔斯曾先后与弗雷迪·赫伯特、理查·戴维斯、唐·帕特森以及摇摆乐时代的巴基·皮萨雷里等人合作过。1973 年，丹尼尔斯录制的专辑《四季花》就是这个时期的代表作。此外，他还先后为钱多斯唱片公司和哥伦比亚唱片公司录制了多张唱片，直到 1984 年才转向单簧管演奏。1987 年，丹尼尔斯在新录制的专辑《天堂记忆》中，以精湛的演奏弥补了由于编曲缺乏个性的不足而牢固树立起单簧管演奏家的地位。此后，他又为 GRP 唱片公司录制了几张非常精彩的唱片，1989 年录制的专辑《黑木》，因其单簧管出神入化的演奏而具有极高的艺术价值和商业价值。90 年代，丹尼尔斯在稳固了自己在爵士乐坛最佳单簧管演奏家的地位之后，又重新开始同时演奏次中音萨克斯管，力求在爵士领域开辟一片新的天地。

毕业生

　　埃迪·丹尼尔斯在朱利亚音乐学院深造期间迷上了古典音乐,爱屋及乌,他对学院也深爱备至。毕业都二十多年了,但每每讲起学校来,他便如数家珍地叙述着学校的钢琴是哪个时代的,图书馆是哪年建造的,同学当中有什么故事,谁谁后来娶了谁谁为妻等等。不管人家爱不爱听,他都絮叨个不停。一次,他又如此神侃,同事便对他说:"既然你这么爱这所学校,为什么一年也去不了几次"?丹尼尔斯发现了同事的不快,便深情地对他说:"学校永远在我心里,无论我走到天涯海角,它都永远和我在一起!"同事被他这席话深深地感动了。

最 流 行 专 辑

《一等奖》
First Prize （1966 年）
《突破》
Breakthrough （1986 年）
《献给鸟的爱》
To Bird with Love （1987 年）
《受到影响》
Under the Influence （1993 年）
《实时》
Real Time （1994 年）

杰克·德约尼特
（Jack DeJohnette）

1942 ~

前卫鼓手

就是这个音符

杰克·德约尼特指挥的乐队获得了当代爵士乐大奖，颁奖者要求他在会上致领奖辞。德约尼特稳重地走上领奖台环顾左右及台下的贵宾后从容地说："大家知道，爵士乐，是寻找爵士乐共鸣者的艺术，换句话说——是所有爵士乐人的艺术，所以，这个奖颁发给我的乐队是理所应当的，因为我每次只要一拿起指挥棒，内心就充满了与爵士乐人共鸣的音符，大家看——"他举起奖杯说："就是这个音符!"台下响起了热烈的掌声。

最 流 行 专 辑

《特别版本》
Special Edition （1979 年）
《专集，专集》
Album，Album （1984 年）

主要演奏乐器：爵士鼓、键盘
演出相关工作：指挥
主要音乐风格：前卫派爵士乐、后波普爵士乐

1942 年 8 月 9 日生于美国伊利诺伊州的芝加哥。德约尼特上高中时已是学校乐队的乐手，后又进入美国著名的音乐学院接受古典钢琴教育长达 10 年之久。他从学校毕业后，曾在芝加哥各种风格的乐队中效过力。这期间，他对节奏和布鲁斯、灵歌、摇滚乐、自由派爵士乐等乐种都有所涉猎。与此同时，他还把主要的精力都用在了钢琴和爵士鼓的演奏上。1966 年，德约尼特来到纽约，找到的第一份工作是在查尔斯·劳埃德四重奏中演奏，这份工作使他在爵士乐的圈子之外得到了极大的认同。由于该乐队善于制造轰动效应而非常引人注目和具有很高的知名度，并因此而经常出现在摇滚乐舞台上，曾 6 次访问欧洲、1 次访问远东。当乐队将劳埃德创作的《森林花》录成唱片后，立即在爵士乐坛引起极大的反响并赢得了极高的荣誉。此后，德约尼特又在纽约先后与多位大师合作过，1970～1971 年，德约尼特加入了迈尔斯·戴维斯的乐队，成为乐队中的一位特色乐手。此后，德约尼特组建了一支名为"混合肥料"的爵士摇滚乐队，并亲自担任指挥。70 年代，德约尼特曾领导过"新方向"乐队，还一直是 ECM 唱片公司的重要签约鼓手。80 年代，他加盟"特别版本"乐队，这支乐队除了为 ECM 唱片公司录制唱片之外，还为里程碑唱片公司、哥伦比亚唱片公司、MCM 唱片公司以及显赫唱片公司录音。90 年代，德约尼特开始把美国的民间音乐与爵士乐合二为一，建立起自己独特的音乐风格。

让·路克·庞蒂

（Jean Luc Ponty）

1942 ~

来自欧洲的爵士小提琴大师

主要演奏乐器：小提琴
主要音乐风格：后波普爵士乐、融合派爵士乐、交叉型爵士乐

　　1942 年 9 月 29 日生于法国阿弗朗什的一个音乐世家。庞蒂的父亲是阿弗朗什音乐学校的音乐指导和小提琴教师，母亲是钢琴教师。庞蒂 5 岁开始学习钢琴和小提琴，11 岁改学单簧管，13 岁时中途退学，选择了演奏小提琴的职业。此后他考入著名的巴黎音乐学院深造，17 岁时赢得了音乐特等奖学金。1959 ~ 1961 年，庞蒂与著名的"音乐会拉穆罗乐团"合作演出，这期间开始接触到爵士乐并尝试单簧管和次中音萨克斯管的即兴表演，同时还与杰夫·吉尔森合作小提琴二重奏。60 年代初，庞蒂把自己的全部精力放在了爵士乐的演奏上，乐队编制主要是三重奏和四重奏。1969 年 2 月，他率领四重奏乐队访问了英国；同年 3 月在纽约与弗兰克·扎帕合作录制了二重奏《金刚》之后，又加盟乔治·杜克的三重奏乐队。70 年代初，庞蒂返回法国，领导了一支著名的自由派"音乐实践"爵士乐队。1973 年，又奔赴美国与扎帕的"发明之母"乐队一道巡回演出。1974 ~ 1975 年，他与第二次改组的"马哈维苏努"乐队一道工作。60 年代中期，庞蒂开始为欧洲的唱片公司录制唱片，其中包括棕榈、菲利浦、萨巴·鲍萨以及伊列克特拉等多家唱片公司。1969 年，庞蒂与乔治·杜克合作为美国太平洋唱片公司录制了首张唱片。此后，他的名字陆续出现在 MPS／BASF、市中心、亚特兰蒂克、哥伦比亚、显赫和神韵等美国唱片公司录制的节目上。70 ~ 80 年代，庞蒂与奇克·考瑞阿、乔治·本森、吉尔吉奥·加斯里尼一道录音，这使得他演奏的作品在全世界的流行程度与日俱增。

最 流 行 专 辑

《小提琴高峰》
Violin Summit （1966 年）
《经验》
Experience （1969 年）
《在 Do 音符的现场》
Live at Do notes （1969 年）
《乘着音乐的翅膀》
Upon the Wings of Music （1975 年）

我 是 庞 蒂

让·路克·庞蒂 17 岁时获得了巴黎音乐学院的特等奖学金，这在全校是唯一的一个。学生们都非常羡慕他，家长们则常常引用他的名字来激励孩子刻苦学习，发展到后来，他的名字几乎成了一种象征。家长们说："你看人家让·路克·庞蒂!"。一天，几个音乐附小的学生在学校喷泉前玩水，庞蒂路过时，劝孩子们别玩了，怎么劝也劝不住。庞蒂急了，说："你们这些不听话的孩子，要知道，让·路克·庞蒂从来是不玩水的。""你怎么知道的呢?"庞蒂不慌不忙地微笑着对孩子说："我就是庞蒂呀，不信你们看我的学生证!"孩子们传看了庞蒂的学生证后，都非常崇敬地向他鞠躬，很快就离开了。

乔治·本森
（George Benson）

1943 ~

硬波普爵士乐吉他大师

主要演奏乐器：吉他
演出相关工作：歌手、硬波普爵士乐、
　　　　　　　　交叉风格爵士乐、流行音乐

　　1943 年 3 月 22 日生于美国宾夕法尼亚州的匹兹堡。本森少年时就开始在一家俱乐部里演唱，17 岁时，组建了第一支自己的摇滚乐队。60 年代，曾先后两次与杰克·麦克多夫的四人乐队合作演出。1964 年，他首次在安特贝斯·胡安·勒·本爵士节上露面，之后又指挥了包括罗尼·卡伯和吉米·史密斯在内的一支乐队录制唱片并与多位爵士乐坛的著名人物合作录音。当时，科里德·泰勒正寻找一位能够替代离去的明星位置的人选，本森应邀与他签约并加盟了 ASEM 唱片公司。此后，当泰勒开始创建新的 CTI 唱片公司时，本森已经成为与他签约的第一人。70 年代初期和中期，本森改编的里奥·拉塞尔的《化妆舞会》使自己的创作进入了一个新阶段，这首乐曲不久便成为十佳流行曲。同时，他新出版、发行的专辑《飘然而行》首次荣登流行歌曲排行榜榜首并因此而夺得格莱美大奖。1976 ~ 1993 年，本森一共有 7 首歌曲进入了排行榜前 40 名，而且还录制了 4 张"十佳专辑"。80 年代后期，本森与爵士音乐家厄尔·克鲁格合作录制唱片，90 年代又与贝西伯爵的大乐队录制了一张非常好听的专辑。目前，本森仍然活跃在爵士乐坛上，他将会有什么样的佳绩呢? 人们正拭目以待。

最 流 行 专 辑

《白兔子》
White Rabbit （1971 年）
《坏本森》
Bad Benson （1974 年）
《温柔地》
Tenderly （1989 年）
《大乐队》
Big Boss Band （1990 年）

白宫问答

    1979 年,乔治·本森应美国总统之邀来到白宫,为政府官员及其家人演出。要知道,即使是在今天,某些人对爵士乐也仍然怀有偏见,总统能邀请一支有名的爵士乐队来白宫演出,已不是一件小事。为此,本森颇下了一些功夫,把那天的演奏变成了一种极为轻松、和谐且又极为富于表现力的爵士音乐会。一位官员问本森:"爵士乐是这样彬彬有礼、温文尔雅吗?"本森答:"不! 不! 它丰富得多,丰富得多,今天只是其丰富内容的一点点。""那么怎样才能了解到它的全部呢?"答:"周游世界,因为爵士乐已经风靡全球啦!"

1945 年 5 月 8 日生于美国宾夕法尼亚州的艾伦镇。加雷特 3 岁学习钢琴，7 岁首次举办独奏音乐会，上中学时已开始了职业音乐生涯。1962 年，他在伯克利学习期间就经常与自己的三重奏小组在波士顿地区演出。1965 年，加雷特来到纽约，与"爵士信使"乐队合作了 4 个月后，加盟了非常流行的查理·劳埃德四重奏小组，在世界各地巡回演出。1969 ~ 1971 年，加雷特与迈尔斯·戴维斯的"融合派"爵士乐队合作演奏管风琴和电子琴。1967 ~ 1971 年，他离开戴维斯的乐队后，作为指挥为沃尔泰克、亚特兰蒂克、ECM 等唱片公司录制唱片。70 ~ 90 年代，加雷特一直与 ABC 唱片公司和推动力唱片公司合作录音，此外，他还领导过两支出色的乐队，并从 1972 年开始举办著名的即兴演奏音乐会，从而形成了自己独特的个人风格。他的系列即兴演奏音乐会的实况录音专辑非常流行，如：《独奏音乐会》、《科隆音乐会》、《太阳能音乐会》等。此后，又多次录制了自己创作的经典三重奏爵士乐唱片。加雷特在当今的世界爵士乐坛上仍然是一位极为活跃而著名的钢琴大师。

基斯·加雷特
（Keith Jarret）

1945 ~

后波普爵士乐钢琴大师

主要演奏乐器：钢琴
演出相关工作：指挥
主要音乐风格：后波普爵士乐

加雷特的秘诀

　　基斯·加雷特 7 岁时就举办了个人钢琴独奏音乐会，一个比他还小两岁的小男孩跑到他家，不顾客厅里座着的人，问他："加雷特哥哥，我该怎么练才能举办一次独奏音乐会呢？"加雷特此时特别不愿回答这类问题，于是，便对着那位小男孩耳朵悄悄地说了几句话，那男孩儿还是不明白。男孩的父亲将男孩叫到了一边，问："加雷特哥哥怎么告诉你的？"男孩儿困惑地说："加雷特哥哥说，让我把钢琴抬到床上练就行。"话音刚落，便引来了哄堂大笑。

最 流 行 专 辑

《面对你》
Facing You （1971 年）
《独奏音乐会》
Solo Concerts: Bremen and Lausane （1973 年）
《属于》
Belonging （1974 年）
《逆行》
Backhand （1974 年）
《科隆音乐会》
The Koln Concert （1975 年）
《幸存者组曲》
The Survivor's Suite （1976 年）
《我的歌》
My Song （1977 年）
《裸体蚂蚁》
Nude Ants （1979 年）
《奉献》
Tribute （1989 年）
《再见黑鸟》
Bye Bye Blackbird （1991 年）

温顿·马萨利斯
（Wynton Marsalis）

1961 ~

年轻的狮子

主要演奏乐器：小号
演出相关工作：指挥、作曲、编曲
主要音乐风格：后波普爵士乐、新奥尔良爵士乐、
　　　　　　　　摇摆乐、波普爵士乐、古典爵士乐

　　1961 年 10 月 18 日生于美国路易斯安那州新奥尔良的一个音乐世家。马萨利斯的父亲是一位钢琴家，哥哥布兰福德、德尔菲约和杰森都是爵士乐音乐家。马萨利斯 6 岁开始随埃尔·希尔特学习演奏小号，主攻古典音乐和爵士乐。上中学时，他是"地方行进"乐队里的小号手和古典管弦乐队中的演奏员。上高中时，曾担任过新奥尔良市民管弦乐团的第一小号手。马萨利斯 18 岁考入著名的纽约朱利亚音乐学院深造，1980 年与阿特·布雷基的大乐队首次合作录音，同年加盟"爵士信使"乐队。1981 年，年轻的马萨利斯成为爵士乐坛关注的焦点，他除了参加赫尔比·汉考克乐队的巡回演出外，还录制了两张 LD 版本的唱片和作为指挥为哥伦比亚唱片公司录制了第 1 张唱片。1983 年，马萨利斯不但组建了自己的五人乐队，还录制了第 1 张古典音乐专辑。由于他在古典音乐领域所取得的成功，很快被载入最出色的古典小号手的史册。1985 年，当布兰福德退出乐队时，马萨利斯已成为超级巨星，在无以计数的评奖和投票中都名列前茅。此后，马萨利斯又组建了一支自己的乐队，成员包括：钢琴手马克斯·罗伯茨、贝司手罗伯特·赫斯特和鼓手沃茨。后来乐队又发展成一支拥有四支铜管的七人乐队，马萨利斯的编曲也由于受埃林顿公爵的音乐风格影响而日趋完美。1995 年，尽管马萨利斯解散了这支乐队，但他们演奏过的许多作品至今仍然是林肯中心管弦乐团上演的曲目。

最 流 行 专 辑

《温顿·马萨利斯》
Wynton Marsalis（1981 年）
《想到一个人》
Think of One（1983 年）
《黑色代码》(来自地下）
Black Codes(from the Underground)（1985 年）
《J 情绪》
J Mood（1985 年）
《蓝色谷现场》
The Live at Blue Alley（1986 年）
《狂欢节》
Carnival（1987 年）
《"调到明天"原声轨》
Original Soundtrack from"Tune in Tomorrow"（1989 年）
《蓝色间奏》
Blue Interlude（1991 年）
《在这间屋里，在今天早晨》
In This House, on This Morning（1992～1993 年）
《城市运动》
City Movement（1992 年）

我们被省略了？

温顿·马萨利斯是一位有争议的人物，无论他到哪儿，哪儿就不得安宁。此外，他还特别爱说话，每次话一出口就能博得许多人的喜爱，又招来无数的指责。但奇怪的是他在音乐排行榜的名次却一直名列前茅居高不下，这是怎么回事儿？一天，几个老资格的评论家们聚到了一起，共同探讨一个问题——为什么马萨利斯能在排行榜上居高不下？大家争论不休，也没有得出一个结论。这时，一个倒茶的年轻人见大家沉默不语，便插话说："马萨利斯的眼里根本就没有你们这些尊贵的评论家，因为他的投票者，从来都不靠看评论来选择投票对象。""难道我们被省略了？"一位大肚子评论家问，倒茶青年一脸严肃地答道："正是"。

用音乐穿越空间　让歌声唱出新曲……

摇滚乐

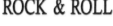

ROCK & ROLL

恰克·贝里
(Chuck Berry)
1926 ~

最著名的摇滚歌星

1926 年 10 月 18 日生于美国加利福尼亚州，1952 年在密苏里州东部的圣路易斯加盟约翰尼·约翰逊的三重唱小组，从此开始了音乐生涯。1955 年，贝里来到芝加哥，修订了蓝调歌曲《我是红色》，改名为《美贝伦》，这首歌曲由唱片公司出版、发行后，很快进入了流行歌曲排行榜榜首；同年 11 月，贝里被授予"最有价值的艺术家"的称号。1957 年，贝里演唱的歌曲《学生时代》进入了流行歌曲排行榜第 3 名；同年，他与阿兰·普里德一起饰演了电影《摇滚先生》。1958 年，贝里演唱的《甜蜜的 16 岁》又进入了流行歌曲排行榜第 2 名。1959 年，贝里被指控参与暴力事件被送进安达改造学校 3 年。1962 年，贝里又因犯罪被判处 3 年徒刑。1964 年，贝里获释后重返舞台，歌曲《没有特殊的地方去》进入了排行榜第 10 名。1966 年，贝里离开凯斯唱片公司转与麦考瑞唱片公司签约录音。1970 年，贝里再次与凯斯唱片公司签约录音，1972 年，这家公司为他出版、发行的专辑《恰克·贝里的伦敦时光》进入了排行榜第 8 名，其中歌曲《我亲爱的》高居流行歌曲排行榜榜首。1973 年，歌曲《摇摇摆摆》又进入了排行榜第 27 名。1978 年，贝里在影片《美国火爆》中自弹自唱。1985 年，贝里获第 27 届格莱美终生成就奖。1986 年，贝里被正式载入《摇滚名人录》。1988 年，在第 30 届格莱美奖评中，贝里的《美贝伦》又被收入《摇滚名曲录》里。1989 年，贝里被邀请参加航空企业图书馆举办的庆祝太空船进入海王星轨道的演唱会，他演唱的数码录音带《约翰尼·B·古德》被刻印在飞船的金属板上。

最 流 行 专 辑

《伦敦恰克·贝里歌选》

The London Chuck Berry Sessi （1972 年）

受到总统青睐的歌星

电话铃响了，恰克·贝里拿起电话"嗨，我是恰克·贝里"，"我是总统办公室"。因为同伴之间也常开开玩笑，贝里不假思索地说："啊，那我还是吉米·卡特呢！"对方换了一个人，只听他说："你好，贝里，我是你们说的那个花生大王、住在白宫的美国总统吉米·卡特，我想面对面地听听你的演奏，我们应该能谈得来。一会儿我的专车就来接你。"对方放下了电话。贝里愣了一小会儿，心想：这个玩笑开得有点别出心裁，有种。他从沙发上起来，拍了拍手，来到自己屋前的大花园里拾掇起花草来。"嘀！嘀！"一辆加长豪华防弹车停在了贝里面前……

贝里座上汽车来到白宫为总统作了专场演出，这使他非常开心。

最 流 行 歌 曲

《美贝伦》

Maybellene （1955 年）

《学生时代》

School Days （1957 年）

《甜蜜的 16 岁》

 Sweet Little Sixteen （1958 年）

《约翰尼·B·古德》

Johnny B. Goode （1958 年）

《没有特殊的地方去》

No Particular Place to Go （1964 年）

《你能永远不说》

You Never Can Tell （1964 年）

《我亲爱的》

My Ding－A－Ling （1972 年）

阿托纳·多米诺
（Antoine Domino）

1928 ~

最著名的摇滚歌星

1928 年 2 月 26 日生于美国路易斯安那州新奥尔良。多米诺 10 岁时随姐夫哈里森·弗里特学习钢琴，几年后开始在当地一些俱乐部里登台献艺。1949 年，多米诺与帝国唱片公司的音乐制作人大卫·巴索鲁姆签约录音，将传统的布鲁斯歌曲《容克布鲁斯》改编成一首极为优秀的作品并取名为《胖男人》，这首歌曲推出后很快就荣登流行歌曲排行榜榜首，到 1953 年，唱片的总销售量超过了 100 万张。在随后的 5 年里，多米诺又推出了《摇椅》、《回家》、《去河里》、《请不要离开我》等一批进入流行歌曲排行榜的歌曲，从此奠定了自己在摇滚乐坛的地位。1955 年，多米诺推出的专辑《那不是一种羞耻》再次荣登排行榜榜首并保持了 11 周之久；同时，多米诺还在一年一度的流行歌曲排行榜广播唱片音乐主持人评选中被授予最受欢迎的艺术家的称号；到 1956 年末已成为美国最受欢迎的排名第 9 位的男歌手。此外，多米诺还通过参加电影的拍摄进入了更大范围的文化圈。1956 年他在影片《颤动、激动和摇动》中饰演了第一个角色，1957 年又在影片《女孩帮不了它》中塑造了不同的银幕形象，同时还出现在电视节目《佩里科摩》里；同年，他演唱的专辑《蓝色星期一》进入了排行榜第 5 名，《我正在散步》再次进入排行榜第 1 名；4 月，他演唱的另外 3 首歌曲又进入流行歌曲排行榜榜首并保持了 22 周之久。在此后的 3 年里，多米诺还不断推出了为数众多的佳作，其中包括《泪谷》、《我爱的是你》、《投入地爱》、《我想去你家》、《成为我的座上客》、《走向新奥尔良》等歌曲。1986 年，多米诺被载入《摇滚名人录》。1987 年，多米诺获第 29 届格莱美终身成就奖，在这次开幕式上，他演唱的歌曲《布鲁贝里小山》还被收入《国际录音艺术和科学院名曲录》。

最 流 行 专 辑

《那不是一种羞耻》
Ain't That a Shame （1955 年）
《重陷爱河》
I'm in Love Again （1956 年）
《布鲁贝里小山》
Blueberry Hill （1956 年）
《蓝色星期一》
Blue Monday （1957 年）
《我正在散步》
I'm Walking （1957 年）
《泪谷》
Valley of Tears （1957 年）
《我爱的是你》
It's You I Love （1957 年）
《投入地爱》
Whole Lotta Loving （1958 年）
《我想去你家》
I Want to Walk You Home （1959 年）
《走向新奥尔良》
Walking to New Orleans （1960 年）

博爱的多米诺

"这世界多少冷峻,多少凄凉;
这人生多少无情,多少疯狂;
为什么你还能忍受,还能欢笑,干杯!
还能把动物皮毛剥下来披戴在自己的
身上。"

这是在一次动物保护协会组织的演唱
会上多米诺演唱的歌曲。

是什么原因使多米诺具有这么鲜明的
博爱意识和真挚感人的绵绵温情呢?据说是
因为一些电视记录片。

多米诺平生最爱看的电视节目多与动
物、自然有关, 一次他看了一些疯狂捕杀动
物的记录片时被激怒了。尤其是在看到一只
母羚羊的前腿被打断,鲜血都快流尽了还在
用它最后的乳汁喂养幼羚羊时,他嚎叫着冲
出家门。从此发誓要用音乐唤醒人们对世
界、祖国、人生乃至万物的热爱和怜悯。

艾尔维斯·普莱斯利
（Elvis Presley）

1935 ~ 1977

最著名的摇滚歌手

1935 年 1 月 8 日生于美国密西西比州的图拜罗，以一种无意识的方式走上了摇滚乐演唱生涯。1953 年 7 月 18 日，普莱斯利利用业余时间在孟菲斯唱片服务公司录制了一盒音带，1954 年，这盒音带受到菲利普斯的关注，他邀请普莱斯利为太阳唱片公司录制了其中的一首歌曲。此后，普莱斯利与吉他手斯科特·莫尔、贝司手贝尔·布莱克一起组织了一支乐队。1955 年 7 月，普莱斯利演唱的歌曲《孩子让我们玩积木房子》又进入了流行歌曲排行榜第 10 名。1955 年 11 月，普莱斯利与 RCA 唱片公司签约录音，1956 年推出的歌曲《令人心碎的旅店》首次荣登排行榜榜首并保持了 8 周之久，专辑中的大部分歌曲都成为摇滚乐的经典之作，其中《我想要你，我需要你，我爱你》、《不要如此粗鲁》、《猎犬》和《爱我吧，泰德》等歌曲同时名列排行榜第 1 名，另有 7 首歌曲还进入了排行榜前 40 名。同年推出的专辑《艾尔维斯》和《艾尔

维斯·普莱斯利》也取得了同样的佳绩。1957 年,普莱斯利演唱的《太多》、《所有一切都颤动起来》、《让我成为你的》、《可爱熊》和《牢房石》等歌曲再一次荣登排行榜榜首;专辑《深深爱着你》、《艾尔维斯圣诞节专辑》也取得同样的佳绩;9 月,电影插曲《牢房石》在观众中引起了强烈反响。1958 年 3 月,在普莱斯利服兵役期间,RCA 唱片公司还不断地推出他演唱的歌曲,其中包括进入排行榜榜首的歌曲《不要》和《头脑僵化的女人》。1960 年,普莱斯利退役后推出的歌曲《深深被你打动》又一次进入排行榜榜首,专辑《是现在或者从前》又在世界范围内售出 200 多万张,歌曲《今晚你是否孤独》、《放弃》、《魅力与好运》也相继于 1960 年和 1961 年登上排行榜榜首。60 年代中期作为摇滚乐主流人物的普莱斯利开始黯淡,1968 年他又在电视特别节目《艾尔维斯》中东山再起;1969 年他演唱的歌曲《多疑心思》成为最后一首进入排行榜第 1 名的绝唱。1977 年 8 月 16 日,普莱斯利因心脏衰竭去世,年仅 42 岁。

"都说我性感呀、
叛逆呀！其实，我不是
和大家一样普通吗？"

他是摇滚音乐的上帝？

艾尔维斯·普莱斯利从小就对父亲弹奏的各种音乐入迷。一次，他对身为传教士的父亲说："爸爸，为什么不把教堂盖得像天一样大，让所有的人来听咱们唱歌都能座得下？！"父亲一惊，仰望苍天祈祷："上帝啊，饶恕这孩子吧，他怎么跟您想的一样呢？！""我以后要到这样的广场去演唱。""阿门，童言无忌，童言无忌。"父亲紧张地在胸前划着十字。

父亲显然没有想到，长大后的普莱斯利实现了儿时的梦想，真的把歌声传遍了全世界，对于摇滚乐坛来说，他的确就像上帝，他那具有鲜明的反叛、性感和融融的爱国情调的歌声给摇滚乐注入了生命与活力，为后来涌现出的摇滚歌星们积累了丰富的灵感和力量。

千磨万琢总为情。

最 流 行 专 辑

《艾尔维斯》
Elvis （1956 年）
《爱你》
Loving You （1957 年）
《艾尔维斯圣诞节专辑》
Elvis' Christmas Album （1957 年）
《G. 1. 布鲁斯》
G. 1. Blues （1960 年）
《蓝色夏威夷》
Blue Hawaii （1961 年）

最 流 行 歌 曲

《令人心碎的旅店》
Heart Break Hotel （1956 年）
《一切都颤动起来》
All Shook up （1957 年）
《监狱摇滚》
Jail House Rock （1957 年）
《今晚你是否孤独?》
Are You Lonesome Tonight （1960 年）
《多疑心思》
Suspicious Minps （1969 年）

无论是在记者招待会上还是在其他场合,普莱斯利总是十分自信和从容。

普莱斯利平时非常喜欢游泳和跳舞,只要能挤出时间就得过把瘾,瞧,他跳得多么投入。

多彩的生活啊，叫人怎能不歌唱！

556

演出、娱乐、郊游，普莱
斯利每天的生活总是非常
充实和繁忙。

1935 年 9 月 29 日生于美国路易斯安那州的弗里雷。莱维斯从小就受到音乐的熏陶，父母在他十几岁时便抵押了房产给他买钢琴，以此来资助他学习音乐，父亲经常将钢琴捆在卡车上陪他去学校练琴，此后，莱维斯又去德克萨斯州的原教旨义陪练学校正式学习了一段时间。1951 年，莱维斯和一个传教士的女儿结婚。1956 年，当莱维斯决定要带着作品去孟菲斯与著名的太阳唱片公司签约录音时，父亲卖了 33 打鸡蛋为他凑足了旅差费。到孟菲斯后，他露宿在录音棚外一直等到允许才进棚试唱，唱片公司的负责人山姆·菲利普斯知道他的这一经历后非常感动，他为莱维斯录制了《全身心地颤动着》和《疯狂胳膊》等几首歌曲。1957 年 7 月，莱维斯演唱的歌曲《全身心地颤动着》进入了流行歌曲排行榜第 2 名，唱片销售量超过了 600 万张，从此开始走红。1958 年，他演唱的歌曲《大火球》推出不久就首次荣登全美流行歌曲排行榜榜首，唱片销售量也超过了 100 万张。4 月，歌曲《窒息》也取得了排行榜第 7 名的好成绩。1960 年，莱维斯演唱的歌曲《中学的秘密》又进入了排行榜第 21 名。1961 年，莱维斯再次以歌曲《我将要说什么》进入流行歌曲排行榜第 3 名。从 60 年代末到 70 年代初，莱维斯演唱的《另一个地方》、《另一次》、《为你再甜蜜地爱一次》和《中年疯狂》等 30 首歌曲都进入了流行歌曲排行榜前 20 名。1981 年，莱维斯在溃疡出血的危急关头被送进医院抢救，经 4 个月的治疗竟然奇迹般地康复了，出院后他参加了巡回演出。1983 年，莱维斯因第 5 任妻子的死而引起人们的怀疑并带来一系列非议；同年他被指控逃税，后又宣布无罪。1986 年，莱维斯被正式载入《摇滚名人录》。

杰瑞·李·莱维斯
（Jerry Lee Lewis）

1935 ~

最著名的摇滚歌星

最 流 行 专 辑

《精品荟萃》
The Session （1971 年）

别 样 的 舞 台

"嘀、嘀、嘀"杰瑞·李·莱维斯因为多喝了几杯，汽车开得飞快，一而再再而三地超车，这时他满脑子是舞台上的感觉，全身激烈地摇摆。莱维斯小时候父亲舍家抛业地带他学习钢琴，演唱摇滚歌曲时功夫又都用在了脚上，曾用脚跟弹奏着钢琴……现在是油门，然后又把双手撑在座位上拿着大顶，双脚却因为在汽车里伸展不开只好放在方向盘上，用脚开车就像在舞台上跳迪斯科，嘴里还唱着摄人魂魄的曲子。"哗啦，哐当"感觉就像在舞台上翻跟斗，莱维斯开心地大叫着，汽车一头撞进了路边的深沟里。

"出来吧，酒鬼！"一束手电光照在他的脸上。"我的全身心颤动着，我的身心是这样地酣畅。"莱维斯仍在歌唱，全然没有意识到出了车祸，警察一听，这不是再熟悉不过的杰瑞·李·莱维斯在唱歌吗！"大明星，你酒后驾车，跟我们走一趟！"警察把莱维斯拉出了汽车，"啊嘁"，一股冷风袭来，莱维斯打了个喷嚏，清醒了许多，嘴里喃喃地说："刚才还在舞台上，怎么一眨眼就掉进沟里了？！"

最 流 行 歌 曲

《全身心地颤动着》
Whole Lot of Shakin' Going on （1957 年）
《大火球》
Great Balls of Fire （1957 年）
《窒息》
Breathless （1958 年）
《中学的秘密》
High School Confidential （1958 年）
《我将要说什么》
What'd I Say （1961 年）
《鲍比·麦克吉和我》
Me and Bobby McGee （1971 年）

洛易·奥比逊

（Roy Orbison）

1936 ~ 1988

最著名的摇滚歌星

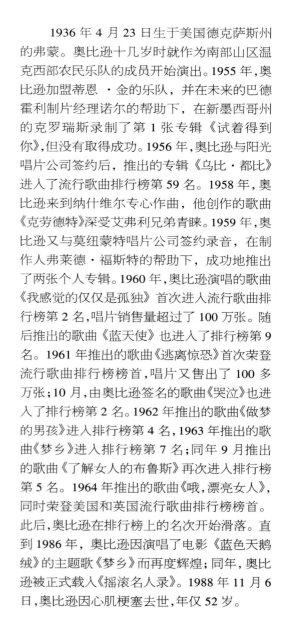

1936 年 4 月 23 日生于美国德克萨斯州的弗蒙。奥比逊十几岁时就作为南部山区温克西部农民乐队的成员开始演出。1955 年，奥比逊加盟蒂恩·金的乐队，并在未来的巴德霍利制片经理诺尔的帮助下，在新墨西哥州的克罗瑞斯录制了第 1 张专辑《试着得到你》，但没有取得成功。1956 年，奥比逊与阳光唱片公司签约后，推出的专辑《乌比·都比》进入了流行歌曲排行榜第 59 名。1958 年，奥比逊来到纳什维尔专心作曲，他创作的歌曲《克劳德特》深受艾弗利兄弟青睐。1959 年，奥比逊又与莫纽蒙特唱片公司签约录音，在制作人弗莱德·福斯特的帮助下，成功地推出了两张个人专辑。1960 年，奥比逊演唱的歌曲《我感觉的仅仅是孤独》首次进入流行歌曲排行榜第 2 名，唱片销售量超过了 100 万张。随后推出的歌曲《蓝天使》也进入了排行榜第 9 名。1961 年推出的歌曲《逃离惊恐》首次荣登流行歌曲排行榜榜首，唱片又售出了 100 多万张；10 月，由奥比逊签名的歌曲《哭泣》也进入了排行榜第 2 名。1962 年推出的歌曲《做梦的男孩》进入排行榜第 4 名，1963 年推出的歌曲《梦乡》进入排行榜第 7 名；同年 9 月推出的歌曲《了解女人的布鲁斯》再次进入排行榜第 5 名。1964 年推出的歌曲《哦，漂亮女人》，同时荣登美国和英国流行歌曲排行榜榜首。此后，奥比逊在排行榜上的名次开始滑落。直到 1986 年，奥比逊因演唱了电影《蓝色天鹅绒》的主题歌《梦乡》而再度辉煌；同年，奥比逊被正式载入《摇滚名人录》。1988 年 11 月 6 日，奥比逊因心肌梗塞去世，年仅 52 岁。

最 流 行 专 辑

《神秘女郎》
Mystery Girl （1989 年）

最 流 行 歌 曲

《我感觉的仅仅是孤独》

    Only the Lonely Know How I Feel （1960 年）

    《蓝天使》

    Blue Angel （1960 年）

    《迅逝》

    Running Scared （1961 年）

       《哭泣》

       Crying （1961 年）

       《男孩梦境有多长》

       Dream Boy How I Long Must I Dream （1962年）

       《梦乡》

       In Dreams （1963 年）

          《了解女人的布鲁斯》

          Mean Woman Blues （1963 年）

      《哦，漂亮女人》

      Oh，Pretty Woman （1964 年）

布迪·霍利
（Buddy Holly）

1936 ~ 1959

最著名的摇滚歌星

1936 年 9 月 7 日生于美国德克萨斯州的拉布克。1949 年，霍利与同学鲍比·蒙特格纳利组成一个二重唱小组并开始了职业音乐生涯。1953 年，他们制作了广播节目《布迪和鲍比》。1955 年，当鼓手杰里·亚里森加盟这个音乐小组后，小组才正式开始在当地的摇滚乐演出中露面并受到了音乐制作人艾迪·克兰德尔的关注。1956 年，克兰德尔帮助他们与迪卡唱片公司签约录音并邀请霍利到纳什维尔录制几首圣歌；4 月，霍利推出的第 1 首歌曲《蓝的天，黑的夜》没有取得成功；9 月，霍利离开迪卡唱片公司，与制作人诺曼·佩提组建了一支名为"蟋蟀"的乐队，成员包括：鼓手亚里森、贝司手乔·B. 曼德林、吉他手尼吉·沙利文。1957 年，乐队在佩提的录音棚里录制了专辑《会有那么一天》还是没有取得成功；7 月，霍利与乐队一起在两个国家巡回演出，他演唱的歌曲《会有那么一天》深受听众的欢迎；9 月，这首歌曲荣登全美流行歌曲排行榜榜首，唱片销售量超过了 100 万张；同月推出的专辑《诉讼借口》又进入了排行榜第 3 名，销售量也突破了 100 万张。同时，霍利和"蟋蟀"乐队还经常出现在《艾德·沙利文》的广播节目里而成为全美的摇滚明星。1958 年 2 月，霍利演唱的歌曲《哦，男孩》再一次进入流行歌曲排行榜第 10 名。同时，霍利还广泛在澳大利亚、美国、英国巡回演出。1959 年 2 月，霍利和一个新乐队开始了"冬舞聚会"的巡回演出，2 月 3 日，霍利在清澈湖演出结束后，乘飞机前往下一个演出地明尼苏达州的英海德，因途中飞机失事不幸遇难，

年仅 23 岁。1986 年，霍利被正式载入《摇滚名人录》。

你比所有的鸭子都可爱

在后花园的池塘边，布迪·霍利有时坐在木椅上静静地观望着一群鸭子觅食、嬉戏或追逐，有时他会跟在鸭群的后面学着鸭子左摇右摆的样子走路，有时他停下来放开嗓门痛痛快快地唱一首歌，这是他每天清早必做的事。

后来，霍利连自己都不知道是有意还是无意，每当他走上舞台，常常会忘情地走着鸭步，用略带几分原始味道的唱法一曲又一曲地演唱着，特别是他的角质框眼镜、羞涩的举止和像绿头鸭的发型，使他的表演具有十足的感染力，以致邻居家的小孩也对他说："霍利叔叔，你在舞台上装的鸭子，比你们家所有的鸭子都可爱。"

最 流 行 专 辑

《布迪·霍利的故事》
The Buddy Holly Story （1959 年）
《话旧》
Reminiscence （1963 年）

最 流 行 歌 曲

《会有那么一天》
That'll Be the Day （1957 年）
《诉讼借口》
Peggy Sue （1957 年）
《哦，男孩!》
Oh, Boy! （1958 年）
《可以，宝贝》
Maybe Baby （1958 年）
《迷恋》
Rave on （1958 年）
《想一想》
Think It over （1958 年）
《清晨》
Early in the Morning （1958 年）
《不会再有事》
It Doesn't Matter Anymore （1959 年）

内尔·西达卡

（Neil Sedaka）

1939 ~

最著名的摇滚歌星

　　1939 年 3 月 13 日生于美国纽约州的布鲁克林。西达卡从少年时期开始接受严格的钢琴训练，16 岁时与林肯高级中学的朋友格林菲尔德一起创作歌曲。同年，他们合作创作的歌曲《哦! 卡罗尔》曾获得 1957 年纽约朱利亚音乐学院奖金，并受到音乐制作人科什讷的注意，科什讷帮助他们与艾尔顿·约翰的唱片公司签约歌曲创作。1958 年，歌手科尼·弗兰西斯录制、由他们创作的歌曲《傻子凯比德》进入了流行歌曲排行榜第 14 名。1959 年 5 月，他们创作的歌曲《我去模仿》进入排行榜第 42 名；12 月，歌曲《哦! 卡罗尔》又进入了排行榜第 9 名。在此后的 4 年里，西达卡发展成为一名既能创作又能演唱的摇滚巨星。50 ~ 60 年代，西达卡被"披头士"乐队和新涌现的摇滚明星所取代。70 年代，他在摇滚乐坛的地位又重新恢复并保持了强盛不衰之势。1975 年，西达卡再次与艾尔顿·约翰的唱片公司签约录音。2 月，这家公司为他出版、发行的歌曲《雨中大笑》首次荣登流行歌曲排行榜榜首；9 月推出的歌曲《黑白》也取得了同样喜人的佳绩；12 月推出的歌曲《割弃是如此难》又进入了排行榜第 8 名。此后，西达卡上榜的名次开始滑落，但他仍然对所热爱的音乐非常执著。1980 年，他与女儿达拉合作录制的歌曲《是否永远不能让你走》又进入了排行榜前 20 名，并多次在一些老的环形礼堂演出。1987 年，西达卡出版了自传《雨中大笑》。

最 流 行 歌 曲

《哦! 卡罗尔》
Oh! Carol （1959 年）
《通向天堂的阶梯》
Stairway to Heaven （1960 年）
《挂历女孩》
Calendar Girl （1960 年）
《小魔鬼》
Little Devil （1961 年）

《生日快乐，甜蜜的 16 岁》
Happy Birthday, Sweet Sixteen （1961 年）
《下一个门，通向天使》
Next Door to an Angel （1962 年）
《割弃是如此难》
Breaking up Is Hard to Do （1962 年）
《雨中大笑》
Laughter in the Rain （1975 年）
《坏血》
Bad Blood （1975 年）

走一条朴素而"干净"的路

随着对摇滚乐的了解和实践，内尔·西达卡清楚地意识到，摇滚乐表演可以走一条朴素而"干净"的路，不一定非得扭、爬、蹦、跳、砸器具，甚至还要加上火烧。歌手们也大可不必去吸食毒品、超速驾车寻找新的刺激，从从容容，凭着自己的直率和魅力，同样能获得成功。他甚至把女儿也带进了这轻歌曼舞的世界，父女俩合作演唱的歌曲《是否永远不能让你走》非常受乐迷的欢迎。

一次演出完回到家里，女儿动情地对父亲说："爸爸，亏得你不吸毒，不疯狂，否则可能就没有我了，我也无法体会这么美好的人生和艺术。""哈哈哈哈"西达卡十分满足地笑了起来，但很快就变得严肃认真起来并动情地对女儿说："艺术对于演艺人员来说是与生命为一体的，命之不存，艺将何附？我希望你一定要尊重自己。"

"我一定像你一样，做人和演唱都要干干净净。"

"这就好，我的孩子。"父女俩紧紧地拥抱在一起。

菲尔·斯伯科特
（Phil Spector）

1940 ~

最著名的摇滚歌星

1940 年 12 月 26 日生于美国纽约州的布鲁克斯。1958 年在洛杉矶开始职业音乐生涯，并与卡罗尔·康诺斯和玛莎尔·利伯组建了"泰迪熊"乐队；同年，斯伯科特演唱的歌曲《了解他是否爱他》首次荣登全美流行歌曲排行榜榜首。随后"泰迪熊"乐队解散，斯伯科特转入大西洋唱片公司，与雷伯合作创作了经典歌曲《西班牙哈莱姆》，不久又推出了《科林娜，科林娜》、《可爱的小天使》和《我的每一次喘息》等歌曲。50 年代末，斯伯科特移居洛杉矶，创建了自己的菲尔斯唱片公司，并开始以一系列"女儿"乐队的劲歌发展自己的回音壁效果。1961 年，这家公司为"水晶"乐队出版、发行的歌曲《没有其他人》进入了排行榜第 20 名，随后推出的专辑《他是一个叛逆者》因具有青春活力，唱片又售出 100 多万张。1963 年，斯伯科特组织"罗耐特"乐队与由艾里·格林威治和杰夫·巴里创作小组合作推出的歌曲《做我的宝贝》又进入了排行榜第 2 名。此外，斯伯科特为"水晶"乐队制作的《哒嘟嚷嚷》、《随后他吻了我》，为"罗耐特"乐队制作的《宝贝，我爱你》以及为"达伦生活"乐队制作的《那个男孩我是玛丽》等劲歌在音乐上都达到了较高的水准。1964 年，斯伯科特为"正直兄弟"乐队制作的《你已经失去了爱的感觉》再次登上了排行榜榜首，这期间也是斯伯科特音乐生涯的鼎盛时期。60 年代后期，斯伯科特退出了摇滚乐坛，他后来为电影《别管它》演唱的主题歌曾引起轰动，并深深影响了 1970 年哈里森推出的专辑《所有的一切一定会过去》(曾荣登排行榜榜首)。1989 年，斯伯科特被正式载入《摇滚名人录》。

最 流 行 歌 曲

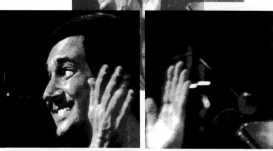

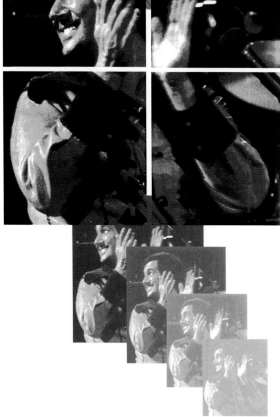

最 流 行 专 辑

《了解他是为了爱他》
To Know Him Is to Love Him （1958 年）

最 流 行 歌 曲

《他是一个叛逆者》
He's a Rebel （1961 年）
《哒嘟嚷嚷》(当他陪我走回家时)
Da Doo Ron Ron (When He Walked Me Home)
（1963 年）
《随后他吻了我》
Then He Kissed Me （1963 年）
《做我的宝贝》
Be My Baby （1963 年）
《你已经失去了爱的感觉》
You've Lost Theat Lovin, Feelin' （1964 年）
《自由的曲调》
Unchained Melody （1965 年）
《潮汐》
Ebb Tide （1965 年）
《我甜蜜的主人》
My Sweet Lord （1970 年）
《瞬间的报应》
Instant Karma （1970 年）

我要的是"声墙"

音乐制作人菲尔·斯伯科特太有影响力了，干什么成什么，凡是他倡导的事、创作的作品、制作的音乐都取得了社会和经济双效益。所以，当他再次组织了三百名音乐家来录制歌曲《骄傲的玛丽》时，没有人怀疑他。

只是，斯伯科特所做的一切并不在他预先设计的方案中，而是在他录制时随时捕捉到的源源不断的新感觉和想象里，只听他一遍又一遍地说："我要的是'声墙'，鼓，多种多样，但要紧凑密集，有气势；小号与歌手，既要突出个性又要相互融合，音色的叠加要舒服；全体人员要完全沉浸在和谐的音响中，这是一种前所未有的深度、和谐与厚实……"从早上8点到下午4点，他就这样一直不停地要求着。突然，一个乐手说："斯伯科特先生，你的'墙'还是告一段落吧，请关照一下我们的'墙'，我们的肚皮已经前壁贴后壁了。"

大家哄地一下笑了起来，斯伯科特也笑了，"好啊，给大家40分钟，希望你们每一个人把自己的'墙'搞得厚实一点，解散。"

吉米·汉瑞克斯

（Jimi Hendrix）

1942 ~ 1970

最著名的摇滚歌星

1942 年 11 月 27 日生于美国华盛顿州的西雅图，原名詹姆斯·马沙尔·汉瑞克斯。1961 年，汉瑞克斯开始职业音乐生涯，随后还有过一段短暂的美国伞兵经历。1964 年，汉瑞克斯定居纽约，1965 年开始设计了自己的形象，取艺名为吉米·詹姆斯并组建了自己的"蓝色闪电"乐队。1966 年 9 月，汉瑞克斯来到伦敦。在经纪人的帮助下，招募了鼓手约翰·米奇尔和贝司手戴维·莱丁组成了自己的"试验"乐队。1966 年 10 月 8 日，这支乐队在巴黎奥林匹克体育馆亮相，深受乐迷的欢迎；年末，乐队翻唱的歌曲《嘿，乔》进入 1967 年 2 月英国流行歌曲排行榜第 6 名；5 月，乐队推出的第 2 首歌曲《紫色晨雾》进入排行榜第 3 名；随后推出的首张专辑《你体验过吗?》进入排行榜第 2 名。1968 年 2 月，乐队推出的第 2 张专辑《核心；爱时胆大》再次进入全美排行榜第 3 名，随着试验乐队在全美的巡回演出，许多摇滚乐迷亲眼目睹了他们在舞台上的风采，汉瑞克斯的表演使他很快成为一个新的摇滚偶像；10 月，乐队推出的两张一套的专辑《充电处女地》首次荣登全美流行歌曲排行榜榜首，并成为摇滚史上最优秀的专辑之一。当乐队正处于鼎盛时期时，汉瑞克斯和莱丁之间开始出现分歧，11 月乐队解散。1969 年，汉瑞克斯和鼓手兼歌手布迪·迈尔斯又组建了一支名为"充电天空教堂"的乐队并推出了经典歌曲《明星灿烂》。此后，汉瑞克斯还在纽约建立了自己的艺术研究所，广泛地同一些艺术家合作并开始创作更富有爵士风格的音乐。1970 年 9 月 18 日，汉瑞克斯因巴比氏酸盐中毒在伦敦去世，年仅 28 岁。

最 流 行 专 辑

《你体验过吗?》
Are You Experienced? （1967 年）
《核心;爱时胆大》
Axis:Bold as Love （1968 年）
《充电处女地》
Electric Ladyland （1968 年）
《极为火爆》
Smash Hits （1969 年）
《吉普赛乐队》
Band of Gypsys （1970 年）
《爱的哭泣》
The Cry of Love （1971 年）
《彩虹》
Rainbow Bridge （1971 年）
《汉瑞克斯在西方》
Hendrix in the West （1972 年）
《闪电登陆》
Crash Landing （1975 年）

最 流 行 歌 曲

《沿着观望台》
All Along the Watchtower （1968 年）
《明星灿烂》
Bright Star （1969 年）

汉瑞克斯走到哪儿,就把欢乐带到哪儿。

向生活和同行学

"嗡"一阵吉他上的高音滑奏:就像飞机的俯冲;
"呀,妈呀!""天哪!"
"可恶的美国佬,为什么来轰炸我们?!"

这不是电影,而是吉米·汉瑞克斯在"明星灿烂"的巡回演出开始时,以音乐的形式描绘出的越南战争时期的恐慌场面。

演出结束后,有的观众在议论:"这个家伙好像参加了越战,音乐太地道了,真把战争的恐怖、可憎活生生地表现出来了。"另一个人说:"我听说他为了寻找飞机呼啸的感觉,多次跑到空军基地附近,有一次差点被人家逮起来。"

处于鼎盛时期的汉瑞克斯与"实验"乐队的巡回演出。

是的,汉瑞克斯对于吉他演奏的确下过很大功夫,不但从生活中,还从其他乐队里,尤其是从"莱斯和家庭"、"普林斯"等乐队的音乐中继承和借鉴了不少的演奏技法。

摇滚乐相互之间的模仿、学习和借鉴,较其他任何音乐艺术形式都来得更多,更甚,也更富于变化。汉瑞克斯自己也是一个有较大影响的摇滚歌手,他狂热而激情的歌唱和强有力的吉他和弦,极大地影响着其他人。

1943 年 1 月 19 日生于美国得克萨斯州的阿瑟港。1963 年，乔普林历尽艰辛来到旧金山，在当地一家俱乐部与吉他手乔马·考孔恩联袂演出。1966 年，她又回到旧金山，与吉他手詹姆斯·格里、萨姆·阿朱、贝司手彼特·阿尔宾和鼓手戴维·盖兹组建了"大兄弟"乐队，乐队很快在当地赢得好评。1967 年 8 月，乐队与鲍勃·迪伦的制作经理阿尔伯特·格罗斯曼签约录音，同年推出的专辑《主流》进入了排行榜第 60 名。1968 年，乐队推出的第 2 张专辑《廉价感动》首次荣登流行歌曲排行榜榜首并保持了 8 周之久；同时还推出了富有布鲁斯音乐情调的流行歌曲《我的一片心》。1968 年年末，乔普林决定离开乐队从事独唱职业，"大兄弟"乐队就此解散。1969 年，乔普林又重组"考兹米克布鲁斯"乐队，该乐队比仅有激情的"大兄弟"乐队更精于对音乐的表达，乔普林还随队巡回演出；10 月，乐队推出了专辑《妈妈，我再次得到了戴姆·奥尔考兹米克布鲁斯音乐》进入了排行榜第 5 名；年末，乔普林又解散了乐队。1970 年，她新

詹尼斯·乔普林
(Janis Joplin)

1943 ~ 1970

最著名的摇滚歌星

组建的"满蓬迪斯科"乐队是一个颇具实力而又富有激情的摇滚乐队，乔普林随乐队进行巡回演出，并在 9 月开始录制新专辑；同年 10 月 4 日，乔普林因吸毒和酗酒过度在好莱坞的一家旅馆去世，年仅 27 岁。1971 年 2 月，在乔普林去世后出版、发行的她生前演唱并录制的专辑《珍珠》又一次荣登排行榜榜首，她声情并茂的演唱赢得了众多乐迷的青睐。1975 年，乔普林演唱的音乐在记录片中又一次进入了人们的生活。

最 流 行 专 辑

《大兄弟乐队和持续公司》
Big Brother and the Holding Company
(1968 年)

《廉价感动》
Cheap Thrills （1968 年）

《妈妈，我再次得到了戴姆·奥尔考兹米克布鲁斯音乐》
I Got Dem Ol' Kozmic Blues
Again Mama （1969 年）

《珍珠》
Pearl （1971 年）

《音乐会上的乔普林》
Joplin in Concert （1972 年）

《詹尼斯·乔普林金曲》
Janis Joplin's Greatest Hits （1973 年）

最 流 行 歌 曲

《我的一片心》
Piece of My Heart （1968 年）

《伯比·麦克吉和我》
Me and Bobby McGee （1971 年）

只想把美和歌留在人间

　　一天，8 岁的詹尼斯·乔普林把母亲刚换好的窗帘悄悄摘下来藏进了书包，到学校后，她换下衣服披着窗帘走进了教室。当老师走上讲台时，她展开双臂大声说："老师好！"乔普林想让老师注意她独特的美，老师看了看她这身打扮说："乔普林，你觉得这样好看？""是的，这是我看到的最漂亮的花布了，穿在身上也特别好看吧？"说着，她站了起来，在座位旁转了个圈，同学们大声哗笑着，老师只好把她"请"出了课堂。

　　乔普林成为少女后，对音乐的执著追求真到了如痴如迷的程度，她不分时间、场合而情不自禁地歌唱，以致被人们误认为疯人把她"逐"出了家乡。

　　有谁能理解，乔普林只想真实地生活、真情地歌唱。40 年后的今天，乔普林虽已不在人世，但她那撼人心魄的歌声终于赢得了"大地的母亲"的赞誉。

1944 年 3 月 26 日生于美国密歇根州的底特律，在底特律的贫民区长大，很早就与弗洛伦斯·芭拉德和芭芭拉·马丁一起演唱，玛丽·威尔逊代替马丁之后，她们组建了"至高无上"演唱组。1968 年，这支演唱组又演变为"戴安娜·罗斯和至高无上"演唱组。就在演唱组获得极大成功的同时，戴安娜因为与莫唐唱片公司老板贝里·戈迪结婚而离开演唱组并开始了自己的个人演唱生涯。1970 年初，戴安娜推出的首张个人专辑《伸出手去触摸》进入了美国排行榜前 20 名；同年秋天推出的歌曲《不是山不够高》首次荣登流行歌曲排行榜榜首并为戴安娜赢得了第 2 张金唱片的销量。1973 年，戴安娜因为出演电影《女士唱起布鲁斯》而获得奥斯卡奖提名。1975 年，戴安娜又演唱了由戈迪导演的电影《红本》中的主题歌《你知道你去哪儿吗?》再次登上排行榜榜首。此后，戴安娜的音乐事业曾一度陷入低谷。1980 年，她与来自"格调"乐队的制作人奈尔·罗杰斯和伯纳德·爱德华兹合作推出的专辑《戴安娜》又成为销量最好的金唱片。此后，戴安娜又推出了多首热门歌曲:《我的老钢琴》、《我出来了》、《轮到了我》、《再次的机会》。1981 年，戴安娜中断了与莫唐公司的关系，转与 RCA 公司签订了在美国市场的销售合约；与 EMI 公司签订了海外市场的合约。1981～1982 年，戴安娜推出的专辑《为何傻瓜也堕入爱河》和《肌肉》又相继进入了排行榜。1983 年，莫唐公司出版、发行的戴安娜和列昂内尔·里奇演唱的《无尽的爱》成为她离开"至高无上"乐队以来销量最大的唱片。1985 年，戴安娜又与"比基"乐队的巴里·吉布合作创作了获得 1986 年英国排行榜冠军的歌曲《连锁反应》。

戴安娜·罗斯
(Diana Ross)

1944 ~

最著名的摇滚歌星

最 流 行 专 辑

《伸出手去触摸》
Reach out and Touch （1970 年）

最 流 行 歌 曲

《不是山不够高》
Ain't No Mountain
High Enough （1970 年）
《你知道你去哪儿吗?》
Do You Know Where
You're Going to （1975 年）
《我的老钢琴》
My Old Piano （1980 年）
《我出来了》
I'm Coming out （1980 年）
《轮到了我》
It's My Turn （1981 年）
《再次的机会》
One More Chance （1982 年）

与列昂内尔·里奇合作的二重唱：

《无尽的爱》
Endless Love （1983 年）

与巴里·吉布合作创作的歌曲：

《连锁反应》
Chain Reaction （1985 年）

罗德·斯迪沃特
(Rod Stewart)

1945 ~

最著名的摇滚歌星

是生活还是艺术？

在罗德·斯迪沃特早期的专辑中，生涩、沙哑、温暖、令人迷恋的、硬石般粗糙的声音，以及带有某些民间摇滚乐和布鲁斯音乐混合味的独特风格使他从艺不久就受到乐迷的喜爱和欢迎。

成名后的斯迪沃特魔术般地变换着发型，男的女的全不在意；一会儿穿着华丽的外衣，开着老式车，招摇过市；一会儿穿着睡袍，懒洋洋地靠在沙发上，身边围着一群美女。这是罗德·斯迪沃特的生活还是他的艺术……谁能分得清楚？！

斯迪沃特的母亲一直看不惯儿子的这种生活，所以语重心长地对儿子说："孩子，生活和艺术是两回事，生活应该严谨些。"斯迪沃特笑了，他说："妈妈，您分得清我是您的儿子还是摇滚是您的儿子，而我分不清您是我的母亲还是摇滚乐是我的母亲，在我看来，生活就是摇滚，至少，各种生活方式都给了我摇滚的灵感。"母亲只好骂一声"臭小子！"了事。

最 流 行 专 辑

《每一幅画都讲述一个故事》
Every Picture Tells a Story （1971 年）
《从没有乏味时光》
Never a Dull Moment （1972 年）
《小镇的一夜》
A Night on the Town （1976 年）
《根基松动和幻想自由》
Root Loose and Fancy Free （1977 年）
《金黄色更有趣》
Blonds Have More Fun （1978 年）

最 流 行 歌 曲

《玛吉姑娘》
Maggie May （1971 年）
《今晚的夜色》
To Night's the Night （1976 年）
《达雅认为我性感吗？》
DaYa Think I'm Sexy? （1978 年）
《我不能告诉你》
My Heart Can't Tell You No （1988 年）
《通向小镇的火车》
Down Town Train （1989 年）

　　1945 年 1 月 10 日生于英国伦敦高门。1962 年，斯迪沃特在欧洲游历一段时间后，于 1963 年返回英国，与伯明翰摇滚风格的"五维"乐队进行合作，1964 年又在农·约翰·巴德里的"霍奇库奇人"乐队担任第 2 歌手；同年 10 月，由迪卡唱片公司为他出版、发行的首张唱片《早上好，女学生》没有取得成功。1965 年，斯迪沃特加盟"蒸汽口袋"乐队，1966 年又加盟"快枪手"乐队，但都没有取得成功。1967 年，斯迪沃特加盟了杰夫·贝克的乐队，1969 年推出的首张唱片《罗德·斯迪沃特》终于  年，斯迪沃特离开"脸庞"乐队从事获得了成功。1971 年，他推出 独唱事业，随后推出的专辑《穿越的专辑《每一幅画都讲述一个 大西洋》（1975 年）、《小镇的一故事》同时荣登英、美流行歌曲 夜》（1976 年）和《根基松动和幻排行榜榜首。1972 年推出的专 想自由》（1977 年）都先后登上辑《从没有乏味时光》又进入了排 了全美流行歌曲排行榜榜首，行榜第 2 名。1974 年推出的专辑 同时还推出了两首经典性的《微笑》再次荣登排行榜榜首。1975 歌曲《今晚的夜色》（1976 年）和《你在我心中》（1978 年）。1978 年，斯迪沃特推出的专辑《金黄色更有趣》和迪斯科歌曲《达雅认为我性感吗?》同时登上排行榜榜首。80 年代，斯迪沃特又推出了一系列的摇滚专辑——《今晚我是你的》（1981 年）、《宝贝的希望》（1983 年）和《混乱》（1988 年），他的声音依然光彩照人。1985 年，斯迪沃特又与贝克再次合作，为一场令人激动的演奏会联袂献艺。1991 年，斯迪沃特推出的专辑《漂泊的心》也非常出色。1993 年，斯迪沃特最具实力的歌曲《拔出来…还是拔出来》又进入了排行榜前 10 名，唱片售出 100 万张。有人认为"斯迪沃特的音乐已经成为摇滚乐坛演变史中一个重要的组成部分"，这话不无道理。

艾瑞克·克莱普顿
（Eric Clapton）

1945 ~

最著名的摇滚歌星

1945 年 3 月 30 日生于英国萨里郡的瑞普雷。克莱普顿还在金斯顿艺术学院上学期间就参加过各种各样的乐队演出。1963 年初，克莱普顿加盟罗斯特的乐队，9 月乐队解散后又加盟凯西·乔尼斯"流行和工程师"乐队；同年 10 月，应邀加盟"庭院鸟"乐队。1964 年，在乐队推出的首张专辑《五只活跃的院中鸟》里，克莱普顿以精彩绝伦的演奏成为媒体关注的焦点。1965 年 3 月，克莱普顿离开"庭院鸟"乐队加盟"马耶尔"乐队。1966 年 6 月，克莱普顿和鼓手金格·贝克尔一起组建了一个三重唱小组，并取名为"奶酪"乐队，意在创造一种具有深刻内涵而又兼容印第安古典音乐风格的作品。两年后，在乐队推出的专辑《新鲜奶酪》和《快速齿轮》里，这种追求得到了充分的体现，乐队也因此而取得了巨大的成功。具有讽刺意味的是，1968 年底，当"奶酪"乐队解散后，克莱普顿才开始把反叛作为核心任务，他与贝克尔、温伍德以及贝司手里克·格莱加盟了第一个超级明星组成的"忠诚"乐队。1969 年 4 月，乐队推出的首张专辑同时荣登英、美流行歌曲排行榜榜首，乐队在伦敦的海德公园首次免费公演时，听众达 10 万人之多，乐队赴美国巡回演出时也同样盛况空前；同年 10 月，"忠诚"乐队因难以维持而解散。1970 年，鼓手吉姆·高顿、贝司手卡尔·拉都、键盘师鲍比·威特罗克加盟了克莱普顿的"艾瑞克和多米诺"乐队。不久，乐队就推出了第 1 张经典专辑《雷拉和其他爱情歌曲》。1971 年，随着这支乐队的解散，克莱普顿也从舞台上销声匿迹。1973 年，克莱普顿重返乐坛，他推出的专辑《艾瑞克·克莱普顿彩虹音乐会》深受乐迷欢迎。1974 年，克莱普顿推出的专辑《海洋大道 461 号》再次荣登流行歌曲排行榜榜首，歌曲《我枪杀了行政长官》高居排行榜榜首达 3 周之久。在随后的 20 年中，克莱普顿无论在艺术上或是商业上都取得了巨大的成功。1992 年，克莱普顿在 MTV 节目《不插电》中出尽风头，随后还出版、发行了一张同名专辑。1993 年，这张专辑获得格莱美奖；同年，克莱普顿被正式载入《摇滚名人录》。

"上帝"也要更上层楼

在伦敦各地铁站和一些俱乐部墙上，"突然一夜间涂满了"克莱普顿是上帝的标语。"

艾瑞克·克莱普顿当然不是上帝，但对于那个时代的吉他手来说，他的确是至高无上的"上帝"。因为他除了能演唱有令人难以企及的高音旋律外，而且经常用吉他颤音将音乐悬挂在半空，然后又用暴风雨般的乐句将其释放，在歌曲的结尾，常常不是简单地收住，而是用组成锯齿形的手指滑抹过吉他，将音乐结束在一片音符互相撞击的回肠百转的余音中。

"奶酪"乐队的金格·贝克尔非常想与"上帝"合作演出，他找到克莱普顿用激将法对他说："你在我看来，远不是'上帝'，而你与我的合作将会成为地道的'上帝'。"克莱普顿也正想寻找新的突破，于是爽快地答应了。不久，在《火轮》专辑的《十字路口》一曲中，克莱普顿的吉他演奏忽而狂放不羁，忽而温文尔雅，忽而委婉抒情，忽而精雕细刻，把吉他演奏到令人瞠目的程度，听者无不大叫："我的上帝。"

看来，"上帝"的确太令人震惊了。

最流行歌曲

《我枪杀了行政长官》
I Shot the Sheriff （1974 年）
《躺下来，莎利》
Lay Down, Sally （1978 年）
《眼泪在天空》
Tears in – Heaved （1992 年）

最流行专辑

《艾瑞克·克莱普顿历史》
History of Eric Clapton （1972 年）
《海洋林荫大道 461 号》
461 Ocean Boulevard （1974 年）
《慢手》
Slowhand （1977 年）
《无靠》
Backless （1978 年）
《就一个晚上》
Just One Night （1980 年）
《另一张票》
Another Ticket （1981 年）
《不插电》
Unplugged （1992 年）

内尔·杨
（Neil Young）

1945 ~

最著名的摇滚歌星

身心只为摇滚

　　内尔·杨与几个知心朋友稍有闲暇便经常聚在一起。其中有画家、音乐家，还有音乐出版社编辑。大家每次谈话的内容几乎都是几个人近期的生活和事业上的成败得失。这次谈到了杨近期的冷寂，画家首先说："依我看，别在意这个，一个人，对于生活赋予他的一切都是有益和充满灵感的，没有人喝彩的时侯，实际上恰恰是走向深刻的时侯。""照你这么说，普天之下的老百姓终生默默无闻，他们是不是全都特别深刻？"音乐家揶揄地调侃道，大家不由地哄堂大笑起来。"我认为他说的这句话是对于艺术家而言，根据我的观察，杨的内心一直充满激情，即使是现在，他的内心也不是无奈和寂寞，而是积蓄，因为他对于摇滚的选择，不只是出于职业的考虑，而是对自己生命的延续和拓展。"

　　"真的不知道为什么，我是真诚地希望媒体和歌迷们别再关心我，可是我又实在想把内心体悟到的东西表达出来，目前的这种状况让我感到很为难，谁能告诉我这是为什么？"这时，杨的妻子走过来递给他一杯咖啡，说："那还不是因为除了搞你的摇滚，别的你全不会？！"

　　哈! 哈! 哈! 哈!，屋里再次响起笑声。

最 流 行 歌 曲

《金子般的心》
Heart of Gold （1972年）

1945 年 11 月 12 日生于加拿大多伦多，1963 年，杨加盟"乡绅"乐队并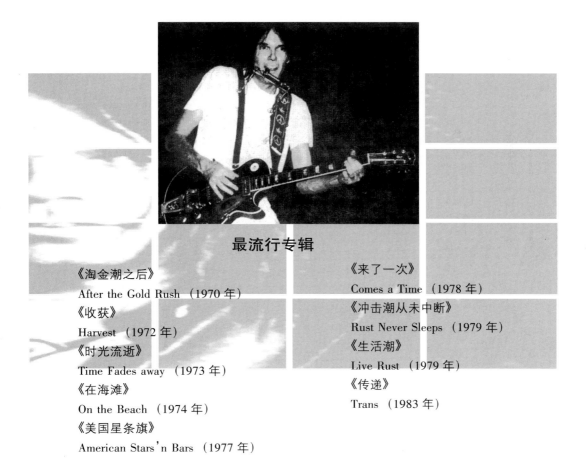开始了演唱生涯。1964 年定居纽约后又加盟"米那乌"乐队，1965 年，贝司手布鲁斯·帕尔默参加杨的洛杉矶之行，在那儿，他俩与吉他手斯蒂尔斯、福雷、鼓手德威·马丁组建了一支乐队，1968 年，乐队解散后，杨开始从事独唱职业。1969 年 1 月，杨推出了专辑《谁都知道无处可去》，其中歌曲《金发女孩》和《在河边漫步》都进入了排行榜第 34 名；4 月，杨应邀参加"克罗斯比、斯蒂尔斯和南什"乐队。1970 年 3 月，乐队推出的专辑《德亚夫》首次荣登流行歌曲排行榜榜首。杨的专辑《俄亥俄》也进入排行榜第 14 名。1971 年，杨尽管离开了 CSN&Y 乐队，但仍与队友保持着友谊和职业联系。1972 年，杨推出的专辑《收获》再次登上排行榜榜首。就在他的事业刚进入鼎盛时期，杨却因为新的音乐兴趣而偏离了轨道。1973 ~ 1978 年，杨推出的几张专辑都没有取得成功，1979 年推出的音乐会专辑《生活潮》，重新奠定了杨在摇滚乐坛的地位。此后，杨又推出了《猫头鹰与和平鸽》(1980 年)、《重新演唱》(1981 年)、《人人都在摇摆》(1983 年)、《老路》(1985 年)、《在水中着落》(1986 年)等歌曲。1988 年，杨演唱的歌曲《自由王国》无可争辩地成为他职业音乐生涯中最优秀的一首歌曲。1990 年，杨演唱的歌曲《溃烂的天堂》是在《自由王国》音乐上的深化。1991 年至今，杨仍不断努力耕耘，乐迷们期待他有更多、更好的佳绩。

最流行专辑

《淘金潮之后》
After the Gold Rush（1970 年）
《收获》
Harvest（1972 年）
《时光流逝》
Time Fades away（1973 年）
《在海滩》
On the Beach（1974 年）
《美国星条旗》
American Stars'n Bars（1977 年）

《来了一次》
Comes a Time（1978 年）
《冲击潮从未中断》
Rust Never Sleeps（1979 年）
《生活潮》
Live Rust（1979 年）
《传递》
Trans（1983 年）

艾尔顿·约翰

（Elton John）

1947 ~

最著名的摇滚歌星

1947年3月25日生于英国伦敦，原名德怀特。约翰4岁开始学习钢琴，1958年在皇家音乐学院比赛中获业余学士奖，1961年，约翰加盟"布鲁斯"乐队，1965年乐队由业余组织发展为得到各种资助的专业演出团体。1967年改名为艾尔顿·约翰，1968年与菲利浦唱片公司签约录音，不久推出了第1首歌曲《我已经深爱了你很久》没有取得成功，1969年推出的歌曲《萨玛莎女士》也遭受同样的命运。1970年，约翰改与美国尤尼唱片公司签约录音，这家公司为他出版、发行的歌曲《边境之歌》进入了排行榜第4名；10月，艾尔顿组建了一支自己的乐队。1972年，约翰演唱的专辑《雁鸣庄园》进入了排行榜第8名，这张专辑的主打歌首次荣登摇滚歌曲排行榜榜首并保持了5周之久。在随后的4年里，约翰又录制了7张专辑，其中《不要攻击我，我只是一个钢琴演奏者》、《再见吧，康庄大道》以及《疯狂上将和肮脏牛仔》等3张专辑均位居排行榜榜首，《鳄鱼石》、《伯尼和黑玉》、《费城的自由》等3首歌曲也登上了排行榜榜首。1975年，约翰参加了"谁人"乐队的摇滚话剧《英国兵托米》的电影拍摄，1976年与佩吉小姐共同主持了电视节目《木偶》，1977年宣布隐退舞台，1979年又重返摇滚乐坛巡回演出；同年，约翰演唱了约翰·列农的歌曲《你一夜得到一切》以及"披头士"乐队的经典歌曲《天空中戴钻石的露西》。1983年，约翰演唱的歌曲《我猜那是他们叫它布鲁斯的原因》进入了排行榜第4名，1984年，约翰演唱的歌曲《悲伤的歌曲说出了许多》又进入排行榜第5名，此后问世的《尼吉他》（1986年排名第7）、《风中摇曳的烛光》（1987年排名第6）、《我不想和你如此继续下去》（1988年排名第2）等歌曲，都是约翰职业音乐生涯中演唱的最优秀的经典名曲。

今夜有人救了我一命

连续 7 天的演出结束后,艾尔顿·约翰回到家里怎么洗澡、怎么吃了饭、怎么上床睡了两天两夜都全不记得了。第三天傍晚百灵鸟归巢的叫声唤醒了他,他来到院子的凉伞下坐下来说:"啊,累死我了。"这是他走下舞台后说的第一句话,尽管妻子就在身边,但好像不是说给她听的,而是为了调整他那极端亢奋了一个多星期的思维。接着,大滴的眼泪顺着他的脸颊流了下来,而且欲止难止:"真是受不了,我的肉体好像被彻底地掏空了,活像一只仅剩下空壳的死螃蟹,我还能干什么,大概只配碾碎了作肥料了。"他只管抽噎地哭着、说着。后来,干脆不说了,只是哭,大声地忘情地哭。

这时,正好一个老人路过他的家门口,不知道里面发生了什么,只是觉得这人像没有明天似地在哭,年纪轻轻的这么没出息。于是便大声地对着院子喊到:"难道你以为太阳落下了就不再升起了吗?"说完头都不回地走了。

"啊,上帝呀,日出日落,日落日出,生生不息,我怎么能被这不能再扬起生命的风帆的念头所击倒呢?谢谢这位老人家,今夜是他救了我。"于是,约翰对妻子说:"亲爱的,给我做点什么好吃的吧!"

约翰充足了"电",又继续走上了摇滚音乐的巡演征途,而且以真实的体验重新演绎了歌曲《今夜有人救了我的命》。

最 流 行 专 辑

《雁鸣庄园》
Honky Chateau （1972 年）
《不要攻击我,我只是一个钢琴演奏者》
Don't Shoot Me I'm Only the Piano Player （1973 年）
《再见吧,康庄大道》
Goodbye Yellow Brick Road （1973 年）
《北美洲驯鹿》
Cari Bou （1974 年）
《疯狂上将和肮脏牛仔》
Captain Fantastic and the Brown Dirt Cowboy （1975 年）

最 流 行 歌 曲

《雁鸣庄园》
Honky Chateau （1972 年）
《鳄鱼石》
Crocodile Rock （1973 年）
《伯尼和黑玉》
Benme and the Jets （1974 年）
《费城的自由》
Philadelphia Freedom （1975 年）
《天空中戴钻石的露西》
Lucy in the Sky with Diamonds （1979 年）

托米·詹姆斯
(Tommy James)

1947 ~

最著名的摇滚歌星

　　1947 年 4 月 29 日生于美国俄亥俄州的佩顿，原名托玛斯·杰克逊。詹姆斯 12 岁时就在密执安州的耐尔斯加盟"常得乐"乐队开始其职业音乐生涯。1962 年，詹姆斯在当地的一家音响公司录制了歌曲《长尾巴的小马》，这首歌曲面世后在美国西部地区影响较大，由此而引起音乐制作人杰克·道格拉斯的关注并与詹姆斯签约录音，1963 年，詹姆斯演唱的歌曲《骗人蠢招》由斯耐普唱片公司出版、发行后很快就家喻户晓。1965 年，詹姆斯赴德国参加匹兹堡电视台举办的一个节目演出，在吉他手艾迪·吉瑞、贝司手迈克·威尔、鼓手彼待·路斯亚以及键盘师荣尼·罗斯曼的伴奏下，又将"常得乐"乐队的歌曲进行了新的翻唱。1968 年，詹姆斯加盟"常得乐"乐队后，演唱的《太多，太多》进入美国流行歌曲排行榜第 3 名并荣登英国流行歌曲排行榜榜首达 4 周之久。

　　1968 年，詹姆斯推出的专辑《深红色与三叶草》以其高雅的魅力打动了众多乐迷的心，从专辑里剪辑出的长达 5 分钟的同名歌曲首次荣登美国流行歌曲排行榜榜首达两周之久。1969 年，詹姆斯以同样单纯、率直的风格演唱的两首歌曲《醉人的甜酒》和《蓝水晶的诱惑》又进入了流行歌曲排行榜前 10 名。1970 年，詹姆斯离开"常得乐"乐队追求独唱事业，曾一度隐退舞台。

　　1971 年，他带着激动人心的歌曲《拉着的线》重返舞台，唱片出版、发行后售出了 100 万张，并进入流行歌曲排行榜第 4 名。这是他最后一首进入排行榜前 10 名的歌曲。在此后 20 年里，詹姆斯虽然不断将这首歌曲重新录制并搬上舞台，但仍未能再现昔日的辉煌。

最流行歌曲

《骗人蠢招》
Hanky Panky（1963 年）
《我想我们现在很孤独》
I Think We're Alone Now（1967 年）
《奇迹》
Mirage（1967 年）
《结合在一起》
Gettin' Together（1967 年）
《太多，太多》
Many Many（1968 年）
《深红色与三叶草》
Crimson & Clover（1968 年）
《醉人的甜酒》
Sweet Cherry Wine（1969 年）
《蓝水晶的诱惑》
Crystal Blue Persuasion（1969 年）
《拉着的线》
Draggin' the Line（1971 年）

最流行专辑

《深红色与三叶草》
Crimson & Clover（1969 年）

泡泡糖摇滚

　　"高兴了，向你的女孩笑口开一开，烦闷了找你的女孩咧嘴眨眨眼，别以为这是骗人的蠢招，朋友，不妨到你的情感世界把这种感觉找一找。"托米·詹姆斯昂首挺胸，阔步跳跃，用他单纯、直率的嗓音与激情飞扬的乐队精妙配合，使这首摇滚歌曲充满了甜蜜的色彩。人们说，詹姆斯演唱的歌曲是值得好好品味和咀嚼的。

　　詹姆斯为自己的乐队取名"泡泡糖"，并且还希望自己演唱的歌曲就像人们口中的泡泡糖，永远离不开他们的生活。于是，他录制了《美味、美味、美味》、《咀嚼、咀嚼》等歌曲。一次演出中，正当詹姆斯在舞台上演唱《咀嚼、咀嚼》这些歌曲时，台下突然下起了泡泡糖雨，原来是几位热心的观众为了渲染音乐会的气氛，小小地破费了一下。詹姆斯大受感动，只听他高声喊道："那就让我也成为你们嘴里的泡泡糖吧！"说完他纵身一跳，跳到观众中间，歌迷们尖叫着拥到了他的身边，尤其是那些年轻的女孩儿，人人都想与他握手、亲吻。挣脱开歌迷，詹姆斯一边笑一边说："我告诉大家一个秘密，人成为别人嘴里的泡泡糖可不是好滋味呀，你们还是咀嚼我的歌吧。"

乔尔·比利

（Joel　Billy）

1949 ~

最著名的摇滚歌星

1949 年 5 月 6 日生于美国新泽西州的长岛。在组建"混乱"乐队之前曾是少年职业拳击手，这支乐队在录制了两张专辑后解散。比利与乐队中的乔恩·斯莫尔成立了两人组合"阿蒂拉"，这对搭档在发行一张专辑后又各奔东西。1971 年，比利加盟阿蒂·里普的唱片公司，1972 年录制了个人专辑《初春的港口》，1974 年推出的热门歌曲《钢琴手》进入了排行榜前 40 名。同时他还在哥伦比亚公司出版、发行了专辑《钢琴手》，直到 1977 年的专辑《陌生人》才步入了主流巨星的行列。这张专辑由菲尔·雷蒙任制作人，产生了 5 首热门歌曲：《正是你的方式》、《搬出》(安东尼之歌)、《只有上帝夭亡》、《她永远是女人》和《我的生活》。1977 ~ 1978 年，这张专辑成为美国 AOR 电台播放最频繁的一张唱片，从此确立了比利在摇滚歌坛的地位。1980 年，专辑《玻璃房子》主打歌曲《对我来说仍然是摇滚》首次荣登流行歌曲排行榜榜首。1981 年推出的现场实况录音专辑《阁楼之歌》收录了比利从早期到 70 年代中期的全部优秀作品。1982 年问世的专辑《尼龙窗帘》是对当时社会的一种评论。1983 年推出的曲调柔和、概念新奇的专辑《纯真的男人》，又使比利回到了白金唱片销量的行列。1985 年推出的白金专辑《金曲 1、2》进入了排行榜第 6 名。1986 年录制的歌曲《摩登妇女》进入了排行榜前 10 名，8 月推出的新专辑《桥》又售出200 万张。1987 年，比利奔赴前苏联巡回演出并把在列宁格勒的现场演出制作成专辑发行。1989 年秋，专辑《风暴前方》问世，这张专辑从某种意义上讲是比利转变音乐风格的标志，他解雇了原来的乐队和制作人菲尔·雷蒙，雇用了外国乐队的米克·琼斯担任这张专辑的制作人，其中歌曲《我们没有开火》因将 1949 年到 1989 年全世界发生的头条新闻串在一起来说唱而再次荣登流行歌曲排行榜榜首。《风暴前方》是比利相当成功的专辑之一，唱片仅在美国就售出了 300 万张。1993 年夏天，比利的专辑《梦之河》问世后，又一次登上了排行榜榜首，同名歌曲也进入了排行榜前 10 名。

最 流 行 专 辑

《陌生人》
Stranger （1977 年）
《玻璃房子》
Glass Houses （1980 年）
《纯真的男人》
An Innocent Man （1983 年）
《风暴前方》
Storm Front （1989 年）
《梦之河》
River of Dreams （1993 年）

最 流 行 歌 曲

《正是你的方式》
Just the Way You Are （1977 年）
《对我来说仍然是摇滚》
It's Still Rock and Roll to Me （1980 年）
《我们没有开火》
We Didn't Start the Fire （1989 年）
《梦之河》
River of Dreams （1993 年）

布鲁斯·斯普英斯蒂恩
(Bruce Springsteen)

1949 ~

最著名的摇滚歌星

1949 年 9 月 23 日生于美国新泽西州的费里霍尔德。1963 年, 斯普英斯蒂恩开始学习弹奏吉他, 1965 年加盟凯斯泰尔的乐队并与乐队一起录制了专辑《那是你将要得到的》, 1967 年这支乐队解散, 在其后 4 年里, 斯普英斯蒂恩曾加盟斯蒂尔·米尔、200 米博士、原子弹等乐队在新泽西州的俱乐部里演出。1971 年, 斯普英斯蒂恩组建了自己的乐队。1972 年与哥伦比亚唱片公司签约录音, 1973 年 1 月, 这家公司为他出版发行的首张专辑《来自阿斯贝里公园的祝福》没有取得成功。11 月推出的《野蛮、无知和东大街的混乱》同样在商业上令人失望。1975 年, "东大街"乐队邀请斯普英斯蒂恩一道录制了专辑《为跑而生》很快进入了排行榜第 3 名, 斯普英斯蒂恩从此成名;10 月, 他的照片出现在《时代》和《新星》杂志封面上。1978 年, 斯普英斯蒂恩的专辑《城镇边缘的黑暗》又进入了排行榜第 5 名。1980 年, 斯普英斯蒂恩推出的专辑《河流》首次荣登流行歌曲排行榜榜首, 1982 年推出的专辑《内布拉斯加》进入排行榜第 3 名。1984 年推出的专辑《诞生在美国》再一次登上排行榜榜首并保持了 7 周之久。1986 年, 斯普英斯蒂恩推出的 5 张舞台演出实况唱片合辑连续 7 周高居排行榜榜首, 1987 年推出的专辑《爱的通道》再次进入排行榜第 1 名。此外, 斯普英斯蒂恩还参与了 1979 年的消除核武器音乐会和 1985 年的 "援助"乐队演出。1992 年, 斯普英斯蒂恩在解散了"东大街"乐队的同时还推出了专辑《幸运之镇》和《人类的抚摸》, 在这两张专辑里, 他除了演唱外, 还承担了许多器乐的演奏。

最 流 行 专 辑

《为跑而生》
Born to Run （1975 年）
《城镇边缘的黑暗》
Darkness on the Edge of Town （1978 年）
《河流》
The River （1980 年）
《诞生在美国》
Born in the U. S. A （1984 年）
《布鲁斯·斯普英斯蒂恩乐队和东大街乐队生活实录》
Bruce Springsteen & The E Street Band Live （1975 ~ 1985 年）
《爱的通道》
Tunnel of Love （1987 年）

最 流 行 歌 曲

《黑暗中跳舞》
Dancing in the Dark （1984 年）
《兴高采烈的日子》
Glory Days （1985 年）
《辉煌的错误导向》
Brilliant Disguise （1987 年）

为跑而生?

"妈妈,你醒醒,你不能死啊!"布鲁斯·斯普英斯蒂恩撕心裂肺地哭喊着,小手使劲地摇着妈妈的脸颊。"孩子,不用哭,你会活得很好,你,你是为……为……而生的。"说完,她的头倒向了一边。

妈妈临死前僵硬的舌头没能说清这句话。斯普英斯蒂恩心里一直想着自己是为什么而生的。很快,他发现自己是为音乐而生,他爱唱歌,爱演奏乐器,爱得简直发狂。16岁那年,他就加入了乐队,他带着植根于公众音乐生活的想法,以一种诚心诚意的苦干精神,让千千万万的乐迷真心地喜欢上了自己。当他于 1975 年推出了专辑《为跑而生》时,终于成为摇滚乐坛最著名的歌星。至此,母亲临死之前的话才清晰地响在他的耳畔——"为跑而生"。

彼得·加布里尔乐队
(Peter Gabriel)

1950 ~

最著名的摇滚乐队

　　加布里尔 1950 年 3 月 13 日生于英格兰的考柏哈姆瑟里。1965 年，加布里尔与吉他手兼贝司手迈克·卢瑟福德、键盘手托尼·邦克斯、吉他手安索尼·菲利普斯以及鼓手克里斯·斯沃特组建了"花园墙"乐队。1967 年，乐队改名为"创始"并与伯卡唱片公司签约录音，1969 年，乐队推出的首张专辑《从创造到新发现》没有取得成功。1970 ~ 1973 年，在乐队早期的《侵犯》、《溺爱之罪》、《狐步舞》以及《被庞德卖给了英格兰》等专辑中，由于复杂的配器、多变的和声织体以及加布里尔个性化的演唱风格而颇受争议。1975 年，正当乐队走红时，加布里尔退出了乐队去发展自己的独唱事业。1977 年，他推出了首张独唱专辑，其中歌曲《萨斯贝里小山》十分火爆。70 年代后期，加布里尔同"金·克里姆森"乐队的吉他手罗伯特·弗里普合作了第 2 张专辑，在这张专辑里，加布里尔的音乐开始变得更具个性和创造性。80 年代，在加布里尔演唱的歌曲《我被抚摸了》、《猴子受惊》等两首歌曲里，有强烈的反对沙文主义文化的倾向。1986 年，加布里尔推出的专辑《如此》进入美国流行歌曲排行榜第 2 名，其中歌曲《大锤》首次荣登流行歌曲排行榜榜首。1989 年，专辑《诱惑》中的主打歌《为耶酥的最后诱惑而歌》使加布里尔荣获 1990 年格莱美的最佳新人演唱奖。90 年代，加布里尔仍继续探索，1992 年他推出的专辑《U2》综合了合成音、种族影响、控制敲打、持久柔和的歌声等多种因素，这或许是加布里尔对自己从事多年音乐的一种总结吧。

"难道你也沉浸在我的舞蹈与歌声中了？"

只要有演出，彼得·加布里尔就忙得几乎没有喘息的时间，在演出中，观众热情地为他鼓掌。只见他一会戴着头盔，穿着奇异的客商服装，跳着芭蕾舞，唱着令人开心的歌，在乐队令人耳晕目眩的伴奏声中，一会儿狂歌劲舞，一会儿又风度翩翩唱着谐谑味十足而又充满了理智的歌曲，赢得了观众一阵一阵雷鸣般的掌声。

舞台上的彼得·加布里尔以其强烈而富有魅力、真诚而又超凡脱俗的艺术形象为乐队建立起了具有高度戏剧化和个性化的风格。但是，生活里的彼得·加布里尔则显得疲惫而且空灵。一次他走路时视而不见地撞到了灯柱上，当他明白过来是怎么回事时用力拍了一下那根灯柱，大声喝到："难道你也沉浸在我的舞蹈和歌声中了？！"

最 流 行 专 辑

《彼得·加布里尔》
Peter Cabriel （1977 年）
《彼得·加布里尔》
Peter Cabriel （1980 年）
《彼得·加布里尔》(保证)
Peter Cabriel(Security) （1982 年）
《如此》
So （1986 年）

最 流 行 歌 曲

《猴子受惊》
Shock the Monkey （1982 年）
《大锤》
Sledgehammer （1986 年）
《在你的眼里》
In Your Eyes （1986 年）
《大时代》
Big Time （1986 年）

劳珀·辛迪
（Lauper Cynci）

1953 ~

最著名的摇滚歌星

　　1953 年 6 月 22 日生于美国纽约市,高中不久缀学在当地一些翻唱乐队里唱歌,曾师从纽约著名的声乐教师凯瑟琳·阿格雷斯塔学习声乐。1977 年,辛迪和键盘手约翰·图里开始创作自己的作品,同年组织了"蓝天使"乐队, 1980 年, 由宝丽多公司推出了处女专辑没有取得成功, 不久乐队宣告解散, 辛迪只得在一些俱乐部和餐馆演唱。1983 年, 辛迪在男友和经理人戴维·沃尔夫的帮助下与肖像唱片公司签约录音, 年末出版了专辑《她太不寻常了》, 主打歌《女孩只需要娱乐》的 MTV 使专辑进入了 1984 年美国流行歌曲排行榜第 4 名,并在英国及欧洲红极一时。《女孩只需要娱乐》还进入了英国流行歌曲排行榜第 2 名, 民谣风格的歌曲《常常》进入了排行榜榜首。此外,《她散步》和《整个夜晚》等歌曲也都进入了排行榜前 10 名。1985 年, 辛迪开始筹备新专辑并演唱了儿童冒险片《笨蛋》的主题歌《笨蛋与好人》。1986 年, 辛迪推出的专辑《真实色彩》同样取得了巨大的成功。同名主题歌高居榜首,专辑名列排行榜第 4 名, 并获得白金唱片销量,此时, 由于辛迪成熟而松弛、舒适的嗓音使她失去了一些歌迷。1989 年出版、发行的第 3 张专辑《记住一个夜晚》, 尽管又推出了一首排行榜前 10 名的歌曲《我驾驶一夜》, 但这张唱片的影响和销售都非常令人失望。1990 年, 辛迪与沃尔夫分手并嫁给了演员戴维·桑顿。1993 年又推出了专辑《帽子里全是星星》并参与了制作及全部歌曲的创作,这张专辑仅进入了排行榜的第 112 名。1994 年, 辛迪的歌曲精选集《十二项死罪……及其他》在英国出版、发行后, 又进入了英国流行歌曲排行榜第 2 名, 而重新混音的歌曲《女孩只需要娱乐》则荣登排行榜榜首。1997 年春天,辛迪又推出了专辑《阿瓦朗姐妹》但未能上榜。

最 流 行 专 辑

《难忘的一夜》
A Night to Remember （1986 年）
《真实色彩》
True Colors （1986 年）
《帽子里全是星星》
Hat Full of Star （1993 年）
《十二项死罪……及其他》
12 Deadly Cyns... and Then Some （1994 年）

最 流 行 歌 曲

《她散步》
She Bop （1984 年）
《整个夜晚》
All Through the Night （1984 年）
《笨蛋与好人》
The Coonies'R' Good Enough （1985 年）
《我驾驶一夜》
I Drove All Night （1989 年）

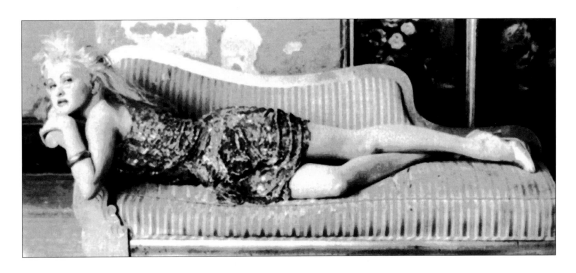

安提·亚当
（Anti Adam）

1954 ~

最著名的摇滚歌星

　　1954 年 11 月 3 日生于英国伦敦,原名斯图尔斯·戈达德。1977 年乐队成立时改名为安提·亚当,乐队取名为"亚当与蚂蚁"。起初,亚当只是一名朋克乐队的主唱歌手,后在改变自己的形象并朝着新方向发展时才一跃成为英国年轻人的青春偶像。1979 年 10 月,英国朋克音乐经理人马尔科姆·麦克拉伦出资 1000 万英镑重新改组乐队,马科·皮罗尼任吉他手和键盘手,特里·李·米奥尔和莫里克任鼓手,凯文·穆尼任贝司手。此时的亚当衣着古怪,面部涂抹印安人作战时的油彩,显得虚幻迷离。不久,乐队推出的歌曲《冷酷无情》描述了非洲部落的战鼓及武士形象。1980 年,《冷酷无情》首次在英国 BBC 广播公司节目中播出后引起巨大轰动;10 月便跃居英国流行歌曲排行榜第 4 名;11 月,另一首歌曲《蚂蚁音乐》又进入了排行榜第 2 名。1980 年 2 月,在英国青少年中掀起了一股亚当热,乐队推出的专辑《荒凉边境的国王们》首次荣登英国流行歌曲排行榜榜首,另一张专辑《德克穿着白短袜》也进入了排行榜第 10 名。1981 年,由迈克·曼斯菲尔德执导、亚当本人策划的一系列歌曲以录像的形式被广泛播放,亚当成功地利用了自己青春偶像的招牌,不断地变换着形象。1981 年,亚当演唱的歌曲《忍耐与拯救》和《迷人的王子》同时跃居英国排行榜榜首,《蚂蚁说唱》也进入了排行榜第 3 名,至此,亚当已成为自"海湾城市摇滚者"以来最令人瞩目的流行歌手。1982 年,亚当意识到不能再局限于非洲土著音乐了,于是决定改弦易辙,5 月解散了原乐队,只留皮罗尼作为音乐合伙人,同时完成了自己的专辑制作,这张专辑中的歌曲《从不犯错》再次荣登英国流行歌曲排行榜榜首;此后推出的另一首歌曲《危急而不严重》却未能进入流行歌曲排行榜前 30 名。1983 年秋天,亚当以专辑《剥夺》和歌曲《猫与靴》再次进入了排行榜第 4 名,然而,亚当并未利用《猫与靴》给他带来的成功去赚钱。1985 年春季,在另一张专辑《摇滚万岁!》中,无论是主打歌或是其他歌曲都未能进入排行榜,此后,尽管"亚当与蚂蚁"乐队的音乐已没有什么新

意并从排行榜上消失,但正是这支乐队把外来音乐与本国音乐成功地结合才推动了英国流行音乐的发展。

最 流 行 歌 曲

《冷酷无情》
Dog Eat Dog （1980 年）
《蚂蚁音乐》
Ant Music （1980 年）
《忍耐与拯救》
Stand and Deliver （1981 年）
《迷人的王子》
Prince Charming （1981 年）
《猫与靴》
Puss'n'Boots （1983 年）

最 流 行 专 辑

《荒凉边境的国王们》
Kings of the Wild Frontier （1980 年）
《忍耐与拯救》
Stand and Deliver （1981 年）
《从不犯错》
Goody Two Shoes （1982 年）
《条》
Strip （1983 年）

广告招贴的意义

　　安提·亚当成功后，英国各地都贴满了"蚂蚁"招贴画，一时间，"蚂蚁"爬满了街巷与各种东西。"取名叫蚂蚁，可真是个好主意！"一位广告商站在贴有蚂蚁招贴画的电线杆前自言自语。这时亚当走来了，他们听见了广告商的自言自语，便走来询问："您为什么会觉得取名蚂蚁是个好主意呢?"广告商答："我每次乘飞机时都要向大地俯视良久，人类真像蚂蚁！"亚当说："我也颇有同感，只是觉得这个广告到处都贴，似乎有碍观瞻！"广告商说："你说错了！要是每个人都能看到自己的渺小，这个世界上的事情就好办多了。现在的关键问题是——"广告商看了看亚当说："自我膨胀得太厉害！""这么说这个广告招贴寓意还不错?"亚当问。"是的,应该做一个30层楼大小的蚂蚁广告，以引起所有的人注意！"亚当听罢说："太棒了！我明天就去做。"

迪昂和贝尔蒙特乐队
(Dion And The Belmonts)

1957 ~

最著名的摇滚乐队

1957 年，乐队成立于美国纽约州纽约市，名字取自布朗克斯的贝尔蒙特街道名。成员包括：歌手迪昂·迪穆西（1939 年 7 月 18 日生于纽约市布朗克斯）、高音歌手弗莱德·米兰诺（1940 年 8 月 26 日生于布朗克斯）、低音歌手卡罗·马斯拉盖罗（1939 年 10 月 5 日生于布朗克斯）、高音歌手亚盖罗·德·亚里奥（1941 年 2 月 3 日生于布朗克斯）。1958 年，乐队为莫霍克唱片公司录制的两首歌曲没有一首走红；7 月，乐队为罗里唱片公司录制的歌曲《我为什么惊奇》终于进入排行榜第 22 名；年底，乐队参加了名为"1958 年最大明星阵容"的巡回演出；同时，乐队推出的歌曲《没有一个人知道》又进入了排行榜第 19 名。1959 年 5 月，乐队推出的专辑《热恋中的青年》进入了排行榜第 5 名，唱片售出 100 万张，"贝尔蒙特"乐队因此而成为青少年心目中的偶像。1960 年 10 月，乐队因亚里奥应征入伍而宣告解散。12 月，迪昂推出独唱专辑《孤独的青年人》进入了排行榜第 12 名。1961 年 10 月，迪昂推出的专辑《围绕秀》首次荣登排行榜榜首达两周之久，销售量超过了 100 万张。1962 年 3 月，迪昂推出的专辑《流浪者》又进入排行榜第 2 名，唱片销售量又突破了 100 万张。1963 年推出的专辑《丹娜——普瑞玛·丹娜》和《滴落》都取得排行榜第 2 名的佳绩。1967 年，"迪昂与贝尔蒙特"乐队最初成立时的三位成员再次结盟制作了专辑《重聚》，但不知何故而受到排行榜的冷落。1968 年，迪昂再次以歌曲《亚伯拉罕、马丁和约翰》进入排行榜第 4 名。1989 年，迪昂被邀请参与了罗·里德重返乐坛的专辑《纽约》的录制；同年，迪昂被正式载入《摇滚名人录》。

最 流 行 专 辑

《热恋中的青年人》
A Teenager in Love （1959 年）
《在哪儿,什么时候》
Where or When （1959 年）
《围绕秀》
Run around Sue （1961 年）
《流浪者》
The Wanderer （1962 年）
《流浪者的情人》
Lovers Who Wander （1962 年）
《红宝贝》
Ruby Baby （1963 年）
《丹娜——普瑞玛·丹娜》
Donna the Prima Donna （1963 年）
《滴落》
Drip Drop （1963 年）
《亚伯拉罕、马丁和约翰》
Abraham, Martin and John （1968 年）

西门和加发科尔
（Simon And Garfunkel）

1957 ~

最著名的摇滚二重唱小组

这个二重唱小组成立于 1957 年，成员包括：保罗·西门（1941 年 10 月 13 日生于美国新泽西州尼沃克）和亚特·加发科尔（1941 年 11 月 5 日生于纽约皇后大街）。同年 11 月，小组演唱的迪克·克拉克创作的歌曲《美国乐队》进入排行榜第 49 名。1964 年，小组与哥伦比亚唱片公司签约录音，随后推出的首张专辑《星期三凌晨 3 点钟》没有取得成功。1965 年，西门返回英格兰，在哥伦比亚唱片公司英国分公司录制了《保罗·西门歌曲集》；10 月录制的民谣专辑《沉寂之声》于 1966 年 1 月首次荣登全美流行歌曲排行榜榜首并保持了两周，歌曲《沉寂之声》进入排行榜第 21 名。1966 年，西门和加发科尔推出的《回家的路》、《我是一个摇滚人》、《继续交谈》等歌曲都保持了上榜记录。年末推出的专辑《香菜、山艾、迷迭香和百里香》又进入了排行榜第 4 名。1968 年，西门和加发科尔演唱的专辑《罗宾逊夫人》再次荣登全美流行歌曲排行榜榜首并保持了 9 周之久；同年，新专辑《书尾》又进入了排行榜第 1 名，并保持了 7 周之久；6 月推出的另一首歌曲《罗宾逊夫人》被授予年度录音和最佳流行乐演奏奖。1970 年，专辑《带过祸水》与同名主打歌双双登上了美国和英国流行歌曲排行榜榜首。1971 年，他们演唱的专辑和歌曲分别获得了格莱美 6 项大奖。此后，两人因出现分歧各奔前程，仅在 1981 年合作过一次，产生了 1982 年的专辑《中心公园音乐会》。70 年代，西门推出的一系列经典专辑和歌曲都进入了排行榜前 10 名。80 年代，西门的音乐生涯有一段时间处于低潮。1983 年的专辑《心和骨》有些令人失望。1986 年，专辑《优雅的土地》问世后，获 1988 年格莱美录音奖并进入流行歌曲排行榜第 4 名。

最 流 行 歌 曲

《沉寂之声》
The Sounds of Silence （1965 年）
《回家的路》
Homeward Bound （1966 年）
《我是一个摇滚人》
I Am a Rock （1966 年）
《罗宾逊夫人》
Mrs. Robinson （1968 年）
《带过祸水》
Bridge over Troubled Water （1970 年）
《西西里亚》
Cecilia （1970 年）

最 流 行 专 辑

《香菜、山艾、迷选香和百里香》
Parsley, Sage, Rosemary and Thyme （1966 年）
《毕业》
The Graduate （1968 年）
《书尾》
Book Ends （1968 年）
《带过祸水》
Bridge over Troubled Water （1970 年）

两 次 上 学

　　西门和加发科尔谈到他们特别有意义的两次学习时都忍不住要笑。一次是上高中时，俩人都特别想要博得女生的喜欢，就创作了歌曲《嗨，女学生》，而且还唱到了电视台，结果不仅女生，连男生也没人理。于是有位同学说："哥们儿，得先学会做男人，然后再学唱歌。"俩人听到这样的话也不生气，而是心平气和地继续学校的学业。

　　另一次是在他们取得辉煌的成功以后的第十几个年头，他们的演唱再次迭入低谷，这次不用别人说，他们自觉地收拾起行李，走进生活的课堂，还去了很远的非洲和拉丁美洲。后来创作了非洲题材的专辑《优雅的土地》和巴西音乐风格的专辑《神圣的节奏》。这两张专辑中的歌曲再次使他们名声大震。到此时，不仅是女歌迷，连男歌迷也同样对西门和加发科尔庄严而谐美的演唱喜爱有加了。评论界也普遍认为，西门和加发科尔与"奶酪"乐队、"披头士"乐队几乎并列鼎立于当时世界的摇滚乐坛。

赛热利斯乐队
(The Shirelles)

1957 ~

最著名的摇滚乐队

乐队成立于1957年，最初取名为"普魁罗斯"。成员包括：舍利·欧文斯（1941年6月10日生于美国新泽西州的帕赛克）、艾迪·米吉·哈维斯（1940年1月22日生于帕赛克）、道瑞斯·科里（1941年8月2日生于帕赛克）和贝弗利·李（1941年8月3日生于帕赛克）；同年，乐队创作的歌曲《在一个星期天我遇见了海姆》由当地的蒂阿拉唱片公司出版、发行后赢得了乐迷的青睐，同时乐队更名为"赛热利斯"并转与迪卡唱片公司签约录音。1958年5月，乐队推出的歌曲进入了排行榜第50名。1961年是乐队最成功的一年，新版老歌《表明我爱的惟一》进入排行榜第3名；4月，歌曲《妈妈说》上升到第4名；12月，歌曲《宝贝，是你》又进入了排行榜第8名。1962年，乐队演唱了迪克松和格林伯创作的歌曲《士兵男孩》首次荣登全美流行歌曲排行榜榜首。唱片售出100多万张；12月，歌曲《爱其所爱》进入排行榜第19名。1963年1月，《傻女孩》成为乐队第6首进入排行榜前10名的歌曲。1964年，"赛热利斯"乐队因为与唱片公司卷入一场法律纠纷而阻碍了自身的发展。1967年，乐队推出的专辑《最后一分钟的奇迹》成为最后一首进入排行榜的歌曲。60年代末期，乐队虽然已变得十分保守，但仍然维持到了80年

最 流 行 歌 曲

《明天你是否依然爱我》
Will You Love Me Tomorrow （1960 年）
《妈妈说》
Mama Said （1961 年）
《宝贝,是你》
Baby It's You （1961 年）
《士兵男孩》
Soldier Boy （1962 年）
《欢迎回家,宝贝》
Welcome Home Baby （1962 年）
《爱其所爱》
Everybody Loves a Lover （1962 年）
《傻女孩》
Foolish Little Girl （1963 年）
《不要说晚安,不要说再见》
Don't Say Good Night and
Mean Goodbye （1963 年）

最 流 行 专 辑

《赛热利斯乐队精品荟萃》
The Shirelles Greatest Hits （1963年）

咱们也创个第一行不?

舍利·欧文斯、艾迪·米吉·哈维斯、道瑞斯·科里和贝弗利·李四个青春少女有一个共同的特点——十分喜爱时髦的摇滚音乐和流行音乐。闲暇之余,她们就会聚到一起欣赏和歌唱。一开始,她们仅仅是唱一唱,唱多了彼此都觉得该干点什么,于是,欧文斯对大家说:"我们是不是也成立一个乐队?""啊,好哇!"大家一片应和叫好。"可是,美国历史上还没有一支完全由女子组成的好的乐队呀? 我们成立了以后会怎么样呢?"几个人心里全都没底。欧文斯又说:"要不我们先走一步看看,在美国文化历史上写它一笔,也创它个第一试试?!""对对对! 事情只要做起来,总是有希望的。"大家再次应和着。

于是,美国历史上第一支摇滚女子乐队"赛热利斯"成立了,她们凭着女性对音乐的理解而表达出的热情、细腻、奔放的情感,很快赢得了人们的喜爱,而且还带动了其他女子乐队的成长。

披头士乐队
(The Beatles)

1957 ~ 1970

最著名的摇滚乐队

　　1959 年，乐队成立于英国伦敦，成员包括：约翰·列农（1940 年 10 月 9 日生于利物浦）、保罗·麦卡特尼（1942 年 6 月 18 日生于利物浦）、乔治·哈里森（1943 年 2 月 25 日生于利物浦）、吉他手斯图尔特·萨克利夫和鼓手皮特·贝斯特。乐队的名称从最初的"被追求者"改为"约翰尼"、"穆多哥"，最后才确定为"披头士"。乐队成立之初，经常往返于利物浦和汉堡两地表演。1961 年 2 月，乐队首次在利物浦的卡文俱乐部演出。1962 年 2 月，布莱恩·艾普斯坦与乐队签约录音；10 月，乐队推出的第 1 首歌曲《去爱我吧》进入英国流行歌曲排行榜第 17 名。1963 年 2 月，乐队推出的歌曲《请取悦我》跃居排行榜第 2 名；5 月，乐队推出的第 3 首歌曲《从我到你》荣登流行歌曲排行榜榜首。此后问世的歌曲连续 11 次高居英国流行歌曲排行榜首位，乐队成员很快成为英国摇滚乐迷崇拜的偶像；11 月，乐队在伦敦"女皇妈妈皇家节"亮相，被称为摇滚史上最具传奇性的演出。乐队的首张专辑《同披头士一起》问世后，销售量突破了 100 万张。1964 年 2 月，乐队录制的歌曲《我想握住你的手》进入了美国流行歌曲排行榜榜首，专辑《遭遇披头士》高居榜首并保持了 11 周之久。4 月 4 日的那一周，乐队的歌曲占据了排行榜的前 5 位。《不能失去我的爱》位居第 1，《旋转和呐喊》位居第 2，《一席之地》位居第 5，专辑《遭遇披头士》和《介绍披头士》位居第 1、2 名。 1965 ~ 1966 年推出的专辑《摩擦灵魂》和《旋转者》以及歌曲《一周八天》、《我们能做出》和《写在廉价书上》等均登上流行歌曲排行榜榜首。1966 年 8 月 29 日，乐队在旧金山的烛柄公园举办了最后一次音乐会。1967 年，录制了代表乐队鼎盛时期的专辑《本波中士孤独的心俱乐部乐队》；同年 8 月 27 日，艾普斯坦由于吸毒过度在伦敦去世。此后，乐队逐渐开始走向分裂。1969 年 2 月问世的专辑《别管它》，被评论界认为是非常无聊的作品；同年发行的专辑《修道院大街》又让乐队走出了困境。1970 年 4 月 9 日，麦卡特尼宣布脱离乐队，其他的 4 名成员后来也都从事独唱职业，并且取得了不同程度的成功。

最 流 行 专 辑

《遭遇披头士》
Meet the Beatles （1964 年）
《摩擦灵魂》
Rubber Soul （1966 年）
《左轮手枪》
Revolver （1966 年）
《修道院大街》
Abbey Road （1969 年）

最 流 行 歌 曲

《我想握住你的手》
I Want to Hold Your Hand （1964 年）
《艰难的一夜》
A Hard Day's Night （1964 年）
《昔日》
Yesterday （1965 年）
《嘿,朱迪》
Hey Jude （1968 年）
《别管它》
Let It Be （1969 年）

谁能想到4个小男孩凑在一起取了个怪怪的乐队名"披头士"，十几年后让全世界都感到震惊。

"朋友，谢谢你！"

"砰！砰！砰！"列农在自己家门口突遭枪击，顿时他的胸口、嘴里咕咕地涌出了鲜红的血，列农注视着向自己开枪的人，脸上泛出一丝笑意，身体向前扑去……

即将告别人生的列农此时的神志仍然十分清醒，他非常感激这位"爱"他到极点的歌迷。这是自己不知多少次想干但没有勇气干的事。摇滚音乐和"披头士"乐队，是自己生命的炽爱和全部追求；但也是自己最彻心彻骨的苦痛。从开始学习吉他，他就玩命地练得四指流血；因长时间在俱乐部乌烟瘴气的环境演出，他的眼前似乎经常看见流血。成名后，每一次巡回演出又把自己驱赶到了生命的极限……

"啊，如此地了结了一切，甚好。朋友，谢谢你！谢谢你为我的奋斗与追求所画的如此精彩的句号。"

列农宽慰地走了……，而全世界喜爱他的歌迷们则无不备感痛心。送葬那天，有10万人参加了他的追悼会，1300多万人参加了各种为他举行的悼念活动，人们在心里为他竖起了一座不朽的丰碑。

冷静思考, 反复推敲,
疯狂而歇斯底里的发泄。

精心布置，亲切交流，狂热地追求与崇拜。

人为的雕琢和自然的流露总是形成反差。

真诚的微笑撩动了千千万万少女的心弦。

划船也需要和谐。

无论是坐着或站着，乐队成员收放自如，
始终保持一种幽默的绅士风度。

普林斯
（Prince）

1958 ~

最著名的摇滚歌星

　　1958 年 6 月 7 日生于美国明尼苏达州的明尼阿波利斯。普林斯 10 岁开始自学钢琴和吉他并参加当地各种比赛。12 岁时离家出走，后被安德森收养。70 年代初，普林斯又学会了弹奏贝司、打鼓和演奏萨克斯管，最初与"格兰德中心"乐队一起演出，该乐队后来改名为"冠军"。1976 年，普林斯录制的歌曲引起华纳唱片公司的关注，1977 年他与这家唱片公司签约录音，1978 年 11 月，出版、发行的首张专辑《为你》仅进入了排行榜第 163 名，普林斯毫不气馁，1979 年推出的同名专辑上升到了第 21 名，歌曲《我想成为你的情人》进入了排行榜第 11 名。1980 年，普林斯推出的第 3 张专辑《肮脏心灵》进入排行榜第 45 名，1981 年推出的专辑《窃窃私语》进入排行榜第 21 名，1982 年推出的第 4 张专辑《1999》使普林斯在摇滚乐坛迅速走红，由于电视 MTV 对专辑中的第 1 首歌曲《红色小军舰》极力宣扬，这张专辑虽然只进入排行榜第 9 名，但唱片销售量却超过了 100 万张。1984 年，随着电影和专辑《紫雨》的推出，歌曲《当鸽子哭泣的时候》首次荣登美国流行歌曲排行榜榜首并保持了 24 周之久。1985 年，专辑《紫雨》荣获格莱美最佳摇滚声乐表演奖；同年推出的专辑《一天环绕世界》再次登上排行榜榜首，从此确立了普林斯在摇滚乐坛的地位。1986 年，普林斯演唱的电影主题歌《在欢乐月光下》进入了排行榜第 3 名。1987 年，普林斯在录制《同时代签约》的专辑时，认识了后来成为妻子的凯米丽，随后两人又合作演唱了一首二重唱《如果我是你的女朋友》。1988 年，当普林斯演唱的专辑《爱欲》作为另一家唱片公司所谓的黑唱片推出时引起了一场旷日持久的争论，1989 年，普林斯推出了最为得意的打击乐专辑《勤务兵之舞》再一次荣登排行榜榜首达 6 周之久。

最 流 行 专 辑

《紫雨》
Purple Rain （1984 年）
《一天环绕世界》
Around the World a Day （1985 年）
《勤务兵之舞》
Batmance （1989 年）

最 流 行 歌 曲

《当鸽子哭泣的时候》
When Doves Cry （1984 年）

　　　《让我们疯狂起来》
　　　Let's Go Crazy （1984 年）
　　　《紫雨》
　　　Purple Rain （1984 年）

　　　　　《嘘声贝雷帽》
　　　　　Raspberry Beret （1985 年）
　　　　　《吻》
　　　　　Kiss （1986 年）

　　　《U 被看了一眼》
　　　U Got the Look （1987 年）

　《勤务兵之舞》
　Batmance （1989 年）

多才多艺的普林斯，对音乐的演绎、舞台表演都精益求精。

普林斯以独立的个性和非凡的感觉
在摇滚乐坛走出了一条自己的路。

迈克尔·杰克逊
(Michael Jackson)

1958 ~

最著名的摇滚歌星

1958 年 8 月 29 日生于美国印第安纳州的加利。1976 年，当杰克逊五兄弟与莫唐唱片公司的合同到期时，演唱组转入埃皮克唱片公司，这家公司为迈克尔·杰克逊出版、发行的 3 张专辑《到达那里》、《本》和《永久的迈克尔》销量虽然不错，但已意识到如果想星运长久，就必须摆脱少年歌星的迷人形象。真正使他家喻户晓的是 1979 年由昆西·琼斯制作的专辑《从墙上下来》，其中《满意再停》、《昼夜工作》和《地板上》等歌曲，充分显示出迈克尔·杰克逊的演唱天才，这些歌曲激起了新一代青少年重返舞台的欲望，并意外地掀起了随音乐而做的太空步健身操狂潮。尽管《从墙上下来》的唱片销量惊人，但没有任何作品能与 1982 年问世的专辑《颤栗者》的销量相比。到 1983 年底，这张专辑已售出 2400 万张，而且还在继续销售。1984 年，迈克尔·杰克逊为歌星黛安娜·罗斯制作和写歌，为电影《ET》谱曲；1985 年为袄尔特·迪斯尼公司拍电影。同年，专辑《颤

栗者》在全世界已销售出 3800 万张并赢得了 150 多个金唱片和白金唱片奖以及荣获 8 项格莱美奖、7 项美国音乐奖。1987 年,迈克尔·杰克逊在乐迷们翘首企盼了 5 年之后又推出了专辑《真棒》,这张专辑产生了 5 首排行榜榜首歌曲,唱片售出了 600 万张。1991 年底,迈克尔·杰克逊又推出专辑《危险》,其中的歌曲《黑人与白人》再次荣登排行榜榜首。到 1993 年夏天, 这张专辑售出了 400 万张。除《黑人与白人》外,还有 3 首歌曲《记住这个时刻》、《壁橱里》和《扣篮》成了热门歌曲。

虽然贯穿迈克尔·杰克逊整个演艺生涯总是有不断的谣言纠缠着他,但他的名声总是清白的。1993 年,当他被一个小孩指控有性骚扰行为时,又让媒体沸沸扬扬了好一阵,直到 1994 年迈克尔·杰克逊才打完这场官司。1995 年 6 月 20 日,迈克尔·杰克逊又推出了一张金唱片专辑《他的历史》。

找回童年

从 6 岁开始，迈克尔·杰克逊就与 4 个哥哥一起在父亲的严厉管教下学习音乐，之后又连续不断地参加了各种演出活动。成名后的杰克逊一直有个未了的心愿。他特别喜欢和各种肤色的小孩儿玩，并且还为这些孩子们创造一种有趣、新颖的环境。一次，他让人从非洲运来许多长颈鹿、大象等动物养在自己的大花园里。然后，带上一群小孩儿，跟它们跑，学它们叫。有时索性就和几个小孩儿相互追逐打闹。同时，杰克逊和孩子们对现代化的玩具也非常感兴趣，他为自己也为孩子们买了许许多多的各式各样的玩具飞机、火车，和孩子们忘情地沉醉在其中，有时甚至连吃饭睡觉都忘了。曾经有人抱怨他为了和这些小孩儿玩耍误了正事，他不无感慨地说："飞黄腾达不期至，童年丧失难再赎哇。"

最 流 行 歌 曲

《他们知道这是圣诞节吗?》
Do They Know It's Christmas? (1984 年)

摇滚巨星迈克尔·杰克逊
演出时将音乐和舞蹈融为一体
的标新立异,在全世界掀起了
一股太空健身操狂潮。

世界超级摇滚巨星迈克尔·杰克逊的歌声和舞台形象，让亿万歌迷欣喜若狂并纷纷追逐、效仿。

　　功成名就的世界超级摇滚巨星迈克尔·杰克逊无论与家人、朋友或是宠物在一起也找不回那幸福而又难忘的童年。

麦当娜
（Madonna）

1958 ~

最著名的摇滚歌星

1958 年 8 月 16 日生于美国密歇根州的罗切斯特。上高中时就在芭蕾舞方面显露其才能，并凭借舞蹈奖学金进了密歇根大学。一年后麦当娜来到纽约，边做女招待边继续舞蹈训练。1982 年，她录制了一盒带有强烈舞蹈节拍的喧闹的流行音乐，因此而与斯瑞公司签约录音，最初推出的歌曲《每个人》和《身体的吸引力》虽与流行歌曲排行榜无缘，但却在爱好跳舞的听众中颇受欢迎。1983 年 6 月，麦当娜推出了首张专辑《麦当娜》，其中的歌曲《假日》进入流行歌曲排行榜前 40 名，12 月上升到第 16 名。1985 年，由奈尔·罗杰斯制作的第 2 张专辑《像个处女》出版、发行后，主打歌《像个处女》荣登流行歌曲排行榜榜首，唱片售出数百万张；3 月推出的歌曲《物质女郎》又进入了排行榜第 2 名；6 月与好莱坞演员肖恩·佩思喜结良缘，成为各种媒体的头条新闻。1986 年，麦当娜开始与帕特里克·伦纳德合作，伦纳德为她创作的专辑《真正的忧郁》又一次登上了英、美两国流行歌曲排行榜榜首并同时获得了商业上的成功，《爸爸不要说教》成为她第 4 首榜首歌曲。1987 年初，麦当娜又推出了第 5 首排行榜榜首歌曲《敞开你的心靡》；同年，电影《谁家女孩》的主题歌《谁家女孩》成为她第 6 首榜首歌曲。1988 年，麦当娜只出演了一部电影和出版了一张舞曲混音版的唱片《你可以跳舞》。1989 年初，麦当娜与肖恩·佩思离婚，不久又推出了一张专辑《像一个祈祷者》，专辑中的 3 首歌曲《表达你自己》、《珍爱》和《守在一起》均进入了流行歌曲排行榜榜首。1990 年 4 月，麦当娜开始了"金发野心"巡回演出，5 月推出的歌曲《时尚》进入了排行榜榜首，同时还出演了电影《迪克·特瑞西》，这是继《寻找的苏珊》以来最成功的一部电影。1992 年，麦当娜以一首电影插曲《这曾经是我们的游乐场》重返排行榜，年底出版了一本写真集，内容包括麦当娜本人的照片和几个模特、知名人士的散文；1994 年，出版了《睡前故事》，歌曲《鞠一个躬》再次进入排行榜榜首并保持了 7 周之久。1995 年初，麦当娜出演电影《贝隆夫人》之后宣布怀孕，于 1996 年底生下一个女孩，此时正好《贝隆夫人》公映，评论界对这部电影的反响一般，电影的原声音乐唱片在市场上的销售也不景气。至此，麦当娜在排行榜的名次开始滑落。

最 流 行 专 辑

《像个处女》
Like a Virgin （1985 年）
《物质女郎》
Material Girl （1985 年）
《真正的忧郁》
True Blue （1986 年）
《像一个祈祷者》
Like a Prayer （1989 年）

最 流 行 歌 曲

《边界》
Borderline （1983 年）
《物质女郎》
Material Girl （1985 年）
《爸爸不要说教》
Papa Don't Preach （1986 年）
《敞开你的心扉》
Opne Your Heart （1987 年）
《谁家女孩》
Who's That Girl? （1987 年）
《表达你自己》
Express Yourself （1989 年）
《鞠一个躬》
Take a Bow （1994 年）

"魅力无限吧?!"

"我的故事还有谁不知道?!"

四季乐队
(The Four Seasons)

1959 ~ 1973

最著名的摇滚乐队

最 流 行 歌 曲

《葡萄酒》
Sherry （1962 年）
《大女孩不要哭》
Big Girls Don't Cry （1962 年）
《走起来像个男人》
Walk Like a Man （1963 年）
《甜蜜女孩》
Candy Girl （1963 年）
《黎明逝去》
Dawn Go away （1964 年）
《罗尼》
Ronnie （1964 年）
《碎布玩具》
Rag Roll （1964 年）
《让我们上吊吧》
Let's Hang on! （1965 年）
《谁爱你》
Who Loves You （1975 年）
《1963 年 12 月》(哦,多好一个夜晚)
December,1963
(Oh,What a Night) （1975 年）

　　乐队成立于1959年,取名为"四个可爱的人"。成员包括:弗兰吉·法利(1937年5月3日生于美国新泽西州的耐沃克)、吉他手兼歌手托米·德·威托(1936年6月19日生于新泽西州的蒙特利)、键盘手兼歌手鲍勃·加迪欧(1942年11月17日生于纽约的布鲁克斯)、贝司手兼歌手尼克·马西(1935年9月19日生于耐沃克)。1960年,乐队更名为"四季"。1962年,乐队与芝加哥维杰唱片公司签约录音,第一首歌《葡萄酒》问世后就登上了流行歌曲排行榜榜首并保持了4周之久,唱片售出200多万张;同年11月,乐队还推出了第2首榜首歌曲《大女孩不要哭》。1963年3月,随着歌曲《走起来像个男人》再一次荣登排行榜榜首,乐队迅速走红并成为歌迷心中的偶像。年末,乐队推出的流行歌曲《甜蜜女孩》又进入排行榜第3名。1964年2月,乐队推出的歌曲《黎明逝去》被高居榜首的"披头士"乐队的歌曲《我想握住你的手》所淹没,仅进入了排行榜第3名;9月,乐队又以歌曲《碎布玩具》荣登排行榜榜首再显辉煌。1964年,乐队推出的《为了我救救它》和《镇上的大男人》都进入排行榜前20名,1965年《再见,宝贝》也取得了同样的成绩;年末,乐队以歌曲《让我们上吊吧!》再次进入排行榜第3名。同时还对鲍勃·迪伦的一系列歌曲进行了翻唱,歌曲《已经好了,不要再考虑》很快成为热门歌曲而进入排行榜第12名。1966年,乐队的另一首签名歌曲《在我的眼皮下得到了你》进入排行榜第9名;同年,法利演唱的歌曲《能不能让我带走你》再一次登上排行榜榜首。1969年乐队录制了一张过于自负的专辑《真实模仿生活公报》,虽然这只是商业性和艺术性的某种探索,但却是乐队的一次失败,特别是他们与长期的制作人克瑞的关系破裂后,乐队开始四分五裂。1971年德·威托告别舞台,1972年加迪欧退出乐队。1973年其余成员转到莫唐唱片公司旗下。

法利的假声界定了四季乐队

是谁在歌唱？充满激情，声音高亢嘹亮，"响遏行云"。

又是谁在歌唱，情深意长，真挚动人，"余音绕梁，三日不绝"。

这就是四季乐队歌手弗兰吉·法利。人们说，法利高亢入云的假声歌唱，在空中为四季乐队树立起了一块铮铮作响的标志性广告。

当有人请法利给同行介绍一下他是从谁那儿学到了这样高超的演唱技巧时，他说："那可多了，有比利、吉多、安托尼，还有……。"大家说："怎么从来没有听说过这些人呢？"于是有人提议能否带大家拜见一下这些老师，法利笑了，说："它们是我养的猫头鹰比利、百灵鸟吉多、北极狼安托尼和澳州鹦鹉……"原来如此，大家不由地都笑了起来。只见法利满脸严肃地说："告诉你们，它们还有好多美妙的唱法我还没学会呢！"

四季乐队的成员对生活
和艺术都是这么冷峻吗?!

629

1959 年，乐队在美国加利福尼亚州艾尔赛里托郊区的海湾地区成立，成员包括：歌手约翰·福杰提（1945 年 5 月 28 日生于加利福尼亚州的伯克利）、贝司手斯图·库克（1945 年 4 月 25 日生于加利福尼亚州的奥克兰）和鼓手道格·克里福德（1945 年 4 月 24 日生于加利福尼亚州的帕罗奥托）；同年，约翰·福杰提的哥哥托米·福杰提（1941 年 11 月 9 日生于伯克利）作为一名吉他手和合唱歌手加盟乐队。1964 年，乐队与幻想唱片公司签约录音，这家唱片公司的负责人海·威斯敦促乐队以英国"入侵者"乐队为榜样并将乐队名改为"幻想"；同年 11 月，乐队推出的首张专辑《不要告诉我没撒谎》没有取得成功。两年后，尽管乐队又推出了几张专辑也未能造成较大的影响。1966 年，因约翰·福杰提和克里福德服兵役，乐队暂时解散。

1967 年，约翰·福杰提和克里福德退役后又开始重组乐队，并改名为"克里顿斯净水复苏"。1968 年，乐队推出的示范歌曲《苏兹女皇》被一家地方电台播出后，又被范太西唱片公司的负责人索尔·扎兹以单曲的形式推出，歌曲很快走红并进入流行歌曲排行榜第 11 名。1969 年，乐队推出的金曲《骄傲的玛丽》创造了沼泽摇滚的真正风格，并首次荣登流行歌曲排行榜榜首，唱片销售量超过了 100 万张，这首歌曲还成为日后鉴别其他歌曲的一种标准；同年，歌曲《残月升起》和《绿色的河》也取得了同样佳绩。1970 年，乐队推出的带有 R&B 风格的歌曲《落在角落里》进入排行榜第 3 名，《幸运之子》进入第 14 名；同年，专辑《打棉机和贫苦男孩》问世后也进入了排行榜第 3 名，专辑《宇宙工厂》则高居榜首达 9 周之久。尽管乐队在排行榜和演唱会上声名显赫，但内部的矛盾也在暗暗滋长。这主要由于约翰·福杰提独立支配了乐队的音乐创作而引起其他成员的不满。1972 年，库克和克里福德也要求在音乐创作上有更多的参与，结果导致约翰·福杰提的不满，并把即将推出的专辑《狂欢节》的策划制作权交给了队友，事实证明这对乐队来说是一场灾难；同年 5 月，专辑《狂欢节》问世后尽管进入了排行榜第 12 名，但也是依靠乐队原有的声望而赢得的；10 月，乐队宣告解散。此后，约翰·福杰提又推出了进入流行歌曲排行榜榜首的专辑《中心地带》，再一次重现了乐队曾经创造过的辉煌。

克里顿斯净水复苏乐队
(Creedence Clearwater Revival)

1959 ~ 1972

最著名的沼泽摇滚乐队

最流行专辑

《绿色的河》
Green River （1969 年）
《打棉机和贫苦男孩》
Willy and the Poorboy （1969 年）
《宇宙工厂》
Cosmo's Factory （1970 年）

最流行歌曲

《骄傲的玛丽》
Proud Mary （1969 年）
《残月升起》
Bad Moon Rising （1969 年）
《绿色的河》
Green River （1969 年）
《落在角落里》
Down on the Corner （1970 年）
《旅行乐队》
Travelin' Band （1970 年）
《曲折前进》
Up around the Bend （1970 年）
《从我的后门望出去》
Lookin' out My Back Door （1970年）

九年走出"沼泽"

克里顿斯，取自一位朋友的名字；净水，取自一个啤酒商标；复苏，是 4 人的共同追求。福杰提兄弟、库克、克里福德等人组成的这支乐队在整整 9 年的时间里一直在低谷徘徊、挣扎……

"真受不了，我们的希望在哪儿呢？" "走，去喝一杯。" 他们来到了贝鲁尼老爹开的咖啡馆，几个人无精打采的样子老人家一看就心知肚明："受挫了，受不了啦？听我给你们讲一个熟人的故事吧。有一个具有领导才能的人，当他接受一家大公司的聘任走马上任的第一天，公司就交给他一个任务：去刷厕所，并且要他天天刷得跟新的一样。几天后，公司总裁来检查工作时问他：'怎么证明你的厕所刷得跟新的一样呢！'这位朋友拿起一个杯子从马桶里盛出一杯水一饮而进。3 个月过去了，还是没有人问津他，于是他来到总裁办公室，见总裁在看报纸，他拿起打火机悄无声息地走到他的面前点燃了总裁正在读的报纸，总裁吃了一惊，跳了起来，正想发怒，一看是他，就笑着说：'我等你好久了我的副总裁，明天正式上任吧！'你们几个年轻人，才经历几年的磨难就受不了啦！只要看准了的就坚持下去，一定能走出一条自己的路。"不久，乐队推出的专辑《沼泽摇滚》终于火爆了、成功了。

亚当斯·布莱恩
（Adams Bryan）

1959 ~

最著名的摇滚歌星

1959 年 11 月 5 日生于加拿大温哥华。18 岁时就取得了第一次成功，作品曾被"情人"和"吻"等北美摇滚乐队演唱、录音。1979 年，布莱恩与鼓手吉姆·瓦兰斯组成二人组合，在创作了被许多乐队传唱的歌曲后，布莱恩加盟了 A&M 唱片公司。1980 年推出了第 1 张专辑《亚当斯·布莱恩》。1983 年推出的专辑《你要——你便得到》和《像刀一样砍断》进入了美国流行歌曲排行榜，歌曲《发自内心》引起轰动而使专辑成为美国白金唱片。1984 年，布莱恩又推出了第 4 张唱片《粗心大意》，歌曲《天堂》首次荣登美国流行歌曲排行榜榜首，1985 年进入英国市场后，在一个月内赢得金唱片奖并产生了一系列轰动的歌曲；同年，布莱恩与蒂娜·特纳合作录制了专辑《仅仅是爱情》，为"北方之光"乐队创作了歌曲《仅有眼泪是不够的》。1988 年，布莱恩又推出了第 5 张专辑《跳入火中》，歌曲《夜晚的激情》同时进入英、美流行歌曲排行榜前 10 名，但这张专辑并没有取得太大的成功。1991 年，布莱恩为电影《罗宾汉》创作的主题歌《我做的一切都为你》再次进入了英国排行榜榜首并保持了 16 周，是自 1953 年弗兰基·莱恩演唱的歌曲《我相信》以来在排行榜冠军位置停留时间最长的一首歌曲。歌曲《无法停止我们开始的这件事》也成了一首热门歌曲，凭着这几首歌曲的火爆，专辑《唤醒邻居》成了全球最畅销的唱片，此时，布莱恩终于进入了超级摇滚巨星的行列。1993 年，布莱恩出版了一张精选集，其中歌曲《请原谅我》又进入了排行榜前 10 名，他与罗德·斯图尔特、斯汀合作的《一切为了爱》再次荣登排行榜榜首。1994 年，布莱恩进行了一次东南亚巡演，并且是第一个访问越南的西方音乐家。1995 年，布莱恩为电影《唐璜》创作的主题歌《你是否真的爱过一个女人》再次登上排行榜榜首。1996 年，布莱恩又出版了一本自传《唤醒邻居》和出版、发行了一张专辑《后生可畏》。

最 流 行 专 辑

《粗心大意》
Reckless （1984 年）
《跳入火中》
Into the Fire （1988 年）
《唤醒邻居》
Waking up the Neighbours （1991 年）

最 流 行 歌 曲

《天堂》
Heaven （1984 年）
《夜晚的激情》
Heat of the Night （1988 年）
《我做的一切都为你》
Everything I Do，I Do It for You （1991 年）
《你是否真的爱过一个女人》
Have You Ever Really Loved a Woman? （1995 年）

至高无上演唱组

(Supremes)

1959 ~

最著名的摇滚演唱组

　　演唱组成立于 50 年代末期,成员包括:戴安娜·罗斯(1944 年 3 月 26 日生于美国密歇根州的底特律)、弗洛伦斯·芭拉德(1943 年 6 月 30 日生于底特律)、芭芭拉·马丁 (1944 年生于底特律) 和玛丽·威尔逊 (1944 年 3 月 4 日生于密西西比)。4 个人都是在底特律的布鲁斯特贫民区长大。演唱组成立之初,仅在当地的一些俱乐部里为"诱惑"演唱组和为鲁普唱片公司录音时伴唱。1960 年,演唱组因为参加了一次业余歌唱比赛获得成功而与莫唐唱片公司签约录音。1962 年 8 月,这家公司为演唱组推出的第 1 首歌曲《你的心属于我》进入了美国流行歌曲排行榜前100 名,不久马丁离开了演唱组。在以后的两年里,演唱组又推出了 5 首被认为是伤风败俗的歌曲。1964 年,演唱组推出的第 7 首歌曲《我们的爱情向何方》首次荣登流行歌曲排行榜榜首,随后推出的歌曲《情人恋》和《住手》又再次登上排行榜榜首,唱片售出 100 多万张。1965 年,演唱组推出的歌曲《惟有伤心》又进入了排行榜第11 名;同年推出的歌曲《我听一部交响曲》再次进入了排行榜第 1 名。1966 ~ 1967年,演唱组又连续推出了 4 首排行榜榜首歌曲,其中《爱情不需匆匆》和《你让我心如悬丝》是演唱组的代表作。不久,芭拉德离队,位置由辛迪·伯德桑接替。1968年,演唱组又以"戴安娜·罗斯和至高无上"这个名字推出了榜首歌曲《小爱神》。1969 年 12 月,在演唱组推出最后一首榜首歌曲《终有团圆之日》之后,戴安娜·罗斯又离开了演唱组,位置由琼·特雷尔接替。此后,尽管演唱组推出的歌曲《陶醉的爱》和《纳森·琼斯》都进入了排行榜前 20 名,但演唱组神奇的魅力随着戴安娜·罗斯的离去而消失,此后出版、发行的专辑都以失败而告终。

最 流 行 歌 曲

《你的心属于我》
Your Heart Belongs to Me （1962 年）
《我们的爱情向何方》
Where Did Our Love Go （1964 年）
《情人恋》
Baby Love （1964 年）
《住手》
Stop! （1964 年）
《我听一部交响曲》
I Hear a Symphony （1965 年）
《爱情不需匆匆》
You Can't Hurry Love （1967 年）
《你让我心如悬丝》
You Keep Me Hanging on （1967 年）
《小爱神》
Love Child （1968 年）
《终有团圆之日》
Someday We'll Be Together （1969 年）

"我们的爱情向何方?"

"你让我心如悬丝"

滚石乐队
(The Rolling Stones)

1961 ~

最著名的摇滚乐队

最流行专辑

《走出脑海》
Out of Our Heads （1965 年）
《粘指》
Sticky Fingers （1971 年）
《主要大街的出口》
Exit on Main St. （1972 年）
《牧羊人的艰难》
Goats Head Soup （1973 年）
《仅仅是摇滚》
It's Only Rock'in Roll （1974 年）

最流行歌曲

《满意》(我不能不)
Satisfaction (I Can't Get No) （1965 年）
《涂成黑色》
Paint It, Black （1966 年）
《红色星期二》
Ruby Tuesday （1967 年）
《娱乐圈女人》
Honky Tonk Women （1969 年）
《安吉》
Angie （1973 年）

如此表明自己的观点

"滚石"乐队成员人人都受过良好的教育，但他们的外表却给人相反的印象：头发蓬散，衣冠不洁，放荡不羁，他们把自己塑造成为一群社会的另类，专门嘲弄揭露社会的阴暗面。他们中的核心人物就是菲尔·杰格。

一次，滚石乐队应邀到电视台作节目，杰格知道这个节目的制作人思想比较保守，当他们被要求穿得整齐一点时，杰格嘲弄的脸上又绽开了诡讦的笑靥。录制节目这一天，"滚石"乐队穿着非常非常整齐的纳粹军服出现在制作人面前，气得这位制作人挥舞着拳头嗷嗷叫，几乎要朝他们的鼻子上揍去。最后，在出镜前他们还是换了服装，用热情的音乐拨动了广大乐迷的心弦并点燃起心中的烈火，这就是滚石乐队用来表明自己观点的一种方式。

　　1961 年,乐队成立于英国伦敦,成员包括:歌手菲尔·杰格(1943 年 7 月　26 日生于英格兰肯特郡达特福得)、吉他手凯斯·理查德(1943 年 12 月 18 日生于肯特郡达特福得)、吉他手布莱恩·乔尼斯(1942 年 2 月 28 日生于格劳科斯特科特汉姆)、鼓手查理·沃兹(1941 年 6 月 2 日生于伦敦)。1962 年,乐队开始与不同的乐队联合巡回演出;1963 年,乐队招聘了贝司手贝尔·威曼、钢琴家斯迪沃特;4 月,乐队与伦敦克鲁爸爸俱乐部签订了演出合约;6 月,乐队推出的翻唱歌曲《加油》进入全英排行榜第 21 名,《我想成为你的男人》进入全英排行榜第 12 名。1964 年 5 月,乐队推出的专辑《英格兰最新劲歌制作人——滚石乐队》首次荣登英国流行歌曲排行榜榜首并进入了全美国流行歌曲排行榜第 4 名。其中歌曲《不要黯然离去》进入了英国流行歌曲排行榜第 3 名;6 月,乐队开始了首次在美国巡回演出。1965 年,乐队推出的歌曲《最后时刻》进入美国流行歌曲排行榜第 9 名,《满意》(我不能不)再次登上排行榜榜首。1966 年,乐队推出的《第 19 次神经断裂》、《涂成黑色》、《妈妈的小帮手》和《宝贝,你看见你母亲站在阴影里吗?》等一批上榜歌曲进一步证明了自身的实力。1967 年,乐队推出的歌曲《红色星期二》又一次登上了美国流行歌曲排行榜榜首。在一次吸食毒品后他们花了几个月时间洗刷名声,当专辑《他们恶魔般威严的请求》发行失败后,乔尼斯和其他成员在乐队的发展方向上也发生了分歧。1968 年,乐队推出了最优秀的专辑《乞丐宴会》东山再起。1969 年 6 月,乔尼斯离开了乐队,位置由米克·泰勒接替。1974 年泰勒退出乐队后位置由罗·乌德接替。此后,乐队推出的专辑《一些女孩》(1978 年)、《情感解救》(1980 年)和《给你纹身》(1981 年)都相继登上了美国流行音乐排行榜榜首。80 年代中期,乐队在排行榜上的名次开始滑落。1989 年,乐队推出了专辑《钢轮》后名次才有所回升;同年,乐队被正式载入《摇滚名人录》。

　　滚石乐队在艺术上之所以能常胜不衰并保持了一种旺盛的生命力，这与他们都受过良好的教育、对音乐的热爱和孜孜不倦的追求有关。

　　滚石乐队成员不论在舞台上或是在生活里总是显得十分轻松、洒脱、自然。难怪他们的音乐会这么深入人心、让人着迷。

海滩男孩乐队
(The Beach Boys)

1961 ~

最著名的摇滚乐队

乐队成立于 1961 年,成员包括:布莱恩·道格拉斯·威尔逊（1942 年 6 月 20 日生于美国加利福尼亚州的英格乌德）、丹尼斯·卡尔·威尔逊（生于 1944 年 12 月 4 日）、卡尔·迪·威尔逊（1946 年 12 月 21 日生于加利福尼亚州的霍索恩）、迈克·艾德沃德·拉福（1941 年 3 月 15 日生于加利福尼亚州的巴德温赫尔斯）、查理斯·加迪（1942 年 9 月 3 日生于美国俄亥俄州的利马）。乐队成立之初取名为"拉德兹"。1961 年 9 月,乐队的首张专辑《感受》问世后没有取得成功,加迪退出了乐队,位置由威尔逊和戴维尔·马克斯替补。1962 年,乐队改名为"海滩男孩"并与凯普托唱片公司签约录音;同年 6 月,这家公司为乐队出版、发行的歌曲《感受萨法里》进入流行歌曲排行榜第 14 名。1963 年 5 月,马克斯退出乐队时加迪重新加盟乐队,此后乐队录制了《感受美国》、《趣、趣、趣》、《周游》、《舞、舞、舞》、《帮帮我,罗达》、《加利福尼亚女孩》以及《芭芭拉·安》等多张专辑。1963 ~ 1966 年,"海滩男孩"乐队录制的专辑上榜 12 次,歌曲上榜 20 次。1964 年,乐队领导人穆尼·威尔逊的位置暂时由格恩·凯姆普贝尔接替,后来又让位于布鲁斯·乔斯顿,布莱恩·道格拉斯·威尔逊则一直担任乐队的制作和词曲写作。1966 年,他创作的优秀专辑《宠物之声》进入排行榜前 10 名;同年,歌曲《愉悦震动》问世后首次荣登流行歌曲排行榜榜首。1968 年,乐队推出了一张非常令人失望的专辑《原始的蜜》。在此后的 20 年里,乐队共推出了 19 个专辑,其中一些是老版本的翻录和不计其数的新歌曲。1976 年,乐队翻唱了由恰克·贝里演唱演奏的歌曲《摇滚音乐》再一次进入排行榜第 5 名。1988 年,乐队推出的电影《鸡尾酒》的主题歌《科科莫》再次荣登排行榜榜首。1988 年,"海滩男孩"乐队被正式载入《摇滚名人录》。

最 流 行 专 辑

《感受美国》
Surfin' U. S. A （1963 年）
《海滩男孩乐队音乐会》
Beach Boys Concert （1964 年）
《夏日和夏夜》
Summer Days and Summer Nights （1965 年）
《无尽的夏》
Endless Summer （1974 年）

最 流 行 歌 曲

《感受美国》
Surfin's U. S. A （1963 年）
《周游》
I Get Around （1964 年）
《帮帮我，罗达》
Help Me, Rhoda （1965 年）
《芭芭拉·安》
Barbara Ann （1966 年）
《愉悦震动》
Good Vibrations （1966 年）

海滩男孩乐队的小伙子们不仅外貌英俊潇洒，他们丰富、奔放的内心世界和共同创造的"冲浪之声"堪与海浪媲美。

胆怯一次　断送前程

　　海滩男孩乐队素以对冲浪激情、垂钓、太阳、海滩、女孩等等闲情逸致的超然想像和表现在美国人的文化精神中长久地具有影响力。乐队低音伴奏兼词作者布莱恩·道格拉斯·威尔逊创造的"冲浪之声"音乐效果,把老式摇滚乐基本准则,糅进了新颖而充满激情的背景音乐,因而赋予了摇滚乐新的表现形式。吉他手丹尼斯·卡尔·威尔逊和鼓手迈克·艾德沃德·拉福也为之奉献出自己的智慧和润泽的嗓音,使乐队的演奏充满朝气和令人心旷神怡。

　　然而,在接到蒙特利尔流行音乐节的邀请时,他们胆怯了,因为害怕被喝倒彩败下阵来予以回绝。此后,乐队也失去了商业效应和艺术魅力。如今人们谈论起这支乐队普遍认为:"海滩男孩"人虽长大了,但胆量没有跟人一起成长。

恩 雅
（Enya）

1961 ~

最著名的摇滚歌星

1961 年 3 月 17 日生于爱尔兰多尼戈尔郡的圭多尔的一个音乐家庭。父亲利奥·布伦南是爱尔兰著名的"斯利夫弗伊"乐队的负责人，母亲是一位业余音乐家。1976 年，恩雅的兄弟姐妹们组成了"家庭"乐队。1979 年，恩雅加入"家庭"乐队担任键盘手并为乐队创作了大量红极一时的电视剧配乐。1982 年，恩雅因厌倦乐队的流行倾向而离开"家庭"乐队，开始与日后长期合作的伙伴——制作人、曲作者尼基·瑞安及其妻子、词作者罗马·瑞安合作。1986 年，恩雅首次推出了 BBC 电视台的电视剧原声音乐专辑《凯尔特人》并与 WEA 唱片公司签约录音。1988 年，这家公司为恩雅出版、发行的第 2 张专辑《水印》取得了出人意料的好成绩，歌曲《Oritnoco Plov》荣登英国流行歌曲排行榜榜首，唱片售出 4000 万张，仅在英国的销量就超过 100 万张。在取得这一巨大成功之后，恩雅退出了演艺圈，仅在西尼德·奥康纳的专辑《不图奢望》中客串过一次。1991 年，恩雅推出的第 3 张专辑《牧羊人之月》虽然只进入美国流行歌曲排行榜第 17 名，但却连续 4 年榜上有名，这张专辑的全球销量超过了 1000 万张。1992 年底，WEA 唱片公司再版、发行了《凯尔特人》。1995 年 12 月，恩雅推出了耗费 4 年时间录制的专辑《树的回忆》，该专辑进入了美国流行歌曲排行榜第 9 名。由于这张专辑的风格较为愉悦而使当年的发行量突破了 200 万张。

恩雅的沉默、凝视和专注与她那天籁般的歌声一样迷人。

最 流 行 专 辑

《凯尔特人》
The Celts （1986 年）
《水印》
Watermark （1988 年）
《牧羊人之月》
Shepherd Moons （1991 年）
《树的回忆》
Memory of Trees （1995 年）

彼得、保罗和玛丽
（Peter, Paul & Mary）

1961 ~

最著名的摇滚乐队

　　1961 年，乐队成立于美国纽约州纽约市。成员包括：吉他手兼歌手彼得·亚罗（1938 年 5 月 31 日生于纽约州的纽约）、吉他手兼歌手保罗·斯图基（1937 年 11 月 30 日生于马里兰州的巴尔的摩）和歌手玛丽·特拉弗斯（1937 年 11 月 7 日生于肯塔基州的路易斯维尔）。尽管 1962年乐队推出的专辑《彼得、保罗和玛丽》、1963 年推出的专辑《运动》和《在风中》等都是经典专辑，但乐队在 1964 年参加纽波特民歌音乐节演出后才引起轰动。1965 年，乐队推出的专辑《在音乐会上》有 3 首翻唱歌曲进入了流行歌曲排行榜。其中《如果我有一把锤子》进入排行榜第 10 名；《答案在风中飘荡》进入排行榜第 3 名；《帕夫神龙》进入排行榜第 2 名。1968 年，乐队推出的专辑《又晚了》再次赢得歌迷的青睐；1969 年乐队推出的歌曲《乘喷气飞机离去》首次荣登流行歌曲排行榜榜首。此后，乐队开始走下坡路，保罗信奉了基督教，改名为诺埃尔·保罗·斯图基，同年乐队解散。1971 年保罗出版、发行了《保罗和……》，同年彼得为玛丽·麦格雷戈创作的歌曲《恋情裂痕》又登上了美国排行榜榜首和英国排行榜第 4 名。1972 年，乐队成员参加乔治·麦弋文的义演时又重新组建。1973 年，彼得出版、发行的专辑《对我来说足够了》也获得了评论界的高度赞誉。玛丽也出版、发行了 3 张个人专辑。1978 年，乐队参加了反核武器的义演，同年推出的专辑《重新联合》没有取得成功。1982 年推出的专辑《如此恋爱》也毫无新意。从此，乐队在排行榜上的名次开始滑落至今。

最 流 行 专 辑

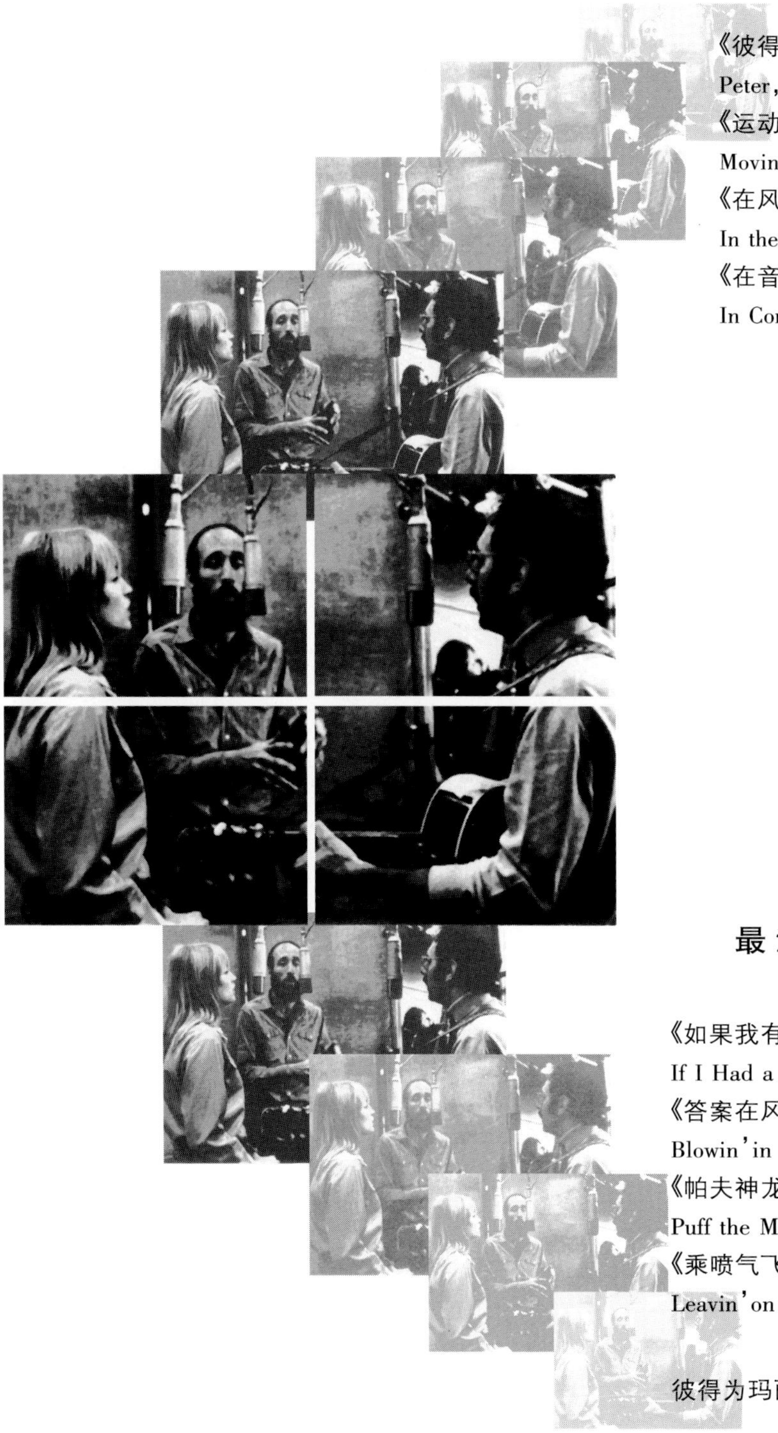

《彼得、保罗和玛丽》
Peter，Paul & Mary （1962 年）
《运动》
Moving （1963 年）
《在风中》
In the Wind （1963 年）
《在音乐会上》
In Concert （1965 年）

最 流 行 歌 曲

《如果我有一把锤子》
If I Had a Hammer （1965 年）
《答案在风中飘荡》
Blowin'in the Wind （1965 年）
《帕夫神龙》
Puff the Magic Dragon （1965 年）
《乘喷气飞机离去》
Leavin'on a Jet Plane （1969 年）

彼得为玛丽·麦格雷戈创作的歌曲：

《恋情裂痕》
Torn Between Two Lovers （1971 年）

1962 年，歌手鲍比·哈特菲尔德（1940 年 8 月 10 日生于美国威斯康星州的比弗丹）和里尔·麦德里（1940 年 9 月 19 日生于美国加利福尼亚州圣安娜）在加利福尼亚州以二重唱小组身份演出并与木格洛唱片公司签约录音，1963 年，这家公司出版、发行了麦德里创作的歌曲《小拉丁卢普鲁》进入了排行榜第 49 名。1964 年，音乐制作人斯伯科特又以菲尔斯商标与二重唱小组签约录音，同年 12 月以正直兄弟二重唱小组为名推出的第 1 张专辑《你已经失去了爱的感觉》同时荣登美国和英国流行歌曲排行榜榜首。1965 ~ 1966 年，正直兄弟二重唱小组演唱的《在我一生就一次》、《自由旋律》和《潮汐》等歌曲都进入了排行榜前 10 名，歌曲《灵魂和激情》(你是我的阳光) 再次登上了排行榜榜首。1968 年，麦德里离队去追求自己的独唱事业,哈特菲尔德与吉米·沃克重新组成了一个二重唱小组，取名为"灯笼短裤"。1974 年，麦德里又与哈特菲尔德联袂演唱了一

正直兄弟二重唱小组
(The Righteous Brothers)

1962 ~

最著名的摇滚乐队

首名噪一时的摇滚歌曲《摇滚天堂》；同年，他们演唱的歌曲《把它给人民》又进入排行榜第 20 名。此后两人又各奔东西，但这个二重唱小组并没有消失。1982 年，兄弟俩又出现在迪克·克拉科主持的电视节目中。1986 年，麦德里与珍尼·沃斯合作的二重唱《你已经失去了爱的感觉》、电影歌曲《枪炮之上》再次进入排行榜。1988 年,正直兄弟二重唱小组获得格莱美最佳流行音乐演出奖。1990 年,麦德里和哈特菲尔德演唱的歌曲《自由旋律》被选为电影《幽灵》的主题歌,再次赢得了乐迷的青睐。

最 流 行 专 辑

《你已经失去了爱的感觉》
You've Lost That Lovin' Feelin （1964 年）
《马上!》
Right Now （1965 年）
《在我一生就一次》
Just Once in My Life （1965 年）
《灵魂和激情》(你是我的阳光)
Soul & Inspiration （You're My sun shine）（1966 年）

唱灵歌不是肤色问题

　　鲍比·哈特菲尔德和里尔·麦德里组成"正直兄弟"二重唱小组之后，因为将黑人歌曲《蓝眼睛灵歌》和摇滚、流行音乐融合得天衣无缝而广泛受到人们的关注："白人怎么能如此准确而动情地演唱黑人音乐呢?"

　　实际上，在此之前，正直兄弟二重唱小组就遇到了这一疑问，而且二重唱小组的名称也是在疑问中产生的。

　　哈特菲尔德和麦德里初涉乐坛之际在黑德贝俱乐部唱二重唱，因为这个俱乐部里大多数的听众是黑人，他们曾怀疑这两个蓝眼睛小伙也能唱好灵歌，于是有人问："嗨，年轻人，唱黑人灵歌的内心感觉如何?"哈特菲尔德说："我们是在用心体会歌曲的感情，而不是肤色，相信你也应该能听出来，难道我们的真诚你们感受不到? ！"

　　问者乐了："我正是看出你们俩的乐感很不一般，而且为人正直，就叫你们'正直兄弟'二重唱小组好吗。"从此，这个名字随着他们的特色音乐在全美各地家喻户晓。

最 流 行 歌 曲

《你已经失去了爱的感觉》
You've Lost That Lovin' Feelin （1964 年）
《在我一生就一次》
Just Once in My Life （1965 年）
《自由旋律》
Unchained Melody （1965 年）
《潮汐》
Edd Tide （1965 年）
《灵魂和激情》(你是我的阳光)
Soul & Inspiration （You're My sun shine）（1966 年）
《摇滚天堂》
Rock and Roll Heaven （1974 年）

1963 年，乐队在英国伦敦成立，成员包括：歌手雷·戴维斯（1944 年 6 月 21 日生于伦敦的莫斯威尔山）、吉他手戴卫·戴维斯（1947 年 2 月 3 日生于莫斯威尔山）、鼓手奎福（1943 年 12 月 31 日生于塔维斯托克德翁）和阿诺里（1944 年 2 月 15 日生于伦敦的哈姆普顿考特）。1964 年，乐队与派拉蒙唱片公司签约后开始与音乐制作人赛尔·塔尔米合作录音，乐队推出的第 1 首翻唱歌曲《倾心长谈》未能进入排行榜，随后问世的第 2 首歌曲《你对我做了一些》也遭受同样命运。但是，乐队并没有灰心，紧接着推出的第 3 首歌曲《你真的得到了我》终于荣登全美流行音乐排行榜榜首。1965 年，戴维斯创作的新歌《等你等得我心烦》、《让我自由吧》等都带有一种全新的韵律美感。1966 年，奎福离开乐队后，位置由卡恩·达尔顿替补，乐队推出的歌曲《你真的得到了我》、《整天整夜》和《明媚的午后》等都成了 60 年代英国摇滚歌坛的经典

奇幻乐队
(The Kinks)

1963 ~

最著名的重金属摇滚乐队

作品。1967 年，雷·戴维斯开始为电影《纯洁的兵士》配乐，他推出的第 1 首摇滚歌曲《小丑之死》进入英国流行歌曲排行榜第 3 名，1970 年推出的歌曲《罗拉》又进入美国流行歌曲排行榜第 9 名。1977 年，乐队推出的专辑《梦游者》进入美国排行榜第 21 名。1981 年，乐队根据歌曲《整天整夜》演绎而来的摇滚歌曲《破坏者》进入排行榜第 15 名。1983 年，乐队推出的轻松活泼、浪漫温馨的民谣《来跳舞吧》又进入了排行榜第 6 名。1990 年，乐队被正式载入《摇滚名人录》。

最 流 行 专 辑

《奇幻范围》
Kinks Size （1965 年）
《奇幻乐队音乐精品》
The Kinks Greatest Hits （1966 年）
《低预算》
Low Budget （1979 年）
《迷惑的表白》
State of Confusion （1983 年）

最 流 行 歌 曲

《你真的得到了我》
You Really Got Me （1964 年）
《等你等得我心烦》
Tired of Waiting for You （1965 年）
《一个令人崇敬的男人》
A Well Respected Man （1965 年）
《整日整夜》
All Day and AH of the Night （1966 年）
《罗拉》
Rola （1970 年）
《来跳舞吧》
Come Dancing （1983 年）

奇幻乐队在英国和欧洲大陆的巡回演出中,将扭曲
怪异的演唱、对比强烈的伴奏和极富活力的节奏发展成
了铿锵作响的重金属音乐。

最英国化的奇幻乐队

　　拿什么样的作品奉献给歌迷？这是奇幻乐队一开始就遇到的问题和每走一步都要面对的问题。所以，他们始终坚持一个原则，以民谣为本，以民众为本。

　　话说起来容易，做好、做成要困难得多。顺利的时候，无论是题材还是音乐素材的选择和创作都不成问题；不顺的时候，连最善于音乐表达的雷·戴维斯，也有才思枯竭之感。某一时期，戴维斯正处于这种痛苦之中，在家里坐立不安，只好开着车四处漫无目的地跑着。

　　他来到了一处二战时期的烈士灵园，看到一位老人正在一处处地清理坟墓，每到一处墓旁，都在喃喃自语。戴维斯纳闷，走过去问明原因，才知道这位老人也参加过二战，与这些烈士不一样的是他没有死，战争结束后他不居高官，不拿优厚的奉禄，而是自食其力，常年坚持来这里扫墓。戴维斯一下子觉得国家的伟大正是因为有了这样的人民。于是，刹那间一道电光在脑子里闪过，歌曲《一个令人崇敬的男人》产生了。

"别笑，来点严肃的。"

生活里的戴维斯与舞台上的戴维斯哪一个更可爱?

乔治·迈克尔
(George Michael)

1963 ~

最著名的摇滚歌星

1963年6月26日生于英国英格兰，父亲是希腊裔塞浦路斯人，母亲是英国人。1982年，乔治·迈克尔与安德鲁·里奇利组成"重击!"乐队。1982~1986年，两人合作创作了多首热门金曲而使乐队成为80年代流行音乐之王。1986年"重击!"解散后，乔治·迈克尔开始个人演唱生涯并试图用音乐将自己的形象由少年转变为成熟的歌手兼词曲作者，但第1首歌曲《我需要你的爱》没有取得成功。1987年，乔治·迈克尔推出了首张个人专辑《信心》，荣登英国和美国流行歌曲排行榜榜首，唱片售出700万张并赢得了包括格莱美奖在内的各种奖项。此后，在短短的9个月内又有4首歌曲登上排行榜榜首。1990年，乔治·迈克尔在推出第2张专辑《不带偏见地听第1集》后，因他不接受任何媒体采访而影响了这张专辑的宣传和销量，尽管这张专辑产生了两首排行榜前10名的歌曲，但唱片仅售出了100万张。1992年，乔治·迈克尔演唱

的3首新歌又出现在为艾滋病筹款的唱片《红热与舞蹈》中，其中歌曲《触目惊心》进入了排行榜前20名。10月，乔治·迈克尔决定采取限制商业行为的方法来抵制唱片公司而达到与唱片公司解约的目的，从此开始了长达3年的法律纠纷，这几乎结束了他的演艺生涯。一年之后法院才正式受理此案。后经过8个月的审理，于1994年6月28日，法院判决索尼唱片公司胜诉，在交付了500万英镑的诉讼费之后，乔治·迈克尔决定不再为索尼唱片公司工作。直到1995年7月索尼唱片公司同意在获取乔治·迈克尔新专辑中一半歌曲的版权（用以出版精选集）的前提下才解除与他的合同。1996年1月，乔治·迈克尔新专辑的第1首歌曲《孩子的耶酥》再次登上了英国排行榜榜首，第2首歌曲《快速恋情》同样获得排行榜冠军，同时也为第3张专辑的成功打下了良好的基础。3月，专辑《老练》一问世便在英、美两国迅速上榜，这张充满了严肃与焦虑情绪的专辑并因其舒展而优美的旋律获得艺术和商业上的成功，乔治·迈克尔终于用音乐找回了自己的尊严。

最 流 行 专 辑

《红热与舞蹈》
Red Hot & Dance （1992 年）
《老练》
Older （1996 年）

最 流 行 歌 曲

《信心》
Faith （1987 年）
《不带偏见地听第 1 集》
Listen without Prejudice Vol. 1
（1990 年）
《触目惊心》
Too Funky （1992 年）
《孩子的耶酥》
Jesus to a Child （1996 年）
《快速恋情》
Fast Love （1996 年）

好好想想,利益和尊严在哪里。

看世界,看人生,都得用敏锐的眼光。

小家伙乐队
(The Young Rascals)

1964 ~ 1972

最著名的摇滚乐队

1964 年，乐队成立于美国新泽西州的长岛，成员包括：菲利克斯·加瓦利（1944年 11 月 29 日生于美国纽约州的贝尔海姆）、布里加提（1946 年 10 月 22 日生于新泽西州的加菲尔德）和杰恩·科尼什（1945 年 5 月 14 日出生）。乐队成立不久，迪诺·丹尼里（1945 年 7 月 2 日生于纽约）也加盟了乐队；同年 7 月，乐队成为长岛海滨一家豪华的流动夜总会的常驻乐队并渐渐出名。1966 年 4 月，乐队推出的歌曲《好爱》首次荣登流行歌曲排行榜榜首；7 月，歌曲《你最好跑开》又进入排行榜前 20 名；同月，乐队的首张同名专辑也进入排行榜第 15 名；10 月，歌曲《继续上升》再次进入排行榜第 43 名。1967 年，乐队推出的歌曲《我已太久的孤独》进入排行榜第 16 名，随后问世的第 2 张专辑《集萃》进入排行榜第 14 名；5 月，专辑《挖沟》再一次登上排行榜榜首，唱片售出 200 多万张；9 月，另一首走红歌曲《像你这样的女孩》又进入了排行榜第 9 名。1968 年，乐队推出的歌曲《一个美丽的早晨》进入排行榜第 3 名；8 月，歌曲《人们获得了自由》再次获得排行榜第 1 名并保持了 5 周之久；同年，专辑《和平时代／"小家伙"乐队伟大歌曲》高居排行榜榜首。1969 年，乐队推出的专辑《自由组曲》进入排行榜第 17 名。1970 年，布里加提离开乐队，随后问世的专辑《研究和接近》在排行榜名落孙山，科尼什也离开了乐队。随着 1972 年推出的专辑《真实的岛》再次在排行榜和商业上的失败，乐队宣告解散。此后，丹尼里改做专业音乐制作。1988 年，他与加瓦利、科尼什重建乐队并举行了"1988 年好爱"巡回演出，但乐队再也未能重现昔日的辉煌。

最 流 行 专 辑

《集萃》
Collections （1967 年）
《挖沟》
Grovin' （1967 年）
《曾经梦想过一次》
Once upon a Dream （1968 年）
《和平时代／小家伙乐队金曲》
Time Peace／The Young Rascal's Greatest Hits （1968 年）

最 流 行 歌 曲

《好爱》
Good Lovin' （1966 年）
《挖沟》
Groovin' （1967 年）
《像你这样的女孩》
A Girl Like You （1967 年）
《我怎么才能确信》
How Can I Be Sure （1967 年）
《一个美丽的早晨》
A Beautifull Morning （1968 年）
《人们获得了自由》
People Got to Be Free （1968 年）

扎根于灵歌之中

　　小家伙乐队诞生之际,就凭着乐队队员的共同感觉,将灵歌的演唱技巧以及和声、节奏都融进了摇滚音乐中,使后来无数的音乐家们受到启发。

　　一次排练《好爱》这首歌时,吉他手杰恩·科尼什一边弹奏着飘忽起伏的吉他琶音一边对鼓手迪诺·丹尼里和键盘手菲利克斯·加瓦利说:"伙计们,我非常喜欢这种灵歌、摇滚兼而有之的音乐,如果其他乐队把这一招学去了,那我们就失业了。"加瓦利说:"放心吧,除非咱们有分身术加入他们,否则怎么可能学了我们这几个人内在的和谐与共鸣呢?"丹尼里是个不怎么爱说话的人,但话一从他嘴里出来,味道就不一样:"要我说他们都学去了也无妨,只是到那个时候我们也都老了,早就唱不动了。"几个人一阵大笑,笑过之后又投入了紧张的排练。

戴维德·鲍威
（David Bowie）

1964 ~

最著名的摇滚歌星

1964 年，鲍威曾与戴维·乔尼斯乐队、"王蜂"乐队以及"曼尼什男孩"乐队一起联袂演出，随后又与派拉蒙唱片公司、迪卡唱片公司签约录音。60 年代后期，鲍威组建了一支名为"羽毛"的乐队，结果却不尽如人意，但鲍威并没有因此退却，随后又组建了贝根哈姆艺术劳工俱乐部并在伦敦的南部演出。1969 年，鲍威借助一首新歌《空间奇观》开始电视节目的制作，没想到这首歌曲进入了英国流行歌曲排行榜第 5 名；同年 11 月，鲍威被英国音乐创作人协会授予艾弗诺威罗奖。1971 年，鲍威演唱的专辑《拍手称绝》面世，歌曲《变化》首次进入美国流行歌曲排行榜第 66 名。1972 年 7 月，鲍威推出了专辑《泽格·斯塔斯特的沉浮和来自火星的蜘蛛》，这张专辑以全新的包装以及出色的演奏和录音开始作为一股新潮流在摇滚乐坛迅速发展并很快进入了英国流行歌曲排行榜第 5 名，和美国流行歌曲排行榜第 75 名。1973 年 5 月，鲍威推出的专辑《阿拉丁·赛恩》首次荣登英国流行歌曲排行榜榜首和美国流行歌曲排行榜第 17 名。此外，鲍威还与乐队进行了环球巡回演出；11 月推出的专辑《锋芒毕露》囊括了 60 年代英国流行音乐绝大部分的经典之作。1974 年，鲍威推出了具有权威性的专辑《钻石狗》，1977 年又推出了带有浓郁电子音乐味的专辑《低沉》，同年 10 月还推出了专辑《英雄》。1980 年，鲍威重返舞台，领衔主唱 BBC 在百老汇制作的节目《太阳神》中的主题歌《象人》。1983 年，鲍威推出的专辑《让我们跳起来》再次进入英国排行榜榜首和美国排行榜第 4 名，这张专辑的主打歌还同时登上了英、美两国流行歌曲排行榜的榜首，歌曲《中国女孩》和《现代爱》很快风靡全世界。此后，鲍威在 1984 年推出专辑《今晚》和 1987 年推出专辑《从未让我倒下》后，又组建了"机械"乐队，自己担任主唱和吉他演奏。1990 年 1 月，鲍威宣布重组"泽格"乐队和作最后一次环球演出。1993 年，鲍威推出了专辑《黑色的领带，白色的噪声》。他近年又有什么新作问世？乐迷们将拭目以待。

最 流 行 专 辑

《钻石狗》
Diamond Dogs （1974 年）
《年轻的美国人》
Young Americans （1975 年）
《一站又一站》
Station to Station （1976 年）

《多变鲍威》
Changesome Bowie （1976 年）
《让我们跳起来》
Let's Dance （1983 年）

最 流 行 歌 曲

《名望》
Fame （1975 年）
《让我们跳起来》
Let's Dance （1983 年）
《蓝色的牛仔裤》
Blue Jean （1984 年）
《在大街上跳舞》
Dancing in the Street （1985 年）

留一个形象给妻子扮演

戴维德·鲍威在舞台上犹如一条变色龙。

这个节目里扮演一个手持拐仗，文质彬彬的公爵；下一个节目里又扮演一个雍容华贵的王后；再后来又摇身一变成为一个戴着眼镜，穿着一双高跟鞋的女歌星……。

在变化莫测的流行风中，鲍威一直不断地改变自身的形象、外貌及音乐风格，他所创造的音乐形象无不令观众欣喜若狂。无论从发型、服饰、行为举止或是乐器编配，都给人一种魔术般的幻像，总是以一种新颖而独特的方式表达和营造出许多难以比拟的超现实的艺术氛围。

每次演出结束回到家里，鲍威差不多都是一头栽在柔软的床上，累得连句话都不想说。一天，妻子贴近他的耳旁说："亲爱的，下一个舞台形象该是嫌弃丈夫乏味想要离家出走的女人了吧!?"
"这是我惟一留下的一个由你扮演的形象。"鲍威的话音还没落定，鼾声已飘进了妻子的耳朵里。

鲍威精心构思和别出心裁地
塑造了一系列大众艺术形象。

鲍威经常改变发型、服饰、举止、乐器和配器,是为了达到和塑造一种独特而丰富的视听效果。

鲍威总是用一种独特而新奇的舞台设计和融舞蹈、流行音乐为一体的
音乐浪潮撞击着千千万万乐迷的心灵。

"一处又一处，就是这样狂热的崇拜和
歇斯底里的发泄。"

平克·弗洛伊德乐队
（Pink Floyd）

1965 ~

最著名的摇滚乐队

乐队成立于 1966 年，成员包括：罗杰·沃特斯（1944 年 9 月 9 日生于英格兰格瑞克布克海姆）、理查德·赖特（1945 年 7 月 28 日生于伦敦）以及尼克·梅森（1945 年 1 月 27 日生于伯明翰）、西德·巴雷特（1946 年 1 月 6 日生于剑桥）。1967 年 3 月，该乐队与 EMI 唱片公司签约录音，随后推出的第 1 首歌曲《亚诺尔德·莱恩》进入了英国流行歌曲排行榜第 20 名；4 月，巴雷特因毒品问题离开乐队，其位置由戴维·吉尔莫替补。7 月推出的歌曲《看艾米利表演》进入排行榜第 6 名；8 月推出的首张专辑《黎明前的门洞》也取得了同样的成绩。1968 年 6 月，乐队推出的专辑《大眼睛的一个秘密》、《控制太阳的心》虽然没有取得成功，却预示了未来的发展方向。这些暗示在第 3 张专辑里变得更为明显和有力。1970 年，乐队终于推出了展露新声的专辑《妈妈的心肝》，这种抒情味极浓、气势宏大且音响密集的音乐风格在 1971 年推出的专辑《干涉》中得以加强；同年，在乐队推出的另一张专辑《月亮的阴面》里，歌曲《金钱》进入排行榜第 13 名。1975 年，乐队终于以歌曲《希望你在这儿》首次荣登流行歌曲排行榜榜首，《动物》名列第 2。1979 年，乐队推出了一张具有世界声誉的专辑《墙》；同年，这张专辑再次登上美国流行歌曲排行榜榜首并保持了 15 周之久，其中歌曲《墙上的另一块砖》也同时荣登榜首。尽管《墙》大获全胜，但乐队却开始走向解体。1980 年，赖特因为与沃特斯发生分歧而离开乐队，1983 年，沃特斯与吉尔莫、梅森反目决裂。1987 年，平克·弗洛伊德乐队的队员又重新合作巡回演出并推出了专辑《一个小错误的原因》，该专辑进入了美国排行榜第 3 名。1988 年，乐队推出的专辑《雷声优美》进入排行榜第 11 名。1989 年，乐队还成功地在威尼斯大运河一个巨大的游艇上举办了一场世界性的无线电音乐会。

噢，那倒下去的墙

1966 年，西德·巴雷特加入理查德·赖特、尼克·梅森和罗杰·沃特斯的三人乐队后，乐队更名为"平克·弗洛伊德"。一年后，乐队在 UFO 俱乐部演出时，别出心裁地运用了音响与灯光的同步效果，赢得了乐迷的青睐。

1979 年，乐队推出了具有轰动效应的热门歌曲《墙》，这是沃特斯花费大半年时间创作的。沃特斯从童年时就心性孤傲，无论是在家里还是在学校，他见到的都是庸俗与禁锢，因而总是沉浸在某种幻觉般的音乐氛围里，他的这种幻觉从未得到人们的理解与支持，进而形成了对家庭与社会教育体制的不满，对整个社会持强烈的批判态度。歌曲《墙》贯穿的正是一种反传统反束缚的、在广大青少年中有广泛共鸣的思想。乐队首次演唱这首歌曲时，一堵巨大的白墙随着音乐的展衍缓缓升起在乐队前面，音乐进行到高潮处，挡住乐队的墙突然坍塌，队员们雀跃着跨过砖砾重又出现在观众面前。

噢，那倒下去的墙，意味无穷！等观众明白这一点时，掌声、喝彩声、口哨声、跺脚声，此起彼伏，简直要把天捅个窟窿。

最 流 行 专 辑

《月亮的阴面》
The Dark Side of the Moon （1971 年）
《动物》
Animals （1975 年）
《墙》
The Wall （1979 年）
《精彩伴舞歌曲荟萃》
A Colleltion of Great Dance Songs （1981 年）
《最后的切断》
The Final Cut （1983 年）
《一个小错误的原因》
A Momentery Lapse of Reason （1987 年）
《雷声优美》
Delicate Sound of Thunder （1988 年）

最 流 行 歌 曲

《金钱》
Money （1971 年）
《希望你在这儿》
Wish You Were Here （1975 年）
《墙上的另一块砖》
Another Brick in the Wall （1979 年）

平克·弗洛伊德乐队巡回演出时烟雾缭绕、彩灯闪烁，音乐刺激而又混乱的视听效果场面，在摇滚乐坛开创了先河。

是什么使他们具有这样的目光?

蒙吉斯乐队
(The Monkees)

1965 ~

最著名的摇滚乐队

乐队成立于1965年,成员包括:乔尼斯·多伦斯(1945年3月8日生于美国加利福尼亚州的洛杉矶)、罗伯特·奈斯密斯(1942年12月30日生于得克萨斯州的达拉斯)、彼得·托克(1944年2月13日生于哥伦比亚特区的华盛顿)、作曲家鲍勃·拉斐尔森和伯特·斯内德。经过9个月的精心策划、筹备,1966年12月,乐队推出了首张专辑,歌曲《我是一个教徒》第一次荣登流行歌曲排行榜榜首,乐队在一夜之间走红。1967年2月,乐队开始作简短的巡回演出并受到乐迷狂热而又近似野蛮的欢迎。1967年3月,乐队推出的专辑《小小的我,小小的你》再次荣登排行榜榜首,6月推出的专辑《总部》也获得同样的佳绩。7~12月,乐队推出专辑《双鱼座、宝瓶座、魔羯座和乔尼斯有限公司》里,其中的歌曲《白日梦教徒》开始主宰整个流行歌曲排行榜并以其独特的风格风靡全美。同时,托克还作为独唱演员参加了多种节目的演出,奈斯密斯也推出了自己的专辑《威治塔火车欢快地唱歌》。乐队在达到鼎盛时期的同时开始迅速地没落,1968年5月,NBC在转播了乐队第58次节目后取消了继续转播的计划,12月,托克离开了乐队。1970年1月乔尼斯离开乐队,3月,奈斯密斯也做出了同样的决定。1975年,乔尼斯·多伦斯、洛易斯和哈特重建"蒙吉斯"乐队,但乐队推出的新专辑没有取得成功。1986年,多伦斯和托克又重聚在一起,海奴唱片公司为他们出版、发行的专辑《今后和现在…"蒙吉斯"乐队的最优秀》又进入了排行榜第21名。随后,乐队为纪念"蒙吉斯"乐队成立21周年而举行的世界性巡回演出,赢得了新老乐迷的青睐。1989年,乐队在洛杉矶演出期间,奈斯密斯、多伦斯和托克联袂登台献艺,这支20年前的乐队仍然使乐迷大饱耳福。

与马的缘份

　　乔尼斯·多伦斯从小就爱马，也爱音乐。一天他来到马房，对马说："我是要你呢，还是要音乐？"马说："一个一个来嘛！"多伦斯高兴得一蹦三尺高："噢，有了有了，那就先要马。"他真的先做了几年的赛马骑师。

　　后来，多伦斯没有犹豫就参加了马戏团，演了几部电影。

　　罗伯特·奈斯密斯和彼得·托克则是正宗的牧马人，每天都伴随马群唱着民谣，走南闯北，牧游四方。

　　1975 年，他们凑到一起组成了"蒙吉斯"乐队。蒙吉斯与马，这种奇特的组合令人十分好奇和费解。当 1967 年他们开始作简短的巡回演出时，所到之处受到的欢迎已发展到了前所未有的程度。面对极其热情的观众人潮，奈斯密斯对托克说："瞧，没见过如此野性十足的马群吧！""是啊，这可比骑什么马都让人过瘾和愉快啊。"哈哈，哈哈，两人开心地笑了。

最 流 行 专 辑

《蒙吉斯》
The Monkees （1966 年）
《比蒙吉斯更多》
More of the Monkees （1967 年）
《总部》
Headquarters （1967 年）
《双鱼、宝瓶、摩羯座和乔尼斯有限公司》
Pisces，Aquarius，Cappicorn & Jones Ltd.
　　　　　　　　　　　　　（1967 年）
《鸟、蜜蜂和蒙吉斯》
The Birds，the Bees & the Monkees （1968 年）

最 流 行 歌 曲

《通向克拉克斯维尔的最后一班车》
Last Train to Clarksville （1966 年）
《我是一个教徒》
I'm a Believer （1966 年）
《小小的我，小小的你》
A Little Bit Me，A Little Bit You （1967 年）
《愉快的山谷星期日》
Pleasant Valley Sunday （1967 年）
《白日梦教徒》
Day Dream Believer （1967 年）
《法勒里》
Vallerl （1968 年）

杰弗逊飞机乐队
(Jefferson Airplane)

1965 ~

最著名的迷幻摇滚乐队

乐队成立于 1965 年 7 月，成员包括：歌手马尔蒂·巴林（1943 年 1 月 30 日生于美国俄亥俄州的辛辛那提）、吉他手保尔·坎特（1941 年 3 月 12 日生于旧金山）、吉他领奏乔马·考科恩（1940 年 12 月 23 日生于华盛顿）、鼓手斯基普·斯本斯（1946 年 4 月 18 日生于加拿大）和贝司手杰克·卡萨迪（1944 年 4 月 13 日生于哥伦比亚特区的华盛顿），后来鼓手和歌手赛恩·安德森（1941 年 9 月 15 日生于美国华盛顿州的西雅图）又加盟乐队，经过一年的磨练，乐队于 1965 年 11 月与 RCA 唱片公司签约录音，这家公司为乐队出版、发行的首张专辑没有取得成功。1966 年鼓手斯本斯离队，位置由斯潘塞·德里顿替补，歌手安德森离队，位置由格瑞斯·斯里克替补。10 月，乐队推出的第 2 张专辑《杰弗逊飞机起飞》进入了排行榜第 128 名；6 月推出的专辑《超现实的枕头》是乐队艺术审美的分水岭，在以民谣为基础的专辑《处女行》里，率直的歌词和动人的旋律充分体现了作曲家的用意，这两首歌曲问世后唱片售出了 100 万张，乐队以经典歌曲《夏之恋》载入了摇滚乐的发展史册。1967 年末，乐队推出的专辑《在巴克斯特家中浴后》是摇滚乐史上最优秀的专辑之一，其中歌曲《你，我和多尼尔的民谣》进入了排行榜第 17 名。1968 年，乐队推出的专辑《创造的王冠》被评论界认为是低调而温柔的嗓音与抒情优美的民谣相结合的典范。1969 年，乐队推出的专辑《志愿者》则带有更多的摇摆风格而在排行榜取得了第 13 名的好成绩。1970 年 2 月，斯潘塞·德里顿离开乐队后，考科恩和卡萨迪也相继离开乐队，1971 年巴林也离开了乐队。此后 4 年，乐队尽管在艰难地发展，但 1975 年推出的专辑《红势力》却首次荣登流行歌曲排行榜榜首。此后 10 年，乐队仍在艰难地发展。1990 年，巴林、坎特、斯里克、考科恩、卡萨迪为重振杰弗逊飞机乐队雄风又重新聚在一起录制了专辑并作了巡回演出，但还是被《滚石》杂志评为最不受欢迎的重返乐队，他们的这次重聚仍然未能再现乐队昔日的风采。

最 流 行 专 辑

《超现实的枕头》
  Surrea Listic Pillow （1967 年）
  《创造的王冠》
    Crown of Creation （1968 年）
    《志愿者》
      Volunteers （1969 年）
      《三桅船》
        Bark （1971 年）
        《红势力》
          Red Octopus （1975 年）

最 流 行 歌 曲

《有人去爱》
  Somebody to Love （1967 年）
  《白兔》
    White Rabbit （1967 年）

咱们的"信仰"是什么？

一天，女歌手格瑞斯·斯里克突然问乐队中的几位男子汉："咱们有没有信仰，信仰什么？"大家都知道她指的不是宗教信仰，但究竟指什么并不清楚，就打趣道："我们信仰爱情，我们信仰金钱，我们信仰你充满热情的吻。""哈哈哈"，几个人多少有点带开玩笑地随声合着。斯里克并不生气，她摸摸这个的头，拧拧那个的脸说："我们信仰一流的演唱、演奏技巧，一流的激情和才华，一流的高雅而又欢乐的情调。""噢，有了，我们早就有了。""但是还不完全，还不淋漓尽致，我们还要努力。"斯里克接着说。后来，乐队经过多年不懈的努力终于做到了，这正是杰弗逊飞机乐队给美国摇滚音乐留下的最珍贵的遗产，他们演唱、演奏的摇滚乐的确让千千万万乐迷由衷地喜爱。

门 乐 队
(The Doors)

1965～1972

最著名的摇滚乐队

乐队成立于 1965 年，成员包括：歌手吉姆·莫里森（1943 年 12 月 8 日生于美国佛罗里达州的麦尔伯恩）、键盘手戴·曼扎克（1935 年 2 月 12 日生于伊利诺伊州的芝加哥）、吉他手罗比·克里格（1946 年 1 月 8 日生于加利福尼亚州的洛杉矶）、鼓手约翰·登斯尔莫（1945 年 12 月 1 日生于洛杉矶）。经过长达 6 个月的排练，1966 年，乐队首次在一个威士忌歌舞酒吧演出，后因莫里森演唱的歌曲《末日》引起争论，乐队被酒吧老板解雇。此后，亚瑟李帮助乐队与埃里克特拉唱片公司签约录音，1967 年 1 月，这家唱片公司为乐队出版、发行的首张专辑《门乐队》荣登流行歌曲排行榜榜首并保持了 21 周之久；7 月，歌曲《点燃我的火》问世后再次登上排行榜榜首；11 月，乐队推出的第 2 张专辑《奇异的日子》虽然进入了排行榜第 3 名，但这张漫不经心的粗糙的录音专辑却十分令人失望。1968 年 5 月，乐队为电影《无名战士》录制的主题歌，由于莫里森出色的演唱而光彩夺目；9 月，乐队推出的第 3 张专辑《等待太阳》位居排行榜榜首达 4 周之久，其中具有流行乐韵味的歌曲《喂，我爱你》也荣登榜首，唱片售出了 100 万张。1969 年 2 月，歌曲《抚摸我》又进入排行榜第 3 名，唱片销售量达 100 万张；同年推出的第 4 张专辑《温柔的展示》也取得排行榜第 6 名的好成绩。1970 年，尽管乐队的专辑仍然持续不断地进入排行榜前 10 名，但就音乐而言再也没有超过首张专辑的水平。1971 年 3 月，莫里森离开乐队移居巴黎专心从事诗歌创作，他的第一本书《神和新创造者》反响不错；6 月 3 日，莫里森因心脏病发作在公寓里去世，遗体被安葬在巴黎的皮尔拉兹公墓，与奥斯卡·卓别林和巴尔扎克等名家同在一个公墓里。1972 年，乐队因无法维持而解散。

与奥斯卡、卓别林、巴尔扎克同栖一地

门乐队的歌手兼吉他手吉姆·莫里森,以其飘逸的头发、公认性感的脸庞、准确的音乐表达而倾倒了千千万万的乐迷。此外,莫里森还经常在生活中不断地制造出一些小麻烦、小纠纷而被人们议论纷纷,其影响就更大了,甚至被一批追随者吹捧为摇滚乐坛的典范。

的确,莫里森在他演唱的史诗般的摇滚歌曲《末日》中,塑造了一个神志迷乱的青年形象,这个青年因走不出自己编织的人生怪圈而杀死了自己的亲人。莫里森曾面对记者表情木然地说:"我的父母尽管不是这样死的,但他们真的死了,不久前死的。"

"我的天,你们还活着! 莫里森简直不像话。"不久,一位记者认出了莫里森的父母。可是莫里森的父母倒是满想得开地说:"那是他想要揭示的艺术意境和哲理,以便引起人们的反思、觉醒和唤起对全人类的爱心。"

人们没有忘记莫里森对艺术的追求和创造的功绩。他死后,人们把他埋葬在巴黎皮尔拉兹公墓,与奥斯卡、卓别林、巴尔扎克同栖共眠,这更使他成为偶像而受到乐迷的膜拜。

最 流 行 歌 曲

《点燃我的火》
Light My Fire (1967 年)
《喂,我爱你》
Hello,Love You (1968 年)
《抚摸我》
Touch Me (1968 年)

最 流 行 专 辑

《门乐队》
The Doors (1967 年)
《奇异的日子》
Strange Days (1967 年)
《等待太阳》
Waiting for the Sun (1968 年)
《温柔的展示》
The Soft Parade (1969 年)
《莫里森饭店／硬摇滚咖啡店》
Morrision Hotel／Hard Rock Cape (1970 年)
《绝对现场》
Absolutely Live (1970 年)
《洛杉矶女人》
L. A. Woman (1971 年)

门乐队也是在探索、发展、创造中寻找着乐队音乐风格的定位。

　　具有迷幻般想像、性感的表演和诗歌一样浪漫夸张的门乐队,生活里却显得十分平和、随意。

斯莱和斯通家庭乐队
(Sly And The Family Stone)

1966 ~ 1974

最著名的家庭摇滚乐队

乐队成立于 1966 年，成员包括：歌手斯莱·斯通（1944 年 3 月 15 日生于美国德克萨斯州的达拉斯）、吉他手弗莱迪·斯通、键盘手罗西·斯通、小号手西西亚·罗滨逊、萨克斯管手杰尼·马蒂尼、贝司手拉端·格莱哈姆以及鼓手格雷格·埃里科。1967 年，乐队与艾匹克唱片公司签约录音，这家公司为乐队出版、发行的首张专辑《全新的事情》没有取得成功。1968 年，乐队推出的歌曲《随着音乐跳舞》进入了排行榜第 8 名。1969 年，乐队推出的歌曲《每天的人们》和专辑《立正》首次荣登流行歌曲排行榜榜首；同年问世的歌曲《夏天发烧歌迷》也进入了排行榜第 2 名。1970 年问世的歌曲《谢谢你》再次登上排行榜榜首，专辑《大火爆》进入排行榜第 2 名。1971 年问世的歌曲《家庭事件》、《骚乱在持续》又一次高居排行榜榜首。从此确立了乐队在摇滚乐坛的地位。1972 年，乐队内部出现分裂，格莱哈姆退出了乐队，斯莱·斯通的经济和吸毒问题更加突出，乐队在排行榜上的名次开始滑落。1973 年推出的专辑《新鲜》进入排行榜第 7 名。1974 年推出的最后一张专辑《松动的根》仅进入排行榜第 84 名。此后，乐队解散，成员各奔东西。

最 流 行 专 辑

《立正！》
Stand! （1969 年）
《大火爆》
Greatest Hits （1970 年）
《骚乱在持续》
There's a Riot Goin on （1971 年）
《新鲜》
Fresh （1973 年）

最 流 行 歌 曲

《随着音乐跳舞》
Dance to the Music （1968 年）
《每天的人们》
Everyday People （1969 年）
《夏天发烧歌迷》
Hot Fun in the Summer Time （1969 年）
《谢谢你》
Thank You （1970 年）
《家庭事件》
Family Affair （1971 年）
《如果你想让我留下》
If You Want Me to Stay （1973 年）

为了摇滚我愿意死一百回

斯莱·斯通的父母对三个爱说好动的孩子早有安排：给他们买乐器，让他们在乐器上消耗多余的精力。谁知这三个孩子竟将音乐玩成了可以为之舍命的事业。十几年后，在斯莱·斯通的努力下，他们成立了"斯莱和斯通家庭"乐队。

一天，父亲把斯莱·斯通叫到身边："儿子，想好了吗？演唱摇滚歌曲可不是一般人能胜任的，它需要的是超过你自己的能量和智慧的几倍的精力，到时受不了可别做蠢事。""爸爸，关于这一点我比谁都清楚。可是我的心早已给了摇滚乐，为了摇滚乐，我愿意死上一百回。"

斯莱·斯通性格外向，唱起歌来热情奔放。他和乐队的录音既富于内涵、朴实无华，又竭诚讴歌了生命的本质。

所谓知子莫如父。父亲的话应验了，斯莱·斯通第一次因为吸毒受指控，他和"家庭"乐队因此而解散。后来，斯莱·斯通与其他乐队合作又辉煌了几年，最终还是因为毒品问题而再次陷入困境。

值得安慰的是，几十年后，广大的乐迷和其他乐队对斯莱和斯通家庭乐队仍然迷恋不舍，乐队的唱片始终畅销，许多乐队对斯莱和斯通家庭乐队也推崇有加。

奶酪乐队
（Cream）

1966 ~ 1968

最著名的摇滚乐队

1966 年 6 月，乐队成立于英国伦敦，成员包括：鼓手金格·贝克尔（1939 年 8 月 19 日生于伦敦）、吉他手艾瑞克·克莱普顿（1945 年 3 月 20 日生于英格兰）、贝司手杰克·布鲁斯（1945 年 5 月 14 日生于苏格兰）。1967 年，乐队推出的首张专辑《新鲜奶酪》非常畅销并进入英国流行歌曲排行榜第 6 名，其中歌曲《我感觉自由了》进入排行榜第 11 名；3 月，乐队应邀担任了美国纽约戏剧院举办的长达 1 周的颇具影响力的"五维音乐"节目中迪斯科的演奏任务，还以明星乐队的身份参加了在英国温德索举办的一年一次的爵士乐和布鲁斯音乐节，同时还推出了第 2 张专辑《快速齿轮》，其中歌曲《你的爱如阳光普照》进入了美国流行歌曲排行榜第 5 名，唱片销售量超过 100 万张，专辑也进入了美国流行歌曲排行榜第 4 名。随后，克莱普顿在带有布鲁斯风格的经典歌曲《十字路口》中的独奏，是摇滚史上最为优秀的吉他独奏。贝克尔在歌曲《托德》中拓展了鼓的独奏。布鲁斯在歌曲《训练时日》中掀起了一阵口琴热潮。1968 年 8 月，乐队推出的专辑《火轮》首次荣登美国流行歌曲排行榜榜首并保持了 4 周之久。这是美国摇滚史上最优秀最重要的专辑之一，并由此确立了该乐队在摇滚史上的地位。奶酪乐队刚攀上艺术的顶峰就开始走向了分裂，同年 10 月，乐队在美国巡回演出时发生意见分歧；11 月，乐队在伦敦皇家阿尔伯特剧院举行告别音乐会后宣告解散。1993 年 1 月，为庆祝乐队被正式载入《摇滚名人录》，乐队成员重新联袂演唱了最为脍炙人口的 3 首歌曲：《十字路口》、《恶劣环境下诞生》、《政治家》。值得深思的是，乐队成员虽然后来各自都取得了一定的成就，但却没有一个超越他们在一起时所取得的影响和辉煌。

火应烧在脚下而不是头上

奶酪乐队的专辑《火轮》出版后，着实火了一把，高居美国排行榜榜首达4周之久。乐迷莲娜和邦德兄妹俩也火急火燎地跑去商店买来欣赏，他们把音量开得像奶酪乐队的实况演出一样大，而且将这张专辑听了一个星期。

"天哪，真不知道是什么让你们这样着迷？""爸爸，您见过上帝吗？告诉你，现在我们的'上帝'艾瑞克·克莱普顿正在演奏，你听他演奏的吉他是不是很棒，像不像上帝在说话？你再听，金格·贝克尔的鼓演奏的那辉煌的双低音节奏可以长达15分钟，多么了不起？！你再听，杰克·布鲁斯的贝司……""得了吧，这几天我的脑子里像着了火一样，快吵死人了。""爸爸，您的感觉真是好极了，这张专辑正好叫《火轮》，只是这火团应烧在脚下而不是头上？"

最 流 行 歌 曲

《你的爱如阳光普照》
Sunshine of Your Love （1967 年）

《白屋子》
White Room （1968 年）

《十字路口》
Crossroads （1969 年）

最 流 行 专 辑

《新鲜奶酪》
Fresh Cream （1967 年）
《快速齿轮》
Disraell Gears （1967 年）
《火轮》
Wheels of Fire （1968 年）
《永别了》
Goodbye （1969 年）
《最好的奶酪》
Best of Cream
《奶酪乐队实况》
Live Cream （1970 年）
《奶酪乐队实况》(第 3 集)
Live Cream – Volume 3 （1972年）

奶酪乐队以反复叠现的、狂暴的即兴演奏,声情并茂的演唱以及精彩绝伦的爵士鼓独奏迈进了超级摇滚乐队的行列。

从奶酪乐队成员不同的面部表情里，能使人产生许多联想。

1966 年 5 月 16 日生于美国印第安纳州的加利,在杰克逊家族中排行第 9,是这个家庭中最小的一个孩子。詹尼特·杰克逊 7 岁时开始与哥哥们一起登台演出,10 岁时出演了几部电视系列剧。1982 年,她推出了第 1 张专辑《詹尼特·杰克逊》。1984 年又推出了第 2 张专辑《梦幻街道》,但都没有取得成功。1986 年,她又推出了第 3 张专辑《控制》,其中歌曲《当我想到你》和《让我们等一会》首次荣登流行歌曲排行榜榜首。1989 年,詹尼特·杰克逊与刘易斯重新组队并推出了专辑《节奏之国 1814》,有 7 首歌曲进入了排行榜前 5 名,其中包括 4 首榜首歌曲,同时配合专辑推出的 30 分钟的录像片也获得本年度格莱美奖,这张专辑在欧洲也获得了成功,詹尼特·杰克逊很快成为继麦当娜之后的世界最受欢迎的女歌手。1991 年,詹尼特·杰克逊与美国维真公司以 5000 万美元的价格签约录音。1993 年,这家公司为她出版、发行的新专

詹尼特·杰克逊
(Janet Jackson)

1966 ~

最著名的摇滚歌星

辑《詹尼特》再一次荣登美、英两国流行歌曲排行榜榜首,唱片的销量创造了维真公司的历史记录,从而更加巩固了詹尼特·杰克逊流行音乐女王的地位。1995 年,与维真新一轮的合同谈判使詹尼特·杰克逊的账户上又增加了 8000 万美元,据说这是唱片史上最昂贵的合同,公司还为这张新专辑《十年的计划》贡献了几首歌曲,这是 A&M 公司近十年以来出版、发行的排行榜榜首歌曲精选集,它集中地展示了詹尼特独特的艺术个性与天真烂漫的天赋,这是其他许多竞争对手可望而不可及的。

最流行专辑

《控制》
Control （1986 年）
《节奏之国 1814》
Rhythm Nation 1814 （1989 年）
《詹尼特》
Janet （1993 年）
《十年的计划》
Design of a Decade （1995 年）

最流行歌曲

《当我想到你》
When I Think of You （1986 年）
《让我们等一会》
Let's Wait a While （1986 年）
《如果》
If （1993 年）
《那就是爱的方式》
That's the Way Love Goes （1993 年）

克罗斯比，斯蒂尔斯和纳什乐队
(Crosby，Stills And Nash)

1967 ~

最著名的摇滚乐队

　　乐队成立于 1967 年，成员包括：克罗斯比(1941 年 8 月 14 日生于美国加里福尼亚州的洛杉矶)、纳什(1942 年 2 月 2 日生于英格兰)、斯蒂尔斯(1945 年 1 月 3 日生于美国得克萨斯州)。1968 年 6 月，乐队推出的首张专辑《克罗斯比，斯蒂尔斯和纳什》进入了美国流行歌曲排行榜第 2 名，唱片售出 100 万张，其中歌曲《马拉喀什特别曲》是受人欢迎的成功之作；7 月，由于内尔·杨(1945 年 11 月 12 日生于加拿大的多伦多)的加盟，乐队改名为 CSN&Y 乐队；6 月，乐队在纽约的费尔莫俱乐部举办了首场演出；8 月，乐队成为乌德斯托克音乐节中的焦点，随后开始了全美巡回演出。1970 年 3 月，乐队获得格莱美奖；5 月，乐队翻唱的乔尼·米歇尔的《乌德斯托克》成为最火爆的歌曲；同月，乐队的首张专辑《似曾相识》首次荣登流行歌曲排行榜榜首，唱片在一周内卖出 100 多万张而成为摇滚史上最优秀的专辑之一；6 月，杨因愤怒肯尼迪被暗杀而创作的歌曲《俄亥俄州》问世后进入排行榜第 14 名。纳什创作的民谣《教教你的孩子》进入排行榜第 16 名；8 月，杨因个性及音乐风格与乐队其他成员不同而退出了乐队，此后，乐队成员各奔东西；12 月，斯蒂尔斯推出了以自己的名字命名的首张独唱专辑进入了排行榜第 2 名。1971 年 5 月，杨的专辑《淘金潮之后》进入排行榜第 8 名；同月，克罗斯比的专辑《如果我仅能记住我的名字》进入排行榜第 12 名；7 月，纳什的首张专辑《为初学者的歌》进入排行榜第 15 名。1977年，纳什精选乐队的经典曲目录制的专辑《第四大街》，再一次荣登排行榜榜首，唱片售出 100 万张。1982 年，他们三人合作的新专辑《重见天日》又进入排行榜第 8 名，销售量也突破了 100 万张，1988 年合作的专辑《美国梦》又进入排行榜第 16 名。1990 年，在加利福尼亚州杨的母校 (桥梁学校) 举办的一年一度的演出中，他们三人再次联手，以超越歌迷时空感和接受力的和声，魔术般地再次创造了乐队辉煌时期所具有的音乐魅力而赢得全校师生的欢迎和好评。

最 流 行 专 辑

《克罗斯比,斯蒂尔斯和纳什》
Crosby,Stills and Nash （1968 年）
《似曾相识》
Deja Vu （1970 年）
《到目前为止》
So Far （1974 年）
《第四大街》
4 Way Street （1977 年）
《重见天日》
Daylight Again （1982 年）
《美国梦》
American Dream （1988 年）

最 流 行 歌 曲

《我去之前的一首歌》
Just a Song before I Go （1971 年）

争吵酿造的和谐

　　克罗斯比、斯蒂尔斯和纳什三人组合乐队时,都早已是摇滚乐坛的明星。克罗斯比的演奏感情真挚,拥有民谣特色;斯蒂尔斯的演奏具有摇滚魅力,纳什则拥有流行音乐的一流感觉,三人的优势相加,便产生了超乎想像的艺术效果。

　　每一位明星都有独特的才能和鲜明的个性,乐队成立之初,三人经常在排练时为录制节目的艺术感觉而争吵,有时甚至吵得不欢而散。由于各有所长,所以演唱、演奏时往往自觉不自觉地表现自己的特色,对此,音响导演总是强调:"你们要往一块靠一靠!""不!这个地方应该让我的特色再鲜明一些!""如果按我刚才的感觉演奏,那才妙呢!""这里应该刚劲一些,但不能夸张得过分,"三个人一个比一个嗓门更高。录音师说话了:"别忘了,你们这支乐队不同于一般乐队的是和谐?!""噢噢噢,对对对,我们要和谐,我们要靠拢。"可是录着录着又出现分歧,于是再吵,再靠拢。结果,他们的音乐倒是因此而产生了高度统一的和谐和鲜明的个性,使观众听起来备感亲切、有味儿。

弗利乌德·迈克
（Fleetwood Mac）

1967 ~

最著名的摇滚乐队

我的规则是不屈不挠

　　歌手格林不知道是把灵魂交给安拉默罕默德还是上帝耶酥。在舞台上他穿着宽大拽地的长袍演出，在台下他又屈服于救世主。尽管如此，他的歌唱得还是让人心悦诚服，尤其是他演唱的歌曲《游戏的结局》，几乎把全部情感倾注到这首歌里。后来，他因神志不清，不自觉地走向了疯狂。这也是弗利乌德·迈克乐队的危机的开始，随后又有队员与弗利乌德的妻子有瓜葛而使乐队很快瓦解。

　　但是，弗利乌德作为一个天才而训练有素的鼓手，怎会轻言放弃呢？这天，他来到自己的工作间，把门一插，兀自地敲起鼓来，一边敲一边叨：“想当初与贝司手约翰·迈克维心贴心，连名字都可以合起来，成立了弗利乌德·迈克乐队，心里充满兴奋与快乐，并走出了一条自己的路，难道就此罢手吗？不行！无论如何也要继续前行，我的规则是不屈不挠直到光辉的彼岸。”敲了一天的鼓，也发泄了一天内心的痛苦，确立了未来目标的弗利乌德走出了工作间。

　　迈步在街上，到处灯火阑珊，10 年后，弗利乌德·迈克乐队发展成了世界上最大的摇滚乐队之一。

最 流 行 专 辑

《弗利乌德·迈克》
Fleetwood Mac （1975 年）
《谣言》
Rumours （1977 年）
《獠牙》
Tusk （1979 年）
《海市蜃楼》
Mirage （1982 年）

最 流 行 歌 曲

《梦》
Dreams （1977 年）
《不要停止》
Don't Stop （1977 年）
《萨拉》
Sara （1979 年）
《抱着我》
Hold Me （1982 年）
《巨大的爱》
Big Love （1987 年）
《小谎言》
Little Lies （1987 年）

　　乐队成立于 1967 年初, 成员包括: 鼓手米克·弗利乌德 (1942 年 6 月 24 日生于英国伦敦) 和贝司手约翰·迈克 (1945 年 11 月 26 日生于伦敦)。乐队创建之初以两人的名字命名。不久, 吉他手彼特·格林 (1946 年 10 月 29 日生于伦敦) 和杰瑞也加盟了乐队, 8 月, 乐队在布鲁斯音乐节首次登台演出, 11 月推出的歌曲《我相信我的时间不会长》没有取得成功。1968 年 3 月, 乐队推出的首张同名专辑进入了英国流行歌曲排行榜第 4 名。在此后的两年多时间里, 乐队又推出了《信天翁》、《哦, 好了!》等经典流行歌曲使他们脱颖而出并进入了一个更高层次的摇

滚乐领域。1970 年 4 月, 乐队在格林退出之前又推出了极为优秀的专辑《游戏的结局》。1971 年 2 月, 当后来加盟的斯本瑟和科万退出时, 鲍勃·威斯顿与吉他手莎夫·布朗的加盟又为乐队带来了新的活力。1973 年, 乐队推出的专辑《企鹅》、《对我来说是神秘》和 1974 年推出的专辑《英雄难觅》都是这种活力的直接产物。1974 年 12 月, 歌手林德西·布金哈姆加盟乐队, 1975 年推出了与乐队同名的专辑《弗利乌德·迈克》, 其中歌曲《说你爱我》和《里亚农》进入流行歌曲排行榜第 11 名, 这张专辑于 1976 年 9 月上升到排行榜榜首。1977 年 2 月, 在新推出的专辑《谣言》中, 圣歌《不要停止》进入了排行榜第 3 名, 专辑《走你自己的路》进入排行榜第 10 名, 两个月后又上升到排行榜榜首。1982 年, 乐队推出的专辑《海市蜃楼》再次获得了排行榜榜首的佳绩, 从此确立了乐队在摇滚乐坛的牢固地位。1987 年, 乐队推出的专辑《唐高在夜里》进入排行榜第 7 名。此后, 布金哈姆离开了乐队, 位置由吉他手兼歌手里克·维图和比利·伯耐特接替。1990 年, "弗利乌德·迈克"乐队在新组合下又推出了专辑《在面具背后》, 同年巡回演出结束时, 迈克和尼克斯相继退出了乐队, 但乐队仍然延续至今。

格林和迈克明快而强有力的吉他弹奏使人精神振奋。

弗利乌德铿锵有力、变化莫测的鼓声令亿万乐迷发狂。

弗利乌德·迈克乐队成立之初，以音乐风格朴实、清爽而著称。

10年以后，乐队的音乐风格变成了新奇、狂热而又懒散式的混合摇滚。

1968 年 3 月，乐队成立于美国伦敦，成员包括：吉他手吉米·佩吉（1944 年 1 月 9 日生于英国伦敦的海斯顿）、歌手罗伯特·普兰特（1948 年 8 月 20 日生于米兰兹西布莱姆威治）、贝司手约翰·保尔·乔尼斯（1946 年 6 月 3 日生于英格兰肯特郡的斯得卡普）、鼓手约翰·伯哈姆（1948 年 5 月 31 日生于英格兰斯坦弗兹郡布莱姆威治）；10 月，佩吉将乐队更名为莱德·泽普林。1969 年 2 月，乐队推出的专辑《莱德·泽普林》第 1 集进入了美国流行歌曲排行榜第 10 名；11 月，专辑《莱德·泽普林》第 2 集问世后很快荣登排行榜榜首并持续了 138 周之久，其中歌曲《全身心的爱》是重金属音乐的经典作品。1970 年 9 月，乐队在美国进行了巡回演出，10 月，乐队推出的专辑《莱德·泽普林》第 3 集先后登上了美、英两国流行歌曲排行榜榜首，乐队在美国、欧洲的巡回演出因受到乐迷的热烈欢迎而持续到 1971 年，尤其是专辑《莱德·泽普林》第 4 集中的歌曲《通向天堂的台阶》最为火爆。1973 年，乐队推出的专辑《圣殿》、《烙印》以及 1976 年推出的专辑《礼物》等都一次次进入了排行榜榜首。1976 年 10 月，乐队推出的电影音乐《歌声依旧》使乐队载入曼迪逊广场花园演出的史册。1977 年，伯哈姆和经理彼特·格兰特因在一场演出中被指控殴打保安人员而被捕，普兰特因儿子克拉克早逝返回了家。1978 年 7 月，莱德·泽普林乐队重建；1979 年推出的专辑《走出家门》在美国享誉盛名。1980 年 7 月 7 日，"莱德·泽普林"乐队在西柏林的艾斯鲍特豪尔进行了最后一场演出，9 月 25 日伯哈姆因酒精中毒死亡；1985 年，乐队参与了援助埃塞俄比亚饥荒的募捐演出；1988 年，乐队为纪念大西洋唱片公司成立四十周年在曼迪逊广场花园组织了演出；1990 年，乐队在英格兰布德利的海斯饭店为伯姆的婚礼举行了庆祝演出。

莱德·泽普林
（Led Zeppelin）

1968 ~

最著名的重金属乐队

10年以后，乐队的音乐风格变成了新奇、狂热而又懒散式的混合摇滚。

血、汗和泪乐队

（Blood，Sweat And Tears）

1967 ~

最著名的摇滚乐队

乐队成立于 1967 年，成员包括：键盘手艾尔·库波、吉他手斯泰福·凯兹、贝司手吉姆·费尔德、鼓手鲍比·考罗姆比以及弗雷德·李比斯、杰里·威斯和兰迪·布莱克。

1968 年，乐队推出的首张专辑《对男人孩子就是父亲》进入了流行歌曲排行榜第 47 名；年末，库波、威斯和布莱克因意见分歧而各奔前程。有意思的是，乐队音乐由原来库波的翻唱让位于新加盟的戴维德·克雷顿·托马斯（1941 年 9 月 31 日生于英格兰）的领唱与库克·温费尔德、路·索罗夫和杰里·海曼等人的管弦乐队伴奏的新版本音乐。1969 年 3 月，乐队推出的《血、汗和泪》专辑首次荣登流行歌曲排行榜榜首并保持了 7 周之久，其中 3 首歌曲《你使得我如此幸福》、《当我死的时候》和《旋转的车轮》曾风靡一时，唱片售出了 300 万张。这张专辑还获得格莱美最佳唱片奖、当代管弦乐器演奏最高成就奖以及最佳伴唱奖；同年，乐队的另一张专辑《血、汗和泪》(3) 雄居流行歌曲排行榜榜首两周，其中歌曲《嘿一得一哦》进入排行榜第 14 名。1971 年，乐队推出的专辑《血、汗和泪》(4) 进入排行榜第 10 名；年末，托马斯退出乐队从事独唱职业，乐队由于一些新成员的加盟而很快蜕变为一支商业乐队。

1974 年和 1988 年，克雷顿·托马斯虽然曾两次加盟也未能改变乐队艰难的困境。

对男人孩子就是父亲

从某种意义上讲,孩子的确就是父亲,可以说是他们的存在指导着大人们做什么和怎么做。一天,4岁的弗兰克·克雷顿·托马斯对父亲说:"爸爸,过来,趴在地上,我要骑大马。""这孩子,我是你父亲,怎么可以当马骑呢?""你不是常说,孩子有权做他们想做的事吗?"父亲一拍脑门,真的的,我差点忘了,好吧! 儿子,咱先说好了,只能在家里""OK",托马斯愉快地骑在父亲的后背上,在屋里转了一圈又一圈。

长大后,戴维德·克雷顿·托马斯成为"血、汗和泪"乐队的主唱,他的思想、着装、言谈举止以及生活习性都成为一个广泛的文化现象。乐队的伴奏和歌唱都高度的平衡和融洽,音乐极刺激而富有变化,他们最有代表性的歌曲恰恰是《对男人孩子就是父亲》。

最 流 行 专 辑

《血、汗和泪》
Blood, Sweat & Tears （1969 年）
《血、汗和泪》(3)
Blood, Sweat & Tears 3 （1970 年）
《血、汗和泪》(4)
Blood, Sweat & Tears 4 （1971 年）
《血、汗和泪经典歌曲选集》
Blood, Sweat & Tears Greatest Hits （1972 年）

最 流 行 歌 曲

《你使我如此幸福》
You Made Me So Very Happy （1969 年）
《旋转的车轮》
Spinning Wheel （1969 年）
《当我死的时候》
And When I Die （1969 年）
《嘿—得—哦》
Hi—De—Ho （1970 年）
《路克利希亚·麦克·艾维尔》
Lucretia Mac Evil （1970 年）
《继续,加布林》
Go Down Gamblin' （1971 年）

1968 年 3 月,乐队成立于美国伦敦,成员包括:吉他手吉米·佩吉 (1944 年 1 月 9 日生于英国伦敦的海斯顿)、歌手罗伯特·普兰特(1948 年 8 月 20 日生于米兰兹西布莱姆威治)、贝司手约翰·保尔·乔尼斯 (1946 年 6 月 3 日生于英格兰肯特郡的斯得卡普)、鼓手约翰·伯哈姆 (1948 年 5 月 31 日生于英格兰斯坦弗兹郡布莱姆威治);10 月,佩吉将乐队更名为莱德·泽普林。1969 年 2 月,乐队推出的专辑《莱德·泽普林》第 1 集进入了美国流行歌曲排行榜第 10 名;11 月,专辑《莱德·泽普林》第 2 集问世后很快荣登排行榜榜首并持续了 138 周之久,其中歌曲《全身心的爱》是重金属音乐的经典作品。1970 年 9 月,乐队在美国进行了巡回演出,10 月,乐队推出的专辑《莱德·泽普林》第 3 集先后登上了美、英两国流行歌曲排行榜榜首,乐队在美国、欧洲的巡回演出因受到乐迷的热烈欢迎而持续到 1971 年,尤其是专辑《莱德·泽普林》第 4 集中的歌曲《通向天堂的台阶》最为火爆。1973 年,乐队推出的专辑《圣殿》、《烙印》以及 1976 年推出的专辑《礼物》等都一次次进入了排行榜榜首。1976 年 10 月,乐队推出的电影音乐《歌声依旧》使乐队载入曼迪逊广场花园演出的史册。1977 年,伯哈姆和经理彼特·格兰特因在一场演出中被指控殴打保安人员而被捕,普兰特因儿子克拉克早逝返回了家。1978 年 7 月,莱德·泽普林乐队重建;1979 年推出的专辑《走出家门》在美国享誉盛名。1980 年 7 月 7 日,"莱德·泽普林"乐队在西柏林的艾斯鲍特豪尔进行了最后一场演出,9 月 25 日伯哈姆因酒精中毒死亡;1985 年,乐队参与了援助埃塞俄比亚饥荒的募捐演出;1988 年,乐队为纪念大西洋唱片公司成立四十周年在曼迪逊广场花园组织了演出;1990 年,乐队在英格兰布德利的海斯饭店为伯姆的婚礼举行了庆祝演出。

莱德·泽普林
(Led Zeppelin)

1968 ~

最著名的重金属乐队

庭院鸟啾啾

在一个风和日丽的早晨,吉他手佩吉、歌手普兰特、贝司、键盘手乔尼斯、鼓手伯哈姆来到了歌手普兰特新婚不久的家里,这里庭院开阔,花香鸟语,犹如一幅清丽的田园风情画,他们在这里用新的乐队名"莱德·泽普林"代替了原来的乐队名。

此后,莱德·泽普林乐队队员,个个像花园里的花朵一样争奇斗艳,佩吉弓着腰弹起了吉他,音流恰似陨石从天而降;普兰特坦露着前胸,吟唱各类传说如玄界精灵;乔尼斯时而弹贝司,时而弹键盘,时而弹曼陀林,韵味极其高雅;伯哈姆的鼓声变化多端,铿锵有力,20分钟的即兴演奏令人眼花缭乱。这是一支不多见的、可以在纽约卡内基大厅演奏的重金属乐队。

所谓福兮祸所伏,祸兮福所倚。就在乐队功成名就和乐迷们的喝彩声中,伯哈姆因与保安人员发生不愉快打了人而关进了监狱;普兰特更是超乎想象,儿子因患病夭折;3年后,伯哈姆因饮酒过度,在家里身亡。

小鸟继续在庭院啾啾,只是不知道它为何不歌唱了。

最 流 行 专 辑

《莱德·泽普林》(第2集)
Led Zeppelin Ⅱ (1969年)
《莱德·泽普林》(第3集)
Led Zeppelin Ⅲ (1970年)
《莱德·泽普林》(第4集)
Led Zeppelin Ⅳ (1971年)
《圣殿》
House of the Holy (1973年)
《烙印》
Physical Graffiti (1973年)
《存在》
Presence (1976年)
《来自电影〈歌声依旧〉的音带》
The Soundtrack From the Film
The Song Remains the Same (1976年)
《走出家门》
In Throught the out Door (1979年)
《尾声》
Coda (1982年)

最 流 行 歌 曲

《全身心的爱》
Whole Lotta Love (1969年)

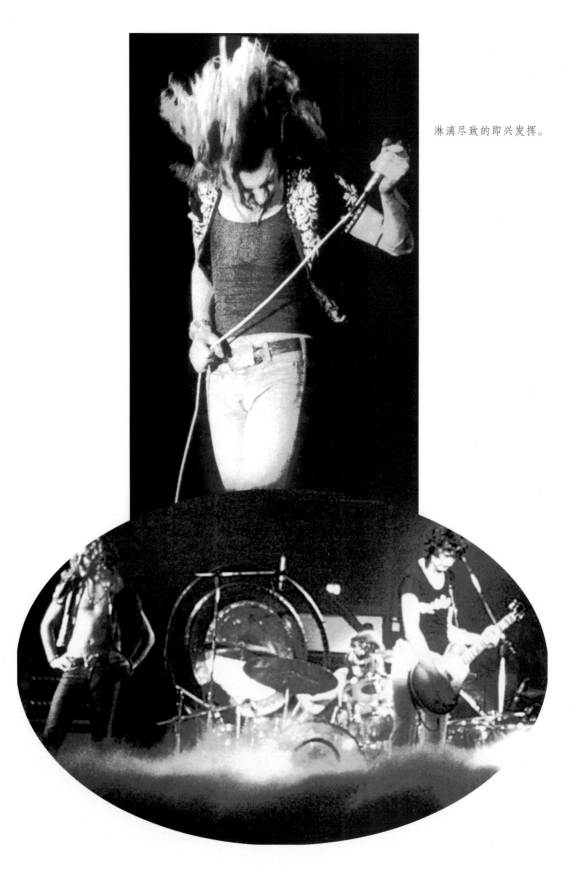

淋漓尽致的即兴发挥。

紧张而虚幻的疯狂释放。

在铿锵有力的音乐中如醉如痴。

在委婉柔情的旋律中细细品味。

莱德·泽普林乐队不断
在美国和欧洲巡回演出扩大
知名度。

莱德·泽普林乐队所
到之处，均受到摇滚乐迷
的狂热崇拜和青睐。

乐队成员略带金属质感和太空探险者的肖像，隐约
体现了重金属乐队的含义。

强劲而歇斯底里的感情释放与亲切、平和的心态
总是形成反差。

杰斯诺·托尔乐队
(Jethro Tuil)

1968 ~

最 流 行 专 辑　　最著名的摇滚乐队

《恩典》
Benefit （1970 年）
《水肺》
Aqualung （1971 年）
《像砖一样厚》
Thick as a Brick （1972 年）
《生活在过去》
Living in the Past （1972 年）
《战争之子》
War Child （1974 年）
《走廊的游吟诗人》
Minstrel in the Gallery （1975 年）
《来自树林里的歌声》
Songs from the Wood （1977 年）

最 流 行 歌 曲

《生活在过去》
Living in the Past （1972 年）
《丛林坏事》
Bunglein the Jungle （1974 年）

一条常走常新的路

在 1989 年 2 月格莱美授奖仪式上，当会议宣布格莱美授予杰斯诺·托尔乐队的专辑《狡诈之极》时，会场上立刻嘘声一片，好像这个奖授错了似的。

"我真搞不懂这些乐迷，追我们、捧我们的是他们，真给我们荣誉了，他们好像又是这么极不情愿。"歌手、长笛手伊安·安德森气哼哼地说。吉他手巴雷笑着说："安德森，可能是你演出时拿着长笛像甩大刀式地疯狂表演而被大家误以为我们是拦路抢劫的强盗。""我可是与你那远古森林中的精灵一般的舞台形象相得益彰的啊！鼓手巴洛说：""嗨，二位？这个奖是音乐奖而不是表演奖。"

"说归说，笑归笑，我认为咱们以民谣为基础，以优美为标准，这条路子是走对了，而且是条常走常新的路。"巴雷说。"这才像句正经话。"安德森总算多少找回了点自己的面子。

乐队成立于1968年，成员包括：吉　　　　　他手米克·亚伯拉翰姆斯（1943年4月7日生于英格兰）、贝司手格伦·科尼克（1947年4月24日出生于英格兰）和鼓手克莱夫·邦克(1946年12月12日出生)、歌手伊安·安德森(1947年8月10日生于苏格兰的艾丁伯格）。同年，乐队推出的第1张专辑《这就是》进入英国流行歌曲排行榜前10名。1969年初，乐队出现了变故，亚伯拉翰姆斯离队，位置由马丁·巴雷接替；邦克离队，位置由巴里莫尔·巴洛接替；科尼克离队，位置由杰弗里·哈蒙德—哈蒙德接替。同年，乐队的专辑《起来》和1970年的专辑《恩典》问世，歌曲《甜梦》、《教师》又相继进入了排行榜第5名、《起来》进入排行榜第20名、《恩典》进入排行榜第11名，从此奠定了乐队在摇滚乐坛的地位，1969年，乐队参加了纽波特爵士音乐节，1970年又出现在亚特兰大流行音乐节上。1971年，乐队推出的摇摆乐专辑《水肺》进入了美国流行歌曲排行榜第7名，主打歌《喘气》成为美国调频广播经常播放的两首歌曲；同时，乐队还在美国进行了巡回演出。1972年，乐队推出的专辑《像砖一样厚》首次荣登流行歌曲排行榜榜首，后半年推出的专辑《生活在过去》又进入了排行榜第3名。1973年推出的专辑《耶酥受难剧》再次登上美国流行歌曲排行榜榜首，1974年推出的专辑《战争之子》又获得排行榜第1名的好成绩，1977年推出的歌曲《来自树林里的歌》带有浓厚的民谣韵味，1979年推出的专辑《观察大风暴》对民谣摇滚乐迷来说又是一张难得的精品。此后，乐队在排行榜上的名次开始滑落，专辑《利剑和野兽》进入排行榜第19名，1984年的专辑《保密》仅进入排行榜第76名，即使是获格莱美奖的专辑《狡诈之极》也只进入了排行榜第32名。尽管如此，乐队的声誉还是由于得力于安德森那令人心醉神怡的歌声、积极的创作态度和乐队高水平的演奏而起死回生。1992年，乐队推出的英国民谣专辑《小小生活曲》比25年前创名声时演奏的水平更高更令人兴奋，评论家认为："杰斯诺·托尔乐队不仅活跃在过去，而且将保持和发展到未来。"

耶仕乐队
(Yes)

1968 ~

最著名的摇滚乐队

乐队成立于 1968 年,成员包括:歌手乔·安德森(1944 年 10 月 25 日生于英格兰开夏郡)、吉他手皮特·班克斯(1947 年 7 月 7 日生于伦敦)、贝司手克里斯·斯奎尔(1948 年 3 月 4 日生于伦敦)、键盘手托尼·凯(1946 年 1 月 11 日生于伦敦)和鼓手比尔·布拉福德(1948 年 5 月 17 日生于伦敦)。1969 年,乐队与大西洋唱片公司签约录音,同年,乐队推出的歌曲《甜蜜》没有取得成功。1970 年推出的《时间和语言》也不尽如人意。1971 年,乐队推出的专辑《破碎》终于进入排行榜第 4 名,其中歌曲《委婉》进入排行榜第 13 名。1972 年,布拉福德离开乐队,位置由阿兰·怀特(1949 年 6 月 14 日生于英格兰)接替。1974 年,乐队推出的专辑《来自海洋的传说》进入了排行榜第 6 名。1975 ~ 1980 年,乐队成员处于一种不稳定状态,1981 年,乐队正式解散。1982 年,斯奎尔、怀特与吉他手特拉·拉宾组建了电影乐队,凯和安德森也被邀请加盟乐队,随后乐队又更名为耶仕乐队。1983 年,乐队重组后推出的专辑《90125》进入排行榜第 5 名,其中歌曲《拥有一颗孤寂的心》首次荣登流行歌曲排行榜榜首,从此确立了乐队在摇滚乐坛的地位。1991 年,耶仕乐队东山再起,乐队新成员安德森、威克曼、布拉福德、怀特、凯、拉宾和班克斯都参加了名为《耶仕乐队怎么样》的世界性的巡回演出并出版、发行了一张新的专辑《联盟》。

最 流 行 专 辑

《破碎》
Fragile （1972 年）
《接近极限》
Close to the Edge （1972 年）
《耶什乐队专辑》
Yes songs （1973 年）
《来自海洋的传说》
Tales from Topographic Oceans （1974 年）
《接班人》
Relayer （1975 年）
《向第一迈进》
Going for the One （1977 年）
《托马图》
Tormato （1978 年）
《90125》
90125 （1983 年）

最 流 行 歌 曲

《委婉》
Round about （1971 年）
《拥有一颗孤寂的心》
Owner of a Lonely Heart （1983 年）

为买不到票的歌迷加演一场

音乐会结束了，看完音乐会的歌迷陆续散尽，但场外没有买到票的歌迷却没有一个离去的，他们等着看一眼退场的耶仕乐队。

乐队成员拎着乐器走出体育馆大门后，被眼前的景象惊呆了，他们凑到一起："我们不能让他们失望，就在此处为他们加演一场。"

"啊，耶仕乐队要为我们演出？！""耶仕乐队要为我们演出！！"歌迷们有的哭，有的笑，有的蹦、有的跳，他们真是开心极了。

乐评人说："耶仕乐队以极为鼓舞人心和卓越的音乐诠释，促进了摇滚乐的进步。尤其是歌手乔·安德森的演唱，具有史诗般的辉煌，而吉他手班克斯、贝司手克里斯·斯奎尔、键盘手托尼·凯和鼓手比尔·布拉福德恢宏而多层次的伴奏，则带有某种独特的时代特征。"能够亲耳聆听耶仕乐队的演出，对于广大乐迷来说当然是一件令人兴奋的快事。

阿尔曼兄弟乐队
（The Allman Brothers）

1968 ~

最著名的摇滚乐队

　　乐队成立于 1968 年，成员包括：歌手兼吉他手都安·阿尔曼（1946 年 11 月 20 日生于美国的音乐城——纳什维尔）、歌手兼钢琴手格莱哥·阿尔曼（1947 年 12 月 8 日生于纳什维尔）、吉他手迪吉·贝兹、贝司手贝里·奥克里、鼓手杰·吉米·约翰森和布兹·恰克斯（是摇滚乐史上最早的双人鼓手组合之一）。1969 年，乐队出版、发行的首张唱片和 1970 年出版、发行的专辑《南部旷野》，开创了乐队在摇滚乐坛刚劲有力而又新奇的演唱风格。然而，真正使乐队成名的是 1971 年推出的专辑《在费尔莫东部》和《吃一个桃子》。这两张专辑充分显示了乐队令人眩目的强大的表现力。1971 年 10 月 29 日，乐队的核心人物都安·阿尔曼在乔治亚州麦肯的一次摩托车祸中不幸丧生。为了纪念他，乐队在即将问世的专辑中选用了都安·阿尔曼生前录制的 3 首歌曲为主打歌。1972 年 11 月 11 日，贝司手奥克里又在麦肯的一次车祸中不幸丧生，两年之内连续失去两位主力，这对乐队来说无疑是雪上加霜。1973 年，乐队克服了重重困难而推出的专辑《兄弟姐妹们》首次荣登美国流行歌榜榜首，并保持了 5 周之久，专辑中的歌曲《边境上的人》也进入了排行榜第 2 名；同年 7 月，乐队与"感激之死"乐队、"邦德"乐队在纽约沃金斯·格莱恩大街同台演出，有 60 万乐迷观看了这一历史上最大的摇滚盛会。此后，乐队内部开始出现矛盾，格莱哥·阿尔曼最先追逐个人名利，1973 年 11 月出版了自己的个人专辑《躺下来》；贝兹步其后尘，1974 年也推出了专辑《高速公路上的呼号》。1975 年，乐队推出的专辑《赢得，失去或抓住》又进入了流行歌曲排行榜第 5 名；同年，在一件毒品案中，格莱哥·阿尔曼同意对乐队经纪人约翰·黑·海里的指控作证，乐队其他成员因此与他断绝了关系。在随后的 16 年里，阿尔曼兄弟乐队解散、重建又分裂，如此反复了许多次。1991 年，乐队被《滚石》杂志评为"反复"乐队。

最 流 行 歌 曲

《漫步者》
Ramblin Man （1979 年）
《疯狂的爱》
Crazy Love （1979 年）

最 流 行 专 辑

《南部旷野》
Idlewild South （1970 年）
《在费尔莫东部》
At Fillmore East （1971 年）
《吃一个桃子》
Eat a Peach （1971 年）
《开始》
Beginnings （1973 年）
《兄弟姐妹们》
Brothers and Sisters （1973 年）
《赢得，失去或抓住》
Win, Lose or Draw （1975 年）
《无赖教士》
Enlightened Rogues （1979 年）
《抵达天空》
Reach for the Sky （1980 年）

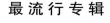

阿尔曼兄弟乐队留了一手？

　　歌手兼钢琴手格莱哥·阿尔曼，用直接取自芝加哥夜总会的喧啸的声音进行演唱，人们觉得他的演唱方式"清新优美而富有感染力"。他的哥哥都安则广泛地吸收了艾尔莫·詹姆斯的呜咽和艾瑞克·克莱普顿的铿锵顿锉、循环吟唱的特点而形成了自己的独特风格，人们听他们的演唱，常常感到是在与挚友交流，爽爽朗朗，意味醇厚。

　　不少乐队都不约而同地模仿阿尔曼兄弟乐队，可没有哪个乐队能像阿尔曼兄弟乐队那样极富活力和创造力，那样在保持纯朴风格的基础上又娓娓动听。

　　难道是阿尔曼兄弟乐队猫教老虎还留了一手吗？一天，在一个慈善义演活动中，几个乐队凑到了一起，大家谈起这个话题，结果阿尔曼兄弟的歌手兼钢琴手格莱哥·阿尔曼说："难道没人告诉你们吗，音乐感觉是教不出来的？"

5 个来自美国南部的音乐新人，从 1961 年就开始了他们的音乐旅程。

716

阿尔曼的演唱风格直接源于纽约夜总会的喧啸之声。

塞琳·迪翁
（Celine Dion）

1968 ~

最著名的摇滚歌星

1968 年 3 月 30 日生于加拿大魁北克，十几岁时就以英语和法语演唱而成为受人欢迎的歌手。1991 年，当她发行了一张灵敏风格的英语版的流行歌曲唱片后，在美国渐渐走红。此后，她又推出了多首热门歌曲，包括《我心在何方跳动》、电影主题歌《美女和野兽》等，1992 年，迪翁成了美国流行音乐排行榜上的常客。1996年，迪翁演唱的电影《战地之恋》的主题歌《因为你爱过我》成为一首最热门、最成功的当代成人歌曲，这首歌曲促使专辑《落入你》进入流行榜歌曲排行榜前 10 名并赢得了白金唱片的销量。1997 年，史无前例的影片《泰坦尼克号》在全球范围获得超乎想像的巨大成功，特别是迪翁演唱的婉约凄美、感人肺腑的影片主题曲《我心依旧》随着电影一起征服了亿万歌迷的心，迪翁因此而成为继麦当娜、惠特尼·休斯敦后又一超级女歌星。

最 流 行 专 辑

《落入你》
Falling into You （1996 年）

最 流 行 歌 曲

《我心在何方跳动》
Where Does My Heart Beat Now （1991 年）
《因为你爱过我》
Because You Loved Me （1996 年）
《我心依旧》
My Heart Will Go on （1997 年）

1969年，乐队由一位荷兰忠实的百万富翁歌迷斯坦利·奥格斯特·米塞吉斯出资赞助成立。成员包括：键盘手兼歌手理查德·戴维斯，歌手、键盘手兼贝司手罗杰·霍奇森。尽管乐队后来经历过多次人员变动，但戴维斯和霍奇森却始终是乐队的核心。1970~1971年，乐队推出的专辑《超级游民》和《抹不掉的痕迹》反映欠佳，赴挪威的巡回演出也失败了，此时乐队成员的情绪非常低落。但A&M唱片公司决定全力培养乐队，并计划将乐队的下一张专辑《世纪之罪》制作得尽可能精致和完美。1974年，公司在发行这张专辑时又做了大量的宣传，从而使乐队演唱的歌曲首次荣登英国流行歌曲排行榜榜首。1975~1977年，乐队推出的两张专辑《危机，什么危机》和《寂静之夜》受欢迎的程度也不亚于《世纪之罪》，并且还获得了大量在美国调频电台播放的机会，为乐队下一张专辑获得成功铺平了道路。1979年，乐队推出的专辑《美国早餐》再次进入了全世界许多国家流行歌曲排行榜的第1名，乐队因此而在美国引起轰动，这张专辑有3首歌曲进入了排行榜，除脍炙人口的主打歌《美国早餐》外，《逻辑之歌》也非常流行并进入了排名第6名。此时，乐队成员深感乐队自身已很难再超越《美国早餐》，随后推出的专辑无论是艺术上或商业上更给人一种后继乏力的感觉。尤其是1982年推出的专辑《最后的名言》，仅仅是一种公式化的翻版，异常的平淡无奇。1984年，霍奇森离队。1985年，乐队人员缩减至4人（戴维斯、约翰·海利威尔、道吉·汤普森和鲍勃·西本伯格）并推出了第10张专辑《兄弟向何方》。

超级游民乐队

（Supertramp）

1969 ~

最著名的摇滚乐队

720

最 流 行 专 辑

《世纪之罪》
Crime of the Century （1971 年）
《危机,什么危机》
Crisis? What Crisis? （1975 年）
《寂静之夜》
Even in the Quietest Moments （1977 年）
《美国早餐》
Breakfast in America （1979 年）
《兄弟向何方》
Brother Where You Bound （1985 年）

最 流 行 歌 曲

《美国早餐》
Breakfast in America （1979 年）
《逻辑之歌》
The Logical Song （1979 年）

卡彭特兄妹是美国 70 年代流行乐坛最成功的一支二重唱小组。哥哥理查德·卡彭特是键盘手兼歌手（1946 年 10 月 15 日生于美国康涅狄格州纽黑文市）、妹妹卡伦·卡彭特是歌手兼鼓手（1950 年 3 月 2 日生于纽黑文市）。60 年代末，兄妹二人移居加利福尼亚州并与一支名为"波谱"的 6 人演唱组一起演唱，这支演唱组的抒情风格是建立在一种轻柔的和声和管弦乐的伴奏上。1970 年，A&M 唱片公司的音乐制作人赫布·阿尔因特听了卡彭特兄妹演唱的一盒磁带后与他们签约录音。此后，这家公司为兄妹俩人出版、发行了许多风靡全世界的歌曲和唱片，其中包括最畅销、最热门的歌曲《与爱情告别》和《世界之巅》，这两首歌曲是理查德·卡彭特与约翰·贝蒂斯共同创作的。此外，兄妹二人演唱的热门歌曲还包括翻唱保罗·麦卡特尼的《车票》、邦尼·布拉姆莱特和列昂·拉塞尔的《超级明星》、

卡彭特兄妹
（Carpenters）

———————

1970 ~

最著名的摇滚音乐家

布赖恩·霍兰的《请邮差》以及汉克·威廉斯的《什锦菜》，最后两首歌曲和卡彭特与贝蒂斯合作的《昔日重来》都录在专辑《现在与过去》里，至今还能让人亲切地感受到当时的音乐怀旧时尚。70 年代末到 80 年代初，由于乐迷音乐品味的变化，演唱组不得不大幅度削减录音费用。1980 年，兄妹俩人推出的专辑《跳舞时抚摸我》仅进入流行歌曲排行榜第 40 名。1993 年 2 月 4 日，卡伦·卡彭特因神经性厌食症引起心力衰竭突然去世；同年，歌曲《相信这是你的头一回》成为她去世后英国最热门的一首歌曲。

最 流 行 专 辑

《现在与过去》
Now and Then （1973 年）

最 流 行 歌 曲

《车票》
Ticket to Ride （1970 年）
《超级明星》
Superstar （1971 年）
《与爱情告别》
Goodbye to Love （1972 年）
《世界之巅》
Top of the World （1973 年）
《昔日重来》
Yesterday Once More （1973 年）
《请邮差》
Please Mr. Postman （1974 年）
《什锦菜》
Jambalaya （1974 年）
《相信这是你的头一回》
Make Believe
It's Your First Time （1993 年）

罗克西音乐乐队
（Roxy Music）

1970 ~ 1976

最著名的摇滚乐队

　　乐队成立于 1970 年，成员包括：歌手布莱里·费里 (1945 年 9 月 26 日生于英格兰泰思威尔)、萨克斯管手安迪·麦吉 (1946 年 7 月 23 日生于伦敦)、键盘手布赖恩·伊诺 (1948 年 5 月 15 日生于沙福克多德桥) 和鼓手德克斯特·罗伊德。不久，曾效力于耐斯乐队的吉他手戴维德·奥里斯特也加盟了乐队。1972 年 8 月，乐队推出的首张专辑进入了排行榜第 10 名，其中歌曲《弗吉尼亚平原》进入排行榜第 4 名，乐队因此而引起轰动。1973 年 3 月，罗伊德和奥里斯特离开了乐队，位置由吉他手菲尔·曼扎内拉接替，从此形成了乐队鼎盛时期的演出阵容。1973 年 7 月，伊诺也离开乐队去追求个人事业，位置由埃德温·乔布森接替；12 月，乐队推出的专辑《一缕》首次荣登英国流行歌曲排行榜榜首。1975 年，歌曲《睡衣》和专辑《为了你高兴》同时进入排行榜第 10 名。1976 年，乐队因各种问题不得不解散。1978 年末，费里、麦吉、曼扎内拉和汤姆普森又再度合作并推出了专辑《宣言》和《阿瓦农》。《阿瓦农》被证明是乐队最后的最杰出的录音唱片，这张专辑以其圆润和谐的声音和令人激动的演奏而体现了"罗克西音乐"乐队的特色。

最流行歌曲

《国家生活》
Country Life （1975 年）
《宣言》
Manifesto （1979 年）
《新鲜＋血液》
Flesh + Blood （1980 年）

最流行歌曲

《爱是毒品》
Love Is the Drug （1975 年）

让音乐随着思想流动起来

罗克西音乐乐队的歌手布莱恩·费里和吉他手菲尔·曼扎内拉、萨克斯管手安迪·麦吉一行三人驾车驰骋在非洲自然生态保护区，面对着各种各样的野生动物和如穿梭一样奔跑的兽群，几个人不由地感慨：

"造物主把动物塑造成各式各样，才使世界这么丰富多彩；又让这些动物不断流动和迁徙，大地到处充满了生机。"费里首先说。"我们的音乐不拘一格，多姿多彩，看来这条路子是走对了。"曼扎内拉接着说。"还有思想，让我们的音乐思想也同这些流动的兽群一样，永不停息地去追求更加丰富美好的精神食粮。"

"是啊，看来我们真是不虚此行！"

后来，有个别乐评人说罗克西音乐乐队没有自己的声音，乐队的小伙子们不但没有不愉快，倒还有点沾沾自喜：不被已有的风格限制，不断变化出新，恰恰是他们的追求。

1971 年，乐队成立于美国加利福尼亚州南部，成员包括：吉他手兼歌手格伦·弗里（1948 年 11 月 6 日生于密执安州的底特律）、吉他手伯尼·利顿（1947 年 7 月 19 日生于明尼苏达州的明尼苏达）、贝司手兰迪·迈斯纳（1947 年 7 月 19 日生于明尼苏达州的明尼苏达）、鼓手唐·享利（1947 年 7 月 22 日生于德克萨斯州的吉尔曼）。乐队创队之初，就具有毫无挑剔的、纯正的摇滚乐底蕴，随着乐队风格的日臻成熟，其歌曲也越来越有鲜明的个性，如 1973 年的《亡命徒》和 1974 年的《在边境线上》，无论从结构到声音都与过去的音乐有着质的区别。1974 年 3 月，乐队推出的民谣歌曲《我的最爱》首次荣登流行歌曲排行榜榜首。1975 年，乐队推出的专辑《其中一个夜晚》再次荣登榜首，从此确立了乐队在摇滚乐坛的地位；同年 12 月，利顿因音乐上的分歧退出了乐队，位置由沃尔接替。

1976 年 2 月，乐队推出的歌曲《撒谎的眼》荣获格莱美双人和乐队最佳流行成就奖；3 月推出的专辑《老鹰乐队 1971～1975 年最火爆劲歌集锦》又进入了排行榜榜首并保持了 5 周之久，唱片也售出了 100 多万张。1977 年，乐队推出的专辑《加州宾馆》使乐队达到了商业和艺术上的颠峰，这张专辑在排行榜榜首整整保持了 7 周之久，唱片又售出了 100 多万张。

1978 年，这张专辑荣获格莱美最佳唱片奖，其中歌曲《城镇中的新孩子》获最佳音响效果奖。1979 年 9 月，专辑《远见卓识》问世后立刻受到歌迷的青睐并高居排行榜榜首达 8 周之久。1980 年，乐队第 4 次荣获格莱美奖，歌曲《今夜心疼》获双人或乐队最佳摇滚乐奖；同年，乐队宣布解散，所有成员开始从事独唱职业。他们之中享利在音乐和商业上取得的成就最大。1983 年他演唱的歌曲《肮脏洗衣店》进入排行榜第 3 名，1985 年演唱的歌曲《夏季的男孩》又进入了排行榜第 3 名，他还荣获当年格莱美最佳男歌手。1989 年问世的专辑《结束天真无邪岁月》，在 1990 年的格莱美奖中又梅开二度。

老鹰乐队
(The Eagles)

1971～

最著名的摇滚乐队

最流行专辑

《其中一个夜晚》
One of These Nights （1975 年）
《老鹰乐队 1971～1975 年最火爆劲歌集锦》
Eagles/Their Greatest Hits 1971～1975 （1976 年）
《加州宾馆》
Hotel California （1977 年）
《远见卓识》
The Long Run （1979 年）

最流行歌曲

《我的最爱》
Best of My Love （1974 年）
《其中一个夜晚》
One of These Nights （1975 年）
《撒谎的眼》
Lyin'Eyes （1976 年）
《加州宾馆》
Hotel California （1977 年）
《城镇中的新孩子》
New Kid in Town （1978 年）
《今夜心疼》
Heartache Tonight （1980 年）

这就是远见卓识

经常有评论家对老鹰乐队提出这样的批评：乐队的歌曲没有新意，乐队的演奏平淡无奇，没有特色。面对评论家的指斥，老鹰乐队没有彷徨，而是勇往直前。他们坚信自己是有实力的；吉他手弗雷和利顿轻松自如地独唱和轮唱，伴奏与歌唱是那样水乳交融，贝司手迈斯纳和鼓手亨利的鼓沉稳而富于内在动力；而且四个人演唱、演奏的音乐又极其自然松弛，几乎像乡村音乐一样甜美。

一天，几个人又凑到一起看报纸对他们巡回演出的评论，迈斯纳说："这些评论家真是鸡蛋里挑骨头，好像压根就认识不到我们的优点，难道我们是靠这些毛病在全世界销出去 4 亿张唱片的吗？！"弗雷说："别这样说，真得感谢这些挑刺的批评家，要不是他们的提醒！我们恐怕也进步不了这么快？！""对，这就是我们的远见卓识。"其他几个人附和着。后来，乐队真的出版了专辑《远见卓识》，并 4 次获得格莱美音乐奖。

阿巴乐队
（Abba）

1973 ~

最著名的摇滚乐队

　　1973 年,乐队成立于瑞典的斯德哥尔摩。成员包括:比约恩·奥瓦尔斯(1945 年 4 月 25 日生于哥德堡)、本尼·安德森(1946 年 12 月 16 日生于斯德哥尔摩)、阿格妮莎·福斯克格(1950 年 4 月 5 日生于延雪平)、安妮—弗里德·林斯塔德(1954 年 11 月 15 日生于挪威的纳尔维克)。乐队成立时,本尼和安妮、比约恩和阿格妮莎已分别结为夫妻,所以乐队名用每人名字的第一个字母组成。1974 年,因为乐队推出的歌曲《滑铁卢》在欧洲电视歌曲比赛中获奖,同时还首次荣登英国流行歌曲排行榜榜首和进入美国流行歌曲排行榜前 10 名而使乐队迅速在欧洲走红。1976 年,乐队推出的专辑《金曲集》首次荣登英国流行歌曲排行榜榜首并保持了 13 周;同年出版、发行的专辑《到达》、1979 年推出的专辑《行了吧》、《金曲集》(第 2 集)、1980 年推出的专辑《超级演员》、1981 年推出的专辑《访问者》、1982 年推出的专辑《第一单独年》均获得英国流行歌曲排行榜第 1 名。在美国,乐队仅有几张上榜专辑和 10 首进入前 40 名的歌曲,其中《舞蹈皇后》荣登 1976 年美国流行歌曲排行榜榜首。后来乐队成立了极地音乐公司,在得到歌曲的所有版权后,开始参与在瑞典市场的销售分红。1977 年,乐队进行了首次世界性巡回演出,1979 年进行了全美巡回演出,乐评人认为他们仍是继"披头士"之后最成功的乐队之一。1979 年比约恩和阿格妮莎、1981 年本尼和安妮离婚,演唱组宣告解散。1982 年,菲尔·柯林斯为安妮制作了个人专辑《继续》,歌曲《我知道有些事情在继续》仅进入英国排行榜第 43 名。1983 年迈克·查普曼为阿格妮莎制作的《无法甩开》仅进入英国排行榜第 29 名。1984 年,比约恩和本尼在音乐剧《象棋》中与蒂姆·赖斯合作,这部音乐剧 1986 年上演;同年他们还制作了卡林和安德斯二人的专辑《双子座》等。

最 流 行 歌 曲

《滑铁卢》
Waterloo （1974 年）
《舞蹈皇后》
Dancing Queen （1976 年）

最 流 行 专 辑

《金曲集》
Greatest Hits （1976 年）
《到达》
Arrival （1976 年）
《金曲集》(第 2 集)
Greatest Hits Vol. 2 （1979 年）
《行了吧》
Voulez Vous （1979 年）
《超级演员》
Super Trouper （1980 年）
《访问者》
The Visitors （1981 年）
《第一单独年》
The Singles the First the Years （1982 年）

范·海伦乐队
(Van Halen)

1974 ~

最著名的重金属乐队

最流行歌曲

《跳跃》
Jump （1984 年）
《为什么这不是爱》
Why Can't This Be Love （1986 年）
《那时正是爱》
When It's Love （1988 年）

乐队成立于 1974 年,原名"猛"乐队,成员包括:歌手戴维德·李·罗斯 (1955 年 10 月 10 日生于美国印第安那州的布鲁明顿)、吉他手艾德沃德·范·海伦 (1957 年 1 月 26 日生于荷兰奈梅亨)、鼓手阿列克斯 (1955 年 5 月 8 日生于尼莫根)、低音贝司手米歇尔·安索尼 (1955 年 6 月 20 日生于芝加哥)。1975 年,乐队更名为"范·海伦"。1977年,乐队在斯达乌德俱乐部的演出引起华纳唱片公司总裁泰德·泰姆普曼的好感并很快与乐队签约录音;同年推出的专辑《范·海伦》(第 2 集)进入了流行歌曲排行榜第 6 名,唱片售出 500 万张,乐队的演出也吸引了众多的乐迷以及世界媒体的关注,尤其是在安娜海姆体育馆演出的音乐会,将布鲁斯因素演化成了一种圆润的、极富摇滚的流行重金属音乐。而歌曲《同魔鬼赛跑》、《跳着舞在夜里逝去》、《巴拿马》、《你真的得到了我》则创造了一种将连续的重击节奏、迅捷的滑音、和谐的歌声融为一体的完全崭新的重金属。1984 年,乐队推出的火爆歌曲《跳跃》首次荣登美国流行歌曲排行榜榜首并保持了 5 周之久。1985 ~ 1988 年推出的《来自激昂中的疯狂》、《微笑着吃掉他们》、《摩天大楼》等歌曲都纷纷登上了排行榜榜首,这期间乐队推出的专辑《OU812》(1988 年)、《为什么这不是爱》(1986 年)和《你从开始到此结束》(1988 年)都相当卖座。1989 年,乐队成员创立了属于自己的凯伯威俱乐部。1991年,范·海伦推出了个人专辑《为了非法的性知识》与罗斯进行竞争,1993 年,范·海伦推出的音乐会专辑《生活,正好就在这儿》成为一张白金唱片,为自己的音乐生涯谱写了新的篇章。

哪一缕霞光不相互映照

范·海伦乐队是重金属摇滚乐时代开始的标志。

戴维德·李·罗斯,作为范·海伦乐队卓越的歌手、作曲家,好像命运之鞭一直在抽打他、驱赶他,他的耳边总有一种声音:"为什么不自己干?"终于,他同艾德沃德·范·海伦摊牌了。

"海伦,我真的想离开一阵子,非常抱歉。"

海伦当然知道罗斯离开对于乐队来说意味着什么,每一个音乐人都想充分发掘自己,他不能拦着别人不去实现自己的梦想,同时就在这一刻,他也萌生了绝不让自己的乐队垮下去的决心。音乐人应该有音乐人的告别方式,于是他拿起吉他,轻轻地唱到:"兄弟,脚下的路任人求索,哪条路都有辉煌的歌;开阔的路我们并排走,曲折小路就一个一个地过……"罗斯使劲地鼓了几下掌接着唱到:"朋友,天上白云千万朵,谁分得清哪一朵是自我?天边的晚霞缕缕烂漫,哪一缕霞光不是相互映照着……""啊,太好了!"二人不约而同地大叫着扑向对方,紧紧地拥抱在一起。几年后,罗斯演唱的歌曲登上排行榜榜首,范·海伦的音乐事业也进入了鼎盛时期。

最流行专辑

《范·海伦》(第2集)
Van Halen Ⅱ (1977年)
《妇女和儿童优先》
Women and Children First (1980年)
《火警》
Fair Warning (1981年)
《操作失败》
Diver Down (1982年)
《5150》
5150 (1986年)
《OU812》
OU812 (1988年)

　　从这几张看似平常的面孔上,谁也
想像不出他们演奏和创作的重金属摇
滚乐犹如一辆辆隆隆驶过的坦克。

在舞台上狂热的发泄、怪异和
凄厉的尖叫过后，生活里就需要放
松和享受。

1976 年，乐队成立于爱尔兰的都柏林，成员包括：歌手伯诺（1960 年 5 月 10 日生于都柏林），吉他手艾吉（1961 年 8 月 8 日生于都柏林），贝司手亚丹姆·克雷顿（1960 年 3 月 13 日生于都柏林）和鼓手拉里·穆林（1961 年 10 月 31 日生于都柏林）。乐队最初取名为"海普"，不久改名为"U2"。1978年，乐队与 CBS 唱片公司签约录音，1979 年，这家公司为乐队出版、发行的首张专辑《U2：3》进入爱尔兰流行歌曲排行榜第 1 名。1980年，乐队推出的专辑《男孩》进入美国流行歌曲排行榜第 6 名，1981 年推出的第 2 张专辑《十月》使乐队开始出名，1983 年推出的第 3 张专辑《战争》又进入了美国流行歌曲排行榜第 12 名，从此确立了乐队在摇滚乐坛的地位。1984 年，乐队在布莱恩·伊诺和丹尼尔·拉诺斯的相助下，推出专辑《无法忘记的火》，这张专辑的音响效果融合了丰满柔和的人声与强劲的摇滚，歌曲《自豪》虽然只进入了排行榜第 33 名但却是乐队的代表作品。1984 年末，乐队参加了为埃塞俄比亚难民募捐的演出。1985 年，《滚石》杂志授予乐队"八十年代乐队"的誉称。1986 年，乐队参加了特赦国际会议成立 25 周年纪念会的巡回演出。

U2 乐队
（U2）

1976 ~

最著名的摇滚乐队

1987 年，乐队推出的专辑《约书亚树》，伯诺的歌声触及到感情的各个领域：从平和的《有或没有你》到粗犷豪放的《穿透蓝天》和欢快的《飘逝雨母亲》；2 月，专辑《约书亚树》获得格莱美最佳专辑、最佳摇滚声乐演出奖；同年，乐队在全世界巡回演出的专辑《低吟和高喊》再次登上排行榜榜首并保持了 6 周之久，还赢得了 1989 年格莱美最佳摇滚演出和最佳音乐表演两项大奖。此后，乐队从舞台上隐退了一段时间。1991 年，乐队又以专辑《艾克图，宝贝》东山再起，1993年，又推出了新的专辑《动物园栏绳》并继续朝着新的方向发展至今。

最 流 行 专 辑

《战争》
War （1983 年）
《在血红的天空下》
Under a Blood Red Sky （1984 年）
《无法忘记的火》
The Unforgettable Fire （1984 年）
《约书亚树》
The Joshua Tree （1987 年）
《嘎嘎声和嗡嗡声》
Rattle and Hum （1988 年）

最 流 行 歌 曲

《有或没有你》
With or Without You （1987 年）
《我仍没发现我一直寻找的》
I Still Haven't Found What I'm looking for
（1987 年）
《无名大街》
Where the Streets Have No Name （1987 年）
《欲望》
Desire （1988）
《哈莱姆区天使》
Angel of Harlem （1988 年）

这首歌是这样问世的

　　U2 乐队要开一场露天音乐会的消息传开后，方圆几百里的青年人几乎都来了，戴牧师也随着他的一对儿女前来观看演出。

　　那天晚上，广场上聚集了十几万人，演出时台上台下情感交流使人们忘记了身份、地位、性别，歌声犹如海啸一浪高过一浪，这种气势使戴牧师感到十分震惊，于是随口而出：耶和华，我的主，U2 乐队如果能成为你的代言人，那还有什么人您拯救不了？这话不知怎么传到了 U2 乐队那里，他们还真创作出了专辑《约书亚树》，歌曲《上帝恩泽的沐浴》一经面世便荣登排行榜榜首并保持了 9 周之久，U2 乐队因此而上了《时代》杂志的封面；专辑也被评为格莱美最佳专辑和最佳摇滚声乐演出奖。

一种新颖、动情、柔和、强劲的摇滚乐，竟然出自这群看似颓废的年轻人。

虚虚实实、真真假假,这是不是 U2 乐队追求的音乐风格?

1976 年 4 月，乐队成立于英国伦敦。成员包括：吉他手兼歌手米克·琼斯（1955 年 6 月 26 日生于英国伦敦的布莱克斯顿）、贝司手保罗·西门（1955 年 12 月 15 日生于布莱克斯顿）、吉他手凯斯·莱维尼、鼓手特瑞·凯姆斯、吉他手兼歌手乔·斯拉莫，（1952 年 8 月 21 日生于土耳其的安卡拉）。同年 9 月，莱维尼、凯姆斯离开乐队，位置由托波·海顿（1955 年 3 月 30 日生于肯特郡的布诺姆里）接替。1977 年 1 月，乐队与 CBS 唱片公司签约录音，4 月，推出了专辑《白色骚乱》，主打歌成为朋克音乐流派最热门的歌曲并进入了英国流行歌曲排行榜第 38 名。1978 年，乐队推出的专辑《给他们足够的绳子》首次荣登全英流行歌曲排行榜榜首并成为美国进口唱片中销售量最大的唱片。1979 年，乐队两次赴美国巡回演出，深受评论界和乐迷的好评。1980 年，乐队推出了专辑《伦敦的呼唤》，乐声、歌声里融入了更多的摇滚和流行味，这是对朋克音乐范畴的拓展和扩大。1981 年，乐队推出了一式三份的音带《桑迪尼斯塔》。1982 年 6 月，乐队推出的专辑《争斗摇滚》打破了美国商业专辑记录，进入了排行榜第 7 名，并获得了白金唱片的称号。就在乐队取得成功和被乐迷认可之际，海顿由于"政见分歧"而离开乐队，不久鼓手凯姆斯也离开了乐队，位置由彼得·霍得接替。1983 年，新组合的乐队推出了歌曲《摇滚凯什巴》又进入了美国流行歌曲排行榜第 8 名。另一首歌曲《我是应该留还是应该走》也进入了排行榜第 50 名。1984～1985 年，乐队推出的专辑《放弃无用》受到评论家的严厉指责，仅进入美国排行榜第 88 名。1986 年，由于斯拉莫和西门的离开，乐队宣告解散。1990 年，当专辑《摇滚凯什巴》成为第一张在海湾战争中指定给美国军人播放的唱片时，碰撞乐队已不仅是一支具有独特风格的乐队，更是一种形象。

碰撞乐队
(The Clash)

1976 ~

最著名的朋克乐队

与政治家们有协议

"哇!这么刺耳、粗犷、原始,还带着强烈的反叛色彩。"

"这就是朋克音乐的典型特征吧?"

有谁知道,"碰撞乐队在成立之初对什么都不满意,难道我们的国家是这样的不好?人又是这样的可憎?这是政治家们操心的事?音乐会为什么要演出这些节目,早知如此,我宁愿在家看电视上政治家们的表演也决不掏钱来受这种教育。"听着观众的对话,碰撞乐队的经纪人心里想:"碰撞乐队热衷于一系列大众的抗议和对社会的批判的主题尽管初衷是好的,但乐队不是政治家,应该以独特而新颖的艺术个性和魅力引起人们的广泛共鸣。想到此,经纪人走近这两位观众身旁微笑着对他们说:"我了解碰撞乐队最真实的想法,他们和议员们达成了协议,乐队在替他们说话,行动由议员们去干,所以乐队只收几场音乐会的门票钱,而议员则收你们全年的收入所得税!"

最 流 行 歌 曲

《自负的列车》(站在我旁边)
Trainin Vain(Stand by Me) (1980 年)
《我是应该留还是应该走?》
Should I Stay or Should I Go (1982 年)
《摇滚凯什巴》
 Rock the Casbah (1983 年)

最 流 行 专 辑

《伦敦的呼唤》
London Calling (1980 年)
《桑迪尼斯塔》
Sandinista (1981 年)
《争斗摇滚》
Combat Rock (1982 年)

戴夫·莱帕德乐队
（Def LIppard）

1977 ~

最著名的重金属乐队

　　1977 年,乐队成立于英国伦敦,原名为"核聚变",后改为现名。成员包括:贝司手里克·萨维奇、吉他手皮特·韦尔斯和鼓手托尼·肯宁、主唱歌手乔·埃利奥特、史蒂夫·克拉克。1978 年 7 月 18 日,乐队首次在谢菲尔德的韦斯特菲尔德学校公演并开始定期在这座城市演出;同时,乐队推出了用了两天时间录制完成的首张专辑《滚出去》并很快售出了 1000 张。随后,乐队在豪勒姆广播一台进行的演出,被英国《乐音》杂志评论为"英国重金属新浪潮"的先锋之一。1979 年 8 月 5 日,乐队与维真唱片公司签约录音,这家公司为乐队出版、发行的专辑销出了 15000 张,歌曲《浪费》也进入了英国流行歌曲排行榜第 61 名。1980 年 3 月,乐队和 AC／DC 乐队一起进行了英国巡演并在美国为加拿大吉他手帕特·特拉弗斯、特德·纽金特以及"圣徒犹大"等个人和乐队暖场,观众非常喜爱这支乐队。1981 年 3 月,乐队推出的第 2 张专辑《搁浅》在经典 MTV 歌曲《导致心碎》的促销下很快挤进美国流行歌曲排行榜前 40 名。1982 年 7 月,韦尔斯因过度嗜酒不能达到制作人兰格要求的演奏水准而被遣送回家,位置由菲尔·科伦接替,这张专辑于 1983年 2月问世后,在英国反应平淡,但歌曲《照片》在美国电台却被多次播放,乐队也因此而能在美国为比利·斯奎尔做暖场演出和签订了一连串的演出合同,从而真正刮起了一股"戴夫·莱帕德"旋风;年末,当乐队参加的"纵火狂"巡演在曼谷结束时,这张唱片已售出 400 万张,后来在美国又售出 200 万张,专辑也首次荣登美国排行榜榜首并保持了 29 周。1984年 1 月,乐队暂时休整;8 月又在都柏林重新集合准备录制下一张专辑《歇斯底里》,因圣诞除夕鼓手里克·艾伦在谢菲尔德郊外出了交通事故而中断了两个月,直到 1985 年 2月他回到乐队后才开始录音。1986 年,乐队暂时停止录音,在爱尔兰巡演和参加"三只欧洲怪兽"巡演,乐队被所到之处狂热的乐迷惊呆了,英国终于接受了"戴夫·莱帕德"。1987 年 8 月,由兰格精心制作的专辑《歇斯底里》出版、发行后首次荣登美国流行歌曲排

最 流 行 专 辑

《滚出去》
Getcha Rocks off （1978 年）
《搁浅》
High' N' Dry （1981 年）
《歇斯底里》
Hysteria （1987 年）
《肾上腺》
Adrenalize （1988 年）
《反作用》
Retro-Active （1993 年）

最 流 行 歌 曲

《导致心碎》
Bringing on the Hearbreak （1981 年）
《照片》
Photograph （1983 年）
《肾上腺》
Adrenalize （1988 年）

行榜榜首,唱片在全世界售出 1500 万张。1988 年 11 月,乐队又开始准备专辑《肾上腺》,创作和录音持续到 1990 年,1991 年 1 月 8 日清晨,克拉克因过度饮用"酒精、抗抑郁药和止痛剂的混合物"而死于切尔西的家中。1992 年 3 月,乐队又一次战胜了悲痛,再次推出了首次在大洋西岸登上英国流行歌曲排行榜榜首的歌曲《肾上腺》。1993 年,乐队推出的录音作品集锦《反作用》是一张非常优秀的专辑。1996 年,乐队又出版、发行了一张更大胆的、融合了摇滚乐和经典的"莱帕德之音"的专辑《俚语》,同样赢得了乐迷的青睐和评论界的好评。

狼乐队
（Los Lobos）

1977 ~

最著名的摇滚乐队

1977 年，乐队成立于美国加利福尼亚州的洛杉矶，成员包括：吉
他手兼歌手：戴维·伊达尔戈、鼓手兼歌手路易·佩雷斯，后来又吸收
了吉他手兼曼陀林手兼歌手塞萨尔·罗萨斯、贝司手兼歌手康拉德·洛萨
诺和鼓手兼萨克斯管手史蒂夫·伯林参加，这支多面手乐队很快在洛杉
矶俱乐部赢得狂热追随者。1982 年末，他们与斯拉什唱片公司签约录音并
发行了首张专辑《……以及一个跳舞时代》，其中歌曲《安塞尔玛》获得格莱
美的最佳墨西哥美国式表演奖。1984 年推出的第 2 张专辑《狼如何生存？》融汇
了摇滚到民谣等多种风格。1987 年，乐队推出的专辑《月照》中包含了《愚人河》
这样优秀的作品；同年，乐队为影片《班巴》演唱的主题歌在美国引起轰动并
进入流行歌曲排行榜榜首，还出现了唱片一度在市场上缺货的现象。1993
年，乐队又推出了一张收录了 41 首歌曲的专辑《来自东洛杉矶的另一支
乐队》。1994 年，伊达尔戈、佩雷斯、米切尔·弗鲁姆和查德·布莱克制作
出了一张奇异的与众不同的专辑《拉丁花花公子》；1995 年，乐队又以
一张儿童录音专辑《爸爸的梦》显示了多元的音乐风格。1996 年，乐队
又推出更为摇滚化的专辑《大头》。此后，乐队仍然在继续寻找着自己
的理想和追求。乐迷们期待着他们有更多、更好的作品问世。

最 流 行 专 辑

《……以及一个跳舞时代》
… And a Time to Dance （1982 年）
《狼如何生存?》
How Will the Wolf Survire? （1984 年）
《月照》
By the Light of the Moon （1987 年）
《来自东洛杉矶的另一支乐队》
Just Another Band from East L. A. （1993 年）
《拉丁花花公子》
Latin Playboys （1994 年）
《爸爸的梦》
Papa's Drem （1995 年）
《大头》
Colossal Head （1996 年）

最 流 行 歌 曲

《愚人河》
River of Fools （1987 年）
《安塞尔玛》
Anselma （1987 年）
《班巴》
《La Bamba》 （1993 年）

1977 年 1 月，乐队成立于英国伦敦。成员包括：鼓手斯图尔特·科普兰德（1952 年 7 月 16 日生于英国沃尔森德的戴尔维尔）、吉他手亨里·帕多瓦尼、歌手兼贝司手斯汀（1951 年 10 月 2 日生于英格兰）和吉他手安迪·萨莫斯（1942 年 12 月 31 日生于英格兰）。1978 年，乐队推出的首张专辑《异国韵事》进入了英国摇滚歌曲排行榜第 6 名。其中歌曲《罗克赛恩》进入英国排行榜第 12 名；1979 年，乐队的第 2 张专辑《乏味的长音》进入美国排行榜第 25 名，其中歌曲《在瓶子里的信息》成为 70 年代摇滚乐的经典作品。1981 年，乐队推出的第 3 张专辑《泽亚塔蒙达塔》又进入了英国排行榜第 5 名，其中歌曲《得嘟嘟嘟，得哒哒哒》进入排行榜第 10 名。歌曲《她做的每一件小事都很神奇》进入排行榜第 3 名。1981 年 2 月，歌曲《乏味的长音》获格莱美最佳摇滚管乐演出奖，从此确立了乐队在摇滚乐坛的地位。1982 年，乐队推出的专辑《机器里的幽灵》进入美国流行歌曲排行榜第 2 名并保持了 6 周之久。1983 年是乐队的鼎盛时期，专辑《同时代》问世后就登上了美国流行歌曲排行榜榜首并保持了 7 周之久，这是摇滚史上最优秀的专辑之一，专辑中的歌曲《环住你的手指》和《撒哈拉沙漠中的清茶》推动了摇滚乐的发展，民谣歌曲《你的每一次呼吸》以优美的旋律和丰富的节奏为人们所喜爱，这首歌曲在美国排行榜首保持了 8 周之久；同年，乐队在美国体育馆的演出场场爆满。年末斯汀决定从事独唱而解散了乐队。

警察乐队
(The Police)

1977～1983

最著名的朋克摇滚乐队

最流行专辑

《泽亚塔蒙达塔》
Zenyatta Mondatta （1981 年）
《机器里的幽灵》
Ghost in the Machine （1981 年）
《同时代》
Synchroncicity （1983 年）
《你的每一次呼吸》
Every Breath You Take （1983 年）

最流行歌曲

《得嘟嘟嘟,得哒哒哒》
De Do Do Do,De Da Da Da （1980 年）
《不要如此靠近我》
Don't Stand So Close to Me （1981 年）
《她做的每一件小事都很神奇》
Every Little Thing She Does Is Magic （1981 年）
《你的每一次呼吸》
Every Breath You Take （1983 年）
《国王画像》
King of Paint （1983 年）
《环住你的手指》
Wrapped around Your Finger （1984 年）

每一次呼吸

呼吸是人自然的生理运动,可是,有谁在意过自己的每一次呼吸,更不用说让自己的每一次呼吸当成大众崇尚的歌来唱? 只有警察乐队做到了这一点。

说起歌曲《你的每一次呼吸》,有个动人的故事:一天,某个城镇的一个男孩子不小心掉到一个废油井中,小城的人全力以赴地挖了 8 个小时的井,才把小孩救出来,电视台对全过程进行了转播,而这期间,全城的人都摒住呼吸,盯在电视前,直到救出这孩子和看到他恢复了呼吸。

斯汀作为警察乐队的核心人物,看过这一切后便产生了丰富的联想……"婴儿的每一次呼吸,成人的每一次呼吸,人类的每一次呼吸,演义着多少故事?"于是,他把这种感觉写成歌曲演唱。这首歌由于采用了民谣的写法和唱法,旋律优美动人,节奏富有律动感,一面世就登上榜首并保持了 8 周之久。

据说警察乐队是朋克音乐运动的灵魂，
那乐队的艺术之魂又源于何处？

刺耳、粗犷、原始及反叛,赋予了警察乐队一种特有的
平衡人心理失调的力量。

人类联盟乐队

(The Human League)

1977 ~

最著名的机械摇滚乐队

乐队成立于 1977 年 6 月,成员包括:马丁·沃尔(1965 年 5 月 18 日生于英国舍费尔德)和吉兰·克兰格·马什(1956 年 11 月 11 日生于舍费尔德)。12 月,歌手菲利普·奥基(1955 年 10 月 2 日生于舍费尔德)和阿德里安·赖特(1965 年 6 月 30 日生于舍费尔德)等 4 位实验电子音乐家也加盟该乐队。1978 年,乐队与爱丁堡快速制作唱片公司签约录音并推出了第 1 首歌曲《沸腾了》,但是没有取得成功。随后推出的歌曲《高尚的劳动》受到了厚生唱片公司的关注。1978 年,这家公司与乐队签约录音,10 月,乐队推出的首张专辑《复制》又再次受挫。1980 年 10 月,沃尔和马什离开了乐队;12 月,乔安妮·凯瑟拉尔、苏珊娜·萨利和吉他手乔·卡利斯加盟乐队,主唱由凯瑟拉尔、萨利和奥基担任。1981 年 5 月,乐队推出的歌曲《听众之音》进入全英流行歌曲排行榜第 12 名;10 月又推出了专辑《勇敢》,主打歌《你不想要我吗?》首次荣登英国流行歌曲排行榜榜首并保持了 5 周之久。1982 年 7 月,这张专辑在美国发行时再次登上美国流行歌曲排行榜榜首并保持了 3 周之久,唱片售出 100 万张。1986 年,乐队推出的专辑《人类》又一次登上美国流行歌曲排行榜榜首。

1990 年,乐队推出的歌曲《车轮般的心》仅进入美国流行歌曲排行榜第 32 名,此后,乐队在排行榜的名次开始滑落,同时也完成了自身的使命。

最 流 行 专 辑

《勇敢》

Dare （1981 年）

《疯狂》(第 2 集)

Fascination 2 （1983 年）

《坠落》

Crash （1986 年）

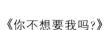

最 流 行 歌 曲

《你不想要我吗?》

Don't You Want Me （1982 年）

《疯狂》(保持的感觉)

Fascination （Keep Feeling） （1983 年）

《镜中男人》

Mirror Man （1983 年）

《人类》

Human （1986 年）

《车轮般的心》

Heart Like a Wheel （1990年）

玩 出 了 名 堂

　　在计算机房，马丁·沃尔和吉米·克兰格·马什对"人类联盟"的电脑游戏着了迷，玩得忘记了一切："这玩意儿真是太过瘾了，配音也非常有趣。"沃尔说。"我也很开心，恨不得让所有的人都来分享我们的快乐。"马什也深有同感地说。"但游戏的局限还是很大，至少得拥有一台电脑。如果我们组织一个乐队，把这一切表现出来，不就能给无数的人带来快乐了吗""我们干嘛不试试呢!？"

　　沃尔、马什这一试试出了什么?！与这个游戏一样名称的乐队——"人类同盟"，也试出了电子音乐——机械摇滚，这就是用新的电声乐器来代替传统的吉他、键盘、鼓的摇滚乐队组合形式，——《你不想要我吗?》，正是这种音乐的代表性作品。这首歌曲的旋律如同阳光般灿烂，节奏铿锵有力，极富活力，歌唱部分在这种音乐的伴奏下，好似弥漫在山涧的雾气笼罩着人的身心，使人"飘飘欲仙"，这就是人类联盟乐队给人的最深切的感觉，不信你找一张这支乐队最流行的 CD 听听。

特殊乐队
(The Specials)

1977 ~

最著名的摇滚乐队

1977 年,乐队在英国考文成立,原名为"特殊阿加"。成员包括:键盘手杰里·达莫斯、鼓手约翰·布拉德伯里、吉他手罗迪·拜尔斯、林维尔·戈丁、贝司手霍勒斯·潘特、主唱歌手内维尔·斯特普尔斯和特里·霍尔。作为乐队核心人物的达莫斯具有一种绝不妥协的精神,当他决定以自己的方式同唱片工业界打交道时,就建立了自己的 2—Tone 公司,宗旨是:"公司要由音乐家而不是商人操纵。"1979 年夏天,乐队推出的由成员们自己出资录制的首张专辑《歹徒》很快进入了英国排行榜第 6 名;同年,乐队推出的专辑《特殊》、《鲁迪,告诉你一个消息》又进入排行榜的前 10 名。1980 年初,乐队进行了一次环美巡回演出,随后出版、发行了专辑《特殊阿加现场》,其中歌曲《太多太年轻》首次进入英国流行歌曲排行榜榜首;同年乐队还推出了 3 首进入排行榜前 10 名的歌曲:《疲于奔命》、《刻板》、《什么也不干》。随后出版、发行的专辑《更特殊》又进入了排行榜第 5 名。1981 年,乐队推出的歌曲《鬼镇》再次进入排行榜榜首,这首歌曲问世时正好是英国大小城市发生骚乱的前夕,因此,作品对这些骚乱背后更深层的问题提出了深刻、冷静的揭示;同年,乐队进入了鼎盛时期。随后,乐队内部出现了裂痕;10 月,霍尔、戈尔丁和斯特普尔斯离队并组建了一支"三个有趣的男孩"的乐队,潘特也加盟了具有宗教倾向的"注解"乐队。经过一段低潮之后,达莫斯和布拉德伯里又重组乐队,并启用了老乐队名"特殊阿加",新成员包括:贝司手加里·麦克马纳斯、吉他手约翰·希普利和歌手罗达·达卡、斯坦·坎贝尔和埃吉迪奥·牛顿。由于乐队核心人物达莫斯对社会和政治问题感兴趣,因此乐队的作品总是揭露当时的政治及社会弊病,乐队推出的歌曲《战争罪恶》和一位遭强暴少女伤心独白的歌曲《热水器》没有一家电台播放。1984 年,新乐队终于以一首歌曲《纳尔逊·曼德拉》进入了排行榜前 10 名,专辑《在录音室》虽然获得好评但销量不十分看好。1985 年,乐队解散后,达莫斯继续进行了许多音乐活动,其中包括与罗伯特·怀亚特的合作以及与"西南非人民组织歌手"乐队的合作等。

最 流 行 专 辑

《更特殊》
More Specials （1980 年）
《在录音室》
In the Studio （1984 年）

最流行歌曲

《太多太年轻》
　　Too Much Too Young （1980 年）
　　《疲于奔命》
　　Rat Race （1980 年）
　　《刻板》
　　Stereotype （1980 年）
　　　《什么也不干》
　　　　Do Nothing （1980 年）
　　《鬼镇》
　　Ghost Town （1981 年）
《纳尔逊·曼德拉》
Nelson Mandela （1984 年）

热姆乐队
（R. E. M）

1978 ~

最著名的另类摇滚乐队

1978 年，乐队成立于美国佐治亚州的阿森斯，成员包括：歌手麦克尔·斯泰普、吉他手彼特·巴克、贝司手迈克·米尔斯和鼓手贝尔·贝里。乐队成立之初就决定用"快动的眼睛"的缩写为名。1981 年，乐队以阿森斯音乐舞台剧照为商标录制了第 1 首歌曲《自由电波在欧洲》，尽管专辑没有进入排行榜，但却成为大学校园广播经常播放的一首歌曲。1982 年，这首歌引起了"警察"乐队的经纪人迈尔斯·科普兰德的关注并与乐队签约录音。1983 年，乐队推出的首张专辑《哆嗦》就进入了流行歌曲排行榜第 36 名，主打歌《估计》进入 1984 年排行榜第 27 名。1985 年，乐队推出的专辑《重建的寓言》又进入排行榜第 25 名，1986 年推出的专辑《辉煌的生命》进入排行榜第 21 名，1987 年推出的专辑《热姆第五号文件》进入排行榜第 10 名。1988 年，乐队借着这股东风不断地作巡回演出，并开始追求一种原始、朴实的音乐风格；同年，乐队转到华纳唱片公司后，这家公司为乐队出版、发行的专辑《绿》进入排行榜第 12 名。1989 年，乐队推出的歌曲《站立》又进入了排行榜第 6 名，当乐队越来越走红时，成员却开始沉迷于自己的发展计划。1987 年，巴克、米尔斯和贝里参加了沃仁·泽温的专辑《伤感的生理反应》的录制，斯泰普则转入录音室录制了 1989 年的首张专辑《白色污垢》，赛德·斯特瓦参与了专辑《吃惊》里的一首歌曲《未来四十分钟》的录制并创建了自己的 C - 00 电视制作公司。1991 年，热姆乐队成员再次重聚，乐队推出的专辑《超越时代》首次荣登流行歌曲排行榜榜首，从此确立了乐队在摇滚乐坛的地位，其中歌曲《迷失了我的信仰》是典型的"热姆"乐队经典歌曲。1992 年，"热姆"乐队已发展成为摇滚乐坛最重要的乐队之一。

干柴遇烈火

在一家音像商店里，巴克正向朋友介绍几支著名乐队录制的CD，"你们看，这张CD的录音像金属般颤动细微，这张CD像宝剑的亮光直插云霄"。说到动情处，他索性弹起吉他，边示范边介绍，赢得围观者的齐声喝彩。这时从人群中走出来一个人，脸颊通红，双眼如同两道能把人烤化的烈焰："你是谁？""彼特·巴克""啊，彼特·巴克先生，终于找到你了。"这人说完猛地将巴克搂住，在他左右两腮亲了一下："我是歌手麦克尔·斯泰普。""噢，是你。"巴克又还了斯泰普一个热情的吻。两个早就互有耳闻的人终于走到了一起。

这正是干柴遇烈火，不久，两个出色的摇滚乐手就组建了一支自己的乐队——"热姆"乐队，他们推出的歌曲《哆嗦》，很快就进入了流行歌曲的排行榜。此后，乐队主要以斯泰普哀怨深情、独具神秘特色的演唱和如海涛翻滚、层峦叠嶂的密集强厚的伴奏而成为乐迷们最喜爱的乐队之一。

最流行歌曲

《我爱的惟一》
The One I Love （1987年）
《站立》
Stand （1989年）
《迷失了我的信仰》
Losing My Religion （1991年）

最流行专辑

《深谋远虑》
Reckoning （1984年）
《重建的寓言》
Fables of the Reconstruction （1985年）
《辉煌的生命》
Lifes Rich Pageant （1986年）
《热姆第五号文件》
R. E. M. NO. 5：Document （1987年）
《绿》
Green （1988年）
《超越时代》
Out of Time （1991年）
《无意识地为了人民》
Auto Matic for the People （1992年）

杜兰·杜兰乐队
（Duran Duran）

1980 ~

最著名的摇滚乐队

1980 年，乐队成立于英国伯明翰。成员包括：歌手西蒙·莱本（1958 年 10 月 27 日生于英格兰霍兹布什）、吉他手安迪·泰勒（1961 年 2 月 16 日生于英格兰泰莫斯泰恩威尔）、键盘师尼克·罗德斯（1962 年 6 月 8 日生于英格兰莫斯里西米德兰莫斯里）、贝司手约翰·泰勒（1960 年 6 月 20 日生于伯明翰）和鼓手罗杰·泰勒（1960 年 4 月 26 日生于英格兰卡斯图布鲁姆威治西米德兰）。乐队成立不久，就推出了两首走红的歌曲和首张与乐队同名的专辑在英格兰尝到了成功的滋味。1981 年，乐队开始以 MTV 征服美国的流行音乐市场；同年，乐队推出的歌曲《地球卫星》又进入了英国流行歌曲排行榜第 12 名。1982 年，乐队在排行榜的排名保持着上升的势头，专辑《河》和歌曲《饥饿如狼》、《挽救一个祈祷者》都取得排行榜第 5 名的好成绩。1983 年，美国电视开始播放 MTV《饥饿如狼》，乐队逐渐为美国乐迷熟知；同年，这首歌曲进入美国流行歌曲排行榜第 3 名；6 月，专辑《河》又进入美国排行榜第 6 名。1983 年，乐队推出的歌曲《是否有一些事情我应该知道》和《蛇的联合》首次荣登美国流行歌曲排行榜榜首并开始风靡世界。1984 年 6 月，歌曲《反射》再次荣登美国流行歌曲排行榜榜首；同年，专辑《七只疲惫的老虎》和《角斗场》双双获得了白金唱片奖；年末，专门纪录乐队为世界 75 万乐迷巡回演出的电影《唱蓝银》开始风靡影坛。1985 年，乐队开始走向分裂，安迪·泰勒和约翰·泰勒与新加盟的歌手罗伯特·帕尔默组建了加油站乐队。余下的几人则与阿卡迪亚乐队合拼为新杜兰·杜兰乐队。此后，尽管新杜兰乐队于 1986 年推出了专辑《臭名昭著》，其中主打歌进入排行榜第 2 名；1988 年推出了专辑《庞然大物》，其中歌曲《我不想要你的爱》进入排行榜第 4 名，仍无法挽回乐队的颓败之势，只能被新一代的明星乐队所取代。

最 流 行 专 辑

《河》
Rio （1983 年）
《角斗场》
Arena （1984 年）

最 流 行 歌 曲

《饥饿如狼》
Hungry Like the Wolf （1982 年）
《是否有一些事情我应该知道》
Is There Something I Should Know （1983 年）
《蛇的联合》
Union of the Snake （1983 年）
《反射》
The Reflex （1984 年）
《野男孩》
The Wild Boys （1984 年）
《目击被杀的人》
A View to a Kill （1985 年）
《臭名昭著》
Notorious （1986 年）
《我不想要你的爱》
I Don't Want Your Love （1988 年）

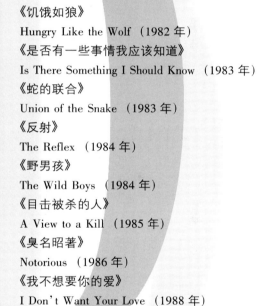

成功地利用电视媒体而崛起的杜兰·杜兰乐队成员，无论在演出和生活中都十分注意自己的形象设计。

经过一次浪漫与热情、
儒雅与冷酷、狂热与噪动的
释放后，疲惫的身心需要及
时补充和调整。

简单头脑乐队

（Simple Minds）

1978 ~

最著名的摇滚乐队

1978 年，乐队成立于英国苏格兰。成员包括：主唱歌手吉姆·克尔（生于 1959 年 7 月 9 日）、吉他手查利·伯奇尔（生于 1959 年 11 月 27 日）、贝司手德里克·福布斯（生于 1956 年 6 月 22 日）、鼓手布赖恩·麦吉和键盘手米克·麦克尼尔（生于 1958 年 7 月 20 日）。同年，乐队与爱丁堡独立唱片公司签约录音。1979 年 3 月，这家公司为乐队出版、发行的专辑《一天的生活》进入了英国排行榜前 30 名；同年推出的专辑《真实噪音》首次获得商业上的成功和许多评论家的赞誉。1980 年 9 月，乐队在欧洲巡演中推出的歌曲《我旅行》风靡各种夜总会。1981 年，乐队转与维真唱片公司签约录音，这家公司为乐队推出的两张专辑《儿子与魅力》和《姐妹情感电话》中有一张进入了英国排行榜前 20 名并产生了 3 首热门歌曲：《美国人》、《爱情歌曲》和《子弹中的汗水》，乐队也因此而走红。1981 年 8 月，肯尼·希斯洛普替换了麦吉，他为乐队创作的歌曲《给你一个奇迹》进入了英国排行榜第 13 名，乐队在欧洲和澳大利亚的演出也很成功。1982 年，乐队发行了至今为止最为成功的专辑《新黄金梦》又进入了排行榜第 3 名。1984 年乐队推出专辑《雨中火花》因歌曲《海滨》、《赶快把你的爱给我》很快流传而使专辑登上了英国排行榜榜首。1985 年，乐队赴美国为电影《早餐俱乐部》演唱的主题歌《你是否》(忘了我)再次登上了美国流行歌曲排行榜榜首，从此确立了乐队在摇滚乐坛的地位。1988 年，乐队主要人物参加了纪念纳尔逊·曼德拉 70 岁诞辰音乐会，但是却拒绝发行在音乐会上演唱的歌曲《曼德拉日》，原因是害怕被看作是机会主义者。1989 年 2 月，歌曲《贝尔法斯特儿童》一经问世就登上了英国排行榜榜首，5 天内与乐队的另一张专辑《巷战年代》达到了白金销量，其中有 3 首歌曲还进入英国排行榜前 20 名。随后出版、发行的专辑《阿姆斯特丹》进入了排行榜第 18 名。此后麦克尼尔离队，位置由彼得·维蒂斯接替。1991 年，乐队推出的专辑《真实生活》更加倾向于个人感情，不像前几张专辑那样关心政治。

最 流 行 专 辑

《一天的生活》
Life in a Day （1979 年）
《真实噪音》
Real to Real Cacophony （1979 年）
《儿子与魅力》
Sons and Fascination （1981 年）
《姐妹情感电话》
Sister Feelings Call （1981 年）
《新黄金梦》
New Gold Dream （1982 年）
《雨中火花》
Sparkle in the Rain （1984 年）
《巷战年代》
Street Fighting Years （1989 年）

最 流 行 歌 曲

《我旅行》
I Travel （1980 年）
《美国人》
The American （1981 年）
《爱情歌曲》
Love Song （1981 年）
《子弹中的汗水》
Sweat in Bullet （1981 年）
《赶快把你的爱给我》
Speed Your Love to Me （1984 年）
《你是否》(忘了我)
Don't You (Forget about Me) （1985 年）
《曼德拉日》
Mandela Day （1988 年）

斯潘多芭蕾乐队

(Spandau Ballet)

1979 ~

最著名的摇滚乐队

　　1979年初,乐队在英国伦敦成立。成员包括:主唱歌手托尼·哈德利、吉他手加里·肯普、贝司手马丁·肯普、萨克斯管兼鼓手史蒂夫·诺曼和鼓手约翰·基布尔。同年,乐队在一间私人排练场进行首次演出,由于传播媒体对他们的"新浪潮"音乐产生兴趣,并对乐队出名起了推波助澜的作用,因此乐队的名声很快传出了夜总会的圈子,吸引了众多新闻媒体的注意。随后,乐队与克里萨利斯公司签约录音。1980年11月,由于舆论界的不断报道,乐队的第1首歌曲《长事短叙》迅速成为英国排行榜前10名的热门歌曲。1981年,乐队推出的走红专辑《走向荣耀》,清楚地展示了乐队正在从一种带有摇滚风格的音乐转向一种更讨人喜欢的、融流行曲、疯克和灵歌为一体的混合体风格。歌曲《第一咏叹调》就是这种风格的产物,一推出便很快成为一首世界性的热门舞曲和第一张在英国黑人舞曲电台播放的白人唱片。1982年,乐队推出的专辑《钻石》是舞曲版的继续;1983年,乐队又推出了专辑《真实》,主打歌《真实》首次荣登英国流行歌曲排行榜榜首和美国流行歌曲排行榜第4名。1984年,乐队因推出了许多热门歌曲而成为一支最受青少年喜爱的乐队。1985年末,乐队未经公司同意就出版、发行了一张专辑《歌曲选集》而卷入了一场官司纠纷。1986年,乐队转投CBS公司;夏天,这家公司为乐队出版、发行的歌曲《为我们自己而奋斗》反映平淡;同年,乐队推出的专辑《通过障碍》又赢得了商业上的成功。1988~1989年,乐队从音乐到形象上都做了一次荒谬的改变,成员全部穿上皮夹克,随后推出的一首灾难性的歌曲《痛处》和专辑《天空一样的心》给乐队造成了致命的打击和失败。此后,尽管乐队从未正式宣布解散,但每一个成员都开始了自己的活动,而且没有人建议重组乐队。

最 流 行 专 辑

《走向荣耀》
Journey to Glory （1981 年）
《钻石》
Diamond （1982 年）
《通过障碍》
Through the Barricades （1986 年）

最 流 行 歌 曲

《长事短叙》
To Cut Long Story Short （1980 年）
《第一咏叹调》
Chant No. 1 （1981 年）
《真实》
True （1982 年）
《单曲选集》
The Singles Collection （1985 年）

韵律操乐队
（Eurythmics）

1980 ~

最著名的摇滚乐队

　　1980 年,乐队在英国伦敦成立,原名为"旅行者。"成员包括:戴维·斯图尔特 (生于 1952 年 9 月 9 日)、安妮·伦诺克斯(生于 1954 年 12 月 25 日)、歌曲作者皮特·库姆斯、贝司手埃迪·秦和鼓手吉姆·图米。1979 年,乐队与标识唱片公司签约录音。1980 年春天,乐队在一次赴远东之行途中在曼谷解散。冬天,伦诺克斯和斯图尔特组成了韵律操乐队前往科隆为著名的德国音乐家康尼·普兰克的录音棚工作,当普兰克听到他们为新年除夕晚会创作的歌曲后,便介绍他们与 RCA 唱片公司签约录音。1982 年,这家公司为乐队出版、发行的首张专辑《在花园里》没有取得成功。1983 年 1 月,乐队又出版、发行了专辑《甜梦》(如此组成),歌曲《甜梦》进入了英国排行榜第 2 名;同年又推出 3 首进入英国排行榜前 20 名的歌曲,MTV 歌曲《甜梦》首次荣登美国流行歌曲排行榜榜首。1984 年乐队进行了一次世界巡回演出,1985 年乐队推出的歌曲《肯定有天使》首次荣登英国流行歌曲排行榜榜首。1986 年乐队推出了专辑《报复》,1987 年推出了专辑《野人》。1988 年,在声援纳尔逊·曼德拉音乐会上乐队演唱的歌曲《你已经让我的内心沮丧》再次引起轰动,随后推出的专辑《我们也是一体》又一次登上了英国流行歌曲排行榜榜首。此时,乐队已经赢得了大批的听众而且颇受传媒的青睐,伦诺克斯成了最耀眼的女歌星。90 年代,伦诺克斯以生小孩为名休了两年的长假,她和斯图尔特的感情产生裂痕并就此平静地分手。随后斯图尔特出版了自己的专辑《神圣的牛仔》;1992 年,伦诺克斯也出版了首张个人专辑《女主角》同样赢得了大批成人听众,唱片在美国售出 200 万张,其中歌曲《走在碎玻璃上》和《为什么》都进入了美国排行榜前 40 名,专辑还获得了格莱美奖提名。1995 年,伦诺克斯又出版了一张翻唱专辑《美杜莎蛇神》进入了排行榜第 11 名并在年末成为白金唱片。

最流行专辑

《甜梦》(如此组成)
Sweet Dreams
(Are Made of This) （1983 年）
《野人》
Savage （1987 年）
《我们也是一体》
We Too Are One （1988 年）

最流行歌曲

《甜梦》
Sweet Dreams （1983 年）
《肯定有天使》
There Dust Be an Angle （1985 年）
《你已经让我的内心沮丧》
You Have Placed a Chill
in My Heart （1988 年）

伦诺克斯独唱歌曲：

《走在碎玻璃上》
Walking on Broken Glass （1992 年）
《为什么》
Why （1992 年）

惠特尼·休斯敦

（Whitney Houston）

1963 ~

最著名的摇滚歌星

1963 年 8 月 9 日生于美国新泽西州纽瓦克的一个音乐家庭，父亲是灵歌手锡西·休斯敦，表姐是迪翁·沃里克。

1985 年，休斯敦出版、发行的第 1 张专辑《惠特尼·休斯敦》登上了流行歌曲排行榜榜首，这是流行歌曲排行榜历史上第一张由女歌手演唱的冠军专辑，唱片售出 1400 万张；同年，休斯敦精美的音乐录像在 MTV 上大放异彩，进一步打破了由迈克尔·杰克逊首先突破的"肤色障碍"。她的第 2 张专辑《惠特尼》也非常流行，并在排行榜榜首保持了 7 周之久，打破了由披头士乐队创造的纪录。

在令人失望的第 3 张专辑《今夜我会做你的宝贝》之后，1992 年 12 月，休斯敦又推出了以原声电影《保镖》为名称的专辑而再次荣登排行榜榜首。这张专辑的翻唱曲《我将永远爱你》打破流行歌曲排行榜历年的销售纪录和播放纪录，成为脍炙人口和最热门的一首歌曲，同时还为休斯敦赢得无数奖项，包括多项格莱美奖。

休斯敦善于演唱纯流行歌曲，并拥有漂亮的容貌，因此她的明星之光闪耀于她演唱过的任何一首叙事曲、舞曲、国歌乃至可口可乐广告歌曲之中。在首张专辑发行 10 年之后，休斯敦仍然是摇滚乐坛上最红的明星之一。

最 流 行 专 辑

《惠特尼·休斯敦》
Whitney Houston （1985 年）
《惠特尼》
Whitney （1986 年）
《保镖》
The Bodyguard （1992 年）

最 流 行 歌 曲

《我将永远爱你》
I Will Always Love You （1992 年）

"我的守护神在哪里?"

"终于有了你!"

新兴城市老鼠乐队
（Boomtown Rats）

1975 ~

最著名的摇滚乐队

就一个字

　　1986 年，"新兴城市老鼠"乐队中的代表性人物吉尔多夫曾被诺贝尔和平奖提名，这对于一个乐队来说，的确是一个极大的荣誉。这荣誉不仅超越了吉尔多夫的想像，而且也超越了整个乐坛的想像。因为大家知道，一个乐手要想获得如此荣誉，非得做出惊人的成就，而"新兴城市老鼠"乐队创作的许多歌曲都在呼唤和平、祈求友爱。当吉尔多夫被提名后，有些同行便登门拜访，询问他是怎么被提名的？吉尔多夫回答说："一个字，告诉你吧，那就是——爱！"来人说："我们都知道爱，问题是从哪儿爱起呢？"吉尔多夫说："从爱你的母亲开始吧！""就这么简单？""是的，你怎么爱你的母亲就怎么爱你身边的人。"

最流行专辑

《新兴城市老鼠》
Boomtown Rats （1977 年）
《军队的主调》
A Tonic for the Troops （1978 年）

1975 年，乐队成立于爱尔兰的都柏林。取名为"走向荣耀"，成员包括：吉他手兼主歌手加里·罗伯茨、键盘手约翰尼·芬格斯、吉他手格里·科特、贝司手皮特·布里奎特、鼓手西蒙·克罗和鲍勃·吉尔多夫。1977 年，乐队的环爱尔兰巡演、荷兰巡演都比较成功。乐队经过重新调整，推选吉尔多夫为负责人，音乐风格比原来的节奏与布鲁斯有了较大的飞跃，并重新命名为"新兴城市老鼠"，同年与军旗唱片公司签约录音；8 月，这家公司为乐队出版、发行了首张专辑《新兴城市老鼠》，歌曲《照料第一》进入了英国流行歌曲排行榜第 11 名。1978 年 6 月，乐队出版、发行的第 2 张专辑《军队的主调》又进入了英国流行歌曲排行榜第 8 名并在英国专辑排行榜上保持了 44 个星期之久，其中歌曲《鼠夹》首次荣登英国流行歌曲排行榜榜首。乐队负责人吉尔多夫成为媒体纷纷追踪的对象。1979 年，乐队到美国做宣传性的访问演出并推出了在英国和澳大利亚都获得排行榜第 1 名的歌曲《我讨厌星期一》，而美国电台禁止播放这首歌曲，原因是这首歌对所描写的女孩的同情有一定的偏见。1980 年，"新兴城市老鼠"乐队在英国仍然享有较高的声誉，歌曲《有人正在

看着你》和《香蕉共和国》都进入了排行榜前 5 名，同时乐队还完成了一次精疲力竭的世界性巡回演出。1981 年，当乐队推出专辑《康多班哥》时因唱片的录音效果欠佳而开始走下坡路。1982 年，乐队又推出另一张唱片《非常深》，仅进入排行榜上第 64 名；3 月出版、发行的《着火的房子》进入排行榜前 30 名。由于吉尔多夫同电视人物保拉·耶茨和他建立的"援非义演"有着十分密切的关系，他才能在新闻界频频露面，不然"新兴城市老鼠"乐队早就被人们遗忘了。后来，吉尔多夫投身于达戴德工作常被认为是"新兴城市老鼠"乐队失去其光彩的原因，实际上乐队的衰落早已注定。1986 年，他们再一次巡回出演时，乐队成员才真正了解到观众们对他们的态度：只有当他们演奏歌曲《他们知道今天是圣诞节吗？》时才能引起狂喜的欢呼声，因为这是一首吉尔多夫与米奇·尤尔合作创作的歌曲。1986 年 6 月，吉尔多夫被授予大英帝国爵士称号。同年又被诺贝尔和平奖提名；同年 10 月，吉尔多夫推出了自己的第一首歌曲《这是世界在呼唤》和一张专辑《陷入茫然不可知的内心深处》并主演了"平克·弗洛伊德"乐队创作的电影音乐《墙》，并再次引起轰动。

最 流 行 歌 曲

《照料第一》
Looking after No. 1 （1977 年）
《鼠夹》
Rats Trap （1978 年）
《我讨厌星期一》
I Don't Like Mondays （1979 年）

《有人正在看着你》
Someone Looking at You （1980 年）
《香蕉共和国》
Banana Republic （1980 年）

野孩子乐队
（Beastie Boys）

1980 ~

最著名的摇滚乐队

1980 年，乐队成立于美国纽约州纽约市，成员包括：主唱歌手兼吉他手金·阿德·罗克、主唱歌手兼鼓手迈克尔·戴蒙德、主唱歌手兼贝司手亚当·约奇。1982 年，乐队在独立唱片公司出版、发行的首张专辑《乐观的中东人的忧虑》没有取得成功。1983 年 12 月，乐队推出了说唱乐歌曲《饼干站娘》成为纽约地下热门歌曲。1985 年，乐队放弃了朋克音乐转向说唱音乐并与里克·鲁宾的 Def Jam 唱片公司签约录音，不久就推出了热门电影歌曲《她在上面》，同时还为麦当娜的"处女巡演"暖场，在演出中因乐队成员用下流的语言嘲笑观众，反映很坏。1986 年，乐队出版、发行的第 1 张专辑《患病许可》，被评论家认为是一张漫不经心的、令人讨厌的唱片，但这些评论并不能阻止它成为哥伦比亚唱片公司历史上销售得最快的一张专辑，仅 6 周就售出 75 万张，这主要归功于进入排行榜第 2 名的两首歌曲《为你的权利而战》(聚会)、《患病许可》。1987 年，乐队在巡演中一直被拘留和法律诉讼所纠缠，当乐队的丑陋行为成为笑柄时，成员们不得不在以后的两年里修正自己的形象。1988 年，乐队因为与里克·鲁宾的 Def Jam 唱片公司打官司而转投国会大厦唱片公司。1990 年，这家公司为乐队推出的第 2 张专辑《保罗的时装店》，尽管音乐气势野心勃勃，但效果混乱不堪，令许多人既生气又困惑，这张专辑很快被人遗忘。此后，乐队建立了自己的录音棚和皇家豪华唱片公司。1992 年，乐队推出的第 3 张专辑《头部检查》思想更为激进，其音乐介于校园喜蹦乐、粗糙而业余的疯克和硬摇滚之间，专辑中的歌曲《吉米·詹姆斯》、《不用麦克风》和《你想要什么》却在大学和另类电台成了热门歌曲。1993 年初，乐队搜集了早期的朋克歌曲，又出版、发行了专辑《一些旧破烂货》，同年 6 月出版、发行第 4 张专辑《有害的交流》终于登上了流行歌曲排行榜榜首，这张专辑在歌曲《破坏活动》和《可靠的射击》的推动下还取得了双白金唱片的称号。1994 年，乐队与"绝妙的南瓜"乐队一起成为"罗拉帕路扎"音乐节的新闻人物。在以后的几年里，乐队因关注政治和自己的唱片公司事务而销声匿迹。1996 年，乐队推出了硬摇滚风格的专辑《阿格里奥和欧里奥》以及灵歌爵士乐和歌曲精选集。

自食其果

都知道十全十美的音乐是不存在的。野孩子乐队的三位成员深知此理。最初，他们毫无顾忌地渲染色情和暴力，力图以犀利的标新立异来赢得声誉。他们的确实现了这个目的，但也受到了致命的伤害——野孩子乐队的道德形象很差。为此，成员们伤透了脑筋，要知道坏名声可是于己不利的。一次，他们发现某电视台攻击他们，这要在过去他们会很高兴，而现在他们实在不能容忍了。于是闯进了这家电视台，台长接见了他们："你们为什么在电视里恶意诽谤我们？""难道你们的说唱歌曲就没有问题吗？"台长强硬地质问他们。本来这句回答无懈可击，但对善于言词的"野孩子"们来说，这句话正好提醒了他们。其中的一个说："你们在电视上攻击了我们30分钟，尊敬的台长，你敢不敢承认？"台长答："是的，怎么了？""那我问你，你们电视台的节目就没有问题吗？你敢肯定吗？"台长沉默了。"野孩子"中的一个接着说："为了表明贵电视台是真正倡导民主与自由，维护道德礼仪的电视台，那么我们也在电视上攻击你们电视台30分钟如何？"台长说："这，这……""野孩子"说："以其人之道，还治其人之身，这应不成问题吧？"

最 流 行 专 辑

《患病许可》
Licensed to Ill （1986 年）
《保罗的时装店》
Paul's Boutique （1990 年）
《头部检查》
Check Your Head （1992 年）
《一些旧破烂货》
Some Old Bullshit （1994 年）
《有害的交流》
Ill Communication （1994 年）

最 流 行 歌 曲

《为你的权利而战》(聚会)
Fight for Your Right (To Party) （1986 年）
《吉米·詹姆斯》
Jimmy James （1992 年）
《不用麦克风》
Pass the Mic （1992 年）
《你想要什么》
So Whatcha Want （1992 年）
《破坏活动》
Sabotage （1993 年）
《可靠的射击》
Sure Shot （1993 年）

金属乐队
（Metallica）

————————

1981 ~

最著名的重金属摇滚乐队

最 流 行 专 辑

《驾驭闪电》
Ride the Lightning （1984 年）
《傀儡的主人》
Master of Puppets （1986 年）
《……正义战胜一切》
…And Justice for All （1988 年）
《装载》
Load （1996 年）

最 流 行 歌 曲

《沉入黑暗》
Fight Tire with Fire （1984 年）
《进入睡魔》
Enter Sandman （1991 年）
《无关紧要》
Nothing Else Matters （1991 年）
《比你神圣》
Holier Than Thou （1991 年）

　　乐队于 1981 年在美国成立。成员包括：主唱歌手兼吉他手詹姆斯·赫特菲尔德（生于 1963 年 8 月 3 日）、鼓手拉斯·乌尔里克（生于 1963 年 12 月 26 日）、吉他手柯克·哈米特（生于 1962 年 11 月 18 日）和贝司手克利夫·帕顿（生于 1962 年 2 月 10 日）。1983 年，乐队推出了一张真正的重金属专辑《斩尽杀绝》，虽然歌词内容描写的是不稳定的生活、战争、死亡和暴力等，但整体音响却充满了活力。此后，乐队与英格兰的"金属"、"渡鸦"乐队一起巡回演出渐渐出名。1984 年，乐队推出的第 2 张专辑《驾驭闪电》中的歌曲《沉入黑暗》带动了轻重相间的重金属音乐潮流。1986 年，乐队推出的第 3 张专辑《傀儡的主人》被认为是乐队的代表作品，首次进入了英国流行歌曲排行榜第 47 名和美国流行歌曲排行榜第 29

名。1987 年，乐队在巡演途中发生车祸，克利夫·帕顿不幸身亡；同年乐队招聘新人并推出了进入英国排行榜前 20 名的专辑《车库时光的再次回顾》。

　　1988 年，乐队推出的专辑《……正义战胜一切》又使许多歌迷惊愕不已。1991 年，乐队出版、发行了专辑《不太黑》，这张专辑不仅荣登流行歌曲排行榜榜首，而且仅在美国唱片就售出了 700 万张，几首热门歌曲《进入睡魔》、《无关紧要》和《比你神圣》的成功使乐队真正进入了主流音乐行列。随后，乐队开始了历时两年多的巡回演出。90 年代，乐队因为在 5 年内没有出版专辑而失去了不少歌迷。直到 1996 年才出版、发行了专辑《装载》，与过去的专辑相比，《装载》更富旋律性，并回到了摇滚乐的源头，专辑获得评论界的一致好评并再次登上了排行榜榜首，唱片在两个月内竟售出了 300 万张。

1981 年，乐队在英国伦敦成立，成员包括：歌手尼尔·坦南特(生于 1954 年 7 月 10 日)和键盘手克里斯·洛(生于 1954 年 10 月 4 日)。洛最初在一支酒吧乐队中演奏，坦南特在英国《劲歌》流行音乐杂志当记者，两人合作录制了几首歌曲样带后才与美国纽约舞曲音乐制作人博比·奥兰多签约录音。1984 年，乐队推出的歌曲《伦敦西区女孩》没有取得成功。1985 年，乐队转与 EMI 分公司巴洛风唱片公司签约录音。乐队推出的第 2 首歌曲《机会》(我们来赚大钱) 同样没有引起人们的注意。此后，乐队请制作人斯蒂芬·哈格重新制作了《伦敦西区女孩》，1986 年 1 月，这首歌曲进入了英、美两国流行歌曲排行榜榜首。1987 年，乐队出版、发行的专辑《事实上》又受到了广泛的欢迎，翻唱歌曲《这是罪孽》再次登上英国排行榜榜首，怀旧风格的歌曲《这里不可能发生什么》也进入了排行榜。同时，乐队与达斯蒂·斯普林菲尔德合作的歌曲《我凭什么得到如此报应？》又进入了排行榜第 2 名。乐队也因其男性魅力、诙谐的表演和机敏的对白而被评论界认为是当时最有趣的乐队之一；年末，乐队翻唱艾尔维斯·普莱斯利的歌曲《永远

宠物店男孩乐队
(Pet Shop Boys)

1981 ~

最著名的摇滚乐队

在我心中》、再次登上英国排行榜榜首。随后乐队又推出了获得好评的歌曲《我没有被吓倒》和进入排行榜榜首的歌曲《心》；同时，乐队还进行了世界范围的巡回演出。1990 年，乐队与制作人哈罗德·福尔特迈耶合作的专辑《行为》将合成器音色与弦乐音色融为一体，创造了一种带有强劲节拍和民谣叙事的风格而成为广播电台的热门专辑。1991 年，乐队出版了最为优秀的精选专辑《唱片目录》；1993 年乐队推出的专辑《非常》好于先前任何一张专辑，几乎每一首歌都成为热门歌曲。1996 年，乐队又出版、发行了新专辑《双语者》。

最 流 行 专 辑

《事实上》
Actually （1987 年）
《行为》
Behaviour （1990 年）
《唱片目录》
Discography （1991 年）
《非常》
Very （1993 年）

最 流 行 歌 曲

《伦敦西区女孩》
West End Girls （1984 年）
《这是罪孽》
It's a Sin （1987 年）
《这里不可能发生什么》
It Couldn't Happen Here （1987 年）
《我凭什么得到如此报应?》
What Have I Done to Deserve This? （1987 年）
《永远在我心中》
Always on My Mind （1987 年）
《我没有被吓倒》
I'm Not Scared （1988 年）
《心》
Heart （1989 年）

小鬼乐队
(The Pixies)

1986 ~

最著名的另类摇滚乐队

　　1986 年，乐队成立于美国马萨诸塞州的波士顿，原名为"全副盔甲的小鬼"。成员包括：歌手兼吉他手布莱克·弗朗西斯、主音吉他手乔伊·圣地亚哥、贝司手金·迪尔、鼓手戴维·洛夫林；同年，乐队在波士顿各种俱乐部里不断演出，因其深沉的贝司线条、优美的吉他旋律、半念白半嗥叫的疯狂演唱、使人无法理解的奇异歌词而成为另类摇滚的标准之一。1987 年，乐队推出的专辑《赶快朝圣》，首次荣登流行歌曲排行榜榜首，内容描写了死亡、恶魔、娼妓、乱伦团体，音乐结合了狂热的西班牙节奏，评论界对此颇为赏识。同时，乐队还与"摆脱幻想"乐队一起环美巡演。1988 年 3 月，乐队推出的专辑《冲浪者罗莎》再次登上了英国流行歌曲排行榜榜首而成为另类歌曲的经典作品；4 月，乐队作为"摆脱幻想"乐队欧洲巡演的助阵乐队在伦敦首演，演出门票被抢购一空。由迪尔编写并演唱的热门歌曲《巨大的》成为英国巡演的头条新闻和排行榜的热门歌曲。1994 年 4 月，乐队与制作人吉尔·诺顿合作的专辑《做一点》保持了乐队的风格和显示了日益提高的音乐水准，这张专辑不仅进入了英国排行榜前 10 名，而且还作为第一张由美国伊列克特拉唱片公司出版的专辑享受了 6 个月上美国排行榜的荣誉。1989 年，乐队推出的歌曲《猴子上天堂》表示了对地球、环境被污染的哀悼而成为地下音乐的圣歌。随后推出的歌曲《你的人来了》几乎人人可以跟着哼唱。随后，乐队在名为"性与死亡"的长达 150 天的环球巡演中达到了鼎盛时期。1991 年夏天，乐队进行的欧洲巡演，音乐效果变得更加刺耳、浑浊而过分倾向于重金属。1992 年初，乐队随 U2 乐队进行了 2000 TV 巡回演出。1993 年 1 月 14 日，弗朗西斯在接受 BBC 电视台第五套节目采访时，宣布乐队正式解散，原因是无法承受唱片公司和经纪人要求出版另一张专辑的压力。此后，弗朗西斯的个人专辑在圣地亚哥的帮助下取得了一些成功。迪尔加盟了"饲养员"乐队后，1993 年秋天出版的专辑《最后污点》出人意料地成为美国金唱片并产生了热门歌曲《炮弹》。1995 年，洛夫林与圣地亚哥一起组建了"马蒂尼酒"乐队，1997 年，这支乐队的名字出现在埃皮克唱片公司的拼盘唱片上。

最 流 行 专 辑

《赶快朝圣》
Come on Pilgrim （1987 年）
《冲浪者罗莎》
Surfer Rosa （1988 年）
《做一点》
Do Little （1994 年）

最 流 行 歌 曲

《巨大的》
Gigantic （1988 年）
《猴子上天堂》
Monkey Gone to Heaven （1989 年）
《你的人来了》
Here Comes Your Man （1989 年）
《炮弹》
Cannonball （1993 年）

涅槃乐队

（Nirvana）

1986 ~

最著名的摇滚乐队

　　1986 年，乐队在美国华盛顿州的西雅图成立，原名"穷街"，1987 年更名为"涅槃"，成员包括：主唱歌手库尔特·科班、贝司手克里斯特·诺沃塞利克、鼓手查德·钱宁。1987 年，乐队在杰克·恩迪诺的帮助下录制了 10 首歌曲的样带。1988 年 12 月，乐队出版、发行的歌曲《爱情嗡嗡叫》获得一致好评。1989 年初，乐队推出的专辑《漂白》成为大学电台的热门歌曲。1991 年，乐队推出的专辑《别介意》在美国引起轰动，MTV 歌曲《痛苦心灵的气息》使乐队家喻户晓并进入了流行歌曲排行榜前 10 名，仅两个月，唱片就达到了白金销量而使流行歌坛感到震惊。此后，乐队成员频繁地参加各类巡演、颁奖活动，特别是乐队在演出中仿效吉米·汉瑞克斯在台上火烧吉他、捣毁器材以及诺利塞利克和格罗尔相拥接吻等而使现场气氛达到了人群沸腾的高潮。1992 年，科班与"洞穴"乐队的主唱歌手考特尼·洛维结婚，婚后因夫妻二人都是瘾君子而被吸毒丑闻搞得精疲力尽；同年，乐队推出的一张现场录音专辑《乱伦》进入了排行榜第 39 名和英国排行榜第 14 名。1993 年，乐队推出的第 4 张专辑《子宫内部》首次荣登流行歌曲排行榜榜首，这无疑给处于内外交困的乐队注入了一针强心剂；年末，乐队举办了全美巡演和参加了纽约有名的 MTV "不插电"演唱会。1994 年 4 月 5 日，科班在西雅图的住所开枪自杀，同年乐队出版、发行的专辑《纽约 MTV "不插电"音乐会》再次登上英、美国流行歌曲排行榜榜首，为乐队赢得了声望。1996 年，乐队宣布解散。

最 流 行 专 辑

《乱伦》
Incesticide （1992 年）
《子宫内部》
In Utero （1993 年）

最 流 行 歌 曲

《爱情嗡嗡叫》
Love Buzz （1988 年）
《漂白》
Bleach （1989 年）
《痛苦心灵的气息》
Smells Like Teen Spirit （1991 年）

神童乐队
(The Prodigy)

1989 ~

最著名的摇滚乐队

最 流 行 专 辑

《神童的体验》
The Prodigy Experience （1992 年）
《献给负心女人时代的音乐》
Music for a Jilted Generation （1994 年）
《沃土》
The Fat of the Land （1997 年）

最 流 行 歌 曲

《何种隐患》
What Evil Lurks （1991 年）
《家务》
Charly （1991 年）
《一种爱》
One Love （1993 年）
《献给负心女人时代的音乐》
Music for a Jilted Generation （1994 年）
《纵火者》
Firestarter （1996 年）
《呼吸》
Breathe （1996 年）

1989 年, 乐队成立于英格兰的埃塞克斯, 成员包括: 词曲作者兼键盘手利亚姆·豪利特、基思·弗林特和利罗伊·桑希尔。1990 年, 豪利特用一盘在自家卧室中录制的 10 首歌曲的样带赢得了与英国独立唱片公司的签约。1991 年, 乐队推出了选自这盘样带的歌曲《何种隐患》被多家舞曲杂志屡次提及并受到众多地下舞曲狂热歌迷的喜爱, 唱片售出了 7000 张。乐队随后推出的另一首歌曲《家务》进入了英国流行歌曲排行榜前 10 名。1992 年, 乐队推出的首张专辑《神童的体验》又进了英国排行榜前 40 名并保持了 25 周之久。1993 年夏天, 乐队推出的歌曲《一种爱》再次受到歌迷的青睐。1994 年出版的第 2 张专辑《献给负心女人时代的音乐》首次登上了英国流行歌曲排行榜榜首并进入美国流行歌曲排行榜前 200 名, 歌曲《不好》(起舞)、《巫毒人》与《毒药》也进入了英国排行榜前 15 名。1996 年 3 月, 乐队推出的歌曲《纵火者》再次荣登英国排行榜榜首; 11 月推出的歌曲《呼吸》又一次登上了包括英国在内的 9 个国家的排行榜榜首。1997 年, 乐队获得被称为英国格莱美工业大奖的最佳舞曲艺人奖, "U2"、"戴维德·鲍威"和"麦当娜"等乐队和著名歌星都纷纷邀请豪利特担任自己的制作人, 但均遭拒绝。此后, 乐队又推出了仅用 5 周时间便录制完成的第 3 张专辑《沃土》, 该专辑进入了英、美及其他 21 个国家流行歌曲排行榜榜首, 一周内全球唱片售出 300 万张。乐队参加完"罗拉帕路扎"巡演之后, 豪利特开始为乐队的过度走红担忧, 他告诫队友"我们必须令人反感。"但歌迷们仍一如既往地对他们抱有幻想和期待。

山羊皮乐队
（Suede）

1989 ~

最著名的摇滚乐队

1989 年，乐队在英国伦敦成立，乐队成员包括：主唱歌手布雷特·安德森、贝司手马特·奥斯曼、吉他手伯纳德·巴特勒、贾斯廷·弗里希曼、鼓手西蒙·吉尔伯特。弗里希曼为乐队取名为"山羊皮"，不久她加盟了"橡皮筋"乐队。乐队经过一年多的演出，不断树立信心和提高水准。1992 年，乐队与裸体公司签约并录制了充满激情的热门歌曲《溺水者》，作品一问世便受到歌星莫里西的青睐并在自己的表演中翻唱。9 月，乐队推出的歌曲《金属米基》在现场演出时引起轰动，被《新音乐快讯》杂志描述为"魅力摇滚的复兴"。1993 年，乐队又推出了第 3 首歌曲《动物硝酸盐》，随后还推出了专辑《山羊皮》，这张专辑首次荣登英国流行歌曲排行榜榜首，从此，确立了该乐队在英国摇滚乐坛的地位，其中歌曲《如此年轻》还获得了 1993 年水星音乐奖。1994 年 2 月，乐队推出的歌曲《待在一起》又进入了排行榜第 3 名；10 月，乐队推出的第 2 张专辑《狗，人，星》，以 40 人组团制作的丰富而充满刺激的《依旧生存》而达到了乐队的鼎盛时期。尽管如此，专辑的销量不如上一张好，据说是与录制这张专辑时巴特勒离队、位置由 17 岁的理查德·奥克斯接替有关。1995 年，奥克斯演唱的歌曲《新一代》证明了自己的实力。1996 年初，键盘手尼尔·科德林加盟乐队；9 月，乐队推出的第 3 张专辑《呼之欲出》又产生了 4 首热门歌曲——《废物》、《美丽的人们》和《周末之夜》，歌曲《呼之欲出》在欧洲、加拿大和亚洲都十分受欢迎，但这张专辑直到 1997 年春天才在美国出版、发行。

最 流 行 专 辑

《山羊皮》
Suede （1993 年）
　　　《狗,人,星》
　　　Dog Man Star （1994 年）
《依旧生存》
Still Life （1994 年）
　　　《呼之欲出》
　　　Coming up （1996 年）

最 流 行 歌 曲

《溺水者》
　　　The Drowners （1992 年）
　　　《金属米基》
　　　Metal Mickey （1992 年）
　　　《如此年轻》
So Young （1993 年）
　　　《待在一起》
　　　Stay Together （1994 年）
　　　　　《废物》
　　　　　Trash （1996 年）
　　　《美丽的人们》
　　　Beautiful Ones （1996 年）
《周末之夜》
Saturday Night （1996 年）

石庙向导乐队
(Stone Temple Pilots)

1990 ~

最著名的硬摇滚乐队

1990 年，乐队成立于美国加利福尼亚州的洛杉矶。成员包括：主唱歌手斯科特·韦兰和贝司手罗伯特·德利奥,鼓手埃里克·克雷茨,吉他手迪安。乐队原名为"坚定的乔·杨"。1990 年，乐队在洛杉矶威士忌俱乐部进行首次演出。1992 年 4 月，乐队与大西洋公司签约录音，在制作人布伦达·奥布赖恩的帮助下录制了首张专辑。在专辑将出版、发行时，律师告诉乐队有一个老布鲁斯乐手声称"坚定的乔·杨"是他的译名，成员们绞尽脑汁才想出了"石庙向导"之名。1992 年 9 月，这家公司为乐队出版、发行了首张专辑《核》，其中的热门歌曲《性感事物》和《长毛绒》虽然评论界褒贬不一，但还是进入了流行歌曲排行榜，而且唱片还售出了 600 万张。1993 年,乐队加入了名为"大屠杀"的欧洲巡演和名为"傻冒冲浪手"巡演。1994 年，乐队推出的第 2 张专辑《紫》首次荣登美国流行歌曲排行榜榜首并保持了 3 周之久。1996 年,乐队推出的新专辑《细微的音乐……来自梵蒂冈礼物店》又进入了排行榜第 4 名，唱片取得白金销量并使乐队获得了好评。此期间，韦兰因吸毒成瘾被送进戒毒所。但他第二天又逃回乐队，慌称被戒毒所释放，就在乐迷们高兴地得知乐队将于 11 月 4 日从洛杉矶开始巡演时，韦兰又被送回戒毒所，乐队不得不取消早已安排的演出日程。此时，乐队经纪人告诉电视媒体韦兰不会被开除，乐队也不会解散。1997 年初，韦兰从戒毒所出来并彻底改掉恶习后，乐队才计划于

3 月开始巡演——看来,石庙向导未来的成败全取决于乐队的核心人物韦兰。

文雅的质问

石庙向导乐队以粗嗓又风靡乐坛，这使许多人不以为然，哑嗓子听起来像没有受过专业训练一样，使人很不服气。"这也是音乐?这也配当歌手! 这简直是乐坛的堕落!"持保守态度的人非常多。一次，邦·斯科特被一家保守的小报记者围住了，他们质问他："你那样声嘶力竭地吼叫，难道你一点也不觉得难为情吗?""听你的歌唱，使我们想起了野驴进入了发情期。"面对这样带有人身攻击的质问，斯科特微笑着说："如果我把诸位有教养的记者们的提问录下来放给听众们听，你们猜猜看，听众们会怎么评论你们的提问呢?"记者们不知斯科特要说什么，支吾着说："他们会说什么呢?"斯科特说："听众们一定会说，听，快来听呀! 这是什么动物在叫，居然叫得还挺文雅的呢!"

最 流 行 专 辑

《紫》
Purple （1994 年）
《细微的音乐……来自梵蒂冈礼物店》
Tiny Music... Songs from the
  Vatican Giftshop （1996 年）

最 流 行 歌 曲

《性感事物》
Sex Trpe Thing （1992 年）
《长毛绒》
Plush （1992 年）

小红莓乐队
(The Cranberries)

1990 ~

最著名的摇滚乐队

1990 年，乐队在爱尔兰的林莫尼克宣告成立，名为"克兰里尼看我们"，成员包括：主唱歌手多洛雷斯·奥赖尔登、吉他手诺埃尔·霍根、贝司手迈克·霍根、鼓手弗加尔·劳勒。不久，乐队推出的专辑《逗留》在当地售出 300 盒，乐队正式更名为"小红莓"。随后，乐队在友人的帮助下又出版、发行了一张专辑，除歌曲《逗留》外，还加进了新歌《梦》，由于这首歌曲的轰动，乐队渐渐成为音乐界和新闻媒体关注的焦点；同年，乐队与岛屿唱片公司签约录音。由于制作人皮尔斯·吉尔摩在录制歌曲《不寻常》时的失误而使这首歌曲成为媒体的笑柄，最终导致吉尔摩被解聘，斯蒂芬·斯特里特成为乐队新的制作人。1993 年，乐队推出了首张专辑《每个人都干，为什么我们不行》没有取得成功；同年夏天，乐队赴美国参加巡回演出时，担任了"The The"和"山羊皮"乐队的暖场嘉宾，受到了来自异乡乐迷的热烈欢迎。这主要归功于歌曲《逗留》的音乐录像在当地频繁播放，年末，这首歌早已成为家喻户晓的金曲并进入美国流行歌曲排行榜第 8 名，专辑《每个人都干，为什么我们不行》也售出双白金销量，并首次荣登英国排行榜榜首。1994 年，奥赖尔登与乐队巡演经纪人唐·伯顿喜结良缘，这桩婚事和乐队的音乐录像带使奥赖尔登再度成为引人注目的焦点，而她在乐队推出的第 2 张专辑《无需争论》中表现出的时而强健硬朗、时而缠绵悦耳的歌声和斯蒂芬·斯特里特对整张专辑音乐的天才处理使专辑又进入了美国流行歌曲排行榜的第 6 名，唱片还售出了白金销量，其中歌曲《蛇神》和《家庭颂歌》分别进入排行榜第 1 名和第 11 名。1996 年，乐队的第 3 张专辑《献给死去的虔诚信徒》中加入了许多扭曲的吉他效果使整张专辑的音响效果显得很"重"，他们试图通过这些歌曲来反映社会问题和抒发自己的政治主张，这是乐队走向成熟后的一次尝试，虽然取得了排行榜第 6 名的成绩，但由于音乐风格转换得过快和没有叫得响的歌曲，专辑虽然获得好评也只取得了单白金销量，与上两张唱片相比，这一次的尝试不是很成功。1996 年秋，乐队被奥赖尔登要离队出走的传闻所困扰而取消了赴澳洲和欧洲的巡演计划。

最流行专辑

《每个人都干,为什么我们不行》
Every Body Else Is Doing It,
So Why Can't We（1993 年）
《无需争论》
No Need to Argue （1994 年）
《献给死去的虔诚信徒》
To the Faithful Departed （1996 年）

最流行歌曲

《梦》
Dreams （1990 年）
《蛇神》
Zombie （1994 年）
《家庭颂歌》
Ode to My Family （1994 年）

接 招 乐 队
(Take That)

1990 ~

最著名的摇滚乐队

　　1990 年，乐队在英国伦敦成立，成员包括：主唱歌手兼词曲作者加里·巴洛（生于 1971 年 1 月 20 日）、马克·欧文（生于 1974 年 1 月 27 日）、罗比·威廉斯（生于 1974 年 2 月 13 日）、贾森·奥林奇（生于 1970 年 7 月 10 日）和霍华德·唐纳德（生于 1968 年 4 月 28 日）。1991 年 7 月，独立唱片公司为乐队推出的第 1 首音乐录像带歌曲《做你所愿》因具有性暗示而引起轰动；同年秋天，乐队转投 RCA 唱片公司并在年末推出了歌曲《诺言》。1992 年初，乐队推出的第 3 首歌曲《你曾体验过爱情》仅仅进入了排行榜第 47 名，夏天出版、发行的翻唱曲《只需片刻》却进入了排行榜第 7 名，首张专辑《接招与聚会》又进入了排行榜第 5 名；年末，乐队在《劲歌》杂志大奖赛上捧回 7 个奖项，专辑也上升至排行榜第 2 名。1993 年初，乐队在排行榜上名列第 3 的翻唱歌曲《难道这不奇妙吗？》获得了英国工业大奖的英国最佳歌曲奖；同年乐队在美国出版、发行的首张专辑未能引起美国人的关注，但随后推出的歌曲《祈祷》却首次荣登英国流行歌曲排行榜榜首；秋季，乐队推出的歌曲《重燃我的火焰》又登上了排行榜榜首；10 月，乐队推出了第 2 张专辑《世事皆变》再次进入排行榜榜首，1993 ~ 1994 年，选自这张专辑的歌曲也都进入了排行榜榜首，当乐队正为第 3 张专辑准备之际，英国听众的音乐品味发生转变，舞曲流行音乐失宠，传统英式吉他流行曲开始升温，"污迹"、"绿洲"和"果肉"等乐队成了乐队的劲敌，此时乐队仍然坚持自己的风格并毅然推出了第 3 张专辑，同时巴洛开始疏远乐队，威廉斯也与乐队关系紧张。1995 年春季，乐队推出的专辑《此外无别人》又登上了排行榜榜首；夏季，威廉斯又与"绿洲"乐队成员混在一起吸毒酗酒并成为小报争相报道的对

最 流 行 专 辑

《接招与聚会》
Take That and Party （1992 年）
《世事皆变》
Everything Changes （1993 年）
《此外无别人》
Nobody Else （1995 年）

最 流 行 歌 曲

《只需片刻》
It's Only Takes a Minute （1992 年）
《难道这不奇妙吗?》
Could lt Be Magic （1993 年）
《祈祷》
Pray （1993 年）
《重燃我的火焰》
Relight My Fire （1993 年）
《你的爱多么深》
How Deep Is Your Love （1996 年）

象;7 月,威廉斯离队后,他的名字和图片立刻从乐队宣传品中取消,在美国出版的《此外无别人》的专辑封面上也没有他的形象。此时,乐队成员已对一直在演唱的流行歌曲感到厌倦,但巴洛则决意要做艾尔顿·约翰和乔治·迈克尔的继承者,他演唱的 MTV 歌曲《走为上》在美国电台排行榜节目和 MTV 电视台频繁播出后,反应极其良好,这为巴洛个人的音乐事业做了铺垫。1996 年 2 月 13 日,就在乐队宣告解散前不久,乐队又推出了精选专辑,其中翻唱歌曲《你的爱多么深》又荣登排行榜榜首。

太 年 轻

(Too Young)

[美] 多尼·奥斯蒙德 词曲
Donny Osmond

雨中欢笑

(Laughter In The Rain)

[美] 尼尔·赛达卡 词
Neil Sedaka

多尼·奥斯蒙德 曲
Donny Osmond

Moderato

1. Stroll-ing a-long-coun-try roads - with my ba - by, it starts to rain, - it be - gins to pour. With -
2. Af - ter a - while- we run un - der a tree, I turn to her - and she kiss es me.

out an um -brel - la we're soaked - to the skin, I feel a shiv - er run up my spine.
There with the beat of the rain on the leaves, soft ly she breathees-and I close my eyes.

I feel the warmth of her hand in mine. Oh, I hear laugh-
shar-ing our love un-der stor my skies. Oh,

ter in the rain, walk - ing hand in hand with the one I love. Oh, how I love

the rainy days and the hap-py way I feel in - side.

Fine

1.

2.

D.S.

意 乱 情 迷

(Another Somebody Done Somebody Wrong Song)

[美] 拉里·巴特勒、齐普斯·莫曼 词曲

Larry Butler, Chips Moman

Moderato Ad lib

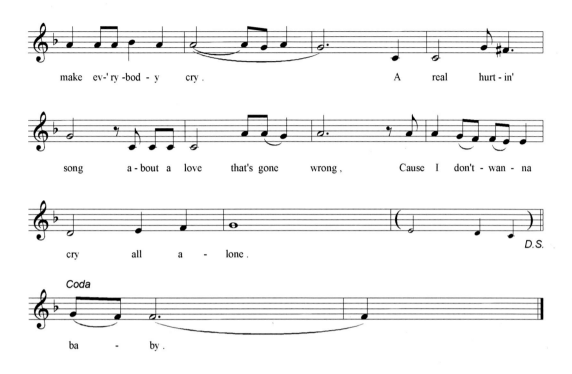

make ev-'ry -bod - y   cry .   A   real   hurt - in'

song   a - bout a   love   that's gone   wrong ,   Cause I   don't - wan - na

cry   all   a   -   lone .   *D.S.*

Coda

ba   -   by .

今夜恰似那夜

(Tonight's The Night)

[美] 罗德·斯图尔特 词曲

Rod Stewart

Moderato (Slow Rock beat)

Stay a-way from my win-dow; stay a-way from my back door too.

Dis-con-nect the tel-e-phone-line, re-lax, ba-by, and draw that blind.

1. Kick off your shoes and sit right down
2. Come on, an-gel, my heart's on fire;

and loos-en up that pret-ty French-gown. Let me pour-you a good long drink;
don't de-ny your man's de-sire, You'd be a fool to stop this tide;

ooh, ba-by, don't you hes-i-tate. 'Cause to-night's the night;
spread your wings and let me come in-side.

it's gon-na be al-right. 'Cause I love you, girl; ain't no-bod-y gon-na stop us now.

Don't say a word, my vir-gin child, just let your in - hi bi-tions run wild, The se-cret - is a - bout to un-fold up-stairs be-fore the night's too old. 'Cause to-night's the night; it's gon-na be al - right. 'Cause I love you, girl; ain't no bod - y gon - na stop us now.

让你的爱情流动

(Let Your Love Flow)

[美] 贝拉米兄弟 词曲

Bellamy Brothers

moun-tain stream ; and let your love grow with the small-est of dreams and let your

love show. and you'll know what I mean ; it's the sea - son.

Let your love fly like a bird on the wing and let your

love bind you to all liv-ing things, and let your love shine and you'll

1.

know what I mean, that's the rea - son. 2. There's a

2.

son. Let your D.S.

Coda

son.

热　线

（Hot Line）

［美］　席尔沃斯　词曲

Sylvers

Hot Line, Hot Line. Call- ing on the Hot Line for your love.

for your love. Hot Line , Hot Line. Call- ing on the Hot Line, on the Hot

Line. I'm call-ing on the Hot Line for your love, ba-

by 'Cause I'm burn-in' up like a house on fire. My de - sire is climb-in' high-

er, ba-by .Woo. girl the way you mo-ve your lips I can tell

you got fire in your kiss. The way you flash your eyes looks like light

'nin light-ing up the sky   Stop all the calls in the world   till I get you girl,

catch you at home.   I asked the C. I. A.   if it was o - kay

to use their pri - vate phone.   woo   oh ba-by, ba -by. Hot Line, Hot Line,

Call - ing on the Hot   Line,   for your love. for your love.   Hot Line, Hot Line,

Call - ing on the Hot   Line,   on the Hot   Line.   Line, ba - by.

Where are you?   Here am I,   Should I get in touch with the F. B.   I.

I know my call   will be ac - cept - ed,   there's no chance - of be-ing

Coda

D.S.

dis - con - nect - ed   on   the   Line.

你 照 亮 我 的 生 命

(You Light Up My Life)

[美] 德比·布恩 词曲

Debby Boone

Moderato (Slow)

1. So man - y nights I'd
2. Rol - lin' at sea,

sit by my win - dow wait - ing for some-one to
drift on the wa - ters, could it be fi - n'lly I'm

sing me his song. so man - y dreams I
turn - ing for home. fi - n'lly a chance to

kept deep in - side me, a - lone in the dark, but now
say, "Hey" I love you. nev - er a - gain to

you've come a - long And you light up my
be all a - long

life . you give me hope, to car - ry

on . you light up my days and fill my

nights   with   song.

nights   with   song.

D.S.

Coda

nights   with   song.   It   can't   be

wrong   when   it   feels   so   right ,   'cause

you   you   light   up   my

life.

我心属于自己

（My Heart Belongs To Me）

[美] 巴巴拉·斯特莱桑德 词曲

Barrbra Streisand

Moderato（Slow）

I got the feel in' the feel - in's gone, my heart has gone to sleep

One of these morn-in's I'll be gone, my heart be-longs to me.

Can we be-lieve in fair - y tales? Can love sur-vive when all else fails?

Can't hide the feel-in'--the feel - in's - gone, my heart be-longs to me. But now my

love, hey did-n't I love you, but we knew what had to be. Some-how my

love, I'll always love you but my heart be-longs to me.

Put out the light and close your eyes, come lie be-side me, don't ask why. can't hide the feel-ing - the feel - in's gone, my heart be-longs to me. (But now my love, hey did-n't I love-you? Did - n't I love - you? Did-n't I love-you? Did-n't I love-you, ba by?) Don't cry my love, I'll al-awys love you, but my heart be-longs to me. my heart be-longs to me. I got the feel-in's the feel - in's gone, my heart be-longs to me. (Did-n't I love - you? Did-n't I love you?)

振 翅 飞 翔
(Gonna Fly Now)

[美] 比尔·辛提 词曲
Bill Cinti

(Briskly)

Gon - na fly now, fly- ing high now.

Gon - na fly , fly , fly .

Rock-ky's read - y to make a move, yeah. Rock-y's read - y he just can't

lose , yeah . Ev-'ry nerve a wire sweat-in' blood, like fire.

- Bod-y's ach - in' from the hurt it's tak-in', mus-cles scream in' like a burn-in'

de - mon Ev-'ry nerve a wire sweat-in' blood , like fire

1. Try - in' hard now , It's so hard now,
2. Feel-in' strong now, Won't be long now,

Try- in' hard now. Rock-y pow - er by the
Get-tin' strong now. Fists like thun- der gon-na put you

ho - ur. Pump-in' i - ron God ya know he's try - in' Ev- 'ry nerve a wire
un - der.

sweat -in' blood, like fire. Gon - na fly now.

fly - in' high now. Gon - na fly.

1.
fly. fly.

2.
fly.

情 感

（Emotions）

［美］ 萨曼塔·桑 词曲

Samantra Sang

Moderato（Slow）

o-ver and done, but the heart-ache lives on-in - side, Ah, and
there at your side; I'm part of all the things you are. Ah, but

who is the one you're cling-ing to in-stead of me to - night? And where are you
you got a part of some-one else; you go to find your shin- ing star.

now, - now that I need you? Thears on my pil low wher-ev - er you go. I cry me a riv

er that leads to your o - cean. You nev-er see me fall a - part. In the words of a bro-ken heart it'sjust

emo-tion that's tak-ing me o- ver, tied up in sor ro - w, lost in my soul. But if you don't come

back,come home to me, dar - ling, - you know that there'll be no-bod-y left in this world to hold me tight.

Gim-me that night fe-ver, night fe - ver.　　We know how to show　it .

Here I am,　　　　pray-in' for this mo-ment to last,

liv-in'on the mu-sic so fine,　　borne on the wind,　　mak-in' it mine.

Fine

Night fe -ver, night fe - ver.　　We know how to do　it.

Gim-me that night fe - ver, night fe - ver.　　We know how to do　it.

1.　　　　　　　　　　　　　　2.

　　　　　　　　　　　　　　　　　　　　　　　D.S. al Fine

In　the　　　　　　　　　　　Gim - me that

团 圆

(Reunited)

[美] 皮彻斯·赫伯 词曲

Peaches Herb

Moderato

1. I was a fool to ev - er leave your side.
2. I was here star - ing at the same old wall.

Me mi - nus you is such a lone - ly ride. The break - up we had has made me
Came back to life just when I got your call. I wished I could climb right through the

lone-some and sad ; I re - al - ize I love you 'cause I want you bad, hey, hey !
tel - e-phone line . and give you what you want so you would still be mine, hey, hey !

I spent the eve-ning with the ra - di - o ; re - gret the mo-ment that I
I can't go cheat - in'. Hon-ey I can't play . I found it ver - y hard to

let you go. Our quar - rel was such a way of learn-ing so much, I
stay a - way. As we rem - i - nisce on pre - cious mo-ments like this. I'm

（合唱）

know now that I love you' cause I need you touch, hey, hey !
glad we're back to-geth-er . 'cause I missed your kiss. hey, hey !
Re - u - nit - ed and it

808

the long-est riv-er just to call your name If I said the way I feel for you would nev-er change would you ev-

er foo - l a - round well I'm sor -

- n Be-cau - se I

love you love

you 3. well I'm sor - you 4. well I'm sor-

Coda

love you lo-ve

you

手牵手
(Hand In Hand)

[美] 汤姆·威特罗克　词
Tom Whitlock

吉奥吉欧·莫罗德　曲
Giorgio Moroder

(Brisk march tempo)

cross the land ;   we can make this world   a bet - ter place   in which   to

live .   Hand   in   hand ,   we   can   start   to

un - der-tand   break-ing down the walls   that come   be - tween   us   for   all

time .   ar - ri - ang .

D.S.

Hand   in

Coda

(Break - ing   down   the   walls   be - tween   us .

ang .

break - ing   down   the   walls .)

父亲形象

(Father Figure)

[美] 乔治·迈克尔　词曲

George Michael

Moderato

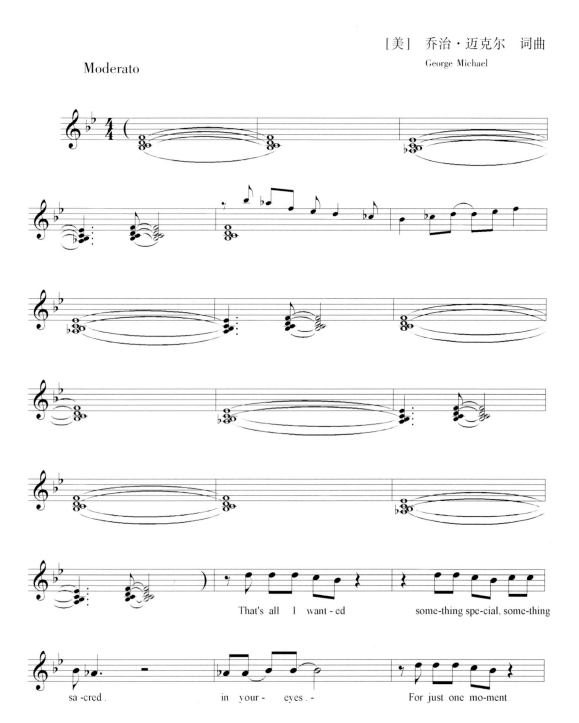

That's all　I　want-ed　some-thing spe-cial, some-thing sa-cred.　in your-　eyes .-　For just one mo-ment

to be bold and na - ked at your side.

Some-times I think that you nev-er un - der - stand me.

May - be this time is for - ev - er. say it can-

be. wo wo. That's all you want-ed

some-thing spe-cial, some-one sa - cred, in your life.

Just for one mo-ment to be warm and na - ked

at my side. Some-times I think that you'll nev - er un -der-stand

me. But some thing tells me to geth-

er. We'd be hap - py. wo wo

(wo ba by. I'd love to be your dad-

I will be your fa-ther fi-gure. put your ti-ny hand in mine. I will be your preach-er teach-er.

dy. it would make me ve - ry hap - py. please let

an - y-thing you have in mind. I will be your fa-ther fi-gure. I have had e-nough of crime

me)

I will be the one who loves you 'til the end or time.

1. If you were the des - ert. I'll be the sea.
2. So when you re - mem - ber the ones who have

if you ev - er hung - er. hung - er for me,
lied who said that they cared but then laughed as you

what-ev - er you asked   for   that's what I'll   be.

cried   Beau - ti - ful Dar - ling

don't think of me   be-cause all   I   ev - er want ed

is   in your   eyes

ba - by,   and

love can't   lie.   Greet me with the eyes of   a child

(Hea-ven is   a kiss and a smile)

my love is al-ways th – ing me so.

Just hold on   hold on   I won't let you go   my ba

I will be your fa - ther fig - ure. put your ti - ny hand in mine. I will be your preach-er.teach-er.

an - y-thing you have in mind. I will be your fa - ther fig - ure. I have had e-nough of crime.so

I am gon-na love you till the end of time.

I will be your preach-er

D.S.

Coda